Tom Zola

Der Gegenschlag

TOM ZOLA
V-FALL ✠ ERDE

Der Gegenschlag

Eine Veröffentlichung des
Atlantis-Verlages, Stolberg
Mai 2018

Alle Rechte vorbehalten

Druck: Schaltungsdienst Lange, Berlin

Titelbild: Mark Freier
Umschlaggestaltung: Timo Kümmel
Lektorat und Satz: André Piotrowski

ISBN der Paperback-Ausgabe: 978-3-86402-575-4
ISBN der eBook-Ausgabe (ePub): 978-3-86402-599-0

Dieses Paperback/eBook ist auch als Hardcover-Ausgabe
direkt beim Verlag erhältlich.

Besuchen Sie uns im Internet:
www.atlantis-verlag.de

»Man vergisst so leicht, dass Soldaten auch Menschen sind.«

Anke Maggauer-Kirsche

1

Herford – Deutschland

»Da!«, rief Krzysztof aus, der polnische Porucznik, was dem deutschen Oberleutnant entsprach. Und Degel sah sie auch, die orangefarbene Masse, die sich gemächlich die B 61 heraufschob. Einem geleeartigen Gemenge gleich überzogen die Truppen des Feindes das Land, waberten sie voran, langsam und doch stetig, schier unaufhaltsam. Leichter Nieselregen benetzte die Region, ließ ganz Herford im Halblicht des Tages glänzen. Und so glänzte auch das Schild der Außerirdischen. Reihe für Reihe rückten sie vor, Schritt für Schritt. Meter für Meter durchmaßen sie das Land auf ihrem Vormarsch. Nicht nur schoben sie sich über die Straße, sondern auch über die Äcker rechts und links davon. Orange Farbe, so weit das Auge blickte, besetzte die Horizontlinie. Degel schluckte. Er fasste sein G36 nach, die Hand, die er sich im Iran verletzt hatte, sendete einen Schmerzimpuls aus, doch war sie so weit verheilt, dass er funktionell nicht mehr beeinträchtigt war. Es roch giftig nach Benzin und Diesel.

Die beiden Soldaten kauerten neben einem Verteilzentrum der Deutschen Post auf dem Asphalt der Bundesstraße, Regentropfen troffen vom Rand ihres Helms. Die Nässe kroch Degel unter die Uniform. Er trug den Nässeschutz der Bundeswehr über seiner Jacke, doch hatte er den seit Ewigkeiten nicht mehr imprägniert, weshalb der Niederschlag nunmehr das Material zu überwinden imstande war. Er schüttelte sich wie ein nasser Hund, ließ noch einmal den Blick über das orangefarbene Gemenge schweifen, das am Horizont aufblitzte – und sich näherte. Der Anblick der viele Millionen Köpfe zählenden Heerscharen des Feindes grub ihm den Magen aus. Degel war erschöpft, um das Mindeste zu sagen. Die Anstrengung der zurückliegenden Wochen steckte ihm tief in den Knochen, drohte ihn niederzustrecken. Jede Bewegung war ein Kraftakt, ein Kampf gegen den berüchtigten Schweinehund. Die Waffe in seinen Händen fühlte sich wie ein Bleiblock an. Würde er sich ausgestreckt auf den nassen Asphalt legen – trotz des Regens –, er würde binnen Minuten einschlafen und wahrscheinlich erst nach 15 Stunden wieder aufwachen. Der Feind derweil, dessen Kriegern sie ob ihres gorillaartigen Aussehens den Beinamen »Affe« verpasst hatten, schien Müdigkeitserscheinungen nicht zu kennen. Unermüdlich rückte er vor, Tag und Nacht. Seine Truppen rasteten nie, kannten keine Pausen, keine Ruhephasen, keinen Schlaf. Sie kannten einzig den Befehl »Vorwärts, Marsch!«, den sie stumpfsinnig ausführten, bis sie im Feuer der Menschen draufgehen oder sie die Küste der Nordsee erreicht haben würden. Und die menschlichen Verteidiger mochten noch so viele von den Aliens erledigen, es rückten immer mehr und noch mehr nach. Reihe für Reihe, Armee für Armee. Vom Truppenübungsplatz Senne aus, wo sich die Landezone der Invasoren befand, bis an den Rand Herfords heran – immerhin 25 Kilometer Luftlinie – war jeder Meter Boden mit außerirdischen Fußsoldaten belegt. Einem Krebsgeschwür gleich breitete sich seine Präsenz nach allen Himmelsrichtungen aus, während über eine schier endlose Orbitalbrücke weitere Truppen angelandet wurden. Es war, als würden die gegnerischen Soldaten gar nicht vorrücken, sondern würden vorgeschoben werden von jenen Kräften, die, aus dem All kommend, die Erdoberfläche erreichten und auch ihren Platz benötigten. Luftbilder bestätigten, dass der Feind das Land flächendeckend besetzte, es mit seinen Truppen überzog. Zwischen Paderborn und Bielefeld schillerte die Welt orangefarben unter seinen Schutzschilden, Schätzungen sprachen von 40 bis 150 Millionen feindlichen Soldaten allein auf deutschem Boden. Und es wurden mehr, täglich. Stündlich.

Die Menschen hatten mittlerweile begriffen, wie sie den Kampf gegen die Aliens zu führen hatten, sie gingen taktisch vor, wandten alle schmutzigen Tricks menschlicher Kriegsführung an. Auch die Bundeswehr warf die Regeln internationaler Abkommen sukzessive über Bord. Deutsche Firmen schraubten wieder Schützenminen zusammen. Soldaten bastelten improvisierte Sprengfallen; sie leerten die Baumärkte und stellten Flammenwerfer und Bomben her. Alles, was tötete, war willkommen, um dem Feind jeden Meter Boden so teuer wie möglich zu verkaufen. Und in der Tat, bedingt durch das stupide Vorgehen der Affen, rangen die Bundeswehr und ihre Verbündeten ihnen die zehn- und hundertfachen Verluste ab im Gegensatz zu den eigenen Ausfällen. Willfährig lösten die Affen jede Falle aus, rannten sie in jeden Sprengsatz hinein, stürzten sie zu

Hunderten in Gruben und füllten diese mit ihrem Leib auf, bis ihre Kameraden über sie hinweg diese zu überwinden vermochten. Längst standen über eine Million menschliche Soldaten in Deutschland im Kampf, doch während die menschlichen Streitkräfte nur langsam anwuchsen, während Maßnahmen wie die Wiedereinführung der Wehrpflicht, das Ausbilden von Rekruten und die Mobilisierung von Reservisten Zeit beanspruchte, griff der Feind auf einen schier unerschöpflichen Nachschub von Soldaten zurück. Experten debattierten leidenschaftlich, ob seinem Nachschub überhaupt Grenzen gesetzt seien oder ob seine Schiffe, die den Planeten in einem orangefarbenen Ring eingekesselt hatten, genug Soldaten beherbergen, um mit ihnen jeden Quadratzentimeter der irdischen Landmassen zu besetzen.

Krzysztof, der polnische Offizier, griente schief und strich über das schwarz lackierte Metall seines Kbk wz. 88 Tantal; dabei handelte es sich um eine veränderte Version der AK-47U.

»Es regnet«, bemerkte er trocken.

»Ja«, sagte Degel.

»Sie sind langsamer bei Regen.«

»Ich weiß nicht. Sie werden trotzdem kommen.«

Die Außerirdischen schienen ein Problem mit Wasser zu haben, bei Regen bewegten sie sich merklich langsamer voran. Allerdings stoppte der Niederschlag sie auch nicht. Degel hatte recht, sie würden bald da sein.

Krzysztof senkte den Kopf, führte die Lippen an das Funkgerät heran, das an seiner Kampfmittelweste angebracht war.

»Jay-Pie, this is Foxtrot.« Auch wenn Krzysztof gutes Deutsch sprach, verlief die Kommunikation zwischen dem Jägerregiment 1 und der 17. Großpolnischen Mechanisierten Brigade »Waffengeneral Józef Dowbor-Muśnicki«, die sich gemeinsam am Südrand von Herford eingegraben hatten, auf Englisch ab. Sowohl die Deutschen als auch die Polen machten sich keine Illusionen darüber, den Gegner hier aufhalten zu können. Sie würden weichen müssen. Sie würden die Affen anschießen, ihnen große Verluste beibringen und ihnen Herford dann Stück für Stück überlassen. Die Hoffnung lag auf den zahlreichen Arbeitsgruppen, die die Militärs dieser Welt eingerichtet hatten, um wirksame Verteidigungskonzepte auszuarbeiten. Bis dato scheiterten alle Abwehrbemühungen vor allem an den Diskusjägern des Feindes. Diese unzerstörbaren, in großer Zahl den Luftraum besetzenden Flugmaschinen schienen selten berechnend gegen lohnende Ziele vorzugehen, doch waren sie zahlreich genug, um massive Schäden anzurichten. So war nicht einmal die Artillerie, die als probates Mittel gegen die Bodentruppen der Affen galt, vor Angriffen der Diskusjäger gefeit. Russland und China verbuchten einige Erfolge mit Boden-Boden-Raketen, diese vermochte der Gegner – anders als Flugzeuge – nicht abzuwehren, doch stand schlicht kein Waffensystem in ausreichender Zahl zur Verfügung, um jeden Quadratmeter des von den Außerirdischen okkupierten Bodens mit ihm zu zertrommeln. Und die Luftwaffen der Menschheit, die in der Militärtechnik der letzten Dekaden ins Zentrum jeder modernen Armee gerückt waren, konnten kaum einen Stich landen angesichts Tausender Diskusjäger in jedem Operationsraum.

»Foxtrot«, knackte Bernaus Stimme aus dem Lautsprecher.

»This is Jay-Pie. The apes just crossed Tango line.«

»Then we should light them up.«

»Roger that. Engaging. Jay-Pie out.«

Krzysztof und Degel wechselten einen Blick.

»Im Laufschritt«, erklärte der Pole. Der Deutschiraner nickte, dann sprangen beide auf die Beine und sahen zu, dass sie Land gewannen. Sie ließen das Verteilzentrum der Post hinter sich, liefen jenem Punkt entgegen, wo die B 61 die B 239 kreuzte. Der Geruch von Benzin intensivierte sich, Öl leuchtete in allen Farben auf dem Asphalt.

Degel hechelte, Seitenstechen traktierte ihn. Er hatte nie ein Problem mit der Ausdauer gehabt, doch erreichte seine allgemeine Erschöpfung mittlerweile einen Grad, der ihn körperlich spürbar beeinträchtigte. Krzysztof, der gleichfalls im Iran gewesen war, hatte mit ähnlichen Erscheinungen zu kämpfen.

Sie erreichten jene Stelle, die sie bereits auf dem Hinweg passiert hatten: einen Unfallort. Zwei Pkw hatten einander gerammt und waren dabei derart beschädigt worden, dass sie augenscheinlich nicht mehr fahrtüchtig waren. Eines der Armaturenbretter war mit Blut beschmiert, mehrere Scheiben geborsten. Glas- und Kunststoffsplitter ertranken im Öl auf dem Asphalt. Neben den beiden Autos lag ein Motorrad auf der Straße, daneben der Körper des Fahrers. Krzysztof und Degel hatten auf dem Hinweg seine Vitalfunktionen gecheckt. Er war definitiv tot. Und es fehlten die Zeit und die Ressourcen, um die Toten zu bestatten. So blieben sie einfach liegen und würden früher oder später vom Vormarsch der Affen bedeckt werden.

Krzysztof eilte auf das Motorrad zu, dessen Blech verbeult, das ansonsten aber in Ordnung schien. Er hob es auf, es war getränkt in Treibstoff und glänzte entsprechend.

»Komm schon!«, rief er Degel zu und saß bereits hinter dem Lenker. Der Deutschiraner schwang sich dankend auf die Sitzfläche hinter den Polen und hielt sich fest.

»Gut, dass ich dich dabeihabe«, prustete er. »Ich habe nämlich keinen Motorradführerschein. Und keinen Plan, wie man so ein Ding fährt.«

»Motorradführerschein?«, lachte Krzysztof auf. »Ich habe nicht einmal den normalen Führerschein.«

»Bitte, was?«

Krzysztof startete den Motor, kuppelte und drehte auch schon den Gasgriff. Mit einem Affenzahn schoss der Feuerstuhl davon.

»In Polen braucht man keinen Führerschein!«, brüllte er, während sie sich dem Bundesstraßenkreuz näherten.

»Das halte ich für ein Gerücht!« Degels Antwort wurde vom fauchenden Fahrtwind fortgerissen. Hinter ihnen erreichte die orangefarbene Flut das Postverteilzentrum und schob sich rechts und links daran vorbei, während einige Affen die Tore beschossen, bis diese zu silbrigen Seen zerschmolzen. Daraufhin drangen sie in das Gebäude ein, um auch dort jeden Quadratzentimeter mit ihrem Körper auszufüllen.

Degel und Krzysztof passierten eine Ansammlung von Wohnhäusern und erreichten daraufhin das Bundesstraßenkreuz, die B 239 führte quer verlaufend über die B 61 hinweg. Deutsche und polnische Soldaten wuselten auf der Überführung durcheinander, mehr und mehr Waffenmündungen tauchten über der Leitplanke auf, wiesen in Richtung Feind. Weit rechts ging in diesem Moment eine entfernte Knallerei los, das dumpfe Grollen von Abschüssen leichter und schwerer Waffen vermengte sich zu einer vom Geschützdonner beherrschten Geräuschkulisse. In einer Siedlung dort hatte das Jägerregiment 1 einen Feldposten eingerichtet, und die Reihen der Affen, dieses orangefarbene Meer, war just in diesem Augenblick in Feuerreichweite geraten. Schon pfiffen die Raketen der polnischen Artillerie heran, es war ein Spektakel sondergleichen. Einem

Kometenschauer gleich schossen die Geschosse, lange Kondensstreifen hinter sich herziehend, über die Dächer der Siedlung hinweg und gingen in der orangefarbenen Masse hernieder. Haushohe Feuerbälle stiegen auf, verschlangen gierig die außerweltlichen Kämpfer. Tausende von ihnen würden fallen, doch letztlich würde der Feind die vorgeschobene Siedlung nehmen. Für Degel bestand daran kein Zweifel.

»Sie sind nah«, sagte Krzysztof ehrfürchtig und stellte das Motorrad ab. Der Motor verabschiedete sich mit einem Blubbern. Mit dem Daumen wies er auf die Ansammlung von Wohnhäusern vor dem Postverteilzentrum, gerade einmal über 200 Meter erstreckte sich die Straße von dort aus bis zum Bundesstraßenkreuz. Hinter jenen Häusern war bereits die Phalanx der Außerirdischen zu erkennen, die langsam, aber stetig vorrückte.

»Moe!«

Degel blickte zur Überführung hinauf, sah dort einen glatzköpfigen Soldaten stehen und winken. Es handelte sich um Unteroffizier der Reserve Johann Stelzer, der für Degels Verhältnisse zwar immer noch ein seltsamer Kauz war, den die Kämpfe der vergangenen Tage aber spürbar verändert hatten. Er hatte sich angepasst an das Gefüge der Kompanie. Degel winkte zurück.

»Es ist alles vorbereitet«, brüllte Stelzer herunter. »Habt ihr noch Leute angetroffen?«

»Nein. Ist alles wie ausgestorben!«

»Sehr gut! Dann erleben die Arschlöcher gleich ihr blaues Wunder.«

Degel streckte den Daumen in die Höhe.

Jenseits der Überführung, auf der B 61, erschienen zwei polnische Soldaten, die mit selbst gebastelten Flammenwerfern ausgerüstet waren – eine hochgradig riskante Aktion. Ein Soldat der 1. Kompanie war beim Versuch, eine ähnliche Konstruktion zu bauen, in einem Flammenball aufgegangen und elendig verbrannt. Sicherheitsvorkehrungen aber mussten zurücktreten in einem Kampf, in dem nicht weniger als das nackte Überleben der menschlichen Rasse auf dem Spiel stand.

»Komm, Kumpel!«, sagte Krzysztof und schlug Degel gegen die Schulter. Die beiden Soldaten ließen das Motorrad stehen und eilten links die Auffahrt hinauf. Oben lagen weitere deutsche Soldaten in Stellung, Angehörige der 5. Kompanie. Hauptmann Martens wirkte etwas verloren inmitten seiner Männer und Frauen, er wusste nicht, wohin mit sich, rannte daher wie ein aufgescheuchtes Hühnchen umher und erging sich in sinnlosen Durchhalteparolen, denen die Landser schon lange keine Bedeutung mehr beimaßen. Oberleutnant Fabius hatte einmal mehr das Kommando an sich gerissen, er schrie sich die Seele aus dem Leib, während er die letzten Korrekturen an der Gefechtsaufstellung vornahm. Oberfeldwebel Holger Bradinski, genannt »Bravo«, hatte seine Gruppe auf dem Grünstreifen in Stellung gehen lassen, sodass sie auf die B 61 hinunterwirken konnte. Die Soldaten kauerten im Gras, nestelten an ihrer Waffe herum. Nasse Halme glänzten im Schummerlicht, stellenweise hatte sich Bodennebel gebildet. Es wurde Herbst, wurde nun mit jedem Tag kühler.

Degel grüßte im Vorbeirennen, er und Krzysztof hielten sich links, hasteten auf eine weitere Überführung zu, unter der eine Bahnlinie entlanglief. Bernaus Gruppe lag hier in Stellung. Ausgerüstet mit G36 samt modularem Granatwerfer und einigen G3-Gewehren, die über eine höhere Durchschlagskraft verfügten, besetzten sie die Leitplanke und blickten auf die Gleise runter – und auf die orangen Massen, die das Vorfeld vereinnahmten, so weit das Auge blickte. Die Affen waren keine 200 Meter mehr entfernt. Die menschlichen Verteidiger hatten vielleicht noch zwei Minuten, ehe sie in Reichweite der Alienwaffen liegen würden. Degel lief an den Kameraden vorüber, klopfte sie dabei einer nach dem anderen ab: Emmerich, der fürchterlich schwitzte, Rupp, Meier, Eichner. Sie nickten ihm grimmig zu. Er erreichte Bernau, der drückte ihm seine glosende Zigarette zwischen die Lippen. Vor ein paar Wochen noch hätten sie das nicht für möglich gehalten, doch nun waren sie allesamt zu Rauchern geworden. Degel nahm zwei Züge und reichte den Glimmstängel an Krzysztof weiter.

»Wie sieht es aus?«

»Alles ist vorbereitet«, sagte der polnische Offizier. »Ich funke jetzt meine Leute an, dann kann der Spaß beginnen.«

Bernau nickte gedankenverloren. Weiße Augen stachen aus einem dreckverkrusteten Gesicht, in dem sich viele Schichten Staub, getrocknetes Blut, Ruß und Schmutz zu einem dicken Panzer verbanden. Mutlos betrachtete der Stuffz die anrückende Alienarmee. Er ließ den Blick schweifen, rechts und links, so weit er sehen konnte, bis zum Horizont, nichts als orangefarbene Schilde.

»Wir werden sie nicht aufhalten«, bemerkte er nüchtern.

»Nein, werden wir nicht«, pflichtete Krzysztof ihm bei. »Aber wir werden viele von ihnen töten.«

»Wie lange soll das noch so gehen?«

»Ich bin zuversichtlich, dass wir sie spätestens an der polnischen Grenze aufhalten werden.« Krzysztof grinste dreckig.

Bernau seufzte.

»Es heißt, die NATO bereite einen Gegenangriff vor. Sie wolle die Luftbrücke der Affen mit einem nuklearen Schlag zerstören und damit gleichzeitig eine Bresche in deren Reihen schlagen, um bis ins Zentrum ihrer Landezone vordringen und diese besetzen zu können.«

»Mein letzter Stand war, dass die Kanzlerin sich dem Einsatz von Atomwaffen noch immer verwehrt«, warf Degel ein.

»Es wird der Tag kommen, da wird es in Brüssel niemanden mehr interessieren, was eure Kanzlerin meint oder denkt.« Krzysztof nickt zu dieser Aussage, machte deutlich, dass er felsenfest von deren Richtigkeit überzeugt war. »Atomwaffen sind über kurz oder lang unsere einzige Chance, diesen Biestern beizukommen. In Afrika hat es funktioniert. In China hätte es funktioniert, hätten die Mongolen nicht dazwischengefunkt.«

»Die Mongolen«, holte Bernau aus, »wollten vor allem verhindern, dass ihr Land unbewohnbar wird. Was haben wir davon, wenn wir den Planeten behaupten und danach nicht mehr auf ihm leben können?«

Im Hintergrund setzte erneut der Feuerzauber der polnischen Raketenartillerie ein. Dieses Mal beschoss sie die Siedlung direkt, was bedeutete, dass die Soldaten des Feldpostens ausgewichen waren und der Feind bereits die Gebäude erreicht hatte. Überhaupt breiteten sich die außerirdischen Truppen von ihrer Landezone auf dem Truppenübungsplatz Senne ausgehend tintenklecksartig in alle Richtungen aus, wobei die Front mittlerweile zahlreiche Dellen aufwies, was zusätzliche Kräfte für die Verteidigung band. Die NATO, das stärkste Militärbündnis der Erde, pfiff schon jetzt aus dem letzten Loch, war kaum imstande, eine durchgehende Frontlinie aufzubauen, geschweige denn, das Heft des Handelns in die Hand zu nehmen ... zu Gegenangriffen anzusetzen. Im Norden stand der Feind bereits vor Diebrock, Schüsse klangen von dort herüber.

»Was glaubst du, wie das Land aussieht, das die Affen besetzt halten?« Krzysztof wies in Richtung der feindlichen Heerscharen.

Bernaus Pupillen zitterten. »Da wird nichts mehr leben ... wer weiß, vielleicht vergiften die alles und dann wird dort nicht einmal mehr Unkraut wachsen.«

»Echo an alle. Status! Kommen«, knackte Fabius' Stimme aus dem Lautsprecher des Funkgeräts.

»Echo 1: Gefechtsbereitschaft hergestellt.«

»2«, meldete Bernau, »gefechtsbereit. Kommen.«

»Echo 3 gefechtsbereit.«

»4 gefechtsbereit.«

»5 dito. Kommen.«

»Gut so, hier Echo. Operation ›Torch‹ on my signal!«

»This is Tinder Box, copy that«, tönte eine polnische Stimme stark akzentuiert im Funkkreis.

Krzysztof wandte sich von den deutschen Soldaten ab, sprach stattdessen auf Polnisch in sein Funkgerät.

»Okay, Freunde der Nacht!«, brüllte Bernau. »Es geht los!« Er klatschte in die Hände, dann lud er sein G36 durch. Das metallische Schnalzen des Verschlusses erschallte x-fach auf der Überführung.

»Wir sind so weit«, meldete Krzysztof und nickte Bernau zu.

Der fasste den Feind ins Auge. Dessen Schildreihen drängten die Gleise entlang, schoben sich unablässig der Überführung entgegen. Die Affen hatten ihr Vorgehen in Phalangen perfektioniert, nicht ein Arm, nicht ein Bein, nicht einmal ein Fellknäuel ragte irgendwo hinter den Schutzschilden hervor.

»Light 'em up!«, raunzte Fabius in den Äther.

Droben beim Bundesstraßenkreuz zischelten die Flammenwerfer, im nächsten Augenblick bauschte sich unten, auf der B 61, eine gewaltige Feuerwalze auf. Genährt durch den Treibstoff, mit denen die Soldaten den Asphalt getränkt hatten – sie hatten dazu sämtliche Tankstellen der Umgebung leer gepumpt –, pflanzte sich die Flammenwand gen Südwesten fort, raste der feindlichen Front entgegen, schlug wie eine göttliche Faust in diese ein und rollte darüber hinweg. Hinter den ersten Reihen der Affen eruptierten die Lohen in einem martialischen Zischeln viele Meter in die Höhe, griffen um sich, und sausten in mörderischem Tempo nach beiden Seiten davon, wo sie Tausende außerirdische Kämpfer verschlangen. Die Deutschen und Polen hatten einen flachen Graben ausgehoben, der parallel zur B 239 verlief, und hatten diesen mit allem Brennbaren gefüllt, was sie hatten auftreiben können. Während also nun die ursprüngliche Feuersbrunst auf das Postverteilzentrum zudrängte und dieses ansteckte, brannten augenblicklich die Reihen des Feindes lichterloh vor den Stellungen der 5. Kompanie. Explosionen von Gasflaschen, Campingkochern und gefüllten Benzinkanistern krachten. Aufflammende Affen wurden in die Luft geschleudert und wirbelten durch die Gegend. Die züngelnde, dampfende Wand trennte die ersten drei Reihen vom Rest der feindlichen Formation ab.

»Feuer!«, brüllte Bernau.

Die G36-Schützen hoben ihre Waffe, betätigten den AG40-Granatwerfer. Weißer Schmauch blies aus dem Abschussrohr, das unter dem Lauf des Sturmgewehrs angebracht war. Im Bogenflug eierten die Granaten den vordersten Reihen der Aliens entgegen, die Mühe hatten ob des flammenden Infernos in ihrem Rücken, die Schildwand aufrechtzuerhalten. Die Granaten schlugen ein, vergingen zu wilden Explosionen. Schilde und dunkle Fellkörper wurden von den freigesetzten Druckwellen angehoben, sie gereichtem zum Spielball der freigesetzten Energie. Auch rechts und links entlang der Bundesstraße begann die Knallerei, überall trafen die Aliens auf die menschlichen Verteidiger, auf Deutsche, Polen, Letten, Estländer, Österreicher und Kroaten, die aus allen Rohren feuerten und sich aller Gemeinheiten menschlicher Kriegskunst bedienten, um Löcher in die Formation des Feindes zu reißen. Gruben öffneten sich unter den Klumpfüßen der Affen, dass diese reihenweise in die Tiefe stürzten und von rasiermesserscharfen Metallpfählen aufgespießt wurden. Inmitten der orangefarbenen Phalangen schossen violette und grünliche Stichflammen aus mit brennbarem Material gefüllten Trichtern empor. Sprengfallen und Minen lösten aus, ganze Ketten von Detonationen erschütterten die außerweltlichen Heerscharen. Die vereinigte Artillerie der NATO schlug dazwischen; göttlichen Faustschlägen gleich sausten Sprenggeschosse aller Größen auf die Aliens hernieder. Orangefarbene Schilde fegten durch die Luft, Körper lösten sich auf, zerfetzten, zerrissen in der Höllenhitze und dem tausendfachen Druck der Entladungen.

Degel schaute auf die flammende Wand, die die vordersten Reihen der Angreifer vom Gros ihrer Streitmacht abschnitt. Durch das Lodern hindurch blitzte das Millionenheer des Feindes durch, dieser schier unverwüstliche, das Land von Augustdorf bis Herford verschlingende Moloch. Degel, hinter der Leitplanke der Überführung hockend, hob sein G36, visierte die durch die Granatenexplosionen niedergeworfenen Affen an. Viele waren tot, andere verwundet, sie zappelten geräuschlos in ihrem dunklen Blut. Wieder anderen hatten die Druckwellen nur den Boden unter den Füßen weggezogen. Sie rappelten sich auf, griffen nach Schild und Waffe und schickten sich an, sich erneut zu geschlossenen Reihen zusammenzurotten. Die deutschen Soldaten ließen es dazu nicht kommen, sie eröffneten das Feuer aus allen Rohren. Noch war der Feind desorientiert, noch offenbarte er den Verteidigern seinen verwundbaren Körper. Und die Menschen nutzten dies gnadenlos aus. Das Krachen der Waffen bauschte sich zu einer Kakofonie auf, die wuchtvoll auf Degels Trommelfell einschlug und ihm Schmerzen beibrachte, nichtsdestotrotz betätigte auch er immer wieder den Abzug, gab er Schuss um Schuss auf den Feind unten auf der Bahnlinie ab. Glühende Projektile verschwanden in seinem Ziel und ließen es straucheln. Linker Hand, auf dem Bundesstraßenkreuz, erklangen die MG3 der Kompanie. Lange Feuerstöße hackten in die Reihen des Feindes hinein. Eichner hingegen klemmte hinter einem Maschinengewehr 5, von dem der Kompanie erst an diesem Morgen drei Exemplare ausgehändigt worden waren.

»Lasst keinen am Leben!«, forderte Bernau lautstark und mit belegter Stimme. »Tötet sie alle!«

Degel entnahm seiner Waffe das leer geschossene Magazin. Geschockt beobachtete er, wie die hinter der noch immer lodernden Flammenwand abgeschnittenen Affen stumpf wie Roboter ins Feuer hineinmarschierten und elendig an den Flammen zugrunde gingen. Körper um Körper, Reihe für Reihe warfen sie sich in die gierigen Lohen, und erstickten sie nach und nach mit der puren Masse ihres Leibes. Schon schritten die ihnen nachfolgenden Reihen über die verkohlten, sich im Todeskampf Windenden hinweg. Die Affen erreichten ihre gebeutelten Kameraden der ersten Reihen, und ließen sie sukzessive hinter ihren Schilden verschwinden. Und plötzlich war da nur noch eine lückenlose Phalanx, die sich den Verteidigern entgegenschob.

»Stopfen!«, brüllte Bernau. »Feuer einstellen!« Es wäre Munitionsverschwendung, die Schilde zu beschießen. Der Stabsunteroffizier gestikulierte mit den Armen zu seinem Befehl. Eichner nutzte die Feuerpause, führte blitzschnell einen Rohrwechsel durch. Allerorts krachte es, knallten die Waffen. Die menschlichen Bodentruppen bei Herford waren auf sich gestellt, sie würden keine Unterstützung aus der Luft erhalten. Die Luftwaffen der NATO hatten im Zuge des Krieges gegen die Invasoren beträchtliche Verluste erlitten, allein bei der Bundeswehr waren nur noch 20 Prozent der Kampfflugzeuge und Hubschrauber einsatzbereit, außerdem einige Dutzend Drohnen. Die Diskusjäger waren bisweilen allgegenwärtig, ihre Einsatzgrundsätze erschlossen sich den Menschen nicht. Mal tauchten sie auf, beschossen militärische Punktziele von Bedeutung, mal griffen sie wahllos Zivilisten oder sogar leer stehende Gebäude und andere Objekte ohne jedes militärische Gewicht an. Es existierten Berichte über Diskusse, die Wälder, Flüsse, Bergmassive attackiert hatten. Zeitweilig verdunkelten Hunderte der feindlichen Flugmaschinen den Himmel, an anderen Tagen – so wie an diesem – ließen sie sich kaum blicken. Degel dankte Allah dafür, ihn und die Kameraden heuer mit den Jägern der Affen zu verschonen. Zwar zuckten einige von ihnen in weiter Ferne durch die Lüfte, doch machten sie keinerlei Anstalten, in die Gefechte am Boden einzugreifen.

»Wir sind an der Reihe«, rief Krzysztof, »bevor sie zu nah sind!«

Bernau nickte. »Zurückfallen wie besprochen!«

Krzysztof gab maschinengewehrartig Befehle in den Funkkreis. Degel erhob sich schwerfällig. Er bemerkte, wie es in seinem Knie knackte. Er fuhr herum und rannte quer über die Straße, seine Kameraden taten es ihm gleich. Die Erschöpfung drohte ihn niederzukämpfen. Schmerz steckte in jedem seiner Knochen, seine Muskulatur war längst übersäuert, ächzte unter der andauernden Belastung. Der kurze Sprint über die Straße gereichte zur Tortur, war er doch beladen mit 30 Kilogramm; mit einer bockschweren Schutzweste, mit dem mit allerhand Ausrüstung gefüllten Koppel, mit zwölf Magazinen, mit seinem G36 samt Abschussgerät, mit seiner Back-up-Waffe, dem kiloschweren Helm aus Aramid, mit einem Liter Wasser und zwei Einmannpaketen. Der Gestank von Feuer, Kordit und Schweiß stieg ihm gleichermaßen in die Nase, es roch zudem nach Feuchtigkeit. Mit jedem Atemzug strömte kühle Luft in seine Lunge. Er hechelte, schnappte nach Luft wie ein Fisch auf dem Trockenen. Seine Sicht verengte sich, wurde zum Tunnel. Er sah nur noch die Leitplanke voraus auf der anderen Seite der Überführung.

»Achtung!«, erscholl der Warnruf des polnischen Offiziers über das Schlachtfeld. Die Soldaten machten sich lang, legten sich flach auf den Asphalt. Degel stieß sich das Knie an, zerdrückte einen Fluch auf den Lippen. Ein ekelhafter Schmerzblitz jagte durch seinen Körper. Der Asphalt war kalt, hart und nass. Und doch fielen Degel sogleich die Augen zu. Für einen Augenblick war er in einem anderen Universum. Der Schmerz und die Auslaugung fielen von ihm ab. Es war, als entspannte er in einer Hängematte. Er ließ sich fallen. War frei. War glücklich. Es war fast wie früher ... zusammen mit den Kameraden die Abende in der Kaserne verbringen. Sport treiben, beisammensitzen, einander aufziehen und miteinander lachen. Es waren gute Zeiten gewesen, es waren ... Ein Lärm, als würde die Welt entzweispringen, riss Degel aus seinem Tagtraum, holte ihn in die bittere Realität zurück. Er fuhr herum, sah gigantische Flammensäulen jenseits der Überführung aufsteigen. Splitter aller Größen wurden auf Überschallgeschwindigkeit beschleunigt, rasten Sternschnuppen gleich ins Gewölk hinauf. Sie zogen weiße Streifen hinter sich her. Weitere Artilleriegranaten aus den Rohren der polnischen AHS Krab trafen punktgenau ins Ziel, rissen die Gleise auf, pflügten durch das Land vor der Überführung. Der Beschuss endete bereits nach wenigen Augenblicken, zu angespannt war die Munitionslage, zu viele Frontabschnitte waren auf Steilfeuerunterstützung angewiesen.

»Los!«, brüllte und hustete Bernau zeitgleich, während eine beißende Wolke aus Staub und Rauch die deutschen Soldaten einhüllte. »Vor!« Der Stuffz rannte vorweg und Degel fragte sich in diesem Augenblick, woraus Bernau seine Kraftreserven schöpfte. Murrend stemmte der Deutschiraner sich in die Höhe, nahm die Verfolgung auf. Sie spurteten wieder vor zur anderen Leitplanke. Die Schienenstränge zu ihren Füßen waren kaum mehr zu erkennen, sie verschwanden im staubigen Dunst. Die winzigen Partikel brannten in den Augen, verklebten den Mundraum. Degel spuckte aus, er hatte einen ekelhaften Film auf der Zunge.

»Feuer!«, geiferte Bernau. »Macht sie nieder!« Abermals brachten die Soldaten ihr Maschinen- oder Sturmgewehr in Anschlag, abermals betätigten sie den Abzug. Ungezielt feuerten sie in die Nebelwand hinein, in der es orange schimmerte.

»Fickt euch, ihr Wichser!«, tobte Meier und leerte sein Magazin in einem Feuerstoß.

Plötzlich schlugen ihnen die Energiegeschosse des außerirdischen Feindes entgegen. Rötlich flirrende Energiegebilde platzten aus dem Dunst, schossen über den Kopf der deutschen Soldaten hinweg oder bohrten sich unter ihnen in den Beton der Überführung. Ein spitzer Schrei erklang, Degel riss den Kopf herum, sah, wie der Wehrpflichtige Rupp hinter einem footballgroßen, glosenden Loch in der Leitplanke zusammensackte. Sein G36 löste sich in einer schwarz-silbrigen Pfütze auf, sein rechter Arm verbrühte bis zur Schulter. Uniform und Ausrüstung erhitzten sich, bis sie den Aggregatzustand wechselten, sie zerschmolzen und backten mit Rupps Körper zusammen. Einmal noch schrie der Wehrpflichtige auf, es war ein abgewürgter, gurgelnder Laut, dann verstummte er und starb.

Der gegnerische Beschuss wurde zu heftig, seine Geschosse fauchten aus der Staubwolke und zerlegten die Überführung. Die Deutschen wichen schießend zurück, sie mussten weichen. Degel warf sich auf den Hintern, feuerte dabei seine Waffe leer und sah zu, wie die Leitplanke vor ihm unter mehreren Treffern zerfloss.

»Weg!«, erging Bernaus ohrenbetäubender Ruf. »Zurückfallen lassen!«

Sie rannten, ließen die Bundesstraße hinter sich, eilten die Böschung hinunter und drangen in eine junge Waldung ein.

»Krzysztof! Moe!«, hörte Degel den Stuffz rufen, während er sich durchs Gestrüpp kämpfte. Feuchte Blätter griffen nach ihm. Wo sie seine Wangen und die freien Hautstellen zwischen Handschuh und Ärmel berührten, lösten sie ein wohliges Gefühl in ihm aus, bekämpften sie doch die unsägliche Hitze, die sich seines Körpers bemächtigt hatte.

»Zu mir!«

Degel folgte der Stimme seines Gruppenführers. Er, Bernau und der polnische Offizier kamen zusammen. Sie mussten brüllen, um sich zu verständigen, derart laut wüteten die Kämpfe an den Rändern Herfords. Kampfjets schossen nun doch heran, feuerten einige Raketen in das endlose Heer des Feindes ab und zogen sogleich wieder ab.

»Krzysztof?«, schnaufte Bernau zwischen zwei gehetzten Atemzügen.

»Wir können loslegen«, eröffnete der Pole, ein bösartiges Blitzen zuckte in seinen Augen auf.

Bernau fasste den polnischen Kameraden an der Schulter, nickte ihm zu, brauchte noch einen Moment, um zu Luft zu kommen.

»Auf geht's!«

Sie nahmen einen Schleichweg und drangen auf einen schmalen Waldstreifen vor, von dem aus die Überführung und die darunter herlaufende Bahnlinie zu erkennen war. Orange schimmerte es im Schatten des Betons, die Affen rückten weiter vor. Degel, Bernau und Krzysztof legten sich im Schutz einer Buche ins Gras. Es war nicht bekannt, ob der Feind über visuelle Hilfsmittel wie Wärmebildgeräte oder Ähnliches verfügte. Es schien jedenfalls auszureichen, sich in der Flora zu verstecken, um sich seines Blickes zu entziehen. Sachte schob Degel das Geäst vor seinem Gesicht beiseite und linste zu den Bahnschienen hinüber. Die Reihen der Aliens hatten die Überführung durchquert, sie traten ins Freie.

»Gleich wird gegrillt«, frohlockte Krzysztof und ballte die Hände zur Faust. Er spielte damit auf die blanken Kabel an, die auf den Gleisen auslagen und die von Technikern der Stadtwerke Herford unter Starkstrom gesetzt worden waren. Die vorderste Schildreihe schob sich den Kabeln entgegen, stülpte sich über diese, schob sich weiter voran. Plötzlich tat es einen lauten Knall. Funken, groß wie Kinderarme, sprühten hinter den Schutzwaffen empor, es blitzte mehrfach, knackte, als würde jemand Knallerbsen werfen. Einige der orangefarbenen Gebilde kippten vornüber, gaben ihren Träger frei. Der brach zuckend zusammen, Stichflammen und Blitze umtanzten ihn. Manches Fellknäuel entzündete sich unter den Stromschlägen. Es folgte ein weiterer, brachialer Knall, daraufhin war der Stromkreis unterbrochen. Die vorderste Reihe der Angreifer war ihm fast vollständig zum Opfer gefallen.

»Toll!«, erzürnte sich Degel im Flüsterton. »Die ganze Arbeit ... für was? Um 20 oder 30 von denen zu grillen? Das bringt doch nichts!«

In Bernaus Augen stand die blanke Wut, er war zu einer Antwort nicht imstande. Krzysztof aber schüttelte den Kopf. »Doch, doch«, wisperte er mit einem wölfischen Grinsen auf den Lippen. »Zu sehen, wie ein paar von denen schmoren, ist gut für die Seele.« Er schaute Degel tief in die Augen und machte deutlich, dass er es so meinte. »Und außerdem haben wir ja noch eine Überraschung vorbereitet.«

Eine Schildreihe tauchte nun auch oben auf der Überführung auf, arbeitete sich bis an die Leitplanke heran. Die Aliens besetzten die B 239 auf breiter Front. Und hielten auch hier nicht an, ruhten sich nicht auf ihrem Erfolg aus. Der Vorstoß des Gegners verlief stetig und ohne Unterlass.

»Echo 2 an alle. Ist die Bundesstraße geräumt?«, fragte Bernau in den Funkkreis hinein.

»Soll das ein Witz sein?«, knackte Bravos Stimme aus dem Lautsprecher. »Mach die Augen auf und guck, wer auf der Straße steht!«

»Echo 1, Schnauze halten!«, raunzte Fabius. »Hier Echo, Straße geräumt. Die Bühne gehört euch. Kommen!«

»Echo 2 verstanden. Ende.«

Bernau und Krzysztof wechselten einen Blick, daraufhin zückte der Pole den kleinen Funkauslöser. Degel legte seine Waffe im feuchten Gras ab, führte die Zeigefinger an seine Ohren heran und drückte jeweils den Tragus der Ohrmuschel ein, bis die lärmende Geräuschkulisse dumpf wurde und das Rauschen seines Blutes diese unterlegte. Er fürchtete, wegen der ständigen Knallerei sein Hörvermögen zu verlieren, und vernahm bereits seit dem Iranfeldzug ein ununterbrochenes Fiepen. Jeder Abschuss, jede Explosion, jeder Ruf in unmittelbarer Nähe trommelte in Form von peinigenden Schallwellen auf seine Gehörgänge ein, fraß sich in diese hinein und verweilte dort viel zu lang.

Krzysztof betätigte den Knopf. Unter der Überführung über die Gleise, als auch links davon unter jener, die über die B 61 hinwegführte, zersprangen die vorbereiteten Sprengsätze. Gleichzeitig ereigneten sich gewaltige Sprengungen oben auf der B 239, welche sich in beide Fahrtrichtungen in wahnwitziger Geschwindigkeit fortpflanzten. Turmhoch schossen Säulen in die Luft, Leiber und Schutzschilde wirbelten nach allen Himmelsrichtungen davon und regneten zusammen mit aus der Straße gerissenen Asphaltbrocken auf die Erde hernieder. Die Überführungen krachten in sich zusammen, begruben Dutzende der Außerirdischen unter Schutt. Aus der Bundesstraße erhob sich eine exorbitante Staubwolke, die einer grauen Wand gleich Herford von dem Vormarsch der Invasoren abtrennte.

Degel, Krzysztof und Bernau grienten einander an, während um sie herum Gesteinsbrocken ins Gras klatschten. Jubel brach sich im Funkkreis Bahn. Die menschlichen Verteidiger hatten ein paar Minuten gewonnen.

Degel betrachtete das Vorfeld, betrachtete die Wand aus Staub, die wie eine aus Beton und Zement errichtete Mauer auf der aufgerissenen Bundesstraße stand, als wäre sie ein Werk für die Ewigkeit. Kein einziges Alien war mehr zu sehen, jedenfalls kein lebendiges. Zerfetzte

Fellkörper und dunkles Blut säumte den Asphalt und das Umland. Die orangefarbenen Schutzschilde lagen überall verstreut.

»Highlight des Tages«, freute sich Krzysztof. Ein ziviles Unternehmen hatte die Sprengungen vorbereitet und stand dem Regiment auch weiterhin zur Verfügung. In der weisen Voraussicht, dass Herford verloren gehen würde, richteten sie strategische Positionen im Stadtkern sowie am nördlichen und östlichen Stadtrand für weitere Sprengungen her.

»Schön, dass es dir Freude bereitet, Deutschland in Schutt und Asche zu legen«, kommentierte Bernau trocken.

»Hey, hey, hey«, verteidigte sich Krzysztof. »1939 habt ihr das bei uns gemacht. Jetzt sind wir mal dran.« Er forschte im Gesicht seiner deutschen Kameraden.

»Mich brauchst du gar nicht ansehen«, schnappte Degel. »Ich bin Iraner.«

»Na, klar«, brummte Bernau. »Immer wenn es gerade passt, bist du plötzlich Iraner.«

»Es muss ja auch Vorteile haben, ein Kanake zu sein.«

Bernau grinste schief, ehe er sagte: »Sehen wir zu, dass wir hier wegkommen, bevor die sich neu formieren.«

Sie rappelten sich hoch, Degel fiel das schwer. Sie hetzten durch den Waldstreifen. In ihrem Rücken lichtete sich der staubige Vorhang, orangefarben glitzerte es in ihm. Ein Diskusjäger zuckte hoch oben über ihrem Kopf hinweg, hielt auf das Zentrum von Herford zu. Die drei Soldaten duckten sich instinktiv, warteten, bis das feindliche Luftfahrzeug außer Sichtweite war, dann hasteten sie weiter. Degel sprang über Stock und Stein, geriet mit dem Stiefel in ein Loch und wäre beinahe umgeknickt. Der kurze Sprint kostete ihn mehr Kraft, als ihm lieb war. Sie erreichten die ersten Wohnhäuser, passierten diese, brachten einige Hundert Meter zwischen sich und die Front der Außerirdischen. Auf Höhe des Gebäudes einer Kirchengemeinde waren die Soldaten der Kompanie zusammen mit polnischen Kameraden abermals in Stellung gegangen, hier würde der Kampf weitergehen. Bunte Kinderbilder klebten in den Fenstern. Die Stimmen von Bravo, Fabius und anderer Unterführern erschallten. Eichner schlug eine Scheibe ein, Scherben purzelten über die Fensterbank und auf den Rasen vor dem Gebäude. Im nächsten Augenblick schob sich der Lauf des MG aus dem Fenster. Waffen wurden durchgeladen, Munition und Granaten bereitgelegt. Sie mussten noch bis zum Abend durchhalten, dann sollte das Regiment durch eine kroatische Einheit entsetzt werden, zumindest für 24 Stunden. Degel hielt krampfhaft die Augen offen, er fürchtete, er würde sie nicht wieder öffnen können, würde er erst einmal blinzeln. Kopflos stolperte er Bernau und Krzysztof hinterher, die auf Fabius zuhielten. Martens mochte sonst wo herumspringen. Er war auf dem Papier der Chef der Kompanie, maßgeblich aber war das Wort des Oberleutnants.

Die drei Soldaten trafen Fabius vor dem Gemeindegebäude, um ihre Absprachen zu treffen, als ihnen plötzlich ein Ruf das Blut in den Adern gefrieren ließ: »Diskus!«

Schon zuckelten mehrere der feindlichen Luftfahrzeuge in geringer Höhe durch die Luft. Noch immer waren ihre Bewegungen für das menschliche Auge ungewohnt, waren ihre Angriffsmuster kaum zu identifizieren. Sie mochten in der einen Sekunde mit Schallgeschwindigkeit davonbrausen, in der nächsten flogen sie bereits in die entgegengesetzte Richtung oder stoppten und verharrten unbeweglich in der Luft. Be- oder Entschleunigungsphasen kannten die Diskusjäger nicht, der Wechsel von Höchstgeschwindigkeit zum Stillstand geschah übergangslos. Auch jetzt begriffen die menschlichen Verteidiger erst, dass sie angegriffen wurden, als ihnen die rot flimmernden Energielanzen entgegenjagten. Sie schlugen um das Gemeindehaus herum ein, brannten Löcher in die Erde. Glas und Kunststoff zerschmolzen unter der Hitze, Fassaden verglühten, als bestünden sie aus Papier. Soldaten, die direkt getroffen wurden, verpufften rückstandslos.

Degel raste los, sprang umher wie eine Antilope auf der Flucht. Um ihn herum brach ein entsetzliches Gebrüll los, verzweifelt stoben die Soldaten auseinander, während die Geschosse der feindlichen Flieger einschlugen. Es roch nach verschmortem Plastik, nach Feuer, nach giftigen Dämpfen. Degel wurde schummrig, die Welt begann sich zu drehen. Er wusste nicht, wohin, boten doch auch die Gebäude kaum Schutz. Vor ihm fuhr eine Energielanze in einen Baum ein. Der Stamm entzündete sich, Blätter verpulverten zu Asche, Holz knackte, dann brach das, was von dem Baum noch übrig war, nach links weg. Die mächtige Krone begrub panisch davonstürzende Soldaten unter ihren Ästen und Blättern. Es tat einen urgewaltigen Knall am Himmel, als plötzlich zwei Kampfjets in den Luftraum eindrangen und hoch oben über den Diskusjägern entlangzogen. Diese ließen sogleich von den menschlichen Bodentruppen ab und hüpften in höhere Gefilde davon; sie nahmen die Verfolgung der Jets auf. Degel legte den Kopf in den Nacken, starrte mit offenem Mund in den Himmelsdom hinauf. Erst jetzt wurde er gewahr, dass die Diskusjäger fünf an der Zahl waren. Gebannt folgte er dem Duell im Himmel. Irgendwo schrie ein fürchterlich Verbrannter, der in den letzten Zügen seines Lebens lag. Leise knisterten Flammen, Rauch schwängerte die Luft.

Energiegebilde flimmerten den beiden Kampfjets entgegen. Die rollten über ihre Tragflächen ab, entgingen dem Beschuss. Degel hielt den Atem an, ballte Fäuste. Jede Faser seines Körpers spannte sich schmerzvoll. Er vermochte den Blick nicht abzuwenden, seine Augen hefteten sich an die Kampfjets. Seine Lippen formten tonlos Worte, seine mit den Niederlagen der letzten Wochen belastete Seele sehnte einen Sieg über die Diskusjäger herbei, trachtete danach, die gemeinen Luftfahrzeuge des Gegners aus dem Himmel fallen zu sehen.

Das Duell in den Wolken nahm seinen Lauf. Die fünf außerirdischen Luftgefährte stürzten sich von drei Seiten auf die beiden Kampfjets, die nun auseinanderstoben und zu einem weiten Bogen ansetzten. Die Soldaten am Boden waren kollektiv zur Salzsäule geworden, zum stummen Beobachter des Luftkampfes – der Treibjagd, denn sie alle wussten, dass die menschlichen Piloten chancenlos waren – und doch hofften sie wider besseres Wissen auf ein Wunder. Die Spannung des Augenblicks drohte sie zu zerreißen. Schon schoss einer der Jets im Konturflug über Herford hinweg, dröhnte dabei in einer Lautstärke, dass Degel sich zusammenduckte und die Hände gegen die Ohrmuscheln presste. Ein Diskusjäger verfolgte ihn, beschoss ihn mit seinen Energielanzen. Diese flitzten durch die Luft, überholten den Jet, schlugen in Hausdächern und weit entfernt in der Landschaft ein und versengten, was sie trafen. Der Pilot des Kampfjets ließ sein Flugzeug steil aufsteigen, der Diskus folgte. Einige Tausend Meter weiter oben feuerte der zweite Kampfjet eine Rakete ab. Sie nahm die Verfolgung eines Diskusses auf. Der Annäherungszünder sprach auf den außerirdischen Jäger an, detonierte. Splitter prasselten auf die orange Oberfläche ein, der Druck der Entladung warf den Diskus aus seiner Flugbahn. Verhaltener Jubel brach unter den deutschen und polnischen

Soldaten aus, doch war er nur von kurzer Dauer, denn der Diskus schüttelte sich und zuckte plötzlich in entgegengesetzter Flugrichtung weiter, als wäre nichts gewesen.

Degel presste die Zähne aufeinander. Weitere Energielanzen flitzten durch die Luft. Eine schnitt durch die Tragfläche eines Kampfjets wie das sprichwörtliche heiße Messer durch die Butter. Das getroffene Flugzeug schmierte ab, fiel aus den Wolken wie ein Stein. Niemand stieg aus, kein Fallschirm öffnete sich. Der Anblick versetzte Degel einen Stich ins Herz. Tatenlos musste er mit ansehen, wie der Jet irgendwo hinter den Dächern verschwand. Dumpf krachend schlug er im Stadtzentrum Herfords ein, eine Rauchsäule erhob sich sogleich über die umstehenden Gebäude. Der zweite Pilot aber dachte nicht daran aufzugeben. Er drückte die Nase seiner Maschine runter, düste unter abgefeuerten Energiegebilden hinweg, beschrieb abermals einen Bogen und setzte sich hinter einen Diskus, der abrupt in der Luft stehen blieb, ehe er den Kurs änderte und dem menschlichen Kampfjet entgegenraste. Der wich aus, um Haaresbreite hätte der Diskus ihn gerammt.

»Komm schon!«, wisperte Degel. All seine Hoffnungen ruhten auf dem Kampfjetpiloten. Dieser feuerte eine Luft-Luft-Rakete ab, doch die nicht nachvollziehbare Flugroute des Diskusses machte auch dem Suchkopf das Leben schwer. Sie ging ins Leere.

»Komm schon!«, platzte es aus Degel heraus. Er ballte die Hände fester zur Faust, die Fingerspitzen drückten unter den Kampfhandschuhen gegen die Handinnenflächen. Er brauchte einen Sieg des Kampfjets über die Diskusse, er brauchte ihn für sein Herz. Um weitermachen zu können, um irgendwie die nächsten Gefechte zu überstehen, die doch immer das gleiche Ergebnis hervorbrachten: den Rückzug, die Niederlage, die Preisgabe von Land.

Ein Diskus hing sich an den Kampfjet dran, bedachte diesen mit weiteren rötlichen Salven. Gekonnt wich der Pilot aus, schraubte seinen Jäger in die Tiefe, rollte. Er zündete Flares, die einem Sternenschauer gleich von ihm wegsprangen. Sie ließen den Diskus gänzlich unbeeindruckt, er sprang durch sie hindurch, feuerte weitere Salven auf den Jet ab. Der hob die Nase an, ging in einen wahnwitzigen Steigflug über, bis er kopfüber über Herford flog. Er vollführte einen Looping und befand sich plötzlich hinter dem Diskus.

»Ja!«, presste Degel zwischen zusammengebissenen Zähnen hervor. »Komm schon!«

Der Jet feuerte eine weitere Rakete ab. Diese flitzte dem davonzuckenden Diskus nach, erreichte ihn, detonierte in nur wenigen Metern Entfernung. Ein lohender Blumenstrauß hüllte die außerweltliche Maschine ein, die, wild um die eigene Achse wirbelnd, aus diesem ausbrach und ungebremst der Erde entgegenjagte.

»JA!«, schrie Degel auf und reckte die Fäuste in den Himmel. Mit ihm jubelten die Kameraden. Der Diskus schlug einem Meteoriten gleich im Norden der Stadt ein, eine gewaltige Staubwolke quoll von der Absturzstelle aus in die Luft empor. Der Kampfjet flog darüber hinweg, setzte sich nach Norden ab und ging abermals in einen weiten Bogenflug über, um den nächsten Diskus anzugehen. Degel blieb der Jubel im Halse stecken – die Staubwolke war noch nicht verzogen, da platzte der abgeschossene Diskus aus ihr heraus und gewann in rasender Geschwindigkeit an Höhe. Er setzte dem Kampfjet nach, dessen Pilot über den plötzlichen Verfolger überrascht schien. Er versuchte sich noch an einem Ausweichmanöver, da zersägten schon mehrere Energielanzen sein Flugzeug. Fassungslos sahen die Soldaten am Boden dabei zu, wie der zerbrochene Jet aus den Wolken fiel.

In Degels Brust zerbrach etwas. Eine tonnenschwere Last setzte sich auf seine Schultern, drückte ihn nieder. Er spürte das unerträgliche Verlangen in sich, sich hinzulegen, sich einfach ins Gras zu strecken und die Augen zu schließen. Er wollte nicht mehr. Er konnte nicht mehr.

Eichners MG schnarrte. Glimmende Spurgeschosse flitzten über die Straße, prasselten in eine Gasse zwischen zwei Wohnhäusern hinein und auf die orangefarbenen Schutzschilde ein, die sich durch ebendiese Gasse schoben.

»Auf eure Positionen!«, brüllten Bernau und Bravo durcheinander. »Panzerfäuste, klar zum Gefecht!«

Die Schildreihe öffnete sich, dicke Rohre wurden in den Lücken sichtbar. Im nächsten Augenblick flogen den Soldaten die außerirdischen Energiegeschosse um die Ohren.

2

Ämari – Estland

Doug Applebaum spürte den Druck, der auf seiner Brust lastete. Sachte zog er am Steuerknüppel, das Dröhnen der Triebwerke seiner F/A-18 Hornet lärmte unter dem Helm. Die Räder verloren den Kontakt zur Startbahn, die Tragflächen wippten im Fahrtwind, die Maschine schoss steil in den Himmel hinauf. Kurz darauf startete auch seine Kameradin und Flügelfrau, Amy Tay. Ihre beiden Kampfjets durchstießen die Wolkendecke und stiegen in höhere Gefilde auf. Deutlich war von hier aus der orangefarbene Ring zu erkennen, den die außerirdischen Invasoren um den Planeten gespannt hatten. Sein Anblick verdeutlichte Applebaum, von welch enormer Wichtigkeit die Mission war. Während sich die US-Amerikaner daheim eingruben, besessen von der Vorstellung, eine Invasion ihres Landes stehe kurz bevor, und während sie fast schon beleidigt schienen, dass die Außerirdischen die mächtigste Militärnation des Planeten bisher schlichtweg ignorierten, setzte Kanada alle Hebel in Bewegung, um seinen bedrängten NATO-Partnern in Europa beizustehen. So hatte die Ahornblatt-Nation mehrere Tausend Infanteriekräfte in Marsch gesetzt, um auf dem französischen Schlachtfeld einzugreifen. Die Royal Canadian Air Force derweil hatte umgehend nach Beginn der Invasion vier F/A-Hornet-Kampfjets ins Baltikum verlegt, um die dort stationierte deutsche Alarmrotte herauszulösen. Jene Alarmrotte nämlich, die zum Schutze vor Luftraumverletzungen durch die Russen im estnischen Ämari in Bereitschaft lag, sollte auf ausdrücklichen Wunsch Brüssels trotz Alieninvasion weiterhin betrieben werden. Man traute den Russen eben nur so weit, wie man sie werfen konnte ... und es gab nicht wenige in der NATO, die die Invasion anfänglich für ein klug inszeniertes Manöver Russlands als erste Phase eines hybriden Angriffskrieges gehalten hatten. Der zurückliegende Ukraine-Konflikt, die Verwicklungen in Weißrussland, die aus westlicher Sicht unrechtmäßige Annexion der

Krim, die Formierung des Krim-Bündnisses, das speziell in Washington als Gipfel der Provokation angesehen wurde, Putins und danach Schingarjows aggressive Rhetorik, ihre Blockadehaltung im Sicherheitsrat der Vereinten Nationen sowie zahlreiche Provokationen auf allen Ebenen hatten ein Klima des Misstrauens geschaffen, sodass die NATO auch jetzt noch, wo sich die Menschheit mit einer existenziellen Bedrohung konfrontiert sah – wo es nicht länger um einzelne Staaten, einzelne Völker ging, sondern um das nackte Überleben des menschlichen Geschlechts –, tunlichst darauf achtete, ihre europäische Ostflanke zu sichern. Es galt aus Sicht Brüssels, die Russische Föderation durch »Show of Forces« von dummen Ideen abzuhalten. Wahrlich, der Westen war nicht unschuldig an der Manifestierung des Misstrauens auf beiden Seiten. Schingarjow derweil hatte selbst mit einer Invasionsstreitmacht zu kämpfen, anders aber als in Deutschland, in der Mongolei, im Niger, dem Iran und in Brasilien waren die Aliens vor den Toren Moskaus vor allem darauf bedacht, ihr abgestürztes Raumschiff zu sichern. Russlands Streitkräfte, noch immer dafür ausgelegt, einen konventionellen Abnutzungskrieg führen zu können, vermochten den außerweltlichen Gegner mit ihren Panzer- und Infanteriemassen auf Augenhöhe gegenüberzutreten, nach anfänglichen Gebietsverlusten hatten sie die Affen punktuell zurückgedrängt. Und so kratzte man sich in Brüssel am Kopf und schwadronierte darüber, wie Schingarjow die aktuelle Situation und die globale Zersplitterung der NATO auf zahlreiche Invasionsfronten für sich ausnutzen könnte, um einmal mehr Tatsachen zu schaffen und sich beispielsweise das Baltikum einzuverleiben. Die NATO jedenfalls war nicht bereit, dem Krim-Bündnis auch nur einen Fußbreit Boden zu überlassen; sie war gewillt, notfalls gegen die Affen und gegen Russland gleichzeitig Krieg führen.

Schingarjow indes hatte ein russisches Militärengagement in Afrika in Aussicht gestellt, hatte sich sogar bereit erklärt, dieses unter US-amerikanisches Kommando zu stellen. Washington und Brüssel hatten dankend abgelehnt. Die Türkei wiederum, im Ausnahmezustand befindlich, dachte laut darüber nach, die NATO zu verlassen. Sie hatte in Brüssel einen weiteren Affront losgetreten, als sie Russland erlaubt hatte, mit Kampfflugzeugen den Kampf gegen jene Außerirdischen zu unterstützen, die, vom Iran kommend, die Grenze übertraten. Seitdem waren Teile einer russischen Jagdbrigade nahe Istanbul stationiert – direkt an der Südostflanke der Europäischen Union. Brüssel jedenfalls schien aus dem über Dekaden hinweg etablierten Ost-West-Denken nicht ausbrechen zu können.

»Kurs 130 Grad«, bestätigte Applebaum.

»Roger that«, sagte Tay und schloss zu ihm auf. Sie flogen nun parallel zueinander auf einer Höhe. Sie winkte ihm zu.

»Wow, schau dir das an!«, verlieh sie ihrer Demut Ausdruck angesichts des gigantischen Rings aus Abertausenden von Raumschiffen, der wie ein Wetterphänomen durch die Atmosphäre schimmerte und erahnen ließ, über welche Ressourcen der außerirdische Gegner verfügte. Die Menschheit hatte es in den zurückliegenden 50 Jahren gerade zustande gebracht, eine Handvoll Raumschiffe zu bauen, die erdnahe Himmelskörper anflogen. Seit Kurzem entsandte die Firma Astrorobotic Pakete von Superreichen auf den Mond, etwa die sterblichen Überreste geliebter Menschen. Die Affen hingegen waren in der Lage, eine Streitmacht, gewaltiger als alle irdischen zusammengenommen, von einer Galaxie in eine andere zu befördern.

Applebaum legte den Kopf in den Nacken, seine Atmung hallte blechern unter der Sauerstoffmaske. Der Ring aus Raumschiffen rang ihm Bewunderung für den Feind ab – und verdeutlichte noch einmal die Wichtigkeit seiner Mission. Er konnte nicht verstehen, dass sich die Führung derart auf Russland einschoss. War jetzt nicht der Augenblick gekommen, wo die Menschheit zusammenrücken musste? Wo ein Zusammenschluss aller Menschen, ein gemeinsames Streiten für ein Recht auf Fortbestand, notwendig geworden war, um diesen epochalen Krieg zu überleben? Die Eierköpfe in Ottawa und Brüssel haben die Gefahr noch gar nicht richtig erfasst, die von den Aliens ausging, so glaubte Applebaum. Solange die Invasoren nur irgendwo in Deutschland und den französischen Alpen wüteten, solange die Bürokratiemühlen in Brüssel noch funktionierten, lautete die Devise: Business as usual. Dies würde sich wohl erst ändern, wenn die Horden der Affen von der Spitze des Atomiums aus zu sehen waren. Applebaum atmete gedehnt aus. Er wollte in Schingarjows Angebot, in Afrika einzugreifen, den Versuch erkennen, die ideologischen Gräben zu überwinden, das Fundament für den gemeinsamen Kampf gegen die Invasoren zu gießen; die NATO aber hatte die ausgestreckte Hand krude abgewiesen. Möglicherweise bewertete der Pilot der Royal Canadian Air Force die Absichten des russischen Präsidenten zu positiv, möglicherweise verfügte der Barras über Informationen, die ihm nicht zugänglich waren. Möglicherweise bereitete Russland wirklich den Dritten Weltkrieg vor, wie es hochrangige NATO-Vertreter nicht müde wurden zu propagieren. Woher sollte Applebaum das schon wissen? Er wusste nur, dass er in seinem kleinen Verantwortungsbereich mit Bedacht handeln würde, dass sein wahrer Feind die außerirdischen Invasoren waren und dass er es sich zehnmal überlegen würde, ehe er das Feuer auf einen russischen Jet eröffnen würde, der der Grenze zu nahe gekommen war. Mehrmals hatte er bereits aufsteigen müssen, weil die Luftraumüberwachung der baltischen Staaten russische Flugzeuge in Grenznähe aufgeklärt hatte. Umso dankbarer war er dafür, dieses Mal gegen die Affen fliegen zu dürfen, auch wenn er wusste, dass der Kampf gegen sie knallhart war und es im Grunde nur darum ging, deren Diskusjäger zeitweise davon abzuhalten, Ziele am Boden zu attackieren.

Es hieß, über Bayern haben die österreichischen Luftstreitkräfte einen Diskusjäger aus der Luft geblasen, der daraufhin mit Wucht in eine Waldung gerauscht sei und sich nicht wieder aus ihr erhoben habe. Da der feindliche Jäger unbeschädigt sei – menschliche Waffen vermochten dem orangefarbenen Material nichts anzuhaben –, stehe die Vermutung im Raum, der Aufprall habe den Piloten verletzt oder gar getötet. Applebaum würde alles dafür geben, dieses Kunststück zu wiederholen. Es war selten, dass sich die Diskusjäger ins Baltikum verirrten; es war das erste Mal, seitdem Applebaum in Ämari stationiert war – und das dritte Mal überhaupt. Umso mehr fieberte er dem Kampf entgegen.

Die Wolkendecke unter den beiden Kanadiern riss auf, grünes Land zeigte sich, in das herbstliche Farbtöne Einzug hielten. Applebaum drückte seine Maschinen runter, das Variometer wies einen steilen Sinkflug aus. Der Druck, der dabei auf ihn einwirkte, veränderte sich spürbar, er hielt mit einer speziellen Atemtechnik dagegen.

»35 Grad, Entfernung 18!«, brüllte Tay aufgeregt, der Lautsprecher übersteuerte bei der Wiedergabe ihrer Stimme. Applebaum drehte den Kopf und erspähte zwei orangefarbene Objekte, sie zuckelten am Ufer des Peipussees entlang und beschossen wahllos Küstendörfer, Haine und Strände.

»November Base, hier ist November 2. Gegner aufgeklärt, zwei Diskusjäger über … über Tiheda. Warten auf Anweisungen.«

Die Diskusse flatterten in seltsamen Bewegungen durch die Lüfte und entfesselten Energielanzen, die einer Küstenortschaft entgegenstrebten. Rauch kräuselte sich aus ihr in die Höhe.

»November Base verstanden. Greifen Sie ein. November 4 macht sich zum Start bereit.«

»Dann los!«, teilte Applebaum seiner Flügelfrau via Funk mit. Er korrigierte den Kurs seiner Maschine, preschte dem Seeufer entgegen.

»Unsere Freunde sind auch schon da«, sagte Tay nüchtern. Und Applebaum sah sie auch. Russische Kampfjets tummelten sich über dem See, doch griffen sie nicht ein, sondern wohnten dem Beschuss des Küstendorfes tatenlos bei. Sie achteten tunlichst darauf, den russischen Luftraum nicht zu verlassen.

»Das ist doch Wahnsinn«, murmelte Applebaum in seine Maske hinein, ehe er sich auf den Gegner voraus konzentrierte. Sein Jet war mit radargestützten Luft-Luft-Raketen ausgestattet, von denen man schon wusste, dass deren Suchkopf auf die Schiffe der Aliens ansprang. Er überlegte, ob es möglich sei, die Diskusse durch gezielten Beschuss im See zu versenken. Immerhin war bekannt, dass die Affen das Wasser scheuten wie der Teufel das Weihwasser. Eine Idee reifte in ihm heran.

»Greife an!«, meldete Tay über Funk, nur eine Sekunde später löste sich eine Rakete unter der Tragfläche ihres Jets. Gebannt beobachtete Applebaum deren Flug, zielgerichtet sauste sie den beiden Diskussen über Tiheda entgegen. Diese zuckelten auseinander, es sah aus, als würden sie immer wieder kleine Strecken per Teleportation überbrücken. Die Rakete korrigierte wieder und wieder den Kurs, doch hatte sie Probleme, an dem umherhüpfenden Ziel dranzubleiben. Sie geriet in einen Schlingerkurs und malte zwischen den beiden Diskussen einen feurigen Blumenstrauß ans Firmament – zu weit entfernt von ihrem Ziel. Die Diskusse drehten auf der Stelle, flitzten im nächsten Augenblick mit hoher Geschwindigkeit den beiden Kanadiern entgegen.

»Ausweichen! Ausweichen! Ausweichen!«, brüllte Applebaum in den Funkkreis und zog wie wild an seinem Steuerknüppel. Das Ausweichmanöver geriet zum Glücksspiel, seine Augen und sein Verstand vermochten die Diskusse nicht zu erfassen. Er sah einen von ihnen auf sich zuschießen, blitzartig wurde er größer in seinem Sichtfeld, bis er es komplett ausfüllte. Die Instrumente seiner Hornet blinkten, seine Atmung überschlug sich förmlich. Er riss den Knüppel nach links, rollte über die Tragfläche ab. Der Diskus verfehlte ihn nur um Meter. Aus dem Augenwinkel aber wurde Applebaum gewahr, dass seiner Flügelfrau dieses Glück verwehrt blieb. Der zweite Diskus berührte sie im Vorbeifliegen an der Flügelspitze. Die Tragfläche wurde zerdrückt und zusammengeknüllt wie ein Blatt Papier. Sie riss ab, Metallteile wirbelten durch die Luft, Kerosin spritzte aus dem aufgerissenen Flugzeug, das, vom Druck des Zusammenstoßes erfasst, zum Spielball ungeheurer Kräfte wurde. Es trudelte, drehte sich um die eigene Achse, immer schneller, verlor an Höhe, stürzte ab. Tays markerschütternder Schrei wallte durch den Funkkreis.

»Aussteigen!«, beschwor Applebaum entsetzt. »Aussteigen!« Er ließ seine Maschine rollen, flog kopfüber, folgte mit geweiteten Augen dem Absturz seiner Flügelfrau. Deren Schrei verstummte, nichts als ein Rauschen bestimmte den Äther, dann endlich sprang das Cockpitglas vom zerbeulten Flugzeugkorpus ab. Tay schoss samt Sitz aus der Maschine und baumelte im nächsten Augenblick an einem beigefarbenen Schirm. Applebaum fiel ein Stein vom Herzen. Jetzt aber galt es, schnell zu reagieren. Er kannte die Berichte von Diskussen, die auf hilflos am Schirm baumelnden Piloten feuerten oder deren Schirm durch ein Rammmanöver in Fetzen rissen. Applebaum vollführte einen Looping, dabei drehte er den Kopf. Auf die Schnelle zählte er acht russische Maschinen, die über dem Peipussee kreisten, aber nicht eingriffen. Sein Zeigefinger hämmerte maschinengewehrartig auf die Knöpfe des Funkgeräts ein, bis er jene Frequenz eingestellt hatte, die als offizieller Kommunikationskanal zwischen NATO und Krim-Bündnis vereinbart worden war.

»Achtung, Achtung!«, bellte er in den Äther. »Hier spricht November 2, NATO-Base Ämari. November 2 ruft seine russischen Freunde und bittet um Feuerunterstützung!«

Applebaum führte ein enges Wendemanöver aus, setzte sich hinter einen davonruckelnden Diskus. Er fackelte nicht lange, aktivierte und zündete eine AIM-7 Sparrow. Das Ziel war verdammt nah, Applebaum hatte sich verschätzt. Sein Herz setzte einen Schlag aus, er ließ seinen Jet über die Tragfläche abkippen. Das Variometer drehte sich wie eine Uhr im Zeitraffer. Oberhalb seiner Hornet zerspellte die Rakete in unmittelbarer Nähe zum Diskus. Flammen züngelten durch die Luft, der Druck der Entladung packte den feindlichen Jäger und schleuderte ihn aus der Flugbahn. Er sauste wild trudelnd in die Tiefe, der Pilot hatte offensichtlich die Kontrolle verloren. Applebaum lauschte in den Äther, der aber blieb stumm. Die Russen drehten Kreise in Sichtweite, auf seinen Hilferuf aber antworteten sie nicht. Er verdammte gedanklich das Scheißspiel, das die Menschheit untereinander austrug. Und wandte sich dem nächsten Diskus zu, der in 3000 Metern Höhe erneut über Tiheda hinweg und auf den Peipussee hinaus jagte.

Jawohl!, triumphierte Applebaum in Gedanken und nahm die Verfolgung auf. *Gleich erhalten die Russen doch noch ihre Einladung zur Party!* Ein Grinsen huschte über seine Lippen, seine Atmung beruhigte sich allmählich wieder. Zusammen mit dem urweltlichen Dröhnen der Triebwerke bildete ihr blecherner Klang unter der Sauerstoffmaske einen steten Geräuschteppich, der den Kanadier auf seinem Einsatz begleitete. Er hängte sich an den Diskus dran, der in seltsamen Mustern über dem See tanzte – die Russen gerieten in rege Betriebsamkeit, sie teilten sich in zwei Rotten auf. In Applebaum manifestierte sich die Absicht, seinen erdachten Trick auszuprobieren: den Diskus mit einem gezielten Angriff auf den Grund des Sees zu befördern. Er drückte die Nase seines Fliegers nach oben, stieg in höhere Gefilde auf, ohne vom Diskus abzulassen. Der beschrieb eine einigermaßen nachvollziehbare Flugbahn, düste auf das Ostufer des Sees zu. Applebaum jagte hinterher und behielt dabei die russischen Jets im Blick, die sich an seinen Flanken sammelten.

Applebaum hatte den Diskus schräg unter sich und musste handeln, ehe dieser das Ufer erreicht haben würde. Er zündete seine zweite Luft-Luft-Rakete, diese stieß auf das Ziel hinab, explodierte über ihm. Applebaum ließ seinen Jet nach oben wegrollen, er erreichte das Ostufer des Sees, drehte den Kopf und sah den Diskus in die Tiefe wirbeln. Er wendete pfeilschnell, und schickte eine weitere Rakete auf die Reise. Diese setzte dem unkontrolliert rotierenden Alienjäger nach, erreichte ihn. Der Annäherungszünder löste den Sprengsatz aus. Der orangefarbene Diskus wurde in ein wütendes Purgatorium aus Feuer und Rauch gehüllt, die Druckwelle hämmerte ihn in den See hinein. Eine graue Säule schoss aus dem Wasser, der Diskus verschwand darin. Applebaum konnte es kaum fassen, Glücksgefühle fluteten seine Brust. Sein Blick heftete sich auf die Absturzstelle, während er die Geschwindigkeit drosselte. Der außerirdische Jäger erhob sich nicht wieder aus dem Wasser. Hatte er es tatsächlich geschafft? Hatte er das Kunststück vollbracht? Ungläubig beäugte er die spiegelglatte Wasseroberfläche, lauerte er misstrauisch auf eine Wiederauferstehung des Diskusses, konnte es noch nicht wahrhaben, ihn tatsächlich und endgültig abgeschossen zu haben. Er war derart mit seinem Sieg beschäftigt, dass die russische Stimme nicht in sein Bewusstsein vordrang, die aus dem Lautsprecher knackte. Applebaum leckte sich über die ausgetrockneten Lippen. Ihm wurde erst jetzt bewusst, wie sehr ihn der Kampf körperlich beansprucht hatte. Sein Herz trommelte wild, der kalte Schweiß stand ihm auf der Stirn und sammelte sich unter seinen Achseln, seine Finger flatterten.

»Hier spricht Lieutenant Colonel Murachtin. Ihr unrechtmäßiges Eindringen in den Luftraum der Russischen Föderation ist als Akt der Feindseligkeit zu werten!«

»Was?«, fragte Applebaum laut, ohne die Sprechtaste des Funkgeräts zu drücken. Es dauerte noch volle drei Sekunden, ehe der Kern der russischen Botschaft in seinen Geist vordrang – und dort sofort sämtliche Alarmglocken auslöste. Das Radarwarnsystem schlug an. Das Raketenwarnsystem schellte los, blinkte gleichzeitig. Jahre der Ausbildung hatten Applebaums Bewegungsabläufe automatisiert, so schaltete er, bevor sein Verstand die Lage erfasste. Er aktivierte das Störsystem, rollte nach links weg, löste die Täuschkörper aus, die hinter seinem Flugzeug in grellen Farben erstrahlten. Die russische Rakete zündete im Schwarm der Flares. Die Druckwelle rüttelte an Applebaums Jet, Splitter durchschlugen Tragflächen und Cockpit. Ein fingergroßes Fragment bohrte sich in seinen Brustkasten. Augenblicklich blitzte ein unerträgliches Gefühl der Hitze in seinem Oberleib auf. Er spürte, wie ihm die Kraft aus den Händen wich. Er war nicht mehr in der Lage, den Steuerknüppel festzuhalten, sackte in seinem Sitz zusammen. Seine Maschine verlor an Höhe und zerschellte östlich von Gdow – auf russischer Erde.

5

Weliki Nowgorod – Russland

Das Militär hatte den zivilen Flughafen für die Dauer des Krieges gegen die außerirdischen Invasoren beschlagnahmt. Podpolkóvnik Alexander Murachtin, der trotz seines fortgeschrittenen Alters und hohen Dienstgrads bei jeder Gelegenheit selbst ins Flugzeug stieg, schälte sich aus der Fliegerkombi und pfefferte sie achtlos in die Ecke. Er ließ sich auf der Sitzbank nieder, er befand sich zusammen mit den Kameraden seiner Schicht im Terminalbereich. Sie alle waren soeben gelandet. Murachtin war verschwitzt, um das Mindeste zu sagen. Seine Nerven drohten mit ihm durchzugehen. Er saß gebuckelt auf der Bank, starrte auf seine Hände, die unkontrolliert zitterten.

»Mach dir keine Sorgen, du hast richtig gehandelt und musst dir nichts vorwerfen«, sagte einer seiner Kameraden, der gleichzeitig ein guter Freund war. Hier auf dem Flughafen gab es kaum einen Offizier von höherem Dienstgrad, hier würde niemand Murachtin Vorwürfe machen. Gleichzeitig aber fürchtete er die diplomatischen Verwicklungen, die seine Entscheidung nach sich ziehen mochte. Keine Frage, die nächsten Tage und Wochen würden ungemütlich werden – selbst wenn er das bei Selenograd stehende außerirdische Heer ausblendete.

»Das war ein Angriff auf die Souveränität unserer Nation!«, tobte Murachtins Kamerad und erntete die Zustimmung der anderen Piloten. Es war gespenstisch still in dem großen Terminal, der für weit mehr Menschen ausgelegt war.

»Was wäre geschehen, hätten wir ihn gewähren lassen? Die NATO wartet doch nur darauf, dass wir in einem Augenblick der Schwäche hadern!« Er musste spüren, dass an Murachtin die Zweifel zu nagen begannen, und redete daher ohne Unterlass auf ihn ein.

Vor einem Angriff des kapitalistischen Westens fürchteten sie sich alle – nicht wenige russische Offiziere hatten das Auftauchen der Außerirdischen anfänglich für ein ausgeklügeltes Manöver der NATO gehalten, um einen Angriff des Westens auf die Russische Föderation zu verschleiern. Sie alle wussten, dass Präsident Michail Schingarjow dem Westen ein Dorn im Auge war, weil er Putins Politik der Stärke fortsetzte, weil er den Weltherrschaftsbestrebungen der USA Paroli bot, weil er sagte, was er dachte, und aufrichtig handelte, statt sich den Vorstellungen der Kapitalisten zu beugen.

»Zerbrich dir nicht den Kopf«, sagte ihm sein Freund. »Du wirst sehen. Wenn die Ermittlungen erst abgeschlossen sein werden, wird die Welt erkennen, dass das Manöver des Kanadiers eine von langer Hand geplante Aktion war, um unsere Luftraumverteidigung auszutesten. Möglicherweise gar, um uns zu unüberlegten Schritten zu bewegen. Aber den Gefallen werden wir ihnen nicht tun!«

Murachtin nickte schwach. In der Luft war er sich seiner noch sehr sicher gewesen, nun aber, wo der Abschuss der NATO-Maschine eine Stunde zurücklag und er die Zeit hatte, seine Entscheidung von allen Seiten zu beleuchten und zu bewerten, lagen die Dinge anders für ihn. Was, wenn die NATO Vergeltung übte? Seine Heimat war geschwächt durch die Alieninvasion im eigenen Land und wäre einem Zweifrontenkrieg womöglich nicht gewachsen. Und er traute es dem Westen durchaus zu, das Chaos des außerirdischen Angriffs zu nutzen, um endgültig mit Russland abzurechnen. Zu lange hatte sich das eurasische Reich der westlichen Vorstellung einer Weltordnung widersetzt ... eine Weltordnung wohl, in der russische Interessen nicht von Belang waren. Die NATO hatte die in ihren Augen unrechtmäßige Wiedereingliederung der mehrheitlich russischstämmigen Krim in die Russische Föderation nicht vergessen. Und Vater Putin hatte durch das Schmieden des Krim-Bündnisses dafür gesorgt, dass der Westen es auch niemals vergessen würde ...

Murachtin knetete seine Hände. Entscheidungen, die Soldaten in Sekundenbruchteilen innerhalb einer enormen Stresssituation fällten, mochten danach Gegenstand monatelanger Überprüfungen sein ... mochten große Auswirkungen haben, die in jenen Sekunden, in denen der Soldat zu seiner Entscheidung hatte kommen müssen, niemals umfänglich hätten abgewogen und evaluiert werden können. Das war die Krux des Soldatenberufs ... im Nachgang war es stets ein Leichtes für Politiker und Staatsanwälte, den Beteiligten Vorhaltungen zu machen.

»Genosse Podpolkóvnik Alexander Alexandrowitsch!«, schallte eine aufgeregte Stimme durch das Terminal. Ein junger Soldat vom Bodenpersonal eilte herbei. »Genosse Podpolkóvnik Alexander Alexandrowitsch!«

Mit hochrot erhitztem Kopf kam er vor den Piloten zum Stehen und deutete einen militärischen Gruß an, während er um Luft rang.

»Genosse Podpolkóvnik Alexander Alexandrowitsch ... ein Anruf für Sie!« Der junge Soldat musste eine Pause einlegen, um zu Atem zu kommen. »Es ist der Genosse Präsident persönlich!«

Augenblicklich sammelten sich Schweißperlen auf der Stirn Murachtins. Er straffte seinen Leib, warf seinen Kameraden einen Blick der Unsicherheit zu, den er sich als ihr Vorgesetzter eigentlich nicht gestatten durfte.

»Bitte folgen Sie mir unverzüglich, Genosse Podpolkóvnik.«

* * *

»Podpolkóvnik Alexander Alexandrowitsch Murachtin«, meldete sich der Kampfpilotenführer am Hörer der sicheren Leitung und versuchte, besonnen und hochgemut zu klingen.

»Sie wissen, wer hier spricht, Genosse Podpolkóvnik?«

»Da, Genosse Prjesidjent Rossijskoj Fjedjerazii«, hauchte Murachtin ehrfürchtig und nahm Haltung an, auch wenn Präsident Schingarjow das nicht sehen konnte.

»Sie haben eine kanadische Maschine über dem Peipussee abgeschossen?«

»Da, Genosse Prjesidjent Rossijskoj Fjedjerazii.« Murachtin, der mittlerweile heftig mit seiner Entscheidung haderte, fühlte sich zu einer Rechtfertigung verpflichtet, fügte an: »Eine kanadische Hornet der baltischen Alarmrotte ist auf unser Terri...«

»Sind Sie des Wahnsinns?«, sprach Schingarjow mit ruhiger Stimme. Er war bekannt dafür, selten laut zu werden, umso bedrohlicher wirkte sein abgeklärter, von kühler Berechnung gezeichneter Tonfall. Ein Wort, eine einzige Silbe konnte über Murachtins Karriere entscheiden ... über sein Leben.

»Genosse Prjesidjent Rossijskoj Fjedjerazii«, verteidigte sich der Kampfpilot mit vibrierender Stimme. Er wagte es nicht, den Präsidenten der russischen Nation beim Namen von dessen Vater anzusprechen. »Der kanadische Pilot hat vorsätzlich die Hoheitsrechte unserer großen Nation verletzt. Er hat ...«

»Schweigen Sie!«

Murachtin schwieg.

»Wissen Sie, was Sie angerichtet haben?«

Murachtin schwieg.

»Ich erwarte Ihren umfangreichen, schriftlichen Bericht binnen 20 Minuten.«

20 Minuten?, grübelte Murachtin, irritiert über die knapp bemessene Frist – unmöglich, in dieser Zeit einen fehlerfreien und vollständigen Bericht abzuliefern!

»Ich stehe unverrückbar hinter meinen Soldaten und den Entscheidungen, die diese treffen«, verkündete Schingarjow und wandte damit eine Rhetorik an, für die er berüchtigt war: Angriff und Beistandsversprechungen zur selben Zeit zielten darauf ab, einerseits die Absichten des Präsidenten zu verschleiern und andererseits dessen Gegenüber zu verwirren. Dies gelang Schingarjow vollends, Murachtin starrte gegen den Telefonhörer und wusste weder, was er sagen, noch, was er denken sollte. Musste er Angst um seinen Job ... um seine Existenz haben? Oder durfte er gar darauf hoffen, dass der Genosse Präsident ihn für sein beherztes Eingreifen befördern werde? Murachtin klimperte mit den Lidern.

»Sie werden den Flughafen nicht verlassen und sich auf Abruf bereithalten. Ich möchte Sie zu jeder Tages- und Nachtzeit erreichen können, haben Sie das verstanden, Genosse Alexandrowitsch?«

»Da, Genosse Prjesidjent Rossijskoj Fjedjerazii. Klar und deutlich.«

Schingarjow legte auf.

4

Moskau – Russland

Der Präsident der Russischen Föderation hielt sich im Stabe des Vereinigten Strategischen Kommandos »West« in Moskau auf, das für die Koordinierung des Krieges gegen die außerweltlichen Invasoren verantwortlich zeichnete. Zur Stunde aber waren die »Gorillas«, wie die russische Truppe sie getauft hatte, zur Nebensache geworden – sowohl jene, die bei Selenograd russische Erde besetzt hielten, als auch deren groß angelegte Invasion in der Ostmongolei, die zwar die Grenze Russlands bedrohte, für deren Abwehr aber in Absprache mit Peking die chinesischen Streitkräfte verantwortlich waren. Bei Selenograd hatte der außerirdische Feind es anfänglich vermocht, einen Perimeter von 320 Quadratkilometern um sein abgestürztes Raumschiff herum zu erobern, doch trat er in Russland weit weniger entschlossen und zahlreich auf als in Deutschland, dem Iran oder der Mongolei, und so war es den russischen Streitkräften mittlerweile gelungen, signifikante Geländegewinne zu verzeichnen. Schingarjow würde sich gerne auf die außerirdische Bedrohung konzentrieren, würde gerne alle Energie und alle Anstrengungen auf diesen vaterländischen Abwehrkampf gegen die Aliens bündeln, allein die westlichen Kapitalisten zwangen ihn dazu, seine Aufmerksamkeit zweizuteilen. Zu groß war die Gefahr eines Angriffskrieges gegen Russland, heraufbeschworen durch die Amerikaner, ausgeführt durch deren Vasallen. Nicht einmal Donald Trump hatte während seiner Amtszeit dafür sorgen können, Europa von den USA zu lösen. Noch immer hing der alte Kontinent am US-amerikanischen Tropf und noch immer fraß er dem Amerikaner aus der Hand. Wenn Horner den Angriff befahl, würden die Europäer folgen. Und Schingarjow wusste, dass die Amerikaner seit dem Ende des Großen Vaterländischen Krieges auf die Gelegenheit warteten, den Konkurrenten Russland aus dem Weg zu räumen.

Der Präsident der Russischen Föderation rieb sich die von Sorgenfalten gezeichnete Stirn. Computerbildschirme blinkten, Server surrten, das Lüftungssystem bollerte. Die Geräuschkulisse bereitete ihm Kopfschmerzen. Er wandte sich ab und bedeutete seiner Entourage – unter ihnen Außenminister Ruzkoi und Generalstabschef Tupikow –, ihm in den abhörsicheren Konferenzraum zu folgen.

Sie nahmen auf den Lederstühlen Platz. Das künstliche Licht vergitterter Glühbirnen, die von der Decke hingen, stach in Schingarjows Augen. Er stellte den Tscheget, den Atomkoffer, neben sich ab und ließ seinen Blick schweifen, wobei er seinen Gefolgsleuten nacheinander zunickte. Schingarjow war ein Kämpfer, Putin persönlich hatte ihn während der letzten Jahre vor dessen Rückzug aus dem politischen Geschäft unter die Fittiche genommen. Schingarjow aber tickte anders als der große Vater der modernen russischen Nation. Er eliminierte systematisch die Jasager und Opportunisten, tat dies seit Jahren schon, und scharte stattdessen solche Männer und Frauen um sich, die imstande waren, ihm Paroli zu bieten, die seinen Standpunkt herausforderten. Er sah darin einen Vorteil, kein Zeichen von Schwäche.

»Was haben wir?«, fragte er offen in die Runde und sog an seiner elektronischen Zigarette, eher er sie wieder in der Jacketttasche verschwinden ließ. Der Duft von Apfel erfüllte den Raum.

»Die Kanadier und die Amerikaner haben unseren Botschafter einbestellt. In Brüssel schwingt man große Reden. Der Generalsekretär der NATO wird mit den Worten ›dem Russen keinen Fußbreit weichen‹ zitiert«, trug der Außenminister vor und schob Schingarjow eine Mappe mit Berichten zu.

»Stimmen aus Deutschland? Aus Frankreich?«

»Bisher nicht.«

Beide Nationen waren wohl zu beschäftigt damit, die Außerirdischen im eigenen Land zu bekämpfen. Frankreichs Präsidentin Marine Le Pen würde dennoch nicht lange mit einer Regierungserklärung auf sich warten lassen, ihr Tonfall gegenüber Russland hatte sich in den vergangenen sechs Monaten deutlich verschärft. Gift und Galle spuckend, würde sie mit Vergeltung drohen, Schingarjow sah es schon vor sich. Seine Hoffnungen ruhten auf Deutschland. Kanzlerin Löhr war schwach – schon von Natur aus –, zudem war sie innenpolitisch angezählt und galt als eiskalte Buchhalterin. Umso überraschender war es gewesen, dass gerade sie sich als eine der Protagonisten im Überfall auf den Iran hervorgetan hatte – wofür sie im eigenen Land mit der politischen Isolation bestraft worden war. Schingarjow konnte sich kaum vorstellen – erst recht nicht, während die deutsche Bundeswehr in Westfalen ums nackte Überleben kämpfte –, dass Deutschland einen Krieg gegen Russland goutierte, geschweige denn militärisch unterstützte. Er beschloss, Löhr anzurufen, sie für seine Zwecke einzuspannen. Er nickte zufrieden zu diesem Beschluss und widmete sich wieder seinen Zuarbeitern. Stabschef Tupikow breitete ein Blatt Papier vor sich aus, dass mit der höchsten Sicherheitsstufe belegt war. Es gab demnach nur acht Augenpaare im ganzen Land, die es zu sehen bekamen – solange der Präsident nicht auf den Tscheget zurückgriff. In diesem Fall würden seine Befehle gemäß einer strikt vorbereiteten und wie ein Uhrwerk funktionierenden Kommunikationskette an die entsprechenden Luftwaffenbasen und Abschussanlagen durchgegeben werden und diese würden die Nuklearwaffen binnen acht Minuten zum Einsatz bringen. Die Vorgänge wurden wöchentlich geübt. Sollte die NATO, allen voran die USA, den atomaren Erstschlag führen, die russische Antwort würde erfolgen, noch ehe das Höllenfeuer der westlichen Bomben die Föderation treffen würde. Die Welt war in der Vergangenheit bereits öfter haarscharf am atomaren Fegefeuer vorbeigeschrammt, als der Öffentlichkeit bekannt war. Russen und Amerikaner belauerten einander, immer in Angst vor dem Erstschlag des Gegners, was bisweilen zu kollektiver Paranoia führte, zu der Wahnvorstellung, selbst handeln zu müssen, ehe dies der Widersacher tat. Auch Schingarjow kannte diese Paranoia nur zu gut und auch er hatte wahnsinnige Angst vor einem Atomkrieg. Er wusste, dass sämtliche seiner Sitze und Rückzugsorte auf der Liste der Amerikaner standen, dass er den Erstschlag oder Gegenschlag der USA möglicherweise nicht überleben würde. Schlimmer für ihn aber war das voraussichtliche Schicksal seines Landes. Die Amerikaner – selbst ohne die anderen Atommächte der NATO – vermochten, weit mehr nukleare Waffen gleichzeitig abzufeuern als Russland. Neben militärischen Zielen würde eine Vielzahl der 160 russischen Großstädte von der Landkarte verschwinden. In einem Atomkrieg konnten alle nur verlieren – das wusste Schingarjow, das wusste Horner, das wusste Le Pen und das wusste Johnson. Und dennoch lag diese Option immer wieder auf dem Tisch.

»Wie lautet die Einschätzung der Dienste?«, fragte Schingarjow mit sorgenvoller Stimme. Müdigkeit lastete wie ein Zusatzgewicht auf seinen Lidern und suchte diese zuzudrücken, er hatte viele lange Tage und kurze Nächte hinter sich.

»GRU und SWR stimmen überein, dass der Amerikaner seine nukleare Kommunikationskette überprüft. Unsere Agenten melden, dass sämtliche Mannschaften auf Station gerufen werden.«

Das war nicht unüblich und bedeutete nicht zwangsläufig, dass jeden Augenblick die Interkontinentalraketen starten würden. Auch Russland hatte seine Strategischen Raketen- und Weltraumtruppen voll mobilisiert. Durch den Angriff der Außerirdischen befanden sie sich sowieso in permanenter Alarmbereitschaft.

»Briten und Franzosen haben seit dem Zwischenfall offenbar keinerlei Maßnahmen in dieser Richtung eingeleitet. Der Türkei wird weiterhin die nukleare Teilhabe verweigert, Deutschland hat die Codes erhalten, doch schätzt der GRU, dass es den Deutschen aufgrund ihrer begrenzten Mittel und der Invasion im eigenen Land nicht möglich ist, einen Atomschlag gegen uns oder unsere Verbündeten zu führen.«

»Welche Optionen haben wir?«, fragte Schingarjow und bat um absolute Offenheit. In diesem Augenblick sprang die Tür auf, eine Mitarbeiterin Ruzkois trat ein, straffte ihren Oberleib und reichte dem Außenminister ein Papier. Sie verschwand wortlos.

»Mhm?«, machte Schingarjow und verlangte Aufklärung. Ruzkoi überflog die Meldung, ehe er aufsah.

»Der Nordatlantikrat ist soeben zu einer Entscheidung gekommen. Er stellt uns ein Ultimatum von 72 Stunden, um eine offizielle Entschuldigung zu lancieren und den verantwortlichen Kampfpiloten für ein unabhängiges Gerichtsverfahren auszuliefern«, erklärte Ruzkoi abschätzig. Er ließ durchklingen, dass er nicht bereit war, auch nur eine der beiden Forderungen zu erfüllen.

»Der Nordatlantikrat?«, fragte Schingarjow vorsichtshalber nach.

»Da, Michail Sergejewitsch. Sie behaupten, die Hornet habe das estnische Hoheitsgebiet nicht verlassen. Ein Possenspiel ist das, weiter nichts!«

Die NATO-Mitgliedsstaaten hatten diesen Beschluss einstimmig gefällt mit Ausnahme der Türkei, die derzeit als suspendiert galt. Schingarjow erinnerte sich noch einmal an sein Vorhaben. Gleich im Anschluss an das Meeting musste er Löhr anrufen. Er formte eine Pyramide aus seinen Händen und hob diese vor den Mund. Nachdenklich blies er Luft aus und atmete bewusst wieder ein. Es war ein einziger Wahnsinn, sich in dieser Situation, in der sich die Welt befand, mit der Verteidigung gegen menschliche Widersacher beschäftigen zu müssen. Auch die Chinesen vermochten sich nicht einzig auf die Abwehr der Aliens zu konzentrieren, denn das Volk der Mongolen begehrte gegen sie auf. Aus Ulaanbaatar wurden Kämpfe gemeldet.

»Die Berichte liegen mir vor«, eröffnete Tupikow die Debatte. »Das Gebaren der NATO ist inakzeptabel. Das kanadische Flugzeug hat sich zweifelsohne in unseren Luftraum begeben und ist überdies auf russischem Boden niedergegangen! Wenn überhaupt, schulden uns die Kapitalisten eine Entschuldigung und eine Auslieferung jener, die den Einsatz des Kanadiers befohlen haben!«

»Wir könnten ein Gegenultimatum stellen«, warf Ruzkoi ein.

Schingarjow blickte auf seine Armbanduhr. Es war kurz vor zwölf, in wenigen Stunden würden Teile der 6. Armee einen motorisierten Angriff auf den Frontbogen südlich von Solnetschnogorsk beginnen, um diesen mit massierten Panzerkräften zu bereinigen und somit die Frontlinie zu verkürzen. Schingarjow derweil hatte den Einsatz weiterer Atombomben innerhalb des eigenen Landes untersagt, er hielt ihn schlicht nicht für notwendig. Seine Soldaten vermochten die Gorillas auf konventionellem Wege zurückzudrängen. Auch hatte der Feind in Russland keine konsistente, im Dauerbetrieb befindliche Luftbrücke eingerichtet, wie er sie unter anderem in Deutschland und der Mongolei unterhielt. Bei Selenograd führte er nur so viele Kräfte nach, wie er benötigte, um das abgestürzte Raumschiff zu sichern. Dabei war sein Truppennachschub kürzlich ins Stocken geraten, immer weniger außerweltliche Krieger landeten in Russland. Der Feind vermochte seine gewaltigen Verluste an der Front nicht mehr auszugleichen. Schingarjow seufzte. Er befände sich nun lieber in der Operationszentrale des Strategischen Kommandos und würde tun, was in seiner Macht stand, um seine Soldaten zu unterstützen, statt sich mit dem Gehabe der NATO zu beschäftigen. Die Angst vor einem Angriff der Kapitalisten allerdings beherrschte sein Denken. Diese gierten seit Jahren schon darauf,

Russland die Krim zu entreißen, den russischen Einfluss aus der Ukraine zu verbannen und Weißrussland zum Stützpunkt des Westens umzufunktionieren.

Ein Krieg mit der NATO würde den sicher geglaubten Sieg gegen die Aliens gefährden ... ach was, gefährden! Er würde ihn zunichtemachen und das russische Mutterland zerstören. Schingarjow war Realist genug, um zu begreifen, dass das Krim-Bündnis gegen die Transatlantikallianz keine Chance hatte – selbst wenn diese auf die Schlagkraft der Türkei verzichten musste. Alles, was Russland bliebe, wäre, in einem massierten nuklearen Schlag Teile der USA und halb Europa zu verwüsten, ehe die eigene Nation untergehen würde – nicht unbedingt sonnige Aussichten. Doch selbst wenn Russland eine Chance gegen die NATO hätte, ein Atomkrieg musste um jeden Preis verhindert werden. Zum einen würde die Menschheit damit den Planeten aufgeben, denn wenn die mächtigsten Militärnationen einander auslöschten, gäbe es niemanden mehr, der dem Vormarsch der Aliens Einhalt zu gebieten imstande wäre. Zum anderen widerte Schingarjow die Vorstellung an, für den Tod von Abermillionen verantwortlich zu sein. Der Präsident verfluchte die Ignoranz der eigenen Spezies. Gleichzeitig war er nicht bereit, der NATO weiter entgegenzukommen. Er hatte ihr bereits mehrfach die Hand ausgestreckt, der Westen aber hatte sie immer wieder harsch abgewiesen. Schingarjow war am Ende des Tages ebenso wie die anderen Staatschefs und hochrangigen Militärs gefangen in jenen Denkmustern, die die Logik des Kalten Krieges geformt hatte und die bis zu diesem Tag das Weltgeschehen bestimmte. Und mit dem Einmarsch in den Iran hatte die NATO zuletzt bewiesen, dass sie doch keine Organisation verweichlichter Sparfüchse und Drückeberger war, sondern ein Bündnis, das entschlossen und mit voller Härte zuschlug.

»Wie ist eure Einschätzung, Genossen?«, fragte Schingarjow geradeheraus. »Wird der Westen tatsächlich angreifen, sollten wir das Ultimatum verstreichen lassen?«

»Die NATO hat nicht explizit militärische Schritte gegen uns angedroht, sondern lediglich die Ausschöpfung der vollen Bandbreite möglicher Konsequenzen. Zu bedenken ist allerdings, dass der Krieg gegen die Außerirdischen in Deutschland schlecht läuft und die volle Aufmerksamkeit des Bündnisses erfordert«, rezitierte Ruzkoi. »Ich kann mir unter diesen

Bedingungen nicht vorstellen, dass die Kapitalisten tatsächlich angreifen werden. Sie haben schon in für sie deutlich günstigeren Situationen die Füße stillgehalten.«

»Und doch ist es nicht auszuschließen.«

»Auszuschließen ist nichts. Der Iranfeldzug beweist auf traurige Weise, dass die angeblichen Werte, die der Westen bei jeder sich bietenden Gelegenheit wie einen Pokal vor sich herträgt, null und nichtig sind. Wenn es seine Börsen und geostrategischen Interessen verlangen, wird er handeln.«

Schingarjow fasste zusammen: »Uns ist, denke ich, bewusst, dass das Ultimatum inakzeptabel ist und als solches zurückgewiesen werden muss. In der Vergangenheit hat der Westen stets deshalb mit militärischen Schritten gehadert, weil er die Verluste gefürchtet hat, die wir zweifelsohne imstande sind, ihm im Kriegsfall beizubringen. So müssen wir auch jetzt Stärke demonstrieren und den NATO-Schergen deutlich machen, dass es bei uns nur Traurigkeit zu holen gibt.«

»Was schwebt dir vor, Michail Sergejewitsch?«

»Teile der 36. Armee sind in Moskau eingetroffen«, sagte Schingarjow, unglücklich darüber, Kräfte, die für den Kampf gegen die Außerirdischen vorgesehen waren, nun anderweitig einsetzen zu müssen. Die NATO zwang ihn dazu. Die NATO war verantwortlich dafür, dass mehr Russen im Kampf gegen die außerweltlichen Invasoren sterben würden, dass sich der Krieg bei Selenograd länger hinziehen würde.

»Wir identifizieren zwei Großverbände der Armee und verlegen diese nach Weißrussland sowie in die Ukraine. Dies muss dem Westen vor Augen führen, dass sich ein bodengestützter Angriff nicht lohnen kann. Des Weiteren müssen wir unsere Luftwaffenpräsenz in allen europäischen Grenzabschnitten verstärken.«

»Dies kann nur auf Kosten der Selenograder Front geschehen«, bemerkte Tupikow.

»Da. Die Kapitalisten zwingen uns diese Schritte auf. Sie tragen demnach die Verantwortung für das zusätzliche Leid, das daraus für unser Volk resultiert.« Schingarjow überlegte einen Augenblick. »Ich möchte außerdem, dass wir der Familie des abgeschossenen Piloten ein offizielles Kondolenzschreiben zukommen lassen ... ausdrücklich keine Entschuldigung, aber ein Zeichen unserer Anteilnahme.«

»Das erledige ich.«
»Sehr gut. Wir werden vor der NATO keinen Fußbreit zurückweichen!«

5

Washington D. C. – Vereinigte Staaten von Amerika

Vizepräsidentin Palin blickte den Direktor des Joint Staff, Admiral Dunner, erwartungsschwer an. Sie wischte sich eine dunkle Strähne aus dem Gesicht, hinter ihrer Stirn arbeitete es, sortierte sie die Informationen, die ihr Gegenüber ihr hatte zuteilwerden lassen. Dunner zeigte sich abwartend. Er lehnte gegen die Wand des abhörsicheren Besprechungsraums, seine Füße waren wie Bleiklötze, er war seit 20 Stunden unentwegt auf den Beinen. Die Situation in Südamerika war nicht dafür verantwortlich, auch nicht der Krieg im Niger oder die Lage im Iran, in Frankreich oder in Deutschland. Kopfzerbrechen und lange Arbeitstage bereitete ihm im Augenblick vor allem das Verhalten Russlands, das einzig als ein aggressiver Versuch gewertet werden konnte, die Invasion der Außerirdischen auszunutzen, um die eigene Machtposition in Europa auszubauen. Es war hinlänglich bekannt, dass Schingarjow danach strebte, sich das Baltikum einzuverleiben, so wie er zuvor bereits die in Schutt und Asche liegende Ukraine ins Krim-Bündnis gedrängt hatte.

»Das ist inakzeptabel«, stellte Palin fest und vermochte ihre Abscheu darüber nicht vollends zu verbergen, dass die Russen die Stunde größter Gefahr für die gesamte Menschheit ausnützten, um ihre eigenen Interessen durchzudrücken – um die Gräben im Ost-West-Konflikt, der allein aufgrund von Russlands aggressivem Auftreten unter Putin und Schingarjow neu entflammt war, zu vertiefen, statt Brücken über sie zu schlagen, sodass die Menschheit dem außerweltlichen Feind gemeinsam entgegentreten konnte. Nein, die Russen interessierte alleinig, dass mit der Türkei, Deutschland und Frankreich drei wichtige NATO-Mitglieder derzeit »beschäftigt« waren. Schingarjow versuchte nun, möglichst viel Kapital aus dieser Situation zu schlagen.

»Elende Pseudokommunisten!«, fluchte Palin, die vor Untergebenen in der Regel kein Blatt vor den Mund nahm. Dunner, den Dekaden der Berufserfahrung prägten, verzog keine Miene.

»Mehrere Quellen bestätigen die Verlegung der Verbände. Mein Stab hat Ihnen alle Dokumente übermittelt«, sagte er berechnend.

»Eine Tank-Brigade, ja?«

»Nicht irgendeine. Die 6. Garde-Panzer-Armee vereint viele kampferprobte Soldaten, die in Georgien, Tschetschenien, Syrien und dem Donbass gekämpft haben. Ihr Führer, von Sarow, ist ein eiskalter Afghanistan-Veteran, der nachweislich für Folter und Morde an zahlreichen Mudschahedin zwischen 1987 und 1989 verantwortlich zeichnete. Im Belgoroder Bahnhof werden zur Stunde die ersten T-14 abgeladen.«

Palin schaute ihren Joint-Staff-Direktor aus großen Augen an. Der hatte Mühe, sachlich zu bleiben.

»Belgorod – ukrainische Grenze«, sagte er knapp.

»Ah.«

»Moskau verlegt zudem Teile der 86. motorisierten Schützenbrigade nach Weißrussland, damit haben sie ihre Kräfte an unserer Ostflanke signifikant verstärkt. Es muss als eindeutiges Zeichen gewertet werden, dass die Russen trotz ihres Kampfes gegen die Affen Truppen in die Grenzregion verlegen.«

»Sie meinen ...?«

Dunner nickte. »Möglich, dass Schingarjow den Nebel des Krieges auszunutzen gedenkt, um die russische Präsenz in Europa nach Westen hin auszuweiten. Wir wissen, dass der Abwehrkampf bei Selenograd für die Russen günstig verläuft, die Affen treten dort nur mit geringem Kräfteansatz auf. Gleichzeitig ist die NATO weltweit gebunden und Deutschland hat arg zu kämpfen. Es könnte sich in dieser Situation genau das Zeitfenster aufgetan haben, auf das Schingarjow immer gewartet hat. Es ist wie damals auf der Krim ... die Russen müssen nur noch zugreifen, sollten wir uns abermals unentschlossen zeigen.«

Palin empörte sich. »Na, hören Sie mal! Ich und meine Leute verfügen nicht nur über astreine Geburtsurkunden, sondern auch über den nötigen Biss, um dem Russen entgegenzutreten!«

»Das weiß ich doch.« Ein wölfisches Grinsen huschte über Dunners Lippen. »Wir müssen zur Stunde davon ausgehen, dass Schingarjow alles von langer Hand geplant und durchinszeniert hat. Er hat nur auf den Augenblick gewartet, in dem sich ein NATO-Flugzeug derart nah an die Grenze heranwagt, dass er behaupten kann, es habe russische Hoheitsrechte verletzt. Die Verlegung der Verbände, die in Sibirien ansässig sind, geschieht ebenfalls derart flott, dass sie gut vorbereitet gewesen sein muss. Schingarjow will Fakten schaffen ... da begreift man, dass er Putins Ziehsohn ist.«

»Gemeinheit!« Palin hob drohend die Faust.

»Sie sagen es. Das muss man sich auf der Zunge zergehen lassen: Dieser Applebaum-Kerl hat sich im heroischen Abwehrkampf zwischen die Diskusjäger der Außerirdischen und estnische Dörfer geworfen und den Russen fällt nichts Besseres ein, als ihn aus den Wolken zu blasen.«

»Inakzeptabel!«

»Richtig.«

»Ich habe bereits mit dem Präsidenten telefoniert, er sieht es ebenso und hat mir alle Handlungsdirektiven übertragen.«

»Ausgezeichnet.«

»Liegt der Abschlussbericht aus Estland vor, der bestätigt, dass der Kanadier die Grenze nicht überflogen hat?«

Dunner kam kurz ins Stocken, er räusperte sich.

»Er liegt meinem Stab vor, ja ... aber da sind noch einige Unklarheiten drin, weshalb wir mit den Behörden in Ämari Rücksprache halten.«

»Ämari?«

»Estland, Mrs. Vice President.«

»Ah.«

»Mein Stab arbeitet ein Aktionspapier aus, das ich Ihnen im Laufe des Tages zusenden werde. Das Ultimatum an die Russen läuft in 60 Stunden aus und machen wir uns nichts vor: Sie werden nicht darauf eingehen. So bleibt uns nur zu handeln, um dem Russen klar seine Grenzen aufzuzeigen. Wir wissen ja mittlerweile leider, was passiert, wenn man denen zu viele Spielräume lässt ...«

»Ja! Die Ukraine hätte heute zur Europäischen Union gehören können, hätte dieser unsägliche Demokrat damals kein Muffensausen gehabt!«

»Eben.«

»Aber wir sind entschlossen!« Palin nickte zu ihrer Aussage und zeigte sich zuversichtlich. »Wir haben mit dem Ultimatum eine rote Linie definiert. Lassen die Russen es auslaufen, müssen sie mit beträchtlichen Konsequenzen rechnen!«

»Was immer ihnen vorschwebt, die Streitkräfte stehen zu Ihrer Verfügung.«

»Danke für Ihre Unterstützung, Admiral.«

»Gerne doch.«

»Die Russen verstärken ihre Truppen an der Grenze ...«, murmelte Palin vor sich hin. »Das bedeutet Krieg. Moskau bereitet den Erstschlag vor.«

»Auszuschließen ist es nicht.«

Dunner hatte am Vormittag mit Präsident Horner über potenzielle Ziele eines Vergeltungsschlages gesprochen. 192 Ziele in Russland würden gleichzeitig in einer nuklearen Wolke verschwinden, sollte Schingarjow auch nur mit der Wimper zucken, ohne in Washington vorher um Erlaubnis zu bitten.

»Und wir sollten für alle Eventualitäten vorbereitet sein«, mahnte der Joint-Staff-Direktor an. Palin nickte. »Sonst wird uns der Russe kalt erwischen. Auf unsere europäischen Partner jedenfalls können wir uns nur bedingt verlassen, wo diese gegen die Außerirdischen ankämpfen.«

»Auf die Euros können wir uns allgemein nur bedingt verlassen. Sie sind schwach. Sie brauchen unseren Schutz.«

»Richtig. Unsere in Osteuropa stationierten Einheiten jedenfalls können es mit ihren russischen Pendants nicht aufnehmen. In meinem Aktionspapier identifiziere ich vier Verbände, die für eine Verlegung an die Ostflanke der NATO geeignet erscheinen.«

Palin zeigte sich verwirrt. »Sie wollen bodengestützte Einheiten nach Europa verlegen?«

»Ja, natürlich.«

»Ich hatte eher an ein paar Flugzeuge gedacht. Und Atomwaffen.«

»Wollen wir den Russen effektiv abschrecken, dürfen wir auf Bodentruppen nicht verzichten.«

»Aber was ist mit den Aliens?«

»Was soll mit denen sein?«

»Na, hören Sie mal! Wir sind die mächtigste Militärnation dieses Planeten. Es ist ja wohl logisch und nur eine Frage der Zeit, bis die Außerirdischen uns angreifen werden. Da wollen ich und der Präsident unsere Bodentruppen im eigenen Land wissen!«

»Der Präsident klang vorhin noch anders«, gab Dunner hörbar verstimmt zu Protokoll. Es war bisweilen nicht leicht, mit der politischen Führung zusammenzuarbeiten.

»Keine Bodentruppen, Admiral.«

6

Büchel – Deutschland

Der Motor des schwarzen BMW dröhnte hochtourig, der Fahrer prügelte die Limousine geradezu über die B 259. Robert Becker war nervös, das musste er zugeben. Zusammen mit drei Kollegen besetzte er das Fahrzeug. Er war ganz in Schwarz gekleidet, außerdem vermummt, ebenso wie die anderen. Er trug eine schwere Weste, vollgestopft mit Munition und Ausrüstung, und er schwitzte unter der Sturmhaube. Mit einer Hand strich er über den Lauf des HK416. Er hatte bereits beim SEK mit Sturmgewehren gearbeitet, nicht aber mit diesem Modell. Und vor dem Einsatz hatte er gerade eben die Möglichkeit gehabt, ein paar Schuss auf dem Schießstand abzugeben, um seinen Haltepunkt zu finden. Ja, Robert war nervös ... das lag auch an dem mehr als haarigen Einsatz, den sie in diesem Augenblick angingen. Wo war er da nur hineingeraten?

Seine Kollegen prüften letztmalig ihre Waffen und die Ausrüstung. Sie sahen in ihrem dunklen Funktionsanzug, der Sturmhaube und der Weste ein bisschen wie Bankräuber aus. Und ein bisschen fühlte sich Robert auch wie ein Krimineller, angesichts des Auftrags, den er und die Kollegen zu erfüllen hatten ...

Der Fahrer verließ die Bundesstraße, fuhr, ohne die Geschwindigkeit zu verringern, nach rechts ab. Die Fliehkräfte zerrten an Robert, drückten ihn gegen den Kollegen. Der schob ihn unsanft von sich.

»Jetzt wird nicht gekuschelt, Becker!«, raunzte er wenig freundlich. Robert und die anderen Neulinge waren allgemein nicht besonders herzlich bei der GSG 9 aufgenommen worden. Der Kommandeur, Uwe Wegele, bemühte sich noch am ehesten um die Integration der *Frischlinge*, doch auch er machte keinen Hehl daraus, dass diese für ihn höchstens Beamte zweiter Klasse waren, hinter seinem Stammpersonal. Den alten Hasen stieß zudem sauer auf, dass Wegele die Neuen in der laufenden Operation einsetzte, ohne dass sie vorher umfangreich zusammen hatten trainieren können. Der Kommandeur aber hatte erklärt, dass er auf *Show of Forces* setze und dafür jeden Mann brauche. Entsprechend bewegte sich in diesem Augenblick eine lange Kolonne dunkler Fahrzeuge auf das Ziel zu.

Robert würde das Beste aus der Situation machen müssen, er würde den Kollegen seinen Wert schon noch unter Beweis stellen. Das Bild seiner Tochter Lilly manifestierte sich vor seinem geistigen Auge. Riembrandt hatte ihm zugesichert, sie über die eingerichtete Familienstelle des Landes nach Kiel bringen zu lassen, zu Roberts Schwester. Es war alles andere als einfach gewesen, sie – nachdem er bereits einmal grausame Verlustängste ausgestanden hatte – abermals fortzugeben. Gewiss, für den Augenblick blieb ihm nichts, als dem übergewichtigen Möchtegern-John-McClane zu vertrauen. Und Tatsache, trotz allem, was geschehen war: Er vertraute Riembrandt.

Der Fahrer bretterte mit über 100 Sachen durch einen Kreisverkehr und verließ diesen in Richtung Kasernentor.

»Jetzt gilt es, Kollegen«, drang Wegeles Stimme aus den Funkgeräten. »Und ich sage es noch einmal: Achtet auf euer Feuer! Deutsche Opfer wären unbefriedigend … sollte heute aber einem Ami etwas zustoßen, bekommen wir Probleme. Sehen wir einfach zu, dass wir das Ding sauber über die Bühne bringen.«

»Pass einfach auf, dass du dich nicht aus Versehen selbst erschießt, Becker«, spottete der Kollege neben ihm. In seinen unter der Sturmhaube hervorstechenden, kristallblauen Augen blitzte ein provozierendes Funkeln auf. Die GSG 9er verstanden sich als elitärer Haufen; dass die Neulinge diesem nach verkürztem Aufnahmetest hatten beitreten dürfen, empfanden sie als Affront.

»Danke für den Tipp«, gab Robert zurück, der darauf achtgab, den Kollegen keine Angriffsfläche zu bieten.

Der Fahrer stieg in die Eisen, die durch das Bremsmanöver freigesetzten Kräfte drückten Robert gegen den Widerstand des Gurts. Ein schwarzer Van, der – für das bloße Auge unsichtbar – schwer gepanzert war, überholte die Limousine und setzte sich an die Spitze der Kolonne. Er beschleunigte, raste mit einem Affenzahn auf das Kasernentor zu.

»Keine Fisimatenten, Kollegen«, mahnte Wegele mit der Gelassenheit eines tibetanischen Mönches bei der morgendlichen Meditation. »Attacke!«

Der Wachmann hinter dem Tor starrte erst verdutzt, dann zunehmend panisch auf die heranrasenden Fahrzeuge. Der Van hielt genau auf das geschlossene Tor zu, im Wachmann reifte die Erkenntnis heran, was dessen Fahrer vorhatte. Er gab einen spitzen Schrei zum Besten, dann vollführte er einen Hechtsprung seitwärts – im letzten Augenblick, denn schon durchbrach der Van das Tor. Es scheppterte fürchterlich, die beiden Torflügel rissen unter der Wucht auf, verbogen und verzogen. Der Van bremste vor dem Wachgebäude, die Schiebetüren flogen auf, GSG-9-Beamte sprangen unter Wegeles Führung aus dem Fahrzeug. Der Kommandeur war als Einziger nicht vermummt; bewaffnet mit einer Pistole hielt er auf das Wachgebäude zu. Hinter ihm kamen die Limousinen zum Stehen, die letzten Fahrzeuge blockierten die Straße. Robert und seine Kollegen hetzten aus dem Wagen.

»POLIZEI!«, brüllten sie durcheinander, um die Überrumpelung der Wachmannschaft perfekt zu machen. »WAFFEN WEG!«

Robert, das Sturmgewehr im Anschlag, bewegte sich auf den auf dem Asphalt liegenden Wachmann zu, der sich beim Aufprall verletzt hatte und ein unterdrücktes Stöhnen entweichen ließ.

»Keine Bewegung!«, brüllte er den völlig verdatterten Mann an und hielt ihn mit seinem Sturmgewehr in Schach. In seinem Rücken, beim Wachgebäude, brach plötzlich ein irres Geschrei los. Robert aber war Profi genug, um sich davon nicht ablenken zu lassen. So heftete er den Blick weiter auf den gestürzten Wachmann und vertraute darauf, dass seine Kollegen mit der Situation fertigwerden würden. Diese rissen das Gewehr hoch, zielten auf mehrere bewaffnete Wachmänner, die aus dem Gebäude stürmten und ihrerseits die Waffe gegen die Beamten erhoben. Wachmannschaft und GSG-9-Beamte brüllten einander an, forderten einander auf, die Waffen niederzulegen. Bei den Wachmännern lagen unruhige Zeigefinger auf den Abzügen, Schweißperlen standen auf jeder Stirn. Und doch brachten sie den Mumm auf, sich den Beamten, die sie für Terroristen halten mochten, entgegenzustellen – die kleinen Bänder auf den Westen, auf denen deutlich »Polizei« geschrieben stand, waren in der Hektik leicht zu übersehen. So standen sich zwei Dutzend Bewaffnete gegenüber, keifend, schreiend, drohend. Am Hals des Wachmannschaftsführers sprang eine dicke Wutader hervor, sein fleischiges Gesicht lief puterrot an, er schrie und gestikulierte wild und richtete seine Pistole direkt auf Wegele, offenbar bereit, den Kommandeur über den Haufen zu schießen. Die GSG 9ler schickten sich an, die Situation mit Waffengewalt aufzulösen, da schnitt eine scharfe Stimme durch das Chaos: »Waffen niederlegen, Kameraden!«

Einige mit G36 und Pistolen bewaffnete Offiziere der Bundeswehr traten hinter dem Wachhäuschen hervor, manch einer trug den Dienstanzug, andere waren in Flecktarn gekleidet. Die Autorität ihres Führers, eines Majors in grüner Uniform, bewegte die Wachmannschaft dazu, die Waffen zu senken. Sofort stürzten sich die GSG 9ler auf sie, nahmen ihnen die Schießeisen ab. Der Major und Wegele traten sich gegenüber, musterten einander.

»Herr Kania?«, fragte Wegele.

»Ganz recht«, bestätigte der. »Major Steffen Kania, Taktisches Luftwaffengeschwader 33.«

Sie gaben sich die Hand.

»Sie haben sich für die richtige Seite entschieden«, sagte Wegele berechnend. Kania nickte, erwiderte: »Wir haben keine Zeit mehr.« Er ließ seinen Blick über die lange Kolonne dunkler Fahrzeuge schweifen, die mit laufendem Motor die Zufahrtsstraße zur Kaserne besetzt hielt.

»Ich habe ein paar Freunde mitgebracht«, bemerkte Wegele trocken.

»Ich habe ein Auto«, erklärte der Major. »Ich fahre voraus!«

Wegele reichte dem Offizier ein Funkgerät.

* * *

Ein Mercedes Wolf GL der Bundeswehr heizte durch den Fliegerhorst Büchel. Er passierte Munitionsbunker, die von Waldstücken umrahmt waren. Ein Dutzend Fahrzeuge der GSG 9 folgte dem Geländewagen. Ein Hubschrauber der Bundespolizei drang in den Luftraum des Fliegerhorsts ein, der Pilot stand in direktem Kontakt mit Wegele. Robert blickte aus der getönten Seitenscheibe auf den Drehflügler am Himmel.

»Der General und seine Leute sind unbewaffnet«, meldete Kania über Funk. »Ich habe sämtliche Waffenkammern checken lassen.«

»Und die Amis?«, knackte Wegeles Stimme im Äther.

»Bewaffnet.«

»Wir werden tun, was nötig ist, um diesen Wahnsinn zu stoppen.«

»Bitte passen Sie auf, wohin Sie schießen!«, bat Kania eindringlich. »Ich gehe davon aus, dass der General nur wenige Gefolgsleute eingeweiht hat – wenn überhaupt. Die meisten denken, sie führen gültige Befehle aus.« Wegele und Kania hatten sich im Vorfeld dagegen entschieden, mehr als eine Handvoll Vertraute aufseiten des Fliegerhorstes einzuweihen. Zu groß war die Gefahr, etwas würde durchsickern und der abtrünnige General Vorkehrungen treffen können. Was er tat – im Begriff war zu tun –, galt dabei als undenkbar, musste als Landesverrat eingestuft werden. Er machte mit Verteidigungsminister Siegesmund gemeinsame Sache, der wiederum hinter dem Rücken der Kanzlerin eine Änderung der Strategie im Kampf gegen die Invasoren zu erzwingen gedachte. Mit dem Einsatz von Atomwaffen auf deutschem Boden aber konnten sich auch viele Soldaten nicht anfreunden – nicht solange noch ein Funke Hoffnung bestand, dem gegnerischen Vorstoß auf konventionelle Weise Einhalt zu gebieten. Bundeswehr und NATO waren gerade erst im Begriff, ihre Linien zu konsolidieren. Gleichzeitig wuchsen die menschlichen Armeen an, wurden die Reservisten einberufen und frische Rekruten eingezogen. Der Vormarsch der Affen hatte durch gezielte Abwehrmaßnahmen bereits spürbar verlangsamt werden können. Und so stand die Hoffnung, die Affen letztlich mit vereinten Kräften zurückzudrängen, ohne Westfalen in eine verseuchte Wüste zu verwandeln.

»Ich kann nichts versprechen«, antwortete Wegele wahrheitsgemäß. »Die Kollegen werden tun, was sie tun müssen.«

Die Fahrer gaben weiter Gas, die Kolonne raste durch den Fliegerhorst. Verdutzte Soldaten am Straßenrand schauten ihnen nach, niemand begriff, was in diesen Minuten geschah. Die Fahrzeuge passierten den Sportplatz. Männer und Frauen in blauer Sportbekleidung drehten darauf Runden. Robert sah durch das Seitenfenster, wie ein Tornado-Kampfjet auf die Startbahn rollte, ein dicker Brummer hing unter dem Rumpf.

»Tempo!«, forderte Wegele über Funk. »Strohmeyer, übernehmen Sie den Tower.«

»Verstanden!«

Zwei Fahrzeuge zweigten von der Kolonne ab, jagten dem Tower entgegen, der sich über die umstehenden Hangars erhob. Der Rest hielt unter der Führung von Kanias Geländewagen auf eine große Halle zu, vor der sich zahlreiche deutsche und amerikanische Soldaten tummelten. Die

Amerikaner trugen Waffen, reckten nun den Kopf, als die dunklen Autos herangefahren kamen. Sie wechselten verwirrte Blicke. Ein Deutscher stach aus der Menge hervor, er war gehüllt in eine dunkelblaue Uniform mit roten Kragenspiegeln, dazu saß eine Schirmmütze auf seinem Kopf.

»Ziel voraus. Der im blauen Pyjama ist unser Mann! Quick und dirty, Männer!«

Die Kolonne zweiteilte sich, fuhr an der rechten und linken Flanke der Menschenmenge auf. Die Bremsen quietschten, die Reifen schlitterten über den Asphalt. Robert riss die Tür auf, hatte sein Sturmgewehr bereits im Anschlag. Binnen eines Wimpernschlages pickte er sich einen lässig den Karabiner haltenden Amerikaner heraus und visierte ihn an.

»POLIZEI!«, brüllten er und die anderen Beamten durcheinander, um den Überraschungseffekt zu verstärken. »Hände hoch! Waffen weg!«

Die Bundeswehrsoldaten erschienen völlig überrumpelt, die Blicke der amerikanischen Mannschaften suchten und fanden ihre Unterführer. Auch derjenige, den Robert ins Visier genommen hatte, gehörte jenen an, die etwas zu sagen hatten – möglicherweise handelte es sich um den ranghöchsten Amerikaner. Roberts Körper stand unter enormer Spannung, war eins mit der Waffe geworden, die einem verlängerten Arm gleich auf sein Ziel wies. In dessen Miene arbeitete es sichtlich, grimmig nahm er zur Kenntnis, das deutsche Uniformierte ihn und seine Männer zu entwaffnen gedachten. Er dachte offenkundig darüber nach, ob er das zulassen solle. Die Muskeln spannten sich wie Stahlseile, aus dem Antlitz sprach die Geringschätzigkeit für die Bundespolizisten.

»Police! Drop your weapons!«

Roberts Ziel löste den Tragegurt der MP und legte sie betont gelassen vor seinen Füßen ab. Die anderen Amerikaner folgten augenblicklich dem Beispiel. Ein vernehmlich bedröppelter deutscher Luftwaffengeneral, dem jede Farbe aus dem Gesicht gewichen war, stieß einen Seufzer aus.

Wegele tauchte zwischen seinen vermummten Beamten auf, zeigte sich zufrieden.

»Sie, meine Freunde, haben einen sehr großen Problem nun!«, erklärte Roberts Ziel mit aufgeblasenem Brustkorb und bemühte dafür seine passablen deutschen Sprachfähigkeiten.

Mit einem Mal brausten die Triebwerke des Tornados auf. Der Lärm potenzierte sich ins Unermessliche, drillte sich als schrille Dissonanz in die Gehörgänge. Der Kampfjet rollte über die Startbahn, gewann an Geschwindigkeit. Die Reifen verloren den Kontakt zum Untergrund, dann schoss der Flieger in steilem Winkel davon.

»Scheiße!«, fluchte Wegele. »Strohmeyer? Wie sieht es aus?«
»Tower unter Kontrolle. Wir haben 18 Personen in Gewahrsam.«
»Pfeifen Sie sofort den Vogel zurück!«

7

Bonn – Deutschland

Ein weißer Audi R8 4S heizte durch die Innenstadt. Der V10-Mittelmotor röhrte kraftvoll, das Aluminium der Ansaugbrücke, über die sich das Strebenkreuz spannte, schimmerte durch die Heckscheibe und verlieh dem Sportwagen eine geradezu martialische Erscheinung. Verteidigungsminister Siegesmund verzichtete auf einen Fahrer, er fuhr lieber selbst. Die Anspannung zeichnete ihn. Er trat aufs Gaspedal, schlängelte sich erst rechts, dann links an anderen Verkehrsteilnehmern vorbei, brach dabei mehrfach die Regeln der Verkehrsordnung. Die Straßen der Stadt waren wie leer gefegt, der Krieg, der keine 150 Kilometer von der ehemaligen Hauptstadt entfernt ganze Landstriche in Trümmerfelder verwandelte, hatte das Bonner Stadtleben lahmgelegt. Viele Firmen hatten den Betrieb vorübergehend eingestellt, Schulen blieben geschlossen, die Bonner Bevölkerung floh vorsorglich, denn die Außerirdischen machten mit jedem Tag Kilometer gut. Die Zahl der Toten allein in Deutschland ging in die Hunderttausende, und auch wenn die NATO jeden Meter teuer verkaufte, so wich sie doch stetig zurück. Bielefeld, Detmold, Gütersloh, Paderborn und andere Städte waren erobert worden; Aliens marschierten zu Millionen durch die Stadtviertel, ihres orangefarbenen Schildes wegen sah es aus der Luft aus, als überzöge eine glänzende, orangefarbene Glasur das Land. Eine Luftbrücke, die bis ins All hinaufreichte und mit dem bloßen Auge zu erkennen war, erschien dem Betrachter wie ein Turm, ein Aufzug zum Weltraum. Siegesmund beabsichtigte, diesen Turm zum Einsturz zu bringen. Eine Atomexplosion würde den Feind Hunderte seiner Schiffe und Millionen seiner Krieger kosten. Zwar verfügte die Bundeswehr derzeit nicht über die Mittel, um den atomaren Angriff für eine landgestützte Gegenoffensive zu nutzen, wie es in der Mongolei beabsichtigt gewesen war, doch hoffte Siegesmund, dass von dem erfolgreichen Einsatz ein Signal an die

Politiker der Bundesrepublik ausging, sodass diese ihre pazifistischen, von ideologischen Dogmen beherrschten Denkmuster endlich zugunsten einer pragmatischen Kriegsführung ablegten. Atomwaffen waren die einzigen Mittel im Bestand der Bundeswehr, um die Invasoren aufzuhalten. Atomwaffen oder Untergang – Siegesmund wusste, wofür er sich entschied. Entschieden hatte. Er setzte zu einem weiteren Überholmanöver an, schnitt einen mit Taschen und Koffern vollgestopften Pkw, dessen Fahrerin sich gestenreich aufregte, während auf dem Beifahrersitz und auf der Rückbank mehrere Kinder durcheinanderquengelten. Keine Frage, sie zählten zu den unzähligen Flüchtenden, die die Stadt verließen.

Siegesmund warf einen fahrigen Blick auf den Bordcomputer, der mit seinem Smartphone vernetzt war. Er war nervös, um das Mindeste zu sagen. Die Uhr zeigte 11:20 Uhr an, der Flieger war bereits in der Luft und strebte seinem Ziel entgegen. Der Verteidigungsminister wusste nicht, ob die Kanzlerin ihn absetzen würde – selbst wenn sie erkennen würde, dass er richtig gehandelt hatte. Er aber war bereit, Risiken einzugehen, konnte er dadurch nur das Land retten. Er befand sich auf dem Weg zur Hardthöhe, würde dort vermutlich zeitgleich mit der Meldung vom erfolgreichen Abwurf eintreffen ... und dann der Dinge harren, die folgen mochten. 18 weitere Atombomben hatte die Bundeswehr im Bestand, und die Amerikaner würden sicherlich weitere zur Verfügung stellen. Das war genug Sprengkraft, um jeden einzelnen Affen, der es wagte, deutschen Boden zu betreten, in den Erdengrund einzubrennen. Ein fragiles Lächeln erschien in Siegesmunds Miene, es war verzerrt. Zitterte. Er bretterte durch eine Seitenstraße, die Zahl im digitalen Tachometer näherte sich der 80. Siegesmund fuhr auf die Bundesstraße 56, folgte dieser gen Südwesten. Geschäfte und Wohnhäuser flogen förmlich vorüber. Voraus kroch ein Kleinwagen von Ford mit weit weniger als der erlaubten Höchstgeschwindigkeit über den Asphalt.

Die weibliche, wegen ihres künstlichen Ursprungs leicht verzerrt erscheinende Stimme seines Audi lenkte Siegesmunds Aufmerksamkeit zurück auf den Bordcomputer. Der Ford, zu dem er mit großer Geschwindigkeit aufschloss, geriet in Vergessenheit.

»Ein Anruf für Sie«, trällerte Rosa, wie Audi die Computerstimme getauft hatte. Das Display zeigte den Anrufer an. Es war *er*.

»Annehmen«, brummte Siegesmund. Seine Anspannung übertrug sich auf den Klang seiner Order. Das Tachometer zeigte nun 120 Stundenkilometer an, Grünstreifen und Schilder verschwammen in den Seitenfenstern zu einem bunten Gemenge.

»Herr Minister?«, drang eine männliche Stimme aus dem Lautsprecher.

Siegesmund warf einen Seitenblick in den Rückspiegel, sah zwei dunkle Fahrzeuge, die hinter ihm auffuhren. »Ja?«, erwiderte er gereizt. »Was haben Sie für mich?«

»Nun ...« Im Hintergrund herrschte ein höllischer Lärm vor. »... Herr Minister ...«

»Was ist da bei Ihnen los?«

Ein dunkler Mercedes überholte Siegesmund links, scherte haarscharf vor ihm wieder ein.

»Was zum ...?«, stieß der Verteidigungsminister aus und bremste ab. Viel zu spät erkannte er, dass er dem Mobilen Einsatzkommando in die Falle gegangen war. Die Bremslichter des Mercedes leuchteten auf, als wollten sie ihn warnen. Siegesmund presste seine Füße mit aller Gewalt auf das Kupplungs- und das Bremspedal. Sein Audi vollführte eine Vollbremsung, unterstützt durch das automatische Bremssystem. Ein zweites Fahrzeug stoppte unter quietschenden Reifen hinter ihm, binnen Sekunden wurde er zwischen beiden Autos eingekeilt. Schon sprangen die Türen auf, vermummte Gestalten zeigten sich.

»HERR MINISTER ...?«, tönte die Stimme eines ziemlich gehetzt klingenden Generals aus dem Lautsprecher. Siegesmund aber wusste, wann er verloren hatte. Er legte beide Hände aufs Lenkrad, entriegelte per Sprachbefehl sein Auto, da riss ein Beamter bereits die Fahrertür auf.

8

Nördlich der A 2 – Deutschland

Platzregen trommelte mit unerschöpflicher Kraft auf das Dach des Bauernhauses. Tropfen fuhren Rennen auf der verschmierten Scheibe. Bernau blickte mit müdem Blick nach draußen auf die Güllegrube und die dahinterliegenden Äcker, die der Morgennebel verschlang. In seinem Rücken schnarchten die Kameraden, das Zimmer war vollgestopft mit Soldaten. Bernau aber – so müde er auch war – konnte kaum ein Auge zu tun, nach einer Stunde Schlaf war er nun wieder hellwach. Und doch drückte eine außerordentliche Erschöpfung gegen seine Lider, machte sie schwer und sog alle Gedanken aus seinem Schädel. So stand er vor dem Fenster wie ein Zombie, der Mund stand offen, die Augen waren halb geschlossen, und starrte hinaus in den Regen.

Sie hatten Herford aufgegeben, hatten sich bis in die nördliche Peripherie der Stadt zurückgezogen, wo sie schließlich abgelöst worden waren. In zwölf Stunden würde es zurück an die Front gehen. Die Kompanie hatte noch drei Mann verloren, darunter den Spieß und eine Soldatin aus dem Geschäftszimmer. Munition war knapp, jeder Soldat verfügte nur noch über 60 Schuss für das G36, dazu gab es kaum mehr Handgranaten und Panzerfaustpatronen. Ersatz an Mensch und Material war durch die Division zugesichert worden, nur wann dieser zur Verfügung stehen würde, stand in den Sternen. Überall im Land unterzogen sich Freiwillige Crashkursen im Soldatsein. Fabius rechnete damit, dass jene Freiwilligen, was Ausbildungsstand und Fähigkeiten anbelangte, die hastig eingezogenen Ehemaligen noch einmal unterbieten würden. In einer Woche würde der erste bundesweite Durchgang seine Ausbildung abschließen und an die Front entlassen werden. 12 500 Soldaten würden das sein, ausgebildet in hoffnungslos überfüllten und überforderten Ausbildungskompanien, eingewiesen in Waffen und Gerät von greisen Reservisten. Alle anderen leisteten Kriegsdienst.

Im Süden hatten die Affen punktuell die Autobahn 44 erreicht, und auch wenn sich der außerirdische Vormarsch merklich verlangsamt hatte, glaubte Bernau nicht wirklich daran, dass er aufzuhalten war. Immerhin gebot der starke Regen ihm für den Augenblick Einhalt. Zweifelsohne, die Invasoren mochten kein Wasser. Hätte Bernau noch die Kraft für klare Gedankengänge gehabt, er würde sich fragen, wo das enden sollte. Er würde sich fragen, ob er irgendwann – in einem Monat vielleicht – mit dem Rücken zur Nordsee stehen würde, die letzten Patronen auf die Schildwand der Invasoren verschießend, während Flüchtende im Meer ertranken. Stets hatte er mit Gleichmut die Meldungen aus Italien und Griechenland zur Kenntnis genommen, Meldungen von gekenterten Flüchtlingsbooten, von Ertrunkenen, von an den Urlaubsstränden angespülten Kinderleichen. Jene Schreckensnachrichten waren zum Alltag geworden, zur traurigen Realität, der man ohnmächtig gegenüberstand und über die man kurz in Entsetzen geriet, ehe man sich zurück auf die Couch pflanzte und die Playstation anwarf. Nun könnten es bald Mitteleuropäer sein, die in Booten – kaum mehr als Nussschalen – den gefahrvollen Weg über das Meer gen Großbritannien oder Skandinavien antraten. Und Bilder von kleinen weißen Kindern, deren herzergreifende Schreie von der gurgelnden See verschluckt wurden, sorgten dann dort, wo das Leid noch nicht Einzug gehalten hatte, für einen kurzen Aufschrei, ehe die Menschen zu ihrem Tagewerk zurückkehren würden.

Bernau stieß einen aus den Tiefen seines Gekröses kommenden Rülps aus, der übel roch. Meier tauchte in seinem Rücken auf, er kratzte sich einen Pickel auf der Stirn blutig.

»Du kannst nicht pennen?«, fragte der Stabsgefreite gähnend.

»Quatsch nicht«, entgegnete Bernau. »Ich schlafe immer so. Im Stehen. Mit geöffneten Augen.«

»Was ist los, Mann?«

»Das fragst du noch ...?« Bernau versagte die Stimme. Etwas ließ seine Sicht verschwimmen. Das Prasseln des Regens übertönte das Grollen der Artillerie. Die NATO feuerte aus allen Rohren auf die vorrückenden Truppen. Die Artillerie erwies sich als wirksames Mittel gegen die Aliens, doch hatten die Sparhaushalte der westlichen Nationen vor allem diese Waffengattung bluten lassen. Die Bundeswehr verfügte gemäß dem Sollplan vor Invasionsbeginn über 68 MARS- und MARS-II-Raketenwerfersysteme, außerdem über 138 Panzerhaubitzen 2000 – das war bereits inklusive Aufrüstung, bedingt durch den neu aufgeflammten Ost-West-Konflikt. Angesichts einer Frontlinie von derzeit 180 Kilometern Länge war die deutsche Artillerie nicht mehr als ein Fliegenschiss. Und die Frontlinie dehnte sich mit jedem Tag weiter aus … Russland und China waren dank ihrer konventionellen Heere, die auf starke Panzer- und Artilleriekräfte setzten, effektiver im Kampf gegen die Invasoren.

»Ich glaube, der Oberleutnant ist auch schon auf«, bemerkte Meier beiläufig, als im Erdgeschoss Stuhlbeine über das Parkett gezogen wurden.

»Ich geh mal nachschauen.«

Bernaus Füße fühlten sich wie Bleiklötze an, jedes Anheben kostete Kraft. Er schlurfte mit gesenktem Haupt die Treppe hinunter, fand sich in der großen, offenen Küche wieder. Fabius, Bravo und einige andere Soldaten der Kompanie saßen um den Esstisch herum und verputzten die Süßigkeitenvorräte des Hauses.

»Moin, Dennis«, flüsterte Fabius. Bravo nickte ihm zur Begrüßung zu, dunkle Halbringe hingen abgestorbenen Hautlappen gleich unter seinen Augen.

»Hey«, gab Bernau leise zurück und blieb auf der untersten Stufe stehen. In der Ferne krachte eine gewaltige Explosion, kurz übertönte der Lärm sogar das Trommeln des Regens, ehe es wieder zum allgegenwärtigen Geräusch wurde.

»Snickers?«, fragte Bravo und hielt Bernau einen Schokoriegel hin. »Oder lieber ein paar Gummibärchen?«

»Ist das überhaupt erlaubt, sich hier zu bedienen?«, fragte der Stuffz ohne wirkliches Interesse an der Antwort.

»Willst du das gute Zeug den Affen überlassen?«, unkte Bravo.

Hinter Bernau trotteten Meier, Eichner und Degel die Treppe herunter.

»Schau mal an, die Rasselbande wird langsam wach.«

Degel grinste schwach, Eichner war um einen ernsten Gesichtsausdruck bemüht, doch vermochte auch er nicht mehr zu verbergen, wie ausgezehrt er war.

»Will die Deutsche Eiche ein Snickers?«, fragte Bravo.

»Nein, danke.«

»Was ist denn los mit euch?«

Bernau schlurfte durch die Küche, trat ans Fenster heran, blickte hinaus auf die Felder, die unter dem Niederschlag aufweichten und sich allmählich in Schlammbecken verwandelten.

»30 Stunden vielleicht noch«, flüsterte er ganz apathisch. »Dann wird hier alles orange sein.«

»Lass den Kopf nicht hängen«, sagte Fabius und war selbst nicht überzeugt von seiner Antwort.

»Haha.«

»Wir werden diese Viecher fertigmachen.«

»Sicher. Und danach reparieren wir unser marodes Rentensystem.«

»Das treibt dich um?«, versuchte sich Fabius an einem lockeren Spruch, »dass du bis 67 arbeiten musst?«

»Mich treibt um, dass ich mein Rentenalter nicht erreichen werde.«

Nach und nach wurden die Soldaten wach, auch Emmerich und andere begaben sich schlaftrunken ins Erdgeschoss, setzten sich an den Tisch oder einfach auf den Boden. Emmerichs Kopf war puterrot angelaufen, er schnaufte vernehmlich.

»Ihr seid viel zu früh auf«, beschwerte sich Fabius scherzhaft. »Ihr habt noch mindestens zwei Stunden. Gönnt euren müden Knochen ein bisschen Ruhe.«

Sturmfeuerzeuge klackten, blauer Dunst erfüllte die Küche.

Die Haustür öffnete sich, zwei Soldatinnen, durchnässt bis auf die Knochen, stolperten ins Bauernhaus. Jede trug einen der außerirdischen Schutzschilde bei sich, die sie um ein gutes Stück überragten. Sie platzten in die Küche, erblickten den Oberleutnant, hielten abrupt inne und strafften ihren Körper. Wasser troff aus ihren langen, unter der Feldmütze hervorlugenden Haaren.

»Easy bleiben«, winkte Fabius ab. »Ihr habt uns was mitgebracht?«

»Jawohl. Wir sind von der 1. und sollen diese Beuteschilde im Regiment herumzeigen.«

Die Soldaten waren sofort Feuer und Flamme für die Mitbringsel, niemand von ihnen hatte je Hand angelegt an Ausrüstungsgegenstände der Außerirdischen. Sogleich wurden die beiden Soldatinnen umringt und ihnen der Schild aus der Hand gerissen. Verwundertes bis neidisches Staunen über die Technologie des Feindes brach sich in Gemurmel und aufgeregtem Geplapper Bahn. Die Schilde waren leicht, wogen kaum mehr als ein Porzellanteller, und das, obwohl sie über 230 Zentimeter in der Höhe maßen. Und sie waren hauchdünn, nicht viel dicker als eine Scheibe Käse. Das Orange glänzte im schwachen Tageslicht, die Oberfläche war spiegelglatt. Das Regenwasser hatte keine Chance, auf ihr haften zu bleiben, es war bereits vollständig abgeperlt.

Die Soldaten ergingen sich in Spekulationen und Diskussionen. Die für menschliche Hände zu großen Griffe wurden analysiert, Strategien besprochen. Ob der vorherrschenden Müdigkeit und der allgemein schlechten Lage verfielen die Soldaten bald in Streit, keilten lautstark gegeneinander, stritten über Belanglosigkeiten. Auch Fabius vergaß seine Funktion als militärischer Führer, er keilte ordentlich mit. Nur einer hielt sich aus dem Tumult heraus, saß abseits. Gelehnt gegen die Spülmaschine, wohnte er der Auseinandersetzung stumm bei: Bernau. Sein Gesicht war grau und eingefallen, der kalte Schweiß stand auf seiner Stirn. Seine Lippen bewegten sich, er brabbelte etwas vor sich hin, ohne dass seinem Mund auch nur ein Laut entsprang. Er erhob sich langsam, schritt auf die Kameraden zu. Das G36 schlug mit jedem Schritt gegen sein Schienbein. Er bahnte sich einen Weg durch die Menge, riss Degel eines der Schilde aus der Hand und drängte damit nach draußen in den Regen. Die anderen sahen ihm verdutzt nach.

* * *

»Was hat er denn?«

Fragende Blicke richteten sich auf Fabius, der aber zuckte mit den Schultern. Die Soldaten traten an die Fenster neben der Haustür, von wo aus sie auf den Hof blicken konnten. Dort sahen sie Bernau, der außer sich war, der seine ganze Wut an dem Schild ausließ. Im strömenden Regen schlug er es mehrfach gegen das Kopfsteinpflaster, bis seine Züge schmerzverzerrt waren und er sich die Schulter hielt. Er stieß einen rohen Schrei aus, hob den Schild auf und schleuderte ihn wuchtvoll gegen einen Baum. Fragmente von Rinde platzten ab. Bernau atmete schwer. Er zückte sein Kampfmesser, drehte es zwischen den Fingern.

»Alter ...«, wisperte Meier ergriffen. Er und Degel sahen einander flehentlich an. Oberleutnant Fabius setzte sein grünes Barett auf den Kopf und trat nach draußen. Sogleich prasselte der Regen auch auf ihn ein, durchnässte ihn binnen Sekunden. Es war, als würde jemand Wassereimer über ihm ausgießen. Er fror, doch ignorierte er das im Augenblick. Er blieb stehen, taxierte Bernau, der auf dem Schild kniete und mit der Klinge seines Kampfmessers darauf eindrosch. Er schrie auf, ließ die Klinge ein weiteres Mal mit Wucht auf das Schild herniederfahren, drückte ihre Spitze mit aller Macht gegen das orangefarbene Material.

»Verficktes …«, stöhnte er. Er verlagerte sein ganzes Körpergewicht auf das Messer. Dessen Klinge rutschte ab. Bernau knallte auf den Schild, stieß einen unterdrückten Laut aus, die Klinge glitschte über das Kopfsteinpflaster. Bernau richtete sich halb auf, blickte niedergeschlagen auf seine blutende Hand.

»Dieses verfickte Scheißteil!«, zürnte er. Er sprang auf die Beine, packte den Schild und schleuderte ihn quer über den Hof.

»Fuck!« Bernau ließ sich auf den Hintern fallen. Der Regen spülte das Blut von seiner Hand. »Fuck!« Der Stuffz ließ den Kopf hängen. Langsam schritt Fabius auf ihn zu, setzte sich neben ihn auf das nasse Kopfsteinpflaster. Seine Hose sog sich sogleich mit kühler Flüssigkeit voll, die ihm die Gänsehaut auf die Oberarme trieb. So saßen sie da, mitten im Platzregen. Sie kauerten nebeneinander, beinahe eine volle Minute lang, ohne dass einer von ihnen ein Wort sprach. Dutzende Augenpaare klebten an den Fenstern des Bauernhauses.

»Fuck!«, wisperte Bernau niedergeschlagen.

»Lass mal sehen.« Fabius nahm Bernaus Hand, betrachtete den Schnitt. »Ist nicht tief, würde ich sagen. Saftet auch schon nicht mehr so stark.« Fabius' Blick fiel auf den im Licht leuchtenden Schild, auf dessen Oberfläche der Regen aufschlug wie Maschinengewehrsalven.

»Kannst froh sein, dass du dich nicht ernsthaft verletzt hast.«

»Mhm.«

»Kann ich mich auf dich verlassen, Dennis?«

»Kein Kratzer …«, war Bernaus Antwort.

»Mhm?«

»Nicht ein verschissener Kratzer! Das kann doch nicht sein. Ich kann nicht mal den Lack ankratzen. Und deren Flugzeuge und Raumschiffe und alles von denen besteht aus diesem Dreckszeug! … Die werden uns fertigmachen.«

»Wir sind nicht alleine. Wie oft ist schon die Bündnistreue der NATO-Länder infrage gestellt worden? Und jetzt schau dir an, was passiert: Das Bündnis funktioniert, die Nationen setzen sämtliche Hebel in Bewegung. Hier bildet sich eine große, internationale Front. Das macht mir Mut.« Fabius musste laut sprechen, um das Hageln des Niederschlags zu übertönen.

»Ich meine uns ... Menschen«, entgegnete Bernau. »NATO hin oder her, die werden uns fertigmachen.«

»Mit der Einstellung wirst du jedenfalls nichts reißen.«

»Du glaubst also daran, dass wir eine Chance haben?«

»Wir Menschen sind hartnäckiges Ungeziefer. So schnell kriegt man uns nicht klein.« Fabius legte Bernau die Hand auf die triefend nasse Schulter. »Ich kann dir nur sagen«, sprach der Oberleutnant, und was er sagte, kam von Herzen, »dass wir hier einen Job zu erledigen haben. Wir werden kämpfen, weil das unsere Aufgabe ist, weil wir geschworen haben, das deutsche Volk zu beschützen. Und ich bin mir sicher, dass kluge Köpfe bereits an Konzepten arbeiten, um den Affen beizukommen. Zur Not äschern wir ihre Landezonen mit Atomwaffen ein. Der Krieg ist noch lange nicht verloren.«

»Die gleiche Ansprache hätte ein Offizier im April '45 halten können.«

»Du machst es mir echt nicht leicht, Junge.«

Ein schwaches Grinsen kämpfte sich auf Bernaus Antlitz. Fabius' Worte waren also doch zu ihm durchgedrungen.

»Du kannst dich auf mich verlassen«, versprach der Stuffz.

9

Berlin – Deutschland

Die Kanzlerin der Bundesrepublik Deutschland, Dorothea Löhr, erschien weidlich derangiert. Winzige Augen saßen in dunklen Höhlen, diese stachen aus einem schneeweißen Gesicht hervor. Kein Make-up dieser Welt vermochte die Spuren ihrer tief greifenden Ermattung vollständig abzudecken. Löhr war übermüdet. Sie war emotional am Ende, brach, wenn sie unbeobachtet war, in Tränen aus. Der Krieg überforderte sie auf eine Art, dass ihr Herz in ständiges Flimmern verfiel und ihre Brust einen unerträglich stechenden Schmerz ausstrahlte, der ihr den kalten Schweiß auf die Stirn trieb. Ihr Haar war zerrauft, hinter der Fassade aus Puder und Lidschatten zitterten ihre Züge. Sie rieb sich die blutunterlaufene Stirn und musste an die Dose Red Bull denken, die in ihrer Schreibtischschublade ruhte. Sie war längst vom Kaffee auf Engerydrinks umgestiegen und sehnte sich auch jetzt nach dem süßen Zeug, das ihr zumindest für eine halbe Stunde die Müdigkeit aus dem Körper sog, doch wollte sie diese nicht in Gegenwart anderer zu sich nehmen. Es zieme sich nicht für die Bundeskanzlerin, sagte sie sich.

»Danke für Ihren Bericht«, knirschte sie und versuchte so etwas wie Zuversicht auszustrahlen. »Frau General Meyer-Gencer ... Herr Vizeadmiral Wöhler ... Sabine.«

Sabine Winter, ihres Zeichens Innenministerin des Bundes, wischte sich eine Strähne aus dem Gesicht und lächelte gekünstelt. Die Situation setzte ihr sichtlich zu ... doch wahrte sie ihr professionelles Auftreten. Und ihre Behörde hatte geliefert, hatte dafür gesorgt, dass Abtrünnige der Bundeswehr festgesetzt werden konnten, die den Einsatz einer Atombombe in Deutschland vorbereitet hatten. Entsprechend beschämt traten Meyer-Gencer und Wöhler auf und hatten – unüblich für die Soldatenkaste, selbst für die »politisierten« Generalsränge – ganz kleinlaut und zurückhaltend dem Bericht der Innenministerin ihre mündliche Zusammenfassung der Sachlage beigefügt.

»Das Wichtigste ist, dass Fabian ... Herr Siegesmund ... und seine Mittäter nicht zum Erfolg gekommen sind.« Löhr nickte zu ihrer Aussage. Ja, das war das Wichtigste, alles andere war zweitrangig.

Meyer-Gencer überreichte schweigend eine Liste, die das Verteidigungsministerium auf Wunsch des Kanzleramts zusammengestellt hatte. Es wies sämtliche Kräfte der Bundeswehr und der NATO-Partner aus, die für einen möglichen Krieg gegen Russland aus der westfälischen Front herausgezogen und nach Osteuropa verlegt werden konnten. Die Liste war ziemlich kurz.

»Danke«, sagte Löhr, nahm das Dokument beiläufig entgegen und legte es beiseite. Schingarjow persönlich hatte sie betreffend des Vorfalls über dem Peipussee angerufen, ihr seine Anteilnahme für die Familie des getöteten Piloten zugesichert und um eine friedliche Lösung geworben. Schingarjow und Löhr befanden sich auf einer Linie, das hatte ihr das Telefonat verdeutlicht. Überhaupt war es ein einziger Wahnsinn, dass die NATO aktiv einen Krieg gegen Russland vorbereitete, während das Bündnis weltweit gegen eine außerirdische Invasion ankämpfte – und zur Stunde nicht unbedingt auf der Gewinnerstraße fuhr. Löhr jedenfalls hatte eine deutsche Beteiligung an einem Krieg gegen Russland gedanklich ins Abseits gestellt, auch wenn sie dies bisher niemandem mitgeteilt hatte. Sie wusste, dass die christdemokratische Parteibasis Bündnistreue goutierte, und konnte es sich schlicht nicht leisten, ihr ein weiteres Mal vor den Kopf zu stoßen. So schob sie diesen Konflikt auf und hoffte, dass sich die Wogen glätteten, ehe Horner oder Schingarjow eine rote Linie zu viel überschritten haben würden.

Die Gäste der Kanzlerin verabschiedeten sich und verließen das winzige, dunkle Bunkerbüro. Die Tür fiel ins Schloss und Löhr nahm sich sogleich des Energydrinks an. Der Verschluss zischte. Sie nahm einen Schluck, schüttelte sich ob der süßlichen Flüssigkeit, die ihre Kehle hinabglitt und ihr augenblicklich die Augen öffnete.

Sie streckte sich und tat ein paar Schritte durch das beengte Zimmer, dessen Stahlbetonwände ihr die Gänsehaut auf die Oberarme trieben. In den nächsten 60 Minuten hatte sie zwei kraftraubende Termine vor sich – zum einen das Telefonat mit dem Präsidenten der Vereinigten Staaten von Amerika, Jake Horner, dem sie erklären durfte, warum deutsche Bundespolizisten in Büchel den dort stationierten US-Soldaten Waffen ins Gesicht gehalten hatten und wie es überdies dazu hatte kommen können, dass Fabian Siegesmund Berlin und Washington hatte täuschen können. Er hatte eine deutsche Zusage zum Atomwaffeneinsatz gegen die Invasoren im Kreis Lippe fingiert, um an die Codes zu gelangen. Horner, republikanischer Hardliner, war als ungemütlicher Zeitgenosse bekannt, das Gespräch mit ihm würde alles andere als erbaulich werden.

Dann war da noch das Treffen mit *ihm* ... es war unausweichlich, notwendig; und doch zitterte Löhr, wenn sie an die bevorstehende Zusammenkunft dachte. Sie ertrug die politischen Fehden nicht mehr, diese trieben sie an den Rand eines nervlichen Zusammenbruchs. Die düstere Bunkeratmosphäre trug nicht unbedingt zu einer Aufhellung ihres Gemütszustands bei. Sie erwischte sich dabei, wie sie sich ihren Vize Maas herbeiwünschte. Obwohl dieser einer anderen Partei angehörte, fühlte sie sich ihm mehr verbunden als vielen Christdemokraten.

Das Telefon klingelte, sie schreckte auf. Nur wenige hatten ihre direkte Durchwahl, die normalen Anrufe wurden von ihrem Sekretär abgefangen und gefiltert. Zudem waren die zivilen Telefonnetze nahezu vollständig zusammengebrochen, die Regierung und die Behörden behalfen sich mit Langstreckenfunksystemen und physisch gesicherten Spezialleitungen.

Löhr hatte in letzter Zeit mehrfach versucht, ihre Familie zu erreichen – erfolglos. Ihr Sohn hatte sich zum Waffendienst bei der Bundeswehr gemeldet. Sie hatte versucht, seine Indienststellung zu vereiteln – und hatte sich dabei ziemlich stümperhaft angestellt. Selbstredend war ihr Eingreifen sofort an die Öffentlichkeit durchgestochen worden, Presse und Opposition zerrissen sie seither in der Luft. Krieg hin oder her, das Daily Business im Politikbetrieb von Berlin war noch nicht zum Erliegen gekommen. Löhr aber hatte beileibe andere Sorgen und so ignorierte sie das Gezeter, mit dem Opposition und Teile der eigenen Partei sich in seltener Einigkeit über ihren Kurs echauffierten.

Ihre größte Sorge galt insgeheim dem Wohl ihres Sohns, auch wenn sie wusste, dass von ihr verlangt wurde, die Belange der Republik über private Nöte zu stellen. Sie war Kanzlerin, ja, aber sie war auch Mutter. Und sie wusste von Max nur, dass er nach Stetten am kalten Markt aufgebrochen war, um sich in einem Crashkurs an der Waffe ausbilden zu lassen. Löhr fürchtete, dass ihr Max irgendwo ins Feuer der Front geworfen und sterben würde. Sie stand große Ängste um ihn aus, die sie zusätzlich belasteten. Und ausgerechnet jetzt, wo sie tröstender Worte bedurfte, machte sich ihr Mann rar. Er meldete sich weder über das Spezialtelefon, das sie im Familienferienhaus hatte installieren lassen, noch war er darüber erreichbar. Tief in ihrem Inneren wusste sie, dass er dort war, dass er das Klingeln des Telefons hörte. Ihr war zum Heulen zumute.

Löhrs Hoffnung darauf, die Stimme ihres Mannes zu hören – vielleicht gar die Stimme von Max, den doch die Vernunft gepackt und der daher nach Hause zurückgekehrt war –, zerschlug sich, als sie die Digitalanzeige des Telefons las: Es handelte sich um eine Münchener Vorwahl.

Es war Söder.

Unter allen möglichen Gesprächspartnern fiel ihr niemand ein, den sie im Augenblick noch weniger hätte ertragen können als Söder. Sie ließ das Telefon klingeln und schluckte die Trauer darüber runter, dass ihr Mann sich nicht für sie interessierte.

Söder erwies sich als hartnäckig. Das Telefon schellte und schellte.
Klingelingeling!

Der Jingle bohrte sich durch Löhrs Gehörgänge bis in ihr Gehirn hinein, wo er pochende Kopfschmerzen verursachte. Sie stapfte durch den Raum, drehte Kreise wie ein Tiger im Käfig. Ihre Stöckelschuhe klackten auf dem Betonboden.

KLINGELINGELING!

Sie unterdrückte einen Aufschrei, hastete an das Telefon heran und riss den Netzstecker aus dem Gerät. Es verstummte augenblicklich. Ruhe kehrte ein in ihr finsteres, kaltes Büro, nichts als das gleichmäßige Bollern der Heizungs- und Lüftungsanlage war zu vernehmen. Stickige Hitze waberte durch die Bunkerkatakomben, die nackten Wände strahlten eine feuchte Kühle aus, die sich mit der Heizungswärme vermengte und Gänsehaut wie Schweißausbrüche zur gleichen Zeit verursachte. Löhr schüttelte sich. Das Türschloss klackte.

»... Sie können nicht einfach ...«, hörte sie den Sekretär pikiert ausrufen. Sie fuhr herum und blickte in die fleischigen Gesichtszüge ihres Termins.

»Wir sind verabredet«, grinste Gabriel Sigma und erlaubte sich selbst, das Büro zu betreten. »Hallo, Dorothea.«

Ihr Sekretär erschien hinter dem fülligen Politiker, die Schamesröte brachte seine Wangen zum Pulsieren. Löhr winkte ab, bedeutete ihm, die Tür von außen zu schließen. Er tat wie ihm geheißen.

»Hallo, Gabriel.«

Der Raum verfügte über eine kleine Nische mit Sitzgelegenheiten. Die kostspieligen Ledergarnituren erweckten, gemessen an der sonstigen Bunkereinrichtung, einen reichlich deplatzierten Eindruck. Löhr wies auf die Sessel.

»Möchtest du etwas trinken?«

»Nein, Dorothea. Kommen wir gleich zum Kern, ja?«

Sie setzten sich einander gegenüber. Das Herz der Kanzlerin trommelte ungleichmäßig. Sigma musste spüren, dass sie angegriffen war ... dass sie einer weiteren Auseinandersetzung möglicherweise nicht gewachsen sein würde. Er hatte ein Gespür für die Schwäche seiner Widersacher.

»Liebe Dorothea«, höhnte er und setzte das Grinsen eines Kassierers auf, der trotz Mindestlohn und miserablen Arbeitsbedingungen um ein freundliches Auftreten bemüht war. »Dein Jungspund hat sich also danebenbenommen, ja?«

Löhr mochte angeschlagen sein, ihr politischer Instinkt aber arbeitete noch immer einwandfrei. Und so entlarvte sie Sigmas Eröffnung auch gleich als das, was sie war: ein scharfer Angriff auf ihre Politik. Der Kanzleramtschef hatte Siegesmund als *ihren* Jungspund bezeichnet, deutlicher ging es kaum.

Sie verzog keine Miene, jedoch kullerte eine einzelne Träne über ihre Wange, was aufgrund der ansonsten eisernen Maske, die sie unter Aufbringung all ihrer Kraft wahrte, geradezu grotesk erschien. Sigmas Grienen löste sich auf, er legte die Stirn in Sorgenfalten und ließ etwas durchscheinen, das Löhr zuvor selten bei ihm gesehen hatte. Sein Gebaren bewirkte, dass ihre starre Fassade zu bröckeln begann. Angestrengt suchte sie nach der Falle, die ihr Gegenüber zweifelsohne ausgelegt hatte ... nach der Intrige, die er geschmiedet hatte. Niemals war die Anteilnahme echt, die Sigma in diesem Augenblick zur Schau stellte.

Sie vermochte keine Falle auszumachen. Sigmas warmes, einladendes Lächeln glich einem Dolchstoß mitten ins Herz. Er legte seine Hand behutsam auf ihr Knie, beugte sich zu ihr vor, und sagte mit samtartiger

Stimme: »Wir kriegen das zusammen wieder hin. Ich bin hier, um zu helfen.«

Verzweifelt scannte Löhrs Verstand jedes Wort, jede Silbe auf mögliche Fallstricke. Ihre Irritierung wandelte sich in Panik. Ihre Maske zerbröselte, dies entwaffnete sie. Sie kauerte nun vor ihm wie ein dummes Mädchen, das erst von zu Hause fortgelaufen und wenig später zurückgekehrt war, da sie das harte Leben dort draußen doch nicht auf sich gestellt bewältigen konnte.

Sie hatte das Kräftemessen verloren. Zu ihrer Verwunderung aber kostete Sigma seinen Sieg nicht aus, sondern präsentierte sich weiterhin schonungsvoll.

»Krieg, Dorothea«, wisperte er betroffen. War das ehrliche Bestürzung, die in seinen Augen flackerte?

»Krieg in unserem Land ... kannst du dir das vorstellen? Und Außerirdische ... Dorothea ... ich weiß nicht, was wir tun sollen ...« Hilflose Offenheit. Löhr war, als lernte sie nach Jahrzehnten des Zusammenarbeitens zum ersten Mal den wahren Sigma kennen. Noch immer war sie sich nicht sicher, ob er mit ihr spielte ... oder ob er sich ihr wahrhaftig offenbarte.

»Es tut mir leid, Dorothea«, fuhr Sigma mit brüchiger Stimme fort. »Wir haben es dir nicht immer leicht gemacht.«

Sie nickte verunsichert.

»Ich bin hier, um dir ein Friedensangebot zu machen.«

»Zu welchen Konditionen?«

»Keine Konditionen. Ich ... wir stehen dir zur Verfügung. Wir sehen gemeinsam zu, dass wir die Lage in den Griff bekommen.«

»Du möchtest doch sicher, dass ich Helmut wieder zum Verteidigungsminister mache?«

Sigma schmatzte. »Was interessieren jetzt Posten? Dorothea, wenn wir es nicht schaffen, das volle Wehrpotenzial unseres Landes zu aktivieren, werden uns diese Aliens überrennen. Und du hast bisher einen guten Job gemacht – mit Abstrichen. Ich werde dir helfen, werde dir den Rücken freihalten. Ich meine es, wie ich es sage.«

Das Gespräch hatte einen Lauf genommen, den Löhr niemals für möglich gehalten hätte. Sigma überlegte, ergänzte dann: »Doch, eine Kondition.«

»Ich höre.«

»Wenn das alles vorbei ist, ziehst du dich aus der Politik zurück und erlaubst unserer Partei einen Neuanfang.«

Löhrs Antwort kam wie aus der Pistole geschossen: »Abgemacht.«

10

Washington D. C. – Vereinigte Staaten von Amerika

»Das Ultimatum ist verstrichen, Mrs. Vice President«, trug Dunner schmerzlich zerknirscht vor. Er hatte eine deutliche Antwort auf den Abschuss des kanadischen Kampfjets gefordert, ja, aber das hatte er wirklich nicht gewollt. Die Russen derweil hatten ihrerseits der NATO ein Ultimatum gestellt.

»Ich will noch einmal betonen«, fuhr der Admiral fort, »dass ich nicht einverstanden bin mit dem vom Präsidenten gefassten Entschluss. Abschreckung, ja. Aber das ... ist mehr als das sprichwörtliche Spiel mit dem Feuer. Wir wissen nicht, wie die Russen reagieren werden ...«

»Papperlapapp, Admiral!«, versetzte Palin. »Es ist die einzige Sprache, die die Kommunisten verstehen. Wir werden ein und für alle Mal Zeugnis vor der Welt ablegen, dass der Mann ohne ordentliche Geburtsurkunde ein einmaliger Ausrutscher war ... dass die USA der Gegenwart stark und unnachgiebig sind. Wir müssen ein glasklares Signal setzen, sodass auch die letzte Hinterwäldler-Wodka-Birne im tiefsten Sibirien begreift, warum es keine gute Idee ist, sich mit den U S of A anzulegen.«

»Bei allem Respekt, Mrs. Vice President. Das ist kein Signal, das ist ein Angriff. Und wenn die NATO-Partner das ebenso sehen, stehen wir isoliert da.«

»Wer braucht die Euros schon?«

Dunner seufzte. Was sollte er darauf noch antworten? Palin hingegen fühlte sich wohl verpflichtet, eine Erklärung nachzuschieben: »Die Russen stecken den Krieg gegen diese Dinger weit besser weg als die Europäer. Die Luftwaffen der Euros sind zerschlagen, ihre Bodentruppen stark beansprucht. Europa befindet sich in einem Zustand größter Schwäche ... und die Russen riechen so was! Die glauben außerdem nicht daran, dass wir tatsächlich eingreifen werden. Zu oft hat die Vorvorgängerregierung die Russen schalten und walten lassen, wie es ihnen beliebt. Wir müssen daher jetzt ein Zeichen absoluter Stärke aussenden und denen glasklar vor Augen führen, dass wir zu allem bereit sind. Europa gehört den Vereinigten Staaten, das werden wir Moskau schon zu verstehen geben!«

In Dunner stieg das Verlangen, Palin ins Gesicht zu greifen.

»Halten Sie sich bereit, den Befehl des Präsidenten entgegenzunehmen.«

»Jawohl, Mrs. Vice President.«

11

Nördlich von Selenograd – Russland

Es dämmerte, die Nacht verwandelte sich ganz allmählich in ein schwaches Grau, das Bäume und Erderhebungen als dunkle Schatten erkennbar machte. Alexander Lukaschewitsch, seines Zeichens Oberfeldwebel und Panzerkommandant, lehnte sich in seinem Stuhl zurück, nippte an seinem abgekühlten Kaffee und blickte mit müden Augen auf den Bildschirm, der wiedergab, was die Wärmebildkameras des Panzers aufzeichneten. Das Tackern der Klimaanlage und das leise Wummern des Dieselmotors vermengten sich in seinen Ohren zu einem die Sinne schleichend benebelnden Dröhnen, hinzu kam das Summen und Sirren der zahlreichen elektronischen Anlagen. Die Geräusche übertünchten beinahe das Trommelfeuer der Artillerie. Mit unermüdlichem Einsatz bombardierten russische Kanoniere die Linien des Feindes und verhinderten somit, dass dieser einen Vorstoß unternehmen konnte.

Die außerweltlichen Invasoren hatten beinahe bis auf Höhe der Absturzstelle ihres Raumschiffs zurückgedrängt werden können und die Luftbrücke, die frische Truppen nachführte, war weit weniger ausgeprägt als in Deutschland oder der Mongolei. Die Armeeführung versprach sich von der bevorstehenden Offensive den Durchbruch zur Absturzstelle, um die herum der Feind Landezonen für seinen Nachschub eingerichtet hatte. Es galt, alle sieben identifizierten Ladezonen zu nehmen und zu halten, um nachgeführte Kräfte des Gegners direkt bei der Landung bekämpfen zu können. Moskau erhoffte sich davon eine Maximierung der feindlichen Verluste bei gleichzeitig schonendem Einsatz der eigenen Streitkräfte. Schon jetzt mussten die getöteten Aliens allein in Russland in die Millionen gehen. Irgendwann, ja … irgendwann … mussten selbst den Gorillas die Soldaten ausgehen.

Lukaschewitsch kratzte sich am Kopf. Er schaltete durch die verschiedenen Kameraperspektiven. Die Front zeigte den Erdhang, hinter dem sein Tank in Stellung lag – auf den Angriffsbefehl wartend. Die Seitenkameras stellten die Tanks seiner Kameraden dar: T-14 Armata, T-15 Schützenpanzer, T-90A, T-80U, außerdem Unterstützungsfahrzeuge und Transportpanzer, ein jeder vollgestopft mit waffenstrotzenden Infanteristen, die sich bereithielten, hinter den Stahlungetümen aufzuräumen. Die russischen Streitkräfte hatten für die bevorstehende Offensive eine gewaltige Streitmacht zusammengezogen, die, in einer Zangenbewegung aus östlicher respektive nördlicher Richtung kommend, die feindliche Präsenz in Russland aufsprengen würde.

Lukaschewitsch schaltete zurück auf Wärmebild, der Bildschirm ermattete, grelle Lichterscheinungen blinkten vor dunklem Hintergrund. Zusammen mit der Richtschützin Nikita Pavlov sowie mit Panzerfahrer Ruslan Slobin kauerte er im Kompaktraum seines Armata. Jener Kompaktraum erschien wie eine Hommage an eine Raumschiffskommandozentrale aus einem 70er-Jahre-Science-Fiction-Film. Er war konstruiert worden, um die Insassen besonders zu schützen, und befand sich dazu direkt hinter der starken Stirnpanzerung, tief eingelassen in die Wanne des Panzers. Die russischen Panzersoldaten aber hatten bereits schmerzvolle Erfahrungen mit den Energielanzen gemacht, die der Gegner verschoss. Diese durchstießen jede Reaktivpanzerung mühelos und verwandelten selbst den widerstandsfähigsten Panzerstahl binnen eines Wimpernschlages in dampfenden Metallklump. Ein einzelnes dieser Geschosse aus konzentrierter Energie war in der Lage, einen Armata längst zu durchschlagen, ohne seine Flugbahn zu verändern. Das Einzige, was daher im Kampf gegen die Gorillas zählte, war Feuerkraft, Feuerkraft und nochmals Feuerkraft. Nun, auch damit konnte der T-14 dienen. Lukaschewitsch befehligte die Version 2A82, die mit einer 125-Millimeter-Kanone, Raketen und zwei Maschinengewehren ausgestattet war.

»Armurtiger ruft alle. Status!«, rauschte die Stimme des Kommandeurs aus dem Lautsprecher.

»X-13 gefechtsbereit.«

»D-17 gefechtsbereit.«

»D-11 gefechtsbereit«, meldete Lukaschewitsch.

»B-1 gefechtsbereit.«

»D-9 gefechtsbereit.«

»Wenn er jetzt schon Meldung verlangt, kann es nicht mehr lange dauern«, brabbelte Slobin nervös vor sich hin und rutschte auf seinem Sitz hin und her.

Der Innenraum des Panzers war beengt, Lukaschewitschs Arm berührte beständig Pavlovs Schulter. Der saure Körpergeruch der Richtschützin umwehte seine Nase, eine Note von Dieselkraftstoff gesellte sich hinzu. Sie alle waren seit Tagen auf den Beinen, standen ohne Unterlass an der Front, hatten geschwitzt, geschlafen und gekämpft in der Uniform, die sie am Körper trugen. Eine Dusche hatten sie alle bitter nötig.

»Ich spüre es noch immer«, bemerkte Slobin mechanisch.

»Mhm?«, machte Lukaschewitsch, den die Stimme seines Fahrers aus Gedanken aufgeschreckt hatte.

»Dieses Vibrieren in der Steuerung im Leerlauf.«

»Okay.«

»Das ist nicht normal.«

»Ich weiß. Entschuldigung, ich habe gerade keinen anderen Panzer zur Hand.«

»Danke auch fürs Zuhören, Genosse.«

»Werden wir Probleme bekommen?«, fragte Lukaschewitsch nach kurzem Überlegen.

»Ich hoffe nicht. Ich habe den Motor überprüft, so weit es geht. Aber wir müssen unbedingt bei der Technik vorbeischauen, sobald es möglich ist.«

»Nach dem Krieg.«

»Nach dem Krieg?«

»Da.«

Slobin, der hagere Sohn eines Eisenschmieds aus der Republik Tatarstan, dessen markantestes äußeres Merkmal der wie ein Nagel aus seinem Hals hervorstechende Kehlkopf war, bedachte seine Kameraden mit einem milden Blick.

»Nach dem Krieg also. Ich hatte gehofft, ich kann nach dem Krieg ohne Umschweife zurück nach Hause.«

»So?«, fragte Pavlov amüsiert. »Was hast du denn Schönes geplant?«

»Es gibt da ein Mädchen in meinem Dorf. Wir mögen uns sehr. Ich habe euch doch von ihr erzählt.« Slobin geriet hörbar ins Schwärmen.

Pavlov grinste dreckig. »Aha, du willst die Alte endlich flachlegen, was?«

»Na, erlaube mal!«, empörte sich der Fahrer. »Ich will um ihre Hand anhalten!«

Die Richtschützin lachte schallend auf.

»Hast du etwa was Besseres vor, Genossin?«, keilte Slobin angefressen.

»Ich werde bei der ersten Gelegenheit in den Zug steigen, nach Hause fahren, meinen Mann ans Bett fesseln und ihn so lange ficken, bis nur noch Staub aus seinem Schwanz kommt.«

Slobins Augen wurden ganz klein, Lukaschewitsch kicherte wie ein Mädchen.

»Brauchst du gar nicht so zu giggeln, Genosse«, schäkerte Pavlov. »Was ist mit dir?«

»Ich werde meinen Laptop aus dem Spind holen, mir das erstbeste Café mit WLAN suchen und dann bei viel Kaffee und Kuchen 24 Stunden lang Overwatch 2 zocken.«

Pavlov nickte und schürzte die Lippen. »Nun«, mutmaßte sie betont ernstlich, »ich schätze, jeder hat seine Ziele im Leben.« Sie blies eine Strähne aus ihren Augen und richtete das Headset.

Lukaschewitsch seufzte. Das Warten forderte sein Nervenkostüm heraus. Er konzentrierte sich auf die Bildschirme, schaltete abermals durch die Kameras. Er würde es nie offen zugeben, doch er sehnte sich nach seinem T-90 zurück. Vor gut einem Jahr war seine Einheit mit Russlands hochmodernem Kampfpanzer T-14 Armata ausgerüstet worden. Der Armata, den Moskau gerne als den schlagkräftigsten Tank der Welt bezeichnete, war vollgestopft mit der Hochtechnologie des russischen Militärs; mit einem vollautomatischen Ladesystem für die Glattrohrkanone, mit Infrarot-, 360-Grad-High-Definition- und Wärmebildkameras, mit elektronischer Abstandsmessung, mit multispektralen sowie elektrospektralen Optiken, mit Anti-Tank-Raketen, explosiver Reaktivpanzerung und Stealth-Technologie. Der Turm arbeitete vollautomatisch und dank der zahlreichen Kameras konnte der Fahrer den Kasten aus der Sicherheit der Kompaktkabine heraus bewegen, ohne das Umfeld mit eigenen Augen zu erfassen.

Lukaschewitsch allerdings war jemand, der seinen Augen mehr vertraute als all den Kameras und Optiken, zudem fürchtete er, die empfindliche Elektrotechnik sei sehr anfällig. Sollten die Kameras durch Beschuss oder technische Defekts ausfallen, war es schnell Essig mit dem modernsten

Kampfpanzer der Welt. Zudem vermisste Lukaschewitsch sein Turmluk. Vom Turm seines T-90 aus, wenn ihm der Wind ins Gesicht pustete, vermochte er das Gefechtsfeld weiträumig zu überblicken. Die Rundumkameras konnten das für ihn nicht ersetzen, vielmehr schränkten sie ihn in seiner Wahrnehmung ein.

Der Artilleriebeschuss verstummte vom einen auf den anderen Augenblick. Lukaschewitsch und Pavlov wechselten einen Blick, der Fahrer hielt den Atem an.

»Jetzt muss es losgehen!«, wisperte die Richtschützin ehrfürchtig.

»Ich weiß nicht, ob wir das packen können«, säuselte Slobin.

»Warum bist du Soldat geworden?«, schnippte Pavlov. »Wer die Dornen fürchtet, sollte nicht in den Busch gehen!«

»Armurtiger ruft alle. Luftschirm steht. Halbe Geschwindigkeit, Marsch!«

»Da, Ruslan. Es geht los«, sagte Lukaschewitsch, von dem die Anspannung abfiel. Er lockerte sich auf seinem Sitz. Auch wenn sie nun dem Feind entgegentraten und sich in Lebensgefahr begaben, der Kampf war ihm lieber als das endlose, quälende Warten. Slobin beschleunigte, dank Automatikgetriebe entfiel das Schalten für ihn. Die Kettenbänder begannen sich zu drehen, wühlten sich in den lehmigen Untergrund ein, fanden Halt und schoben den Panzer voran. Sachte arbeitete sich der Stahlgigant den Erdhang hinauf, Hunderte weitere Militärfahrzeuge taten es ihm gleich. Eine gewaltige, stählerne Armada trat den außerirdischen Invasoren entgegen.

Lukaschewitschs Tank drang auf die weiten Felder nordöstlich von Selenograd vor. Aufgehäufte, zerstückelte Alienleichen bedeckten jeden Quadratzentimeter Erde. Es hörte sich an, als würden tonnenweise Tomaten in einer Presse zerquetscht werden, außerdem waren Knacklaute in allen Klangfarben zu vernehmen, als die Ketten das Leichenfeld erfassten und sich durch es hindurchwühlten. Die Wagen der russischen Streitkräfte pflügten durch das Meer aus Körpern, ihre Raupen gruben dunkle Blutspuren in das Gelände, das Fleisch der Getöteten wurde unter dem Gewicht der Panzer zermahlen und ins Erdreich gepresst. Einzelne Wagen mussten immer wieder stoppen, weil sich Schilde der Gorillas zwischen den Laufrädern verkeilt hatten.

Lukaschewitsch schaute über die Wärmebildkamera auf die Frontlinie, die sich in etwas über einem Kilometer Entfernung auftat. Das Land dort war zertrommelt und zerrupft vom anhaltenden Artilleriefeuer, es glich auf einer Breite von vielen Hundert Metern einer Mondlandschaft, bedeckt mit zerhackten Leibern und getränkt in außerweltliches Blut. Die russischen Kanoniere hatten in diesem Frontabschnitt eine unüberwindbare Sperre aus fallenden Granaten nahezu 48 Stunden lang aufrechterhalten und die Invasoren waren nahezu 48 Stunden lang kopflos in die Granaten reingerannt und hatten sich von ihnen zerreißen lassen – Welle für Welle. Der Gegner kannte nur diese eine Taktik. Mit der gleichen stumpfen Starrköpfigkeit räumte er Minenfelder. Phalanx um Phalanx schob sich in diese hinein und löste die Sprengfallen aus, bis die letzte explodiert war.

Düsenjäger der WWS – der russischen Luftwaffe – patrouillierten über dem Schlachtfeld und versuchten jeden Diskusjäger abzudrängen, der sich anschickte, in den Luftraum einzudringen. Lukaschewitsch lauschte dem gedämpften Mahlgeräusch der Ketten, er vernahm, wie diese Hunderte Leiber unter sich zerdrückten. Diese mit dem Sirren der Klimaanlage und dem Brummen des Motors um die Hoheit kämpfende Geräuschkulisse berührte ihn in seinem Innersten. Die Haare auf seinen Oberarmen stellten sich auf, eine heißkalte Welle wogte durch seine Brust, ließ ihn erschaudern.

»Musik in meinen Ohren!«, lachte Pavlov.

»Feind auf 12 Uhr, 2900 Meter«, meldete Slobin geschäftsmäßig und beschleunigte sachte. Die Nadel des Tachometers kletterte der 40 entgegen, die Fahrt über die Leichenberge war holprig.

»Armurtiger für alle, Feind auf zwölf Uhr. Auf Kurs bleiben!«

Lukaschewitsch wechselte zurück in den Wärmebildmodus, der über eine beachtliche Reichweite verfügte. Und er konnte sie sogleich sehen, ihre Schilde glänzten vor schwarzem Hintergrund. In einer langen, geschlossenen Reihe schritten sie durch das mit Kratern durchsetzte Niemandsland. Teile der Formation tauchten ab in den vielen Trichtern und erkletterten auf der anderen Seite die Hänge.

»Armurtiger an alle. Feuererlaubnis! Zielverteilung gemäß Sektoren. Ich wiederhole: Feuererlaubnis!«

»Schlachten wir sie ab!«, verlangte Lukaschewitsch. Pavlov nickte, sie war in ihre Instrumente vertieft. Und gab bereits den ersten Schuss ab. Der Panzer erzitterte, als die HE-Granate im Rohr zündete und es unter enormem Druck verließ. Lukaschewitsch führte über seine Bildschirme eine Schussbeobachtung durch. Er sah das Projektil als glühender Ball der feindlichen Phalanx entgegensausen und in diese einhauen. Ein gieriger Feuerball riss die vordersten Schildreihen der Außerirdischen entzwei, orange Gebilde und klotzige Körper, deren Ärmchen und Beinchen flatterten, wurden hoch in die Luft geschleudert und regneten in weitem Umkreis zurück auf den Acker. Pavlov lachte, in ihrem Rücken erklangen metallische Schlaggeräusch, als die Ladeautomatik das Patronenlager mit der nächsten Granate fütterte. Auch die anderen Panzer feuerten auf den Gegner, auf ganzer Linie sprengten die Explosivgeschosse dessen Formation auf.

Maschinenkanonen hackten in die Lücken hinein, MG strichen die Linie der Aliens ab. Die russischen Offensivkräfte schossen mit allem, was sie hatten.

»Armurtiger ruft alle«, erklang die Stimme des Kommandeurs, in die eine hektische Note eingezogen war. »Obacht! Unbekannte Flugobjekte in Operationsraum eingedrungen, 15 Kilometer nordöstlich eigener.«

Lukaschewitsch wunderte sich. Er betätigte die Sprechtaste.

»Bitte bestätigen. Diskusse im Luftraum, Armurtiger?«

»Nein ... wir ... wir sind noch dran. Anrufverfahren läuft.«

Lukaschewitsch schüttelte den Kopf, er hatte keine Zeit für irgendeine Zivilmaschine, die sich ins Kriegsgebiet verirrt hatte. Er widmete seine Aufmerksamkeit wieder den Schirmen und sah dabei zu, wie sein Panzer im Verbund mit den anderen Kampffahrzeugen die heranrückenden Invasoren vernichtete. Der Anblick war Balsam für seine nach Vergeltung lechzende Seele.

»Armurtiger ruft alle«, drang die Stimme des Kommandeurs abermals aus dem Lautsprecher. Er klang nun deutlich erregt, geradezu panisch. »Unbekannte Flugobjekte sind blau. Ich wiederhole: Blaue Flugobjekte im Luftraum.«

Lukaschewitsch stockte, blickte ungläubig gegen den Panzerstahl.

»Was?«, entwich es Slobin, der damit das Gefühl verbalisierte, welches sie alle in diesem Augenblick teilten.

»Armurtiger erteilt Erlaubnis zum Eingreifen. An alle: Feuer auf blaue

Flugobjekte!« Der Befehl richtete sich an die Flakpanzer, die den Angriff begleiteten.

»Wollen die mich verarschen?«, fauchte Pavlov. »Blaue Flugobjekte? Ist der besoffen?«

»Armurtig...« Die Stimme des Kommandeurs brach mitten im Satz ab. In Lukaschewitschs Panzer gingen sämtliche Leuchten und Bildschirme aus. Augenblicklich war es stockduster.

»Was zum ...?«

Lukaschewitsch drückte wiederholt auf verschiedene Tasten, hantierte an Hebeln herum. Nichts tat sich. Es war, als wäre dem Panzer der Saft ausgegangen. Draußen kam ein mordsmäßiger Sturm auf, der mit derartiger Kraft an seinem T-14 zerrte, dass er einen Augenblick lang fürchtete, samt Panzer fortgerissen zu werden. Drei Sekunden dauerte das Spektakel, danach setzte eine Friedhofsstille ein. Lukaschewitsch sah in der Dunkelheit nichts als die weißen Augäpfel seiner Kameraden. Er blickte zur Stahldecke hinauf und lauschte der Geräuschlosigkeit, die allein vom dezenten Knattern des Motors und dem Arbeiten der Ketten aufgebrochen wurde. Mit Schrittgeschwindigkeit rollte der Tank über die Leichen der Gorillas hinweg.

»Tot!«, echauffierte sich Pavlov. »Meine Scheißspritze ist tot!«

»Ruslan?«, stieß Lukaschewitsch mit ansteigender Nervosität aus. Er drückte mehrfach die Sprechtaste des Funkgeräts, vernahm aber kein technisches Rauschen im Kopfhörer.

»Der Motor läuft noch, Boss«, meldete Slobin, »aber das elektronische Kontrollsystem ist ausgefallen. Und ich weiß nicht, ob die Automatik noch geht. Wenn ich bremse, kann es passieren, dass mir der Motor absäuft.«

»In Ordnung. Halt den Kasten auf konstanter Geschwindigkeit.«

»Aber ich sehe nicht, wohin ich fahre!«

»Ich weiß, Junge. Halt die Kiste auf Kurs!« Lukaschewitsch streckte sich hoch, hatte eine Hand bereits an der Luke, als draußen wie aus dem Nichts ein mörderischer Paukenschlag erklang. Es war, als hätten sich die Kräfte des Himmels über Selenograd auf einen Schlag in einem urgewaltigen Jahrhundertgewitter entladen. Lukaschewitsch zuckte zusammen.

»Was zum verfickten Teufel war das?«, fragte Pavlov. Das Donnern schwächte sich ab, verwandelte sich in ein stetes Grollen, das entfernt an Flugzeugturbinen eines in 10 000 Metern Höhe fliegenden Airbus erinnerte.

Lukaschewitsch gab sich einen Ruck, legte den Sicherungshebel um und öffnete die Luke. Zuerst sah er die Außerirdischen voraus, sie waren noch circa 1500 Meter entfernt. Als Nächstes erblickte er etwas am Himmelszelt, das er erst für die Sonne hielt, ehe ihm einfiel, dass es Nacht war. Ein gelber, greller Stern von gigantischem Ausmaß breitete sich im Gewölk aus, blendete Lukaschewitsch, dass er seine Augen mit der flachen Hand schützte. Er schaute nach rechts, sah im Lichte des seltsamen Gebildes taghell ausgeleuchtet die Wagen der Genossen. Einige T-14-Kampfpanzer sowie T-15-Schützenpanzer waren liegen geblieben. Gleich neben seinem Tank rollte ein T-80. Dessen Kommandant reckte den Oberkörper aus dem Turm, suchte und fand Lukaschewitschs Blick und signalisierte ihm gestenreich, dass sein Funksystem ausgefallen war. Er entdeckte etwas am Firmament, zeigte in die entsprechende Richtung. Das Entsetzen stand ihm ins Gesicht geschrieben. Lukaschewitsch folgte dem Fingerzeig und sah es auch. In der Ferne, vor dem Hintergrund des grellen Lichtgebildes, fielen russische Kampfjets und Diskusjäger gleichermaßen wie Steine aus den Wolken.

Neben Lukaschewitsch wurde die Luke des Richtschützen geöffnet, Pavlov zeigte ihr hübsches, wenn auch ölbeflecktes Gesicht. Es war nicht nötig, noch ein Wort zu wechseln; die Erkenntnis darüber, was geschehen war, war in die beiden Soldaten eingefahren und grub sich einer gefräßigen Ratte gleich durch ihre Eingeweide. Lukaschewitsch aber konnte es nicht wahrhaben, wollte es nicht glauben. Blaue Flugzeuge ... ein Feuerpilz am Horizont.

»Das ist der Erstschlag«, flüsterte Pavlov zittrig.

»Ja«, sagte Lukaschewitsch knapp und krümmte sich, um einem fürchterlichen Druck in seinen Därmen Herr zu werden.

»Das bedeutet Krieg.«

»Ja.«

»Sie nutzen aus, dass wir im Kampf mit den Außerirdischen stehen!« Die Wut stieg Pavlov zu Kopf.

»Ja.«

»Diese Schweine!«

Lukaschewitsch nickte schwach.

»Dieses Stück Scheiße von Kanadier hatte unsere Hoheitsrechte verletzt! Wir hatten jedes Recht, ihn abzuschießen!«

»Leute?«, drang Slobins Stimme aus dem Inneren des T-14. Er fuhr nach wie vor blind.

»Diese Hundesöhne!«, tobte Pavlov und prügelte mit der Faust auf den Panzerstahl ein.

»Boss?«, beschwor der Fahrer seinen Kommandanten. »Die ... die Gorillas!«

Lukaschewitsch schüttelte sich wie ein nasser Hund. Die feindliche Schildfront, die das unerwartete Ereignis ausgenützt hatte, um ihre vorderste Reihe neu zu formieren, war sehr groß geworden respektive hatte sich ihr Panzer dieser ein gutes Stück genähert.

»Panzer halt!«, brüllte Lukaschewitsch.

»Dann säuft mir der Motor ab und ich weiß nicht, ob ich ihn noch mal gestartet kriege!«

»Ja spreche ich Deutsch oder was? Halt den Kasten an, Mann!«, herrschte Lukaschewitsch seinen Fahrer an. Der gehorchte, und wie er es vorhergesagt hatte, verabschiedete sich der Motor mit einem Blubbern. Auf breiter Front war die russische Offensive zum Erliegen gekommen. Die Vehikel der Armata-Reihe lagen kampfunfähig auf dem Acker verstreut, bei den älteren Modellen waren durch den EMP zumindest alle elektronischen Systeme ausgefallen.

»Ich kann nicht kämpfen!«, rief Pavlov beim Anblick der vorrückenden Aliens und schlug hektisch mit der Hand auf den Panzerstahl. In Lukaschewitschs Augen spiegelte sich die sich ihm entgegenschiebende Schildfront und ihm wurde klar, dass er einen Fehler begangen hatte.

»Ruslan!«, brüllte er.

»Ich mach ja! Ich mach ja!« Verzweifelt wandte der Fahrer alle Tricks an, um den Motor wieder zum Leben zu erwecken.

»RUSLAN!«, kreischte Lukaschewitsch, als sich die Schildwand der Aliens an zahlreichen Stellen öffnete und dicke Rohrwaffen zum Vorschein kamen.

12

Moskau – Russland

Schingarjow und Ruzkoi steckten die Köpfe zusammen. Der General der Luftwaffe, der die Schreckensmeldung überbracht hatte, war noch immer ganz außer sich. Die zahlreichen, farbenfrohen Abzeichen auf seiner Uniform hoben und senkten sich im schnellen Rhythmus seiner Atmung.

In Ruzkois Augen loderte die Flamme der Empörung, des Hasses und des Zornes – Emotionen, die der geübte Diplomat im Augenblick nicht im Zaum zu halten vermochte. Er fasste sich wiederholt an die Nase, ein Zeichen für seine Nervosität. Auch Schingarjow hatte Mühe, sich auf das Rationale zu konzentrieren. Auch in ihm schäumte die Wut, die Empörung; auch in ihm strebten Kräfte an die Oberfläche, die zum sofortigen Gegenschlag aufriefen. Er spürte, wie sich frischer Schweiß unter seinem Hemdkragen sammelte. Es bestand kein Zweifel daran, was geschehen war, die Amerikaner hatten zeitgleich mit dem Angriff eine offizielle Erklärung veröffentlicht, verlesen durch die Sprecherin des Weißen Hauses. Darin hatte es geheißen, die Aktion sei eine Antwort auf den Abschuss eines kanadischen Kampfjets über estnischem Gebiet, eine Bestrafung Russlands für dessen völkerrechtswidriges Verhalten.

»Aktion!«, tobte Ruzkoi und prügelte mit der flachen Hand das Papier, das eine eiligst angefertigte Übersetzung des US-Statements enthielt. »Aktion! Diese Hunde! Sprechen von einer sogenannten Aktion, dabei handelt es sich um einen feigen Angriff! Um einen atomaren Angriff! Die Amerikaner versuchen auszunutzen, dass wir beschäftigt sind! Wähnen sich am Drücker, weil wir die außerweltlichen Invasoren im eigenen Land haben! Glauben, unter dem Deckmantel des Chaos tun zu können, was sie wollen. Aktion! AKTION!«

Tatsächlich hatten die US-Amerikaner eine Atombombe in der oberen Tropopause über Selenograd gezündet. Explosion und Druckwelle hatten keinerlei Schäden am Boden angerichtet, vielmehr war diese Art Bombe darauf ausgelegt, den bei einer atomaren Entladung freigesetzten elektromagnetischen Impuls als flächendeckende Waffe gegen die Infrastruktur anzuwenden. Sämtliche elektrischen Geräte in Reichweite der Bombe waren irreparabel zerstört worden, hinzu kam der nukleare Fallout. Stromausfälle wurden aus den nördlichen Randbezirken Moskaus gemeldet, der Feuerball hatte von der Hauptstadt aus gesehen werden können.

Der Angriff war erst wenige Minuten alt, die russischen Streitkräfte erst im Begriff, das Ausmaß des Schadens zu begreifen. Die Bombe hatte die vor Selenograd zum entscheidenden Stoß massierten Panzerkräfte getroffen und ihnen derart zugesetzt, dass der Abbruch der Offensive unumgänglich geworden war. Vor allem die hochmoderne Armata-Flotte war zu großen Teilen ausgefallen. Hinzu kamen die Folgewirkungen. Teile der Offensivkräfte hatten bereits im Feuerkampf mit den Aliens gestanden. Dass ihre Waffensysteme in dieser Situation ausfielen, würde vielen gut ausgebildeten und hochmotivierten Soldaten das Leben kosten. Schingarjow ballte die Hände derart fest zur Faust, dass sich seine Fingernägel in die Handinnenflächen gruben. Ein Pochen hinter der Stirn marterte ihn; es war so penetrant, dass er die Zähne aufeinanderbiss und sich die Stelle rieb, ohne jedoch sein Leid dadurch lindern zu können. Er ließ seinen Fuß unter dem Schreibtisch sachte über den Teppich fahren, bis die Spitze seines Schuhs den Tscheget berührte, den Atomkoffer. Schingarjow kämpfte mit seinen Emotionen, er wusste, dass er in dieser Situation, in dem sich die Welt auf dem Scheideweg befand, keine falsche Entscheidung treffen durfte. Das konnte er sich nicht leisten, das konnte sich die Menschheit schlicht nicht leisten. Der Logik des Kalten Krieges und der Logik der sich immer fortdrehenden Gewaltspirale folgend, musste er sich eigentlich dem Tscheget zuwenden. Die Kapitalisten hatten den atomaren Erstschlag geführt, wenn auch bewusst auf eine Art, dass möglichst wenig Menschen direkt zu Schaden kamen. Nichtsdestotrotz hatten sie den Erstschlag geführt und der Erstschlag musste zum Gegenschlag führen, der wiederum zum Gegengegenschlag führen würde. Hunderte Atomraketen würden, von Russland ausgehend, zu Zielen in Europa und Nordamerika aufbrechen. Und der Westen wiederum würde seine Raketen starten lassen, noch ehe die russischen ihr Ziel erreicht haben würden. So würden erst Europa und Nordamerika und darauf die russische Föderation im Höllenfeuer der schrecklichsten Waffe der Menschheit zu Asche und Staub werden. Die mächtigsten Armeen und bedeutsamsten Städte des Erdenrunds würden auf einen Schlag von der Planetenoberfläche getilgt werden. Weite Teile der irdischen Landmasse würden auf Jahrzehnte hin unbewohnbar bleiben ... und es würde niemanden mehr geben, der sich den außerweltlichen Invasoren in den Weg zu stellen vermochte. Die Menschheit würde sich selbst vernichten, die Amerikaner hatten diesen Prozess der Selbstzerstörung eingeleitet und nun lag es an Schingarjow, ihn fortzusetzen.

»Die Liste steht, die Ziele sind ausgewählt. Es liegt an dir, alter Freund, zu beweisen, dass unsere große Nation willens ist, den Kapitalisten die Stirn zu bieten«, sagte Ruzkoi, fixierte den Präsidenten dabei mit forderndem Blick und offenbarte, dass er ebenso gefangen war in jener Logik des Kalten Krieges wie die meisten seiner Landleute auch. Beinahe war es zum Schreien komisch: Mehr als die Hälfte des russischen Volks würde es wohl goutieren, würde Schingarjow den USA mit dem so oft beschworenen Gegenschlag antworten. Mehr als die Hälfte des russischen Volkes verlangte somit in letzter Konsequenz nach dem eigenen Untergang, weil sie das abstrakte Gedankenkonstrukt des Stolzes über ihr eigenes, reales Leben stellten. Schingarjow kaute auf seiner Unterlippe herum. Moskau stand mit an Sicherheit grenzender Wahrscheinlichkeit auf der Zielliste der Amerikaner. Freilich, Schingarjow, dessen Regierung und die wichtigsten Vertreter der Oberschicht würden den Angriff im Atombunker des Kremls überleben, doch ... Schingarjow wurde ganz warm, er fühlte sich plötzlich unwohl, knetete die Hände. In Moskau lebten 880 000 Kinder. Und Schingarjow war nicht nur der Oberbefehlshaber der russischen Streitkräfte, er war auch der Präsident aller Russen. Und ja, Schingarjow nahm diese Verantwortung sehr ernst.

»Du möchtest den Gegenschlag befehlen, mein Freund?«, fragte er seinen Außenminister geradeheraus. »Möchtest mit dem vollen Potenzial unserer Raketentruppen angreifen?«

»Natürlich!«, versetzte Ruzkoi. Ihm schien zu dämmern, dass der Präsident mit diesem Schritt haderte, sich womöglich für eine weichere Reaktion entscheiden könnte. Das Gesicht des Außenministers wechselte mehrfach die Mimik, ehe er entrüstet anfügte: »Es ist kein Angriff, es ist Verteidigung. Und unser Recht!«

Jener General, der den vorläufigen Bericht überbracht hatte, stand da wie ein Schluck Wasser in der Kurve und wusste nicht recht, wohin mit sich. So schwieg er, die Ruhelosigkeit aber erfasste seine Finger und versetzte sie in wilde Bewegung.

»Ob Recht oder nicht, überlege gut, was wir damit auslösen.«

Ruzkois Gesicht war grau und steinern.

»Sie werden wiederum zurückschlagen.«

»Die GRU hat zahlreiche Einrichtungen der Kapitalisten identifiziert. Wir können das atomare Potenzial des Gegners auf einen Schlag signifikant verringern.«

»Selbst wenn unsere Raketen einschlagen, ehe er begreift, was geschieht ... er wird dennoch in der Lage sein zurückzuschlagen. Mit Hunderten Sprengköpfen. Er wird seinen Gegenschlag führen.«

»... den wir überleben werden.«

»Wir vielleicht. Aber das russische Volk?«

»Die dezentrale Struktur unserer Streitkräfte wird ihr Überleben im Atomkrieg sichern. Du wirst sehen, wenn der nukleare Schlagabtausch stattgefunden hat, wird unsere Armee noch immer schlagkräftig dastehen, während die Armeen der Europäer und Amerikaner am Boden liegen werden. Der Atomkrieg wird das Gleichgewicht zu unseren Gunsten verschieben. Und der Zorn der Russen über die Zerstörungswut der Kapitalisten wird uns binnen kürzester Zeit 10 Millionen Freiwillige einbringen.«

»Nun bin ich nicht nur der Präsident unserer Streitkräfte ... die zudem durch ihre Massierung bei Selenograd derzeit ein ausgezeichnetes Punktziel bieten.«

»Ich veranlasse umgehend durch Tupikow, unsere Truppen auseinanderzuziehen, um die Verluste zu minimieren.«

»Wir sollten uns über das tatsächliche Kräfteverhältnis nicht täuschen lassen.«

Ruzkoi schien diesen subtilen Hinweis auf die Unterlegenheit der eigenen Streitkräfte gegenüber denen der NATO-Staaten als Affront zu werten, er plusterte sich auf wie ein Gockel, atmete schwer und echauffierte sich: »Unsere Soldaten sind bereit, es mit jedem Gegner aufzunehmen!«

»Ich weiß. Und ich zweifle nicht an der hervorragenden Moral unserer Männer und Frauen unter Waffen.«

»Sie werden mit Freuden die Kapitalisten in ihre Schranken weisen!«

»Und die Invasoren? Die vermisse ich völlig in deiner Rechnung.«

»Wir werden uns selbstredend um diese Viecher kümmern, doch müssen wir jetzt entscheiden, wer die größere Bedrohung ist. Diese Dinger bedrohen das Umland Selenograds ... die Kapitalisten aber suchen ganz Russland zu vernichten. Wollen wir es dazu kommen lassen?«

Schingarjow stieß einen Seufzer aus, die auf seinen Schultern lastende Verantwortung wog schwer. Er gönnte sich den Luxus eines bewussten Atemzugs, ehe er sich dem General zuwandte und fragte: »Was wissen wir bisher über die Involvierung der NATO?«

Der Angesprochene schüttelte den Kopf. »Das Weiße Haus spricht von einer US-amerikanisch-kanadischen Entscheidung, die NATO hat sich bis dato nicht zu der Attacke geäußert.«

»Die Frage lautet, ob die NATO überhaupt eingeweiht oder gar aktiv beteiligt ist oder ob wir es mit einem nordamerikanischen Alleingang zu tun haben. Horner und seinem Gefolge wäre es zuzutrauen«, überlegte Schingarjow laut.

»Was möchtest du damit sagen?«, empörte sich Ruzkoi, der zu ahnen schien, dass sich der Präsident gegen den Gegenschlag entschieden hatte.

»Ich sehe hier eine Möglichkeit, die NATO auseinanderzudividieren«, entgegnete Schingarjow.

»Und der feige Angriff? Ja, wollen wir den unbeantwortet lassen?«, versuchte Ruzkoi das Ruder noch einmal herumzureißen. Vergeblich.

»Nein. Ich denke langfristig. Ich sehe eine Möglichkeit, die Einkesselung Russlands durch die NATO aufzubrechen und eine völlig neue Welt für die Zeit nach der Invasion zu formen.«

Ruzkoi nickte mit zusammengepressten Lippen.

»Gehen wir von einem nordamerikanischen Alleingang aus. Die USA halten sich sehr zurück, was den Kampf gegen die Invasoren in Europa angeht. Möglicherweise fühlen sich die Europäer im Stich gelassen. Hier entsteht ein Vakuum, das ich auszufüllen gedenke.« In Schingarjows Geist bildete eine Idee immer konkretere Formen aus. »Der feige Angriff der Amerikaner bedeutet einen Rückschlag gegen unseren Kampf bei Selenograd, ja, doch wird er den Ausgang des Krieges nicht maßgeblich beeinflussen. Diese Dinger greifen uns nur halbherzig an, ihnen ist einzig daran gelegen, ihr Raumschiff zu sichern. Es ist nur noch eine Frage von Wochen ... dann haben wir die Türkei, die mit der NATO im Zwist liegt und überdies drauf und dran ist, im Chaos zu versinken. Wir haben Deutschland, das den Invasoren nicht gewachsen ist – und das entsetzt darüber sein wird, dass die USA Krieg mit uns riskieren.«

»Und wie gedenkst du auf den Angriff zu reagieren?«

Schingarjow grinste wölfisch. Ja, in seinen Hirnwindungen manifestierte sich immer konkreter die Erkenntnis über die Chancen, die aus der feigen Attacke der Amerikaner erwuchsen. »Mit der ganzen Klaviatur außenpolitischer Maßnahmen unterhalb militärischer Aktionen. Ausweisung des US-amerikanischen und kanadischen Diplomatenpersonals. Wirtschaftssanktionen. Schärfste Verurteilung der Attacke und Einschaltung der UN. Das Ziel muss es sein, die Nordamerikaner international zu isolieren.«

»Da, Genosse Prjesidjent Rossijskoj Fjedjerazii.«

Schingarjow wandte sich dem General zu. »Stellen Sie eine Verbindung zu Gökçek her, ich habe Dringliches mit dem Türken zu besprechen.«

Während der General eiligst davonspritzte, zückte Schingarjow sein abhörsicheres Diensthandy, wählte das Telefonbuch an und scrollte durch die Kontaktliste. Er fand jenen Namen, nach dem er gesucht hatte: *Helmut Koppe*. Der russische Präsident berührte den grünen Telefonhörer in dem Wissen, den Niedergang des Menschengeschlechts abgewendet zu haben.

13

Berlin – Deutschland

Löhr musste sich an der kalten Bunkerwand abstützen, um nicht zu fallen. Ihr wilder Pulsschlag schnürte ihr die Luftzufuhr ab. Rasselnd rang sie um Atem. Die Staatssekretärin des Auswärtigen, die soeben einen Anruf aus ihrem Ressort erhalten und die Meldung umgehend an die Kanzlerin weitergegeben hatte, stützte sie.

»Es geht schon«, wiegelte Löhr ab. Jedes Handy, das über eine Nachrichten-App mit Push-Benachrichtigungen versorgt wurde und noch über eine Verbindung ins World Wide Web verfügte, vibrierte in diesem Augenblick. Journalisten wetteiferten um die aufgeregteste Überschrift. *Krieg!* Die USA hatten das Ausbleiben einer Reaktion Moskaus auf das Ultimatum mit einer Atombombe beantwortet. Mehr wusste auch Löhr noch nicht. Sie malte sich aus, wie eine Großstadt im Feuerwirbel der schrecklichsten Waffe aller Zeiten verging, wie Millionen von Menschen binnen eines Wimpernschlages ausgelöscht wurden, wie die unsichtbare Seuche um sich griff, das Land kontaminierte und die Überlebenden der Explosion auf Raten tötete. Löhr malte sich weiter aus, wie in ganz Russland die Sirenen aufheulten, wie in sämtlichen Raketensilos und bei den mobilen Abschussanlagen die Soldaten ihr todbringendes Tagewerk aufnahmen, wie sich Hunderte mit nuklearen Bomben bestückte Raketen in den Himmel emporhoben und ihre Reise gen Amerika und Europa antraten. Wie daraufhin sich das gleiche Schauspiel in den USA ereignete, wie auch dort hastig die Waffen gefechtsbereit gemacht und gezündet wurden. Sie riss die Augen auf. Feuerpilze über Madrid, London, Paris, Berlin vereinnahmten ihre Gedanken, beschleunigten ihren Puls gegen unendlich. Sie rannte los, ließ die Staatssekretärin links liegen. Ihre Stöckelschuhe hallten hell auf dem Betonuntergrund. Atemlos eilte sie in die Einsatzzentrale, in der ungezählte Bildschirme und Leuchtstoffröhren grell blinkten. Die Operatoren dort, außerdem die Sachverständigen und

Berater, zeigten sich regelrecht aufgekratzt. Die Stimmung war am Siedepunkt angelangt, Angst bemächtigte sich aller Anwesenden. Ein jeder telefonierte oder schrieb mit der ihm zugewiesenen Verbindungsstelle. Informationen wurden eilfertig zusammengetragen, Männer und Frauen wischten sich fahrig durch das zerzauste Haar, plapperten durcheinander. Ihr Gerede bauschte sich zu einem Klanggewitter auf, das von den nackten Wänden reflektiert wurde und sich auf diese Weise potenzierte. Es schmerzte in Löhrs Ohren. Inmitten dieses Chaos befand sich Sigma, umringt von Anzug- und Uniformträgern, die gleichzeitig auf ihn einredeten. Das Gesicht des Kanzleramtschefs hatte jede Farbe verloren. Löhr bahnte sich ihren Weg durch das Gewusel. Ein Gemisch aus Rasierwassern und Parfums, saurem Schweiß und fettigem Essen stieg ihr in die Nase.

»Ich habe es gerade erfahren«, erklärte Sigma entgeistert, als sie in Hörreichweite gelangt war.

Löhr nickte nur, ihr Blick saugte sich an einem Oberstleutnant der Bundeswehr fest, einem Mann von Wöhlers Stab, der am Telefon hing. Der Mann verstand, was die Kanzlerin zu wissen verlangte, und schüttelte exaltiert den Kopf.

»Keine Raketenstarts in Russland, soweit wir das sagen können!«, rief er ihr zu. Löhr wusste, dass ihnen im Fall eines Atomkrieges nur Minuten blieben. Die Menschen in den von zwei Staatschefs ausgesuchten Städten hätten keine Überlebenschance, die Bomben würden fallen, ehe der Befehl zur Evakuierung an die Behörden ergangen sein würde. Die Raketenabwehrschilde der Amerikaner würden einzelne Raketen aus dem Himmel blasen – möglicherweise –, eine ganze Armada von Feststoffgeschossen aber würden sie so oder so nicht aufhalten. Die meisten würden durchkommen.

»Ich will sofort wissen, ob die NATO Bescheid wusste!«, verlangte Löhr zu erfahren.

»Ich habe Brüssel an der Strippe!«, rief einer der Operatoren aus. »Die fragen, ob wir davon gewusst haben!«

»Herr Sigma!«

»Ja?«

»Für Sie!« Eine andere Operatorin hielt einen Telefonhörer hoch.

»Wer ist dran?«

»Es ist Koppe.«

14

Bramschebach-Nagelsbachtal – Deutschland

Die Front hatte sich bis an das Bramschebach-Nagelsbachtal zwischen Herford und Löhne herangearbeitet, am Ufer des Bramschebachs lagen die Soldaten vom Jägerregiment 1 in Stellung. Bereits als der Gegner die Obere Werre erreicht hatte, war beobachtet worden, wie er Flussübergänge bewerkstelligte. Es bildeten sich Trupps heraus, die jeden Übergang wie Brücken oder Dämme nutzten und auf der gegenüberliegenden Uferseite Brückenköpfe errichteten. Daraufhin – oder auch sofort, wenn keine Übergänge zur Verfügung standen – kamen die ovalen Landungsschiffe herbei, nahmen die Affen auf der einen Seite des Flusses auf und beförderten sie auf die andere. Tatsache, die Außerirdischen scheuten Wasser. Aus diesem Grund erwog die Führung Konzepte, die die Flutung ganzer Regionen vorsahen, um den feindlichen Vormarsch zu stoppen. Jedes Gewässer nämlich, das auf dem Weg der Außerirdischen lag, verlangsamte sie merklich. Schmale Rinnsale wie ebenjener Bramschebach, der gut zu durchqueren war, langten aus, dass sie ihre Schiffe herbeiriefen.

Bernau und seine Gruppe hielten sich am Rande einer schmalen Waldung auf, deren Kronen den Bramschebach überspannten. Das Plätschern des Gewässers ging ganz und gar unter im vielstimmigen Donnern der Sprengungen. Die Bundeswehrsoldaten hatten die Waffe im Anschlag, sie beobachteten die Freifläche voraus, an deren linkem Rand sich ein Gehöft auftat, das einem Messie gehören musste, denn das Grundstück war mit allerhand Schrott, verrosteten Autos, Metallkrempel, uralten Elektronikgeräten und anderem Firlefanz zugemüllt. Bravo war mit zwei Mann als vorgeschobener B-Posten zwischen dem Schrott in Stellung gegangen und seine Stimme knackte, begleitet von höhnender Schadenfreude, in diesen Sekunden aus dem Äther: »Es waren einmal drei Millionen behinderte Affen. Die traten auf was Böses. Erst wurde es hell, dann warm, dann dunkel, da waren es nur noch zwei Millionen.«

Jup, dachte sich Bernau, *aber zwei Millionen sind immer noch verdammt viele!*

Er und seine Kameraden wurden Zeuge einer sehr effektiven Methode zur Dezimierung der Außerirdischen. Noch vor Wochen hätte kein deutscher Soldat es für möglich gehalten, jemals Antipersonenminen einzusetzen, die Invasion der Außerirdischen aber hatte alles verändert. Die selbst auferlegten Dogmen und Regeln zur Gewährleistung eines »sauberen Krieges« – was auch immer das sein sollte – waren durch die außerirdische, die Existenz aller Menschen bedrohende Invasion vom Tisch gewischt worden. Die Militärs der Bundeswehr waren wieder offen für die Gemeinheiten des bewaffneten Konflikts und eine dieser Gemeinheiten flog just in diesem Augenblick in einem Kilometer Entfernung in die Luft. Der kürzlich abgesetzte Verteidigungsminister Fabian Siegesmund hatte von Anfang an Nägel mit Köpfen gemacht, hatte neben deutschen Firmen, die Minen in Massen fertigten, weltweit entsprechende Waffensysteme eingekauft und diese priorisiert per Transport- und Linienflugzeug einfliegen lassen, sodass der Bundeswehr nun bereits eine beachtliche Zahl an Minen zur Verfügung stand. Die Polizei Nordrhein-Westfalens und außerdem zivile Unternehmen mit der entsprechenden Fachexpertise stellten Personal zur Verfügung, um Orte für potenzielle Minengürtel auszuwählen und die tödlichen Eier auszubringen. Und so war das Umland des Bramschebach-Nagelsbachtals bereits vermint worden, während Bundeswehr und NATO in Herford noch mit dem Gegner gerungen hatten. Es hatte sich beim Auslegen der Minen ein tragischer Unfall ereignet, ein Beamter des Kampfmittelbeseitigungsdienstes war aufgrund eines fehlerhaften Fabrikats, dessen Zünder bei Aktivierung die Sprengung ausgelöst hatte, getötet worden. Derartige *Kollateralschäden* ließen sich beim Umgang mit hochgefährlichen Waffen nicht vermeiden. Und so arbeitete man weiter mit vereinten Kräften daran, das Hinterland der Front zu befestigen, um es den Affen so teuer wie möglich zu verkaufen.

Mit jedem Atemzug strömte kühle Luft in Bernaus Lunge. Das Wetter wurde ungemütlicher, die Baumwipfel verfärbten sich. Ein eisiger Wind peitschte das Land. Der Blick des Stabsunteroffiziers verhaftete sich auf dem Spektakel im Vorfeld. Die in einer wahrhaftigen Feuerwalze zerreibenden Aliens hellten sein Gemüt auf.

»Wow!«, kommentierte Emmerich, der die explodierenden Reihen der Affen durch das optische Visier beobachtete. »Die Kerle sind echt dumm wie fünf Meter Feldweg.«

Bernau nickte schwach. Dass die Affen stumpfsinnig waren, war ihm bekannt. Dass ihre Strategie daraus bestand, gegen jede feindliche Stellung anzurennen, bis die pure Masse ihrer Krieger den Gegner erdrückt haben würde, hatte er zuhauf miterlebt. Dass die Affen aber blindlings in ein Minenfeld hineinrannten und Sprengsatz um Sprengsatz auslösten, war doch noch einmal eine neue Dimension der Lethargie.

Voraus sprang die Welt entzwei. Mine um Mine zündete mit jedem Meter, den die Außerirdischen weiter vorrückten. Schutzschilde und dunkle Körper hoben ab, sprangen zusammen mit Säulen aus Feuer und Dreck in die Luft und regneten im Umkreis hernieder. Fellbesetzte Leiber klatschten auf die abgeernteten Felder.

Diskusjäger sirrten über den Außerirdischen umher. In einiger Distanz – im dumpfen Zerspellen der Minen nicht herauszuhören – röhrten die Triebwerke eines Löschflugzeugs der DLFR, das sich auf dem Rückweg zum Flughafen befand. Seit einigen Tagen gossen Zivilmaschinen aus Industriereinigern hergestellte Säure über den Truppen des Feindes aus. Die Menschen taten alles, um den Invasoren irgendwie Schaden zuzufügen, doch selbst 100 000 getötete außerweltliche Krieger gereichten zu keinem nennenswerten Effekt auf deren Schlagkraft. Es waren Taten der Verzweiflung.

»Echo 1?« Das war Martens, der die Kompanie ausnahmsweise selbst führte.

»Hört.«

»Ausweichen! Wir sammeln bei Echo 2.«

»Verstanden.«

Bernau sah zum Gehöft hinüber, sah, wie sich drei Gestalten von den Müllbergen lösten und Haken schlagend den Rückweg über das offene Feld antraten. Sie rannten, so schnell ihre Beine sie trugen, hetzten den Stellungen der 5. Kompanie an der Waldkante entgegen, hielten genau auf Bernau zu und drangen auf seiner Höhe ins Dickicht ein.

»Puh!«, stöhnte Bravo, der sich neben dem Stuffz auf den Hintern fallen ließ und nach Luft schnappte.

»Bist wohl nichts mehr gewohnt?«, frotzelte Fabius, der zusammen mit Martens und Stelzer in Bernaus Rücken auftauchte. Das Gesicht des Hauptmanns wurde von tiefen, zerknitterten Falten aufgefressen, er ließ seinen sorgenvollen Blick schweifen.

»Ach du, als Student hatte ich genug Bewegung und so weiter. Nur nicht diese Art von Bewegung.« Bravo grinste schief.

Das Krachen der Sprengungen verband sich zu einem die Erde erschütternden Grollen, das in Stoßwellen über den Kopf der Soldaten hinwegrollte. Langsam, ganz langsam arbeitete sich die Wand aus Feuer, Erde und umherwirbelnden Aliens auf die 5. Kompanie zu. Sie hatten noch zehn Minuten. Maximal.

»Geht es Ihnen gut?«, fragte Martens und meinte Emmerich. Der Hauptgefreite blickte aus winzigen Knopfaugen auf. Schweißperlen rollten ihm über die kirschroten Wangen.

»Mir ist nur ein bisschen warm.«

Martens nickte, überzeugt war er nicht. Fabius aber lenkte das Gespräch sogleich auf die notwendigen militärischen Absprachen: »Mein Vorschlag lautet, an dieser Stelle nicht den offenen Kampf zu suchen. Das Gelände ist leicht abschüssig, die ganze Kompanie hat nur noch eine Handvoll Sprengmittel. Hier ist kein Blumentopf zu gewinnen.«

Martens nickte.

»Wir weichen also aus«, bestimmte Fabius und musste allmählich lauter sprechen, um die näher rückenden Paukenschläge der Explosionen zu übertönen, »setzen über das Gewässer und formieren uns jenseits auf Höhe der Polen neu.«

»Gut«, willigte Martens ein.

»Haben wir genug Material für die Minenkommission zusammen?« Die Frage richtete sich an Stelzer. Der Reservist nickte.

»Beide Kameras laufen, seitdem die Affen in Sichtweite sind.«

»Und der Heli war auch gerade da«, warf Bernau ein und meinte damit den Hubschrauber der Bundespolizei, der vor wenigen Minuten Luftbilder von den Affen im Minenfeld angefertigt hatte.

»Dann ist es beschlossene Sache«, erklärte Fabius. »Echo 1 und 2 weichen als Erstes aus. Meldung an mich, sowie ihr über den Bach seid, dann folgen wir nach. Drüben bei diesem Natursteinhandel hält sich der polnische Verbindungsmann bereit. Alles Weitere, wenn wir dort sind.«

»Ja, ja, so machen wir es«, murmelte Martens.
»Natürlich«, spottete der Oberleutnant. »Dann auf!«
Bernau trommelte seine Soldaten zusammen, Eichner arbeitete ihm wie immer zu. Er sortierte die Landser, positionierte sich selbst am Ende der Gruppe, dann begaben sie sich in lockerer Schützenreihe auf den Weg. Das tausendfache Krachen nahm mit jedem Schritt an Intensität ab und bald drängte sich sogar das Plätschern des Bachlaufs in den Vordergrund. Bernau sah das Wasser voraus im Tageslicht glitzern. Im Laufschritt strebte er dem Rinnsal entgegen, wandte sich dabei zu seinen Kameraden um und brüllte: »Bewegung! Jede Sekunde, die wir jetzt gewinnen, können wir nachher länger ausruhen, ehe es wieder losgeht!« Eichner trieb die Gruppe von hinten an, etwas abseits arbeitete sich Bravos Gruppe knackend durchs Unterholz. Die Soldaten erreichten das Ufer des Bramschebachs, stoppten, beugten sich vor und rangen um Luft. Sie waren insgesamt derart erschöpft, dass ein kurzer Sprint ausreichte, sie an den Rand ihrer Kräfte zu bringen. Emmerich hechelte lautstark, jeder Atemzug hörte sich an, als würde er nach einem langen Tauchgang Luft holen.

Bernau blickte auf das flache und wenige Meter breite Rinnsal, überwand seinen inneren Schweinehund ob der kühlen Temperaturen knapp über null und versenkte seinen Stiefel im Wasser. Das eisige Nass flutete seinen Fuß, benetzte seine Feldhose bis rauf zu den Knien. Er schüttelte sich fürchterlich, doch zwang er sich, durch den Bach zu waten.

»Alter, das sieht scheiße kalt aus«, hörte er Meier in seinem Rücken mosern.

»Herumheulen einstellen!«, schnauzte Eichner.

»Ich meine ja nur ... ich meine ja nur.«

»Beeilt euch!«, zischelte Bernau noch, der das andere Bachufer bereits erreicht hatte. Da erklang ein Aufschrei.

»Emmerich!«

Bernau fuhr herum, sah den Hauptgefreiten droben im Laub liegen. Das unter dem Helm hervorlugende Gesicht zeigte sich schmerzverzerrt. Eichner und andere stürzten an ihn heran. Und auch Bernau watete zurück durch den Bach, das eiskalte Wasser, mit dem sich seine Socken vollsogen, gereichte zur Nebensache. Er astete die Böschung hoch und stürzte auf den Hauptgefreiten zu. Dem half Eichner soeben auf die Beine.

»Was ist?«, verlangte Bernau zu wissen.

»Alles ... okay«, schnaufte Emmerich und kämpfte dabei mit den Nachwirkungen des Schwächeanfalls. »Mir ist nur kurz ... nur kurz schwarz vor Augen geworden.«

Bernau taxierte den Hauptgefreiten von oben bis unten. In dessen trüben Augen lag ein Flehen. Eine Entschuldigung. Ein Versprechen. Bernau sorgte sich um den Gesundheitszustand seines Soldaten. Er blickte in dessen kirschrot leuchtende Visage; rote, entzündete Äderchen schimmerten durch die dünne Gesichtshaut hindurch, ein Eiterpickel spross auf dem rechten Nasenflügel.

»Wie sehen deine Arme aus?« Er wies auf die Bandagen, die unter den Ärmeln der Feldjacke hervorlugten. Als sie den Hauptgefreiten gefunden hatten, damals bei Nordooz, wies er an beiden Armen oberflächliche Verletzungen auf. Der Arzt hatte ihn nach einem Gesundheitscheck für dienstfähig erklärt.

»Ist fast verheilt. Habe heute erst den Verband gewechselt.«

Bernau suchte Emmerich mit dem Blick zu durchbohren.

»Es geht mir gut!«, insistierte der Hauptgefreite. »Es war nur ... die Kälte ... zusammen mit dem Stress. Ich bin quasi nur ausgerutscht.«

»Okay«, entgegnete Bernau wenig überzeugt. Er nickte. »Gut. Dann weiter!«

Sie sammelten sich am Ufer, als ihnen Martens entgegentorkelte, der aussah, als hätte er einen Geist gesehen.

»Herr Hauptmann?« Bernau stockte, seine gemarterte Seele stellte sich auf die nächste Hiobsbotschaft ein.

»Ist was?«, fragte Meier.

»Es ... es ... hat soeben ...« Martens musste sich auf den Oberschenkeln abstützen. Seine Soldaten umringten ihn, halb neugierig, halb geängstigt ob der nächsten schlimmen Nachricht, die sie zu verkraften hatten.

»Wir müssen weiter!«, warf Degel ein und sah sich um.

Das Crescendo der Detonationen klang ab, nur noch vereinzelt krepierten Minen. Die Affen hatten die Sprengfallen großenteils ausgelöst und setzten ihren Vormarsch fort.

»Die ... die ... Amerikaner haben soeben ...«, stotterte Martens apathisch.

»Was ist denn los?«, fragte Meier.

»Leute, wir müssen echt weg!«, drängelte Degel zunehmend nervös. Alle Blicke aber richteten sich auf Martens und der sagte endlich, was ihnen allen das Herz in die Hose rutschen ließ: »Die Amerikaner haben soeben eine Atombombe auf Russland abgeworfen.«

Für einen Moment gerieten die gnadenlos vorrückenden Invasoren zur Nebensache, dann erinnerte das im Süden aufkommende Schaben, das Scharren und das dumpfe Klopfen des Gleichschritts die Soldaten der Bundeswehr daran, dass ihnen keine Zeit blieb, sich um den drohenden Atomkrieg zu sorgen.

15

Rösrath – Deutschland

Wegele saß auf der Rückbank der dunklen Limousine von Daimler. Er hatte ein Notebook auf dem Schoß, im ganzen Wagen lagen Unterlagen, Mindmaps und Notizzettel verstreut. Der Kommandeur der GSG 9 brütete über einer Idee – einer Idee, die die Wende im Krieg gegen die Außerirdischen zu bringen imstande war. Wegele hatte bislang noch nicht mit seiner Chefin über seinen Geistesblitz gesprochen, dieser war noch nicht ausgereift genug und so arbeitete der Beamte und Ex-Fernaufklärer der Bundeswehr seinen Plan aus, rechnete den Kräfteansatz durch, skizzierte die Details. Er sicherte sich mehrfach ab, stellte ein Konzept mit Hand und Fuß auf die Beine, ehe er damit an die entscheidenden Stellen herantreten würde. Bis dahin gedachte er auf den unteren Ebenen vorzufühlen, zu schauen, ob sein Vorhaben realistisch und durchführbar war. So hatte er bereits ganz inoffiziell mit dem Vorsitzenden der Innenministerkonferenz über die Verfügbarkeit von Hubschraubern gesprochen, hatte seine alten Kontakte in die Bundeswehr spielen lassen und erste Fürsprecher gewonnen. Wegele war noch immer auf diese Art vorgegangen, der Erfolg gab ihm recht: Zuerst sorgte er für Zustimmung und Unterstützung auf den unteren Ebenen, danach erst trat er an die Führung heran und stellte sie quasi vor vollendete Tatsachen. Wegele nämlich fürchtete, dass die zwischen den Parteiinteressen von CDU, CSU und SPD aufgeriebene Kanzlerin, der Grünschnabel Winter und derjenige, der auf den abtrünnigen Siegesmund folgen würde, nicht willens genug waren, eine derart riskante Operation zu genehmigen, wie sie derzeit in seinem Gedankenapparat heranreifte. Die meisten Politiker dieser Tage waren doch weniger bekannt dafür, auf Risiko zu spielen – eine annehmbare Strategie im Frieden, die das eigene politische Überleben sichern mochte, gleichzeitig aber ein fataler Fehler in Krisenzeiten. Wegele wusste, dass speziell im Krieg nichts zu gewinnen war, wenn man das Risiko scheute.

Und aus diesem Grund befand er sich derzeit nicht in Frontnähe, wo seine Untergebenen unter Einsatz ihres Lebens immer wieder von den Außerirdischen eingeschlossene Zivilisten evakuierten, sondern fuhr einmal mehr kreuz und quer durch die Bundesrepublik, putzte Klinken, tätigte Anrufe, soweit die instabilen Kommunikationsnetze dies zuließen, sprach mit Schlüsselfiguren und rekrutierte nebenher weitere Freiwillige für seine Behörde, die er nach einem Jobinterview von zwei erfahrenen Beamten auf Herz und Nieren prüfen ließ.

Einige Stunden lang hatte er dabei tatsächlich gedacht, alles sei hinfällig, hatte er befürchtet, er müsse sich über den weiteren Krieg keinen Kopf mehr machen. Erst allmählich hatte sich herauskristallisiert, dass die Russen im alten Ost-West-Spiel die besonneneren Gemüter besaßen, dass sie trotz des feigen und dummen Angriffs der Amerikaner darauf verzichteten, den globalen Atomkrieg loszutreten. Wegele selbst konnte es noch immer nicht fassen, was dieser Vollidiot Horner und seine Hardliner-Gefährten getan hatten. Für einen Augenblick hatte die Welt stillgestanden, hatten acht Milliarden Menschen gebannt auf Moskau geblickt, angsterfüllt ob der Reaktion des Kremls. Als Schingarjow schließlich vor die Mikrofone getreten, die Attacke verurteilt, die daraus resultierenden Opfer, Schäden und nachteiligen Folgen hervorgehoben und schließlich verkündet hatte, er werde von einem Gegenschlag absehen und an seiner statt die Verbrecher Horner, Henson und Palin auf politischem Wege zur Verantwortung ziehen, hatte Wegele quasi spüren können, wie die Menschheit kollektiv aufgeatmet hatte. Und so zog die nukleare Attacke der USA politisch immer weitere Kreise, welche zur zunehmenden Isolierung Nordamerikas beitrugen und die Europäer – so unglaublich dies auch klingen mochte – näher an Russland heranrücken ließen. Der Kommandeur der GSG 9 konnte sich wieder auf seine eigene Baustelle konzentrieren. Die Welt war haarscharf an ihrer Vernichtung vorbeigeschrammt; dass diese Vernichtung nichts mit den Außerirdischen zu tun hatte, war traurig genug.

Draußen zog ein aufgeräumtes Wohngebiet vorbei, in das eine spürbare Hektik eingezogen war. Die Entfernung von Rösrath zur Front betrug etwas mehr als 100 Kilometer, den Menschen in Köln und Umgebung begann bewusst zu werden, dass die Kämpfe bald vor ihrer Haustür stattfinden könnten. Wegele sah von seinem Notebook auf, das grelle

Bildschirmlicht brannte in seinen Augen. Jede Faser seines Körpers schrie nach einer Pause, die aber gönnte er sich selbst nicht. Die Zahnrädchen seines Verstandes arbeiteten auf Volllast, rotierten ohne Unterlass. Während er im Geist die Zahl der Hubschrauber zusammenrechnete und sich überlegte, wie viele Bewaffnete sie ins Ziel würden transportieren können – unter Missachtung einiger Sicherheitsvorschriften –, sah er aus der getönten Scheibe nach draußen. Er sah hinaus, doch nahm er die in den Einfahrten stehenden, mit Koffern und Taschen vollgestopften Autos nicht wahr, in die verzweifelte Menschen so viel ihres Hab und Guts hineinzwängten, wie dies physikalisch möglich war. Manche Häuser waren bereits verlassen, vernagelte und verrammelte Türen und Fenster vor piekfein gepflegten Vorgärten gaben ein geradezu groteskes Bild ab. Wegele hoffte, nicht zu spät zu kommen. Er hatte versucht, ihn telefonisch zu erreichen, dies aber war ihm nicht gelungen. Er brauchte ihn, mit ihm stand und fiel sein Vorhaben. Wegele ließ ein Seufzen entweichen, sein Fahrer bog auf eine Nebenstraße ein und hupte, als ihm ein Kerl, bepackt mit allerhand Taschen, vor die Motorhaube lief. Der Mann entfernte sich maulend. Die Stimmung war gefährlich aufgeheizt, Bundeswehr und Polizei hatten in jenen Ortschaften, die der Front am nächsten lagen, mit Plünderungen und Massenpaniken zu kämpfen. Allein in den vergangenen zwei Tagen waren innerhalb Deutschlands 17 Menschen durch Schusswaffengebrauch der Staatsorgane ums Leben gekommen, zwei Polizisten waren zudem erschossen worden, als sie das Haus von bewaffneten Preppern zu räumen versucht hatten, die sich weigerten, ihr Eigentum aufzugeben – Menschen, die auf Menschen schossen, während wenige Kilometer entfernt außerirdische Invasoren Geländegewinne verzeichneten.

»Beeilen Sie sich!«, trug Wegele seinem Fahrer auf. Beim Anblick der zahlreichen Bewohner, die sich auf die Flucht vorbereiteten, fürchtete Wegele allmählich, ihn zu verpassen. Der Fahrer nickte, trat aufs Gas, der Wagen beschleunigte merklich. Mit 60 Stundenkilometern brauste er durch die 30er-Zone, bremste an einer Abzweigung scharf ab und bog in eine schmale Gasse ein. Wegele erfasste die vorbeiziehenden Nummern auf den Hausfassaden.

»Nummer 12!«, rief er aus. »Hier ist es.«

Dem Behördenleiter fiel ein dicker Brocken vom Herzen, als er ein

SUV in der Einfahrt parken sah. Dieses allerdings war bis unter die Decke vollgepackt mit Taschen und Koffern, die Beifahrertür stand offen. Wahrlich, er war kurz davor zu verschwinden.

Wegeles Fahrer stellte den Wagen am Straßenrand ab, der Kommandeur entstieg ihm und trat auf den Bürgersteig. Einen Moment lang hielt er inne, ließ auf sich wirken, was seine Augen aufzeichneten. Die Doppelhaushälfte vermittelte einen geradezu gutbürgerlichen Eindruck, Jüngere würden vielleicht von einer »Spießerbude« sprechen. Der Vorgarten sah aus, als würde eine Armee von Gärtnern tagtäglich das Gras mit der Nagelschere schneiden und jedes welke Blatt sogleich entfernen. Aus Hochbeeten sprossen Hortensien in Rosa- und Lilatönen, dazwischen erstrahlten Rosen in Weiß und in Hellrot. Über dem roten Ziegeldach, in vielen zehn Kilometern Entfernung, prangte der Ring aus außerirdischen Schiffen einem Menetekel des Untergangs gleich am Himmelsdom. Das orange durchs Gewölk schimmernde Gebilde verdeutlichte Wegele immer wieder aufs Neue, dass er mit seinem Vorhaben nicht weniger als die Zukunft der Menschheit verhandelte.

Die Tür öffnete sich, eine schlanke Frau Mitte 30 erschien, beladen mit zwei Taschen. Sie erblickte Wegele, der sie ungeniert anstarrte, und blieb verdutzt im Türrahmen stehen. Eine brünette Strähne fiel ihr ins Gesicht. Sie war gut gebaut und augenscheinlich eitel, und obgleich sie unweigerlich die Flucht ihrer Familie vorbereitete, obgleich nordöstlich von Köln ein Krieg tobte, hatte sie die Zeit gefunden, ihr Haar zu einem tief angesetzten Seitenscheitel mit lockeren Wellen herzurichten und eine Spur von Make-up aufzutragen – sehr dezent, sodass man schon genau hinschauen musste, um es überhaupt zu erkennen. Wegele aber verfügte über einen Blick für die Details. Er trat an diesem Tag in Zivil auf, nichtsdestotrotz wusste er um seine Aura, die seiner Erscheinung stets etwas Gebieterisches verlieh.

Die brünette Frau – Wegele war ihr Name natürlich bekannt, sie hieß Simone – rümpfte die Nase, ein Ausdruck ihrer Unsicherheit. Aus dem Haus drang eine offensive Duftnote von Zirbelöl, die bis an die Nase des Behördenleiters heranreichte.

»Entschuldigen Sie, kann ich Ihnen helfen?«, fragte sie, vorsichtig vortastend. Es wäre nicht das erste Mal, dass Wegele für einen Gerichtsvollzieher gehalten wurde.

»Ich heiße Uwe Wegele«, stellte er sich undurchsichtig vor und machte sich dabei weiterhin seine Ausstrahlung zunutze. Er beobachtete ein Zucken um die Augen der Frau, ein Flattern ihrer Nasenflügel. »Direktor in der Bundespolizei.«

Er ließ diese Worte einen Moment lang auf sie wirken, im Haus erklangen Geräusche: eine hohe Fistelstimme, die einem Kind gehören musste, quietschte vergnügt, ein männliches Organ regte sich auf.

»Ich hätte gerne Ihren Mann gesprochen«, verlangte Wegele ohne weitere Umschweife. Er hatte mit der armen Frau lange genug gespielt. »Ist das wohl möglich?«

Simone fuhr herum, blickte Hilfe suchend ins Haus hinein, rief: »Schatz?«

Sie wartete auf eine Antwort und fügte dabei kleinlaut an: »Wir wollen aber gleich los.«

»Es dauert nur eine Minute«, sicherte ihr Wegele zu und verschwieg, dass er ihren Mann gleich mitnehmen würde.

»Was ist?«, war die männliche Stimme zu vernehmen. Dazwischen lachte das Kind.

»Kannst du mal kommen, bitte? Da ist ein Herr ... ähem ... Weg...Wegler?«

»Wegele ...«

»... Herr Wegele für dich.«

»Was?«

»Von der Bundespolizei!«

Wegele vernahm Schritte, die sich näherten, kurz darauf erschien eine hagere Gestalt mittleren Alters an der Seite Simones – er mochte dem Äußeren nach gute zehn Jahre älter sein als sie. Wegele wusste es natürlich genau: Es waren 13 Jahre und zwei Monate. Das kurze Haar war grau meliert, aus den T-Shirt-Ärmeln ragten Ärmchen, dünn wie Streichhölzer. Wegele hatte miteinkalkuliert, dass die Zielperson während des Einsatzes auf die Unterstützung der Soldaten und Beamten angewiesen sein würde, sie war verständlicherweise völlig aus der Form. Ihr Fachwissen aber stach diesen Umstand aus, war unverzichtbar.

Simone bedachte ihren Mann mit einem vorwurfsvollen Blick.

»Du hattest doch damals den Strafzettel bezahlt, bevor du losgeflogen bist, oder?«, zischelte sie im Flüsterton und erinnerte Wegele dabei an eine

Giftschlange, die ihr Opfer ausgewählt hatte. Ihr Mann schien vollends verwirrt.

»Strafzettel?«

»Na, den Blitzer! Du hast ihn doch bezahlt?«

»Ich … ich kann mich nicht mehr erinnern.«

»Na, prima!«, echauffierte sich Simone und wurde lauter. »Und jetzt steht die Polizei vor der Tür!«

»Simone … ich … vielleicht habe ich ihn bezahlt …«

Zum ersten Mal fiel sein Blick auf Wegele, der der Konversation belustigt folgte. Die beiden Männer musterten einander.

»Armin Hensch?«, fragte der GSG-9-Kommandeur bestimmt.

»Ja.« Der hagere Kerl schob seine Frau sachte beiseite, hinter ihm erschien ein Junge, der den Fremden argwöhnisch beäugte. »Es geht um einen Strafzettel, oder wie?«

Wegele grinste. »Ich bin kein LaPo, Strafzettel interessieren mich nicht. Mein Name ist Uwe Wegele, Direktor in der Bundespolizei, Kommandeur der GSG 9.«

Hensch stockte, wechselte einen Blick mit seiner Frau, die instinktiv den Arm um ihren Sohn legte.

»Lass das, Mama!«, beschwerte der sich und drückte den Arm von sich.

»Was wollen Sie?«, fragte Hensch hörbar misstrauisch – missfällig gar.

»Haben Sie eine Minute für mich?«

»Haben Sie in den letzten Tagen zufällig mal auf Ihr Handy geschaut, Herr Wegele? Sie haben mitbekommen, was in der Welt los ist?«

»Das habe ich.«

»Dann bitte ich um Ihr Verständnis, dass meine Familie und ich jetzt verschwinden werden. Diese Dinger haben bereits Angriffe gegen Köln geflogen. Es tut mir aufrichtig leid, aber ich habe keine Minute für Sie. Bitte wenden Sie sich schriftlich an uns.«

Wegeles Blick bohrte sich in Henschs Visage, die dunklen Augen des Kommandeurs funkelten bedrohlich. »Eine Minute. Bitte! Es ist sehr wichtig!«, insistierte er.

Hensch wandte sich seiner Frau zu, die beiden führten eine kurze, nonverbale Konversation. Sie erteilte der angekündigten Unterredung mit Wegele schließlich ihre Absolution, drängte aber zur Eile.

»Wenn Sie sich kurz fassen ...«, knurrte Hensch angefressen.
»Danke sehr. Wollen wir ein Stück gehen?«

Sie schlenderten den Bürgersteig entlang, passierten verrammelte Häuser als auch solche, die kurz davorstanden, von ihren Eigentümern zurückgelassen zu werden. Wegele setzte Hensch in aller gebotenen Kürze sein Vorhaben und dessen Rolle darin auseinander. Die Augen des Astronauten wurden groß und größer.

»Nur damit ich das richtig verstehe ... ist das Ihr Ernst?«, fragte er und vermochte sein Entsetzen nicht zu verbergen.

Wegele nickte, seine Miene verfinsterte sich.

»Ich baue auf Ihre Fachexpertise. Es gibt in Deutschland niemanden mit vergleichbaren Kenntnissen und Fertigkeiten.«

»Sehen sie mich an!« Hensch hob demonstrativ seine Ärmchen. »Meine Muskulatur ist völlig degeneriert. Wie stellen Sie sich das vor?«

»Es mögen noch einige Wochen ins Land ziehen, ehe wir losschlagen ... Zeit, sich vorzubereiten. Außerdem werden Sie nicht alleine sein. Ich will Sie aufgrund Ihrer Kenntnisse an Bord haben, nicht aufgrund Ihrer körperlichen Fähigkeiten.«

Hensch blieb stehen, blickte zu seinem Haus zurück. Er sah traurig aus.

»Nein«, flüsterte er. »Und natürlich muss ich Nein sagen. Das klingt nach einem Himmelfahrtskommando ... und Sie haben selbst gesehen, dass ich Familie habe. Ich muss zusehen, dass ich sie in Sicherheit bringe.«

»Verstehe, das kann ich nachvollziehen.« Aus Wegeles wettergegerbtem Antlitz sprach eine berechnende Schläue. »Wohin wollen Sie fahren, wenn ich fragen darf?«

»Mein Schwiegervater besitzt ein Haus im Schwarzwald. Dort treffen wir uns mit dem Rest der Familie.«

»Schwarzwald, heh? Nett.«

»Ja, sehr nett da. Und weit genug weg von der Scheiße in Ostwestfalen-Lippe.«

Wegele nickte und zeigte sich verständnisvoll.

»Kann ich sonst noch etwas für Sie tun?«, fragte der Astronaut nervös. Wegele spürte, dass sein Gegenüber auf ein Ende der Unterhaltung hinarbeitete.

»Was dann, Herr Hensch?«

»Was meinen Sie?«

»Ich meine, was Sie machen werden, wenn Sie dort sind? Im Schwarzwald.«

»Wir ... ähem ... wir werden uns einrichten, so gut es geht. Wir müssen uns um Geld glücklicherweise keine Gedanken machen. Wir kommen schon zurecht.«

»Aha ...«

»Hören Sie ...«

»Ich meinte, was Sie machen werden, wenn die Außerirdischen den Schwarzwald erreicht haben werden.«

Hensch lachte bellend auf. Es war ein unsicheres Lachen, ein unechtes. Sorge zog in sein Antlitz ein; er war in Angst um seine Familie und vermochte diese Angst nicht länger hinter einer Fassade der Unnahbarkeit zu verbergen. Ein Lächeln huschte über Wegeles Lippen.

»Was ... was wollen Sie damit sagen? Sie glauben doch nicht ernsthaft, diese Viecher schaffen es bis in den Schwarzwald?« Der Klangfarbe seiner Stimme war anzuhören, dass er es besser wusste. Dass er die Zukunftssorgen lieber beiseiteschob, statt sich ihnen zu stellen. Wegele zuckte nur mit den Achseln, die Antwort überließ er der Vorstellungskraft des Astronauten.

»Die NATO wird sie aufhalten«, bestand Hensch auf einer Erkenntnis, die er sich selbst eingeredet haben musste.

»Glauben Sie das?«

»Die ziehen doch jeden ein! Der Nachbarsjunge ist auch schon beim Bund. Natürlich hält die NATO sie auf ... wie sollte die Sache sonst ausgehen?«

»Hat die NATO Ihrer Meinung nach bisher einen guten Job darin gemacht, die Ausbreitung der Aliens einzudämmen?«

Hensch brabbelte etwas Unverständliches vor sich hin. »Wir fahren notfalls nach Frankreich ...«, teilte er wenig überzeugend mit.

»Wo in den Alpen zurzeit ebenfalls eine Invasion stattfindet? Dieses Frankreich meinen Sie, ja?«

»Nun ... über Österreich können wir weiter nach Italien gelangen ...«

Wegele ließ vernehmlich Luft entweichen, daraufhin bohrte er weiter in der offenen Flanke, die sein Gegenüber ihm offenbart hatte, fütterte er die Zweifel, die längst an Hensch nagten: »Und Sie glauben, das wird dann noch so einfach gehen – einfach nach Italien fahren?«

»Wir sind ... doch EU-Bürger ...«, stammelte Hensch.

»Ich bezweifle, dass sich die italienische Regierung daran noch erinnern wird, wenn 50 Millionen Flüchtlinge ihre Grenze stürmen.« Wegele erweckte den Anschein, als denke er laut nach, statt zuvor zurechtgelegte Sätze wiederzugeben. »Und wenn sich die Aliens im Niger weiter in der Geschwindigkeit ausbreiten wie bisher, werden sie das Mittelmeer in drei Wochen erreicht haben. Wir müssen davon ausgehen, dass sie dann mit ihren Landungsschiffen nach Südeuropa übersetzen werden. Wo werden Sie dann hingehen?« Wegele fasste Hensch mit scharfem Blick ins Auge. Der versuchte auszuweichen. Es war nicht der Blick, der dem Astronauten unangenehm war, sondern die tiefschürfende Angst, die Wegeles Wort in dessen Geist zutage förderten.

»Wir werden schon durchkommen«, druckste er herum.

»Hören Sie!«, sagte Wegele und legte viel Gewicht in seine Stimme. »Was, glauben Sie, wird in Europa los sein, wenn die gesamte deutsche und französische Bevölkerung auf der Flucht ist? 150 Millionen Menschen! Die Aliens werden dann nicht ihr einziges Problem sein. Oder glauben Sie noch an die europäische Solidarität? Nach 2015? Nach dem Austritt von Großbritannien und Belgien? Der Eurokrise in Griechenland und Kroatien?«

»Wir werden schon durchkommen ...«

»Reden Sie sich das ruhig ein. Fliehen mag eine Zeit lang funktionieren. Aber irgendwann werden Sie mit dem Rücken zu irgendeinem Ozean stehen und die Aliens drängen Sie ins Wasser. Wenn Sie nicht vorher schon auf irgendeinem Grenzstreifen erschossen oder in einem Flüchtlingslager verreckt sind. Kommen Sie, Sie können mehr als das! Sie haben doch keinen Master of Science in Geophysik mit einem Notendurchschnitt von 1,1 erlangt, um sich nun diesen Hirngespinsten hinzugeben. Lassen Sie sich nicht davon blenden, dass unser System noch funktioniert. Warten Sie noch mal zwei Monate ab und sehen Sie, was dann hier los sein wird. Reden Sie sich nicht ein, Sie könnten dem entfliehen. Ihr Geld und Ihre Hütte im Schwarzwald werden Ihnen nichts nutzen, wenn Sie von bewaffneten Plünderern überfallen werden, die Sie und Ihre Familie für die letzten Happen im Vorratskeller aufknüpfen werden.«

Henschs Gesichtsfarbe wechselte.

»Die NATO ...«, brachte er als letztes, schwaches Bollwerk seiner Argumentation vor. Wegele zerstörte es mit diebischer Freude: »Die NATO wird der Lage nicht Herr. Sie ist seit Beginn der Invasion ausschließlich im Rückzug begriffen. In China und Afrika dasselbe. Wenn schon das größte Militärbündnis der Welt nicht über die Mittel verfügt, die Front gegen die Aliens zu halten ... ja ... was, glauben Sie, wird dann geschehen?«

»Was wollen Sie von mir?«

»Ihre Hilfe.«

»Ich bin kein Soldat.«

»Unser aller Leben ... unsere blanke Existenz steht auf dem Spiel. Es interessiert nicht, was Sie waren oder sind. Es interessiert einzig, was Sie können, um das Überleben von uns allen zu sichern. Ich sehe hier eine echte Chance, die Wende in diesem Krieg herbeizuführen. Ohne Sie aber ist es nicht zu schaffen.«

Hensch biss sich auf die Unterlippe.

»Denken Sie an Ihre Frau. An Ihren Sohn! Sie wollen Sie retten? Fein! Dann werden Sie kämpfen müssen. Flucht bedeutet Tod. Das können Sie gerne ignorieren, solange es nur um irgendwelche Afrikaner geht, die in einer Nussschale im Mittelmeer ersaufen. Aber in zwei Monaten können das schon Sie sein, Sie und Ihre Familie, die bei Regen und Sturm in einem Schlauchboot hocken ... umhergeschleudert vom Wellengang, bis es kentert. Nur dass es dann keine Küstenwache mehr geben wird, die zu Ihrer Rettung kommen wird.«

Henschs Verteidigung brach in sich zusammen.

»Denken Sie an Ihren Jungen! Sie wollen, dass Fiete eine Zukunft hat? Dann sollten Sie anfangen, die Arschbacken zusammenzukneifen, statt sich weiter etwas vorzumachen!«

16

Bramschebach-Nagelsbachtal – Deutschland

Die Nacht hatte ihr dunkles Tuch über Deutschland ausgebreitet. Die Werre, der Bramschebach und der Nagelsbach hatten den Vormarsch der Affen erwartungsgemäß für einige Stunden aufgehalten, zu Tausenden tummelten sich die außerweltlichen Kämpfer am anderen Ufer, das in der Düsternis orangefarben schimmerte. Sie wagten es nicht, die mickrigen Rinnsale zu durchschreiten, welche an einigen Stellen mit einem Schritt überwunden werden konnten, ohne sich die Füße nass zu machen, und so ließen sie ihre Landungsschiffe herankommen, die seit einer halben Stunde schon ununterbrochen von droben zur Erde herabsanken.

Martens und Krzysztof hatten die Parole ausgegeben, die Affen an dieser Stelle tatsächlich aufhalten – zurückschlagen – zu wollen. Erstmals wollte die Führung ausnutzen, dass der Feind sich genierte, Gewässer zu überqueren. In Herford noch und zuvor in Bielefeld hatte man nicht begriffen, welche Möglichkeiten sich dadurch boten. Man hatte zwar alle Übergänge über die Werre gesprengt, doch sich danach weiter zurückgezogen, um die eigenen Wunden zu lecken, während die Affen in aller Seelenruhe ihre Kräfte über den Fluss geflogen hatten. Dieses Vorgehen jedenfalls machte das Prinzip ihres geschlossenen Auftretens zunichte; durch den Fährverkehr per Landungsschiff vereinzelte der Gegner seine Kräfte. Die NATO hatte entsprechend ein Angriffskonzept geschrieben, das sich diesen Umstand zunutze machen sollte. Und so kratzten Bundeswehr, Bundesheer und das Nordatlantik-Bündnis all ihre Kräfte hinter dem Bramschebach und dem Nagelsbach zusammen. Sie wollten diesen Sieg, sie brauchten diesen Sieg – und würden mit geballter Feuerkraft gegen den Gegner antreten.

Bernau, das G36 in der einen und die Leuchtpistole in der anderen Hand, schlich von Stellung zu Stellung. Seine Gruppe lag im Schutz einer Baumreihe am Rand eines Natursteinhandels südlich von Löhne. Eine

Straße führte vorbei an den Soldaten gen Süden; in 500 Metern Entfernung traf sie auf den Bramschebach, der links von ihr durch einen schmalen Waldstreifen abfloss, sowie den Nagelsbach, der nach rechts abging.

Es war bekannt, dass die Landungsschiffe der Außerirdischen niemals im Wald, sondern stets auf Freiflächen heruntergingen und von solchen – von Wiesen und Äckern, durchbrochen höchstens durch Baumreihen oder Gatter – war der Natursteinhandel umgeben. Die Führung setzte auf die Ansammlung von Hallen und Materiallager als festem Stützpunkt, um den herum bewegliche Kräfte agieren sollten. Sie massierte dazu polnische, deutsche und österreichische Kampf- und Schützenpanzer; ganze Kampfverbände hielten sich zwischen Löhne und Vlotho bereit, um in gemeinsamen Stößen den starren Linien des Gegners ihren Bewegungskrieg aufzuzwingen. Die Luftwaffen verschiedener Balkannationen hielten sich bereit, über dem Operationsraum gegen Diskusse vorzugehen. Auch wenn diese unzerstörbar waren, so konnten sie zumindest beschäftigt werden, um sie davon abzuhalten, in die Kämpfe am Boden einzugreifen. Tschechische, slowakische und bulgarische Piloten würden diesen Einsatz mit ihrem Leben bezahlen, doch die NATO wollte diesen Sieg. Sie wollte ihn unbedingt. Sie brauchte ihn, verfügte kaum über die Kräfte, eine weitere Ausdehnung der Front zu verkraften, ganz zu schweigen von der Moral der Soldaten, die mit jeder Niederlage einen neuen Tiefpunkt erreichte. Die Menschen, nicht nur die Soldaten, auch die Zivilisten, die Flüchtlinge sowie diejenigen, die derzeit überall in Europa in Crashkursen zu Soldaten ausgebildet wurden, bedurften der Hoffnung. Die NATO brauchte diesen Sieg, diesen Abwehrerfolg. Und so setzte sie alle Hebel in Bewegung, um die Voraussetzungen für einen Sieg zu schaffen.

Bernau ließ sich neben Meier nieder, der hinter dem MG3 klemmte. Degel, der als sein MG-zwo fungierte, hatte Gurte und Wechselrohr bereitgelegt. Nasse Grashalme griffen nach Bernau, benetzten seine Uniform. Der Herbst ließ kühle Brisen über das Land fegen, die die welken Blätter von den Bäumen rissen und sie auf die Soldaten herniederregnen ließen. Überall ragten Helme aus dem Gras, in denen Äste und Weidengräser steckten – auch wenn optische Tarnmaßnahmen, geschuldet der Tatsache, dass der Gegner offensichtlich über keine Augen verfügte, vermutlich nutzlos waren, so steigerten sie zumindest das Sicherheitsgefühl derjenigen Soldaten, die sich tarnten. Leise brummten Triebwerke in weiter Ferne, Transall-Flugzeuge schütteten Behälter, gefüllt mit tödlichen Chemikalien, über den Aliens aus. Diese waren mit Sprengstoff bestückt, der beim Aufprall detonierte und das toxische Zeug unter den feindlichen Kriegern verteilte. Senfgas, Phosgen und andere Mittel wurden eingesetzt, querbeet, wie beim Buntschießen im Ersten Weltkrieg – solche eigentlich geächteten Waffen waren nie allzu weit weggesperrt worden und standen daher bereits wieder in rauen Mengen zur Verfügung. Außerirdische krümmten sich, im Sterben begriffen, das Gift verwandelte sie in entsetzlich verzerrte, erstarrte Gestalten. Und doch – auch die Wirkung dieser Maßnahme verpuffte ob der schieren Masse der Angreifer – ein paar Tausend von Chemiewaffen Dahingeraffte waren lächerlich wenig angesichts vieler Millionen Soldaten. Zudem sträubte sich die Kanzlerin noch dagegen, einen flächendeckenden Angriff zu erlauben – aus Angst, das Land dauerhaft zu verseuchen. So war es der Bundeswehr nur gestattet, chemische Waffen punktuell zur Unterstützung ihrer Operationen einzusetzen.

Meier steckte eine halb abgebrannte Zigarette zwischen den Lippen, die er erst an Degel, dann an Bernau weiterreichte. Der Stuffz zog sich das um den Hals gewickelte Shemag enger. Darunter schwitzte er, indes strich die kühle Nachtluft über seine Wangen und ließ ihn dort frösteln. Er starrte voraus in die Finsternis, das Feld, das sich zwischen ihm und dem Nagelsbach entfaltete, gereichte in ihr zu einer schwarzen Bühne. Noch immer hallte das Knallen der Landungsschiffe herüber, steigerte es sich zu einem intensiven Geräuschteppich, genährt aus sekündlichen Einschlägen. Der Feind ließ eine ganze Armada seiner Schiffe anlanden, um sie mit seinen Truppen zu füllen, und es war nun nur noch eine Frage der Zeit, ehe diese über die Rinnsale setzen würden.

»Wie sieht es aus, Jungs?«, fragte Bernau, aus dessen Stimme eine neue, tiefe Zuversicht sprach. Im letzten Tageslicht hatte er die Panzer auf den umliegenden Äckern auffahren gesehen: deutsche Leopard 2A7, Ulan-Schützenpanzer aus Österreich, Puma und GTK Boxer, reaktivierte Marder, außerdem polnische Kampfpanzer vom Typ Leopard 2 und PT-91. Die NATO hatte tatsächlich eine gewaltige Streitmacht zusammengezogen, um diesen überschaubaren Flecken Erde zu verteidigen.

»Wir sind bereit, diese Wichser wegzuficken«, brummelte Meier und spuckte grünlichen Schleim vor sich ins Gras.

»Ich würde es weniger obszön umschreiben, aber ja«, erklärte Degel, »wir sind bereit.«

Bernau hob den Kopf, überschaute die Stellungen der Kompanie, die aufgereiht wie auf der Perlenkette der Baumreihe vor dem Natursteinhandel folgten und deren Konturen sich in der Dunkelheit gerade eben erahnen ließen. Die feindlichen Schiffe würden direkt voraus auf den Äckern landen, das Gefecht würde von Anfang an aus nächster Nähe geführt werden. Den Verteidigern war das nur recht so, auf diese Weise vermochten sie ihre Sprengmittel optimal zur Wirkung zu bringen.

Etwas flimmerte orangefarben hoch oben in der Luft. Gemächlich senkte es sich vor der 5. Kompanie herab.

»Echo an alle«, knackte Martens Stimme aus den Lautsprechern der Funkgeräte. »Feindliche Schiffe nähern sich Eigener. Feuerfreigabe an alle.«

Bernau, auf nassem Rasen liegend und frierend wie schwitzend zeitgleich – je nach Körperstelle –, prüfte per Abtasten, ob er die Leuchtpistole ordnungsgemäß geladen hatte.

»Meier?«

»Jo?«

»Wie besprochen, keine Schweigewaffen! Wir knacken ihre Formationen und dann haltet ihr drauf.«

»Mit Vergnügen.« Meier mahlte mit dem Kiefer, dass Bernau das Reiben der Backenzähne hören konnte. »Die Lappen werden hier und heute feststellen, dass sie sich den falschen Planeten ausgesucht haben!«

Degel nickte.

Bernau sprang auf die Beine, lief hinter seinen Soldaten entlang. Voraus, in einiger Höhe, schwebten mannigfaltige Objekte zur Erde hernieder, ihre Konturen waren in der Dunkelheit zu erahnen, ihre Oberfläche changierte schwach.

»Herhören!«, krächzte Bernau. Er verspürte das Bedürfnis, etwas zu seinen Untergebenen sagen zu müssen. »Seht das hier als unsere finale Verteidigungslinie an, weiter können wir nicht zurück!«

Die Männer und Frauen blickten auf, lauschten dem Stabsunteroffizier – nicht nur diejenigen seiner Gruppe, sondern ebenso die der anderen Teileinheiten inklusive ihrer Unterführer.

»Diese wandelnden Wollknäuel haben uns viel zu lange vor sich hergetrieben! Sie verstopfen mit ihrer widerwärtigen Existenz die Straßen Bielefelds und anderer deutscher Städte – Städte, die uns gehören, nicht ihnen! Uns Menschen!« Bernau brüllte sich in Rage. Seine Worte jagten einander, und vermochten doch nicht alle Gedanken zu transportieren, alle Wünsche und Eingaben, die in diesem Augenblick in seinen Verstand einschossen. Er versuchte so viele von ihnen zu greifen und zu artikulieren, wie es ihm möglich war.

»Wir werden das nicht länger hinnehmen! Wir sind Soldaten der Bundesrepublik Deutschland, es ist unsere Aufgabe, dieses Land zu verteidigen! Und wir sind nicht alleine, weiß Gott, wir sind nicht allein! In dieser Nacht kämpfen wir Seite an Seite mit unseren Freunden aus Österreich, aus Polen, aus Kanada, aus Kroatien, aus x Nationen, die gekommen sind, um Schulter an Schulter mit uns dieser Bedrohung entgegenzutreten.« Bernaus Herz klopfte heftig, sein Kopf erhitzte sich, er schrie jede einzelne Silbe wutentbrannt in die Welt hinaus: »Ich würde sagen: Enttäuschen wir sie nicht. Sorgen wir dafür, dass sie nicht umsonst hergekommen sind. In dieser Nacht schauen 80 Millionen Menschen auf diese verschissenen kleinen Bäche da vorne. Sie schauen auf uns, die wir als Bollwerk der Menschheit zwischen den Affen und der Zivilbevölkerung stehen!«

Das war nicht einmal untertrieben. Vor einigen Stunden hatte der NATO-Generalsekretär zusammen mit Vizeadmiral Wöhler der BILD und Google News ein großes Interview gegeben, in welchem sie die bevorstehende Abwehrschlacht am Bramschebach, Nagelsbach und der Werre zum Scheidepunkt in diesem Krieg hochstilisiert hatten. Die Führung von NATO und Bundeswehr spielte mit den Hoffnungen der Menschen, um aus einem möglichen Sieg den größtmöglichen Schwung für eine Gegenoffensive zu generieren. Das war ein gefährliches Spiel; sollte es jedoch gelingen, mochten sich über eine Million in Deutschland kämpfende Soldaten von dem einen auf den anderen Augenblick von seelischen Wracks in nach Blut und Vergeltung dürstende Kampfmaschinen verwandeln, die sich nur so durch die Reihen der Affen fräsen würden. Der moralische Aspekt eines Krieges war eine nicht zu unterschätzende Variable. Im Ersten Weltkrieg befanden sich die Soldaten der französischen Armee zeitweise in einer seelisch derart desolaten Verfassung, dass sie offen dem Defätismus frönten, mit dem Gedanken an Meuterei spielten und dadurch die gesamte französische Armee in einen Zustand der Bewegungsunfähigkeit versetzten. Auch unter den menschlichen Kämpfern dieser Tage drohte ein Zerfall der Moral. Vorfälle von Fahnenflucht mehrten sich. Andere ertränkten ihre Wut und ihre Mutlosigkeit im Alkohol, Berichte über wilde Partys gleich hinter der Front kursierten. In der BILD-Redaktion in Berlin waren die Verantwortlichen wohl in Begeisterungsstürme ausgebrochen, als ihnen die Fotos splitterfasernackter deutscher und ungarischer Soldatinnen zugespielt worden waren, die die Befehle der Führung ignoriert und sich stattdessen lieber mit ihren männlichen Kameraden vergnügt hatten. Die Bilder, die um die Welt gegangen waren und es der BILD endlich mal wieder ermöglicht hatten, Frauen oben ohne aufs Titelbild zu bringen, waren nur Stunden vor dem Einmarsch der Affen in Hövelhof entstanden. Jenem Einmarsch war kein Widerstand entgegengesetzt worden. Die zuständigen deutschen und ungarischen Einheiten hatten die Kontrolle über einen Großteil ihrer Soldaten verloren.

Die klassischen Zeitungen derweil erlebten dieser Tage ihr Comeback. Der teilweise Zusammenbruch moderner Kommunikationssysteme und der gleichzeitige Wunsch der deutschen Bevölkerung, über das Kriegsgeschehen informiert zu sein, befeuerte den Verkauf gedruckter Ausgaben – vor allem in jenen Gebieten unweit der Front, in denen sich die Flüchtlinge stapelten. Besagte BILD-Ausgabe mit den nackten Soldatinnen auf dem Cover hatte sich über 19 Millionen Mal verkauft, viele Zeitungen veröffentlichten mittlerweile zwei Druckausgaben pro Tag – ganz wie im 20. Jahrhundert. Auch das Interview mit dem NATO-Generalsekretär und Wöhler war bereits millionenfach vervielfältigt und verbreitet worden und so richteten sich nun alle Augen auf die Mannen der 5. Kompanie und ihre Kameraden, die antraten, dem Vormarsch der Aliens hier und heute Einhalt zu gebieten.

Bernau musste Luft holen, durch seine Ansprache hatte er sich selbst derart in Raserei versetzt, dass sein Herz wild schlug und sein Körper Stresshormone ausschüttete. Und er war noch nicht fertig, rief seinen Kameraden zu: »Die ganze Welt schaut auf uns! Die Gebete aller Menschen sind mit uns, denn egal, wo sie auch leben, ob in Afrika, in Australien, in Amerika, jedem ist bewusst, dass, wenn es uns hier nicht gelingt – uns, dem schlagkräftigsten Militärbündnis auf Erden –, diese Viecher aus dem Leben zu schießen, ihnen unmissverständlich klarzumachen: bis hierhin und nicht weiter, ja dann ... dann ist es aus. Wenn wir sie heute Nacht nicht aufhalten, werden wir sie überhaupt nicht mehr aufhalten. Dann wird es immer weiter rückwärtsgehen, bis es kein Rückwärts mehr gibt.« Bernau schnaufte. Er war sich gar nicht vollends bewusst, dass er den gesamten Stützpunkt unterhielt, dass ihm Hunderte Ohrenpaare lauschten. »Heute Nacht geht es um nicht weniger als um die Existenz unserer fucking Spezies ... um unser Recht auf ein Fortbestehen! Wir haben bewiesen, dass wir kämpfen können. Dass wir keine zahnlose Streichelarmee sind! Nun müssen wir beweisen, dass wir siegen können. Wir werden nicht weichen, keinen Meter! Bis hierhin UND NICHT WEITER! Brüllen wir ihnen das aus voller Lunge entgegen und reißen wir sie anschließend in Stücke. Auf dass das Ufer des Bramme...gedönse...bachs – wie auch immer das Scheißteil da vorne heißt – mit den Leichen der Affen gepflastert wird!«

Bernau blieb stehen und wurde sich mit einem Mal der Tatsache gewahr, dass die gesamte Kompanie ihm die Köpfe zugewandt hatte. Trotz der Dunkelheit spürte er die Blicke, die auf ihm lasteten, und die stillen Hoffnungen, die in ihnen lagen. Wie aus dem Nichts überkam ihn die Scham. Er errötete, erstarrte zur Salzsäule.

»Gut gesprochen, mein Freund«, lobte Fabius über Funk.

Stelzer, der Reservist, erhob sich, trat Bernau gegenüber und legte ihm die Hand auf die Schulter. »So sieht es aus, Kamerad«, sagte er und zog die Nase hoch.

Bernau taxierte dessen dunkles Gesicht, gerahmt von den Umrissen des Helms. Er hatte anfänglich nicht viel von Stelzer gehalten. Der Reservist leistete sich seltsame Eigenarten, doch hatte er sich im Kampf bewiesen.

»Ich würde ja auch aufstehen und dir meinen Respekt zollen«, brummte Schorch zu Bernaus Füßen, ebenfalls Reservist, ein gemütlicher, leicht übergewichtiger Mann Mitte 50. »Aber meine künstliche Hüfte bereitet mir schon wieder Ärger, da bleibe ich lieber liegen. Aber dir würde ich bis in die Hölle folgen ... das heißt natürlich, falls ich es schaffe aufzustehen ... allein deshalb müssen wir die Stellung halten ... ich glaube nicht, dass ich hier noch mal wegkomme.«

Bernau meinte, nickende Köpfe überall um sich herum auszumachen. Ein flaues Gefühl zog in seine Magengegend ein.

»Die Affen werden sich an uns die Zähne ausbeißen.«

Bernau und Stelzer berührten einander mit den Helmen.

»Wie du sagtest, Stuffz: Bis hierhin und nicht weiter!«

»Ihr habt den Mann gehört«, drang Fabius' Stimme aus den Funkgeräten. »Bis hierhin und nicht weiter! Heute Nacht gilt es!«

In Bernaus Rücken tat es einen Knall, dumpf wie eine Bergwerksexplosion, als das erste der feindlichen Landungsschiffe die letzten Meter im freien Fall überwand und mit seiner ganzen Masse auf dem Acker diesseits der Gewässer aufschlug. Er fuhr herum, fasste das sich in der Düsternis schwach abzeichnende Objekt ins Auge, dessen ovale Ausgestaltung mit der quer laufenden Wulst in der Mitte kaum zu erkennen war.

»KONTAKT!«, brüllte Bravo. »Geradeaus, 250, Landungsschiff!«

Ehe Bernau erste Befehle hätte erteilen können, erreichten weitere Objekte den Erdengrund. Rund um den Stützpunkt der Bundeswehr schlugen sie auf. Bernau sah sich mit einem Mal einer riesigen, orange glimmenden Mauer gegenüber, die ihn zu drei Seiten umgab. Dicht an dicht besetzten die feindlichen Schiffe das Land zwischen den Bächen und den Stellungen der Menschen.

Das Bollern der Einschläge verstummte, die erste Welle war vollständig angelandet. Bernau fühlte sich, als würde ihm jemand mit einer schartigen Klinge am Rückenmark entlangkratzen ob der plötzlich eintretenden Stille, in der nur das Husten eines Soldaten zu vernehmen war, das Klicken eines Magazins, das Herumnesteln an einem Chestrig. In wenigen Augenblicken würden die Insassen der Schiffe gegen den Natursteinhandel drängen, würden deren Formationen gegen das menschliche Feuer anrennen, bis auch der Letzte von ihnen gefällt war. Daraufhin würde die zweite Welle folgen, die dritte, die vierte ... so lange, bis sich die toten Leiber der Außerirdischen vor den menschlichen Stellungen auftürmen würden und den Menschen die Munition zur Neige gegangen sein würde. Steter Tropfen höhlt den Stein. Bernau verlor von einem auf den anderen Moment seine Zuversicht.

Die 2. Kompanie entfesselte den Feuerzauber. Signalpistolenmunition marschierte grellen Sternen gleich ins Firmament hinauf und tauchte das Vorfeld in flackerndes Licht. Auch die Mörser des Regiments erhellten das Schlachtfeld.

Die Türkei hatte im Zuge der Überwerfungen mit ihren NATO-Partnern sämtliche schweren Waffen des Jägerregiments 1 beschlagnahmt. Während die Mannen aus Schwarzenborn nach wie vor auf ihre Waffenträger Wiesel verzichten mussten, hatten zumindest die Mörser ersetzt werden können. Deren Leuchtkugeln strahlten wie künstliche Sonnen am Himmelszelt. Eine lange Schildreihe schob sich aus der Dunkelheit ins Kunstlicht, welches von der orangen Oberfläche reflektiert wurde. Sogleich fauchten die Panzerfäuste der 2. Kompanie, zischelte der Granatwerfer ihrer G36. Gefechtsköpfe jagten der außerweltlichen Formation entgegen, bohrten sich vor ihnen ins Erdreich, vergingen tosend zu Explosionen. Erdaushub bäumte sich zwischen den Menschen und den Außerirdischen zu fließenden Wänden auf. Am Himmel erloschen die Leuchtkugeln. Die Soldaten feuerten gleich die nächste Ladung ab, welche das Schlachtfeld abermals erhellte.

Bernau starrte gebannt ins Vorgelände, in dem sich die Dunkelheit mit braunen Flächen vermengte, durch die es hie und da orangefarben durchschillerte. Die Explosionen hatten einen Schleier aus Dreckpartikeln gebildet, der die Äcker vor dem Natursteinhandel verhing und den Blick auf den Feind versperrte. Kommandos schallten von den anderen Einheiten herüber, hektisch nahmen die Unterführer der 2. Kompanie letzte Korrekturen an der Gefechtsaufstellung vor. Dann tauchte der Feind auch vor der 3. Kompanie auf, schoben sich seine Schildreihen an der Südflanke ins Schussfeld der menschlichen Verteidiger. Deutsche und polnische Rufe erfüllten die Geräuschkulisse zwischen dem Krachen von Detonationen. Der Luftdruck fegte gewaltvoll über Bernaus Kopf hinweg, er spürte ihn gar in seinen Gedärmen. Rechts und links von ihm nun schnatterten Maschinen- und Sturmgewehre. Er aber war noch nicht an der Reihe, vor seiner Position hatte sich der Gegner noch nicht in Reichweite gebracht. Das Warten zermürbte ihn, vor allem da seine Kameraden bereits im Kampf standen.

»Emmerich?«, fragte er mit belegter Stimme.

»Hier!«, rief der HG. Er leitete ein Team von Wehrpflichtigen, ausgestattet mit Panzerfaustgriffstücken und jeder Menge Patronen. Überhaupt hatte die Bundeswehr für die »Schlacht am Bramschebach-Nagelsbach und der Werre« alles an Munition zusammengekratzt und den beteiligten Einheiten zur Verfügung gestellt, dessen sie hatte habhaft werden können – wohl zum Nachteil anderer Frontabschnitte, wie sich vernehmen ließ. Wie gesagt, die Führung wollte diesen Sieg. Entsprechend waren die Deckungslöcher und Stellungssysteme des Jägerregiments 1 bis unter die Oberkante aufgefüllt mit Munitionskisten. Granaten und andere Sprengmittel standen ebenfalls in rauen Massen zur Verfügung. Bernau linste in die Dunkelheit, grübelte, wie viele Wellen der Gegner schicken würde, ehe er aufgab. Würde er überhaupt aufgeben?

»Gefechtsbereitschaft herstellen, Emmerich!«, bellte er. »Lasst die Abstandsrohre drin!«

»Jawohl!« Das Einrasten des Griffstücks an die Panzerfaustpatronen erklang polyfon, dazwischen wurden Flüche laut. Emmerich musste einem Landser erneut erklären, wie die Waffe zu bedienen war.

»Gefechtsbereitschaft hergestellt!«, keuchte er endlich.

»Sehr gut! Herhören, Männer!« Bernaus Organ schallte über den Kopf seiner Soldaten hinweg und drohte unterzugehen im Stakkato der Kriegswaffen. Er ließ das Echo verklingen, wartete. Unterbewusst spekulierte er auf eine Beschwerde darüber, einseitig das männliche Geschlecht angesprochen zu haben. Diese aber blieb aus, was ihn wie ein Stich in den Unterleib traf. Er krümmte sich leicht zusammen, verspürte in seinen Därmen die Not heranwachsen, eine Toilette aufsuchen zu müssen. Er kämpfte gegen den Drang.

»Wartet auf die Panzerfäuste!«, presste er schwer atmend hervor. »Keine Mun gegen ihre Schilde verschwenden! Sobald wir ein Loch in ihre Reihen gerissen haben, haltet ihr drauf! Keine Gnade! Kein Zögern! Reißt sie in Stücke!«

Um das Gelände des Natursteinhandels herum, das 250 Meter im Durchmesser maß, blinkten Leuchtkugeln in allen Farben. Spurmunition flitzte Sternschnuppen gleich davon, entschwand in die flackernde Dunkelheit. Explosionen ereigneten sich überall auf den Feldern, die den Stützpunkt umgaben. Granaten krepierten, Soldaten tönten. Die Geräuschkulisse gereichte zur schrillen Kakofonie.

»Feind! Geradeaus, 150!«, erschallte Eichners Meldung über die Positionen der 5. Kompanie hinweg. Und dann sah Bernau sie auch, sah die schimmernde Schildwand, die ihm quälend langsam entgegenstrebte. Die für den Vormarsch der Affen typischen Geräusche übertünchten allmählich das Knallen der Waffen: ein Schaben, ein Schleifen, ein

Klappern, polyfon, von 10 000 Kriegern gleichzeitig verursacht. Und stetig wiederholte es sich: ein Schaben, ein Schleifen, ein Klappern. Mit jeder Wiederholung steigerte sich die Lautstärke. Sie kamen näher.

»Ich beleuchte!«, verkündete Bernau und zielte mit der Signalpistole 45 Grad in den Himmel. Er wandte das Gesicht ab, betätigte den Abzug. Der Rückstoß fühlte sich wie ein Hammerschlag gegen seine Hand an, die Waffe bockte zurück. Bernau beobachtete, wie die Leuchtkugel in höhere Gefilde hinaufmarschierte und sich dort mit einem *Puff* in einen strahlenden Stern verwandelte, der gemächlich über den vorrückenden Phalangen des Gegners entlangschwebte. Bernau musste schlucken beim Anblick der perfekt geschlossenen Schildreihen, die sich einer undurchdringlichen Wand gleich auf ihn zuarbeiteten. Der Druck in seinen Därmen verstärkte sich, mit aller Macht kniff er die Pobacken zusammen. Die Schiffe der Affen lagen in der Dunkelheit jenseits der Schildreihe verborgen, ihre Umrisse waren zu erahnen. Bernau meinte, dass sich einige von ihnen wieder in die Luft erhoben ... sie machten Platz für die nächste Welle. Er besann sich auf seine Aufgabe, griff in seine Feldjackentasche, ertastete eine weitere Patrone für die Leuchtpistole – ein-Stern-weiß, wie er anhand des Rings erfühlte. Er zog die Hülse aus der Waffe, stopfte die zweite Patrone hinein – und ließ auch diese in den Himmel emporfahren. Daraufhin eilte er zurück zu seinem eigenen Deckungsloch und sprang auf die Holzkisten, die den Boden bedeckten. Bravo und Stelzer brüllten ihre Panzerfausttrupps auf die Beine.

»Panzerfaust, Feuer!«, plärrte Bernau heiser. Vier Gestalten, lange Rohre tragend, kraxelten aus ihrem Loch, wuselten auf das Feld hinaus und wuchteten sich je eines der Rohre auf die Schulter.

»Panzerfaust schießt!«, ertönte Emmerichs Ruf. Feuer platzte aus der hinteren Öffnung der Rohre, zur gleichen Zeit traten die Gefechtsköpfe ihre Reise an. Zischelnd jagten sie den Affen entgegen, klatschten gegen deren Schilde. Bunte Blumensträuße aus Feuer und Rauch stäubten auf. Weitere Panzerfäuste wurden in den Reihen der Kompanie abgefeuert. Feuergebilde rissen die außerirdischen Phalangen auseinander. Im Flackerschein von Flammenzungen und Kunstlicht brillierende Schilde wirbelten umher und bohrten sich in die Äcker. Fellbesetzte Körper brachen im Splitterhagel zusammen, nur schemenhaft zu erkennen. Es sah aus, als huschten Schatten über das Land.

»Feuer! FEUER!«, schrien Bernau und Fabius durcheinander. Irgendwo gab sogar Martens Kommandos.

Nun stieg auch die 5. Kompanie in das Konzert der Schnellfeuerwaffen ein. G36, G3, MP7, MG3, MG4 und MG5 knallten um Bernau herum, knallten in einer Lautstärke, dass sich ein Schellen in seine Gehörgänge einnistete und dort Schmerzen verursachte. Die einzelnen Abschüsse verbanden sich bald zu einem einzigen, fiependen, die Ohren malträtierenden Rabatz, der Bernau zusammenstauchte, als würde er von den Backen einer riesenhaften Zange gepackt werden. Um die Meldungen seiner Soldaten richtig verstehen zu können, hatte er keinen Gehörschutz eingelegt, nun aber betäubte der Krach seine Hörwahrnehmung, vernahm er nichts mehr als ein Klingeln, ein Fiepen, ein Blubbern und Rauschen. Mündungsfeuer blitzten um ihn herum auf, als stünde er im Zentrum einer Lasershow. Spurprojektile fegten brennenden Pfeilen gleich über das Gefechtsfeld, den Affen entgegen. Kaliber aller Größen prasselten auf sie ein und forderten ihren Tribut. Der Tod fuhr in dieser Nacht die Ernte seines Lebens ein, die Aliens hatten zuerst ihren Blutzoll zu entrichten. Ihre dem menschlichen Stützpunkt entgegenschreitenden Krieger gingen mit Stumpf und Stiel im Feuer der Verteidiger unter. Schildreihe um Schildreihe brach unter den Einschlägen und Explosionen entzwei, wurden schier auseinandergerissen wie Papier vom martialischen Druck der Entladungen. Das Feuer der Handwaffen besorgte den Rest. Binnen Minuten lagen Tausende der außerirdischen Krieger tot in den Feldern, die den Natursteinhandel umgaben. Da der Gegner seine Truppen erst über die Gewässer setzen musste, vermochte er diesseits der Bäche noch keine tief gestaffelte Formation aufzubieten, sondern schickte Phalanx um Phalanx einzeln vor. Und das Jägerregiment 1 hatte die erste Welle dieser Schildreihen soeben ausgelöscht.

In der Ferne tat es einen hellen Knall, der eine ganze Folge weiterer Detonationen auslöste. Bernaus Blick wanderte in die Richtung, aus der die neuerlichen Geräusche herrührten. Zweifelsohne, die Affen hatten die Barrikade aus Geröll und Schrott überwunden, die die Straße zwischen dem Bramschebach und dem Nagelsbach blockierte, und stapften nun munter durch das dahinterliegende Minenfeld. Sobald sie auch den letzten Sprengkörper ausgelöst haben würden, würde ihnen der Weg freistehen, die Landungstruppen am Bachufer zu verstärken. Bernau hatte gehofft, dass die haushoch aufgetürmte Barrikade den Feind ein wenig länger aufhalten würde ... der Druck in seinem Unterleib verstärkte sich noch einmal, es kostete ihn einige Anstrengung, seine Hose trocken zu halten.

»Echo an alle. Sturmtrupps von Echo Romeo halten sich zum Gegenangriff bereit. Papa-Sierra rückt vor«, gab Martens via Funk bekannt. Und Bernau konnte sie hören, die Verbrennungsmotoren schwerer und überschwerer Militärvehikel, die in diesem Augenblick jenseits des Natursteinhandels zum Leben erwachten und kraftstrotzend aufbrüllten, als sie Tonnen von Stahl und Eisen in Bewegung versetzten. Mit »Papa-Sierra« war ein Panzerkeil aus polnischen, deutschen und österreichischen Einheiten gemeint, der den Stützpunkt der Bundeswehr rechts umfassen und auf einer Breite von mehr als drei Kilometern über die Felder gen Bramschebach vorstoßen sollte, um vom Bach aus den Gegner am jenseitigen Ufer in Fetzen zu schießen. Die gepanzerten Fahrzeuge würden sich damit außerdem schützend vor Löhne stellen und dafür sorgen, dass dem Gegner die Gewässerüberquerung und der Einmarsch in die Stadt nicht gelingen würde. Zur gleichen Zeit sperrten die Polen die B61 östlich des Schlachtfeldes in der Hoffnung, ihre Stellungen dort für die Dauer der Offensive halten zu können.

»Macht euch zum Nachsetzen bereit!«, rief Bernau und musste husten. Der Pulverdampf reizte seine Atemwege, ein bitter schmeckender Film legte sich auf seine Zunge. Um ihn herum erklang das helle Klicken von Waffenverschlüssen. Degel hängte sich mehrere Munitionsgurte um den Hals, Eichner ließ das Zweibein des Maschinengewehrs in der Halterung mittig unter der Waffe einrasten, sodass er es aus der Hüfte bedienen konnte. Er schaute zu Bernau herüber, hob den Daumen. Der nickte.

»Nehmt alle Sprengmittel mit, die ihr tragen könnt!«, versetzte der Stabsunteroffizier.

Der Stützpunkt auf dem Gelände des Natursteinhandels fungierte als Ankerpunkt für die menschlichen Verteidiger; in seinem Zentrum standen Betriebsstoffe, Munition und Unterstützungspersonal bereit, um Fahrzeuge und Soldaten während des Gefechts versorgen zu können.

Bernau schickte eine weitere Leuchtkugel ins Firmament hinauf. Für einen Moment verlor er sich in dem Anblick sterbender Außerirdischer, die krampfend und zappelnd den Acker voraus bedeckten. Er machte eine fellbesetzte Pranke aus, die emporlangte, heftig zitternd, als würden

10 000 Volt durch ihr Gewebe jagen. Die Klaue schloss sich, öffnete sich wieder und wiederholte diesen Prozess mehrere Male. Es war, als würde das sterbende Alien etwas zu greifen versuchen, etwas, das nicht da war, dessen Präsenz seine von Schmerz und Organversagen beeinträchtigten Sinne ihm vorgaukelten. Bernau überlegte einen Moment, die Szene hielt ihn gefangen. Ob diese Viecher Kinder hatten … Nachwuchs, zu dem sie eine ähnlich innige Bindung pflegten, wie der Mensch dies tat? Nachwuchs, der auf dem Heimatplaneten auf die Rückkehr der siegreichen Eltern wartete?

Die Leuchtkugel begann zu zischeln und stärker zu flackern, sie hatte das Ende ihrer Lebenszeit erreicht. Im schwächer werdenden Schein legte Bernau auf das tödlich verwundete Alien an. Der Rotpunkt seines optischen Visiers tanzte über dessen Leib. Bernau nahm die Waffe runter, entschied, dass es Munitionsverschwendung war. In der Ferne dröhnten dunkel die Einschläge weiterer Landungsschiffe. So würde es weitergehen, immer weitergehen, bis einer Seite die Soldaten ausgegangen sein würden. Bernau ließ einen Seufzer entweichen, das Motorbrummen der Panzer und Panzerwagen schwoll an und beherrschte mit einem Mal die Geräuschkulisse.

»Sie sind hier!«, brüllte jemand von rechts. Bernaus Leuchtkugel erlosch. Die Dunkelheit eroberte sich das Vorfeld zurück.

»Papa-Sierra erreicht Eigene«, meldete Fabius geschäftsmäßig. Er würde die Teile der 5. Kompanie leiten, die den Vormarsch der Fahrzeuge begleiteten.

»Wie sieht es aus, Freunde?«

»Echo 1, Geschlechtsbereitschaft hergestellt«, ließ sich Bravo im Äther vernehmen. Die vorpubertären Sprüche hatte ihm der Krieg noch nicht ausgetrieben. Immerhin rang er Bernau damit ein schwaches Grienen ab. Der drückte nun die Sprechtaste seines Funkgeräts, sagte: »Echo 2 ist am Start.«

»Echo 4 ist bereit.«

Die 5. Kompanie würde mit drei verstärkten Gruppen vorrücken, die anderen Einheiten des Regiments taten es ihnen in ähnlicher Stärke gleich. Der Rest hatte auf dem Gelände des Natursteinhandels zu verbleiben, unter keinen Umständen wollte die Führung die gelagerte Munition durch einen überraschenden Gegenstoß der Affen verlieren.

Bernau beobachtete, wie sich flache, dunkle Objekte im Schummerlicht entfernter Leuchtmittel vor die Stellungen der 5. Kompanie schoben. Ihr Motor lärmte hochtourig, die Ketten mahlten. Der Leopard 2A7 war ein Monster von über 60 Tonnen, die 120-Millimeter-Kanone ragte weit über den Unterwagen hinaus. Die niedrige Silhouette, kombiniert mit dem abgeschrägten, flachen Turm verlieh dem Militärvehikel ein ganz und gar futuristisches Aussehen, dabei hatte der ursprüngliche Leopard 2 bereits fast 50 Jahre auf dem Buckel. Noch immer galt er als Arbeitstier der deutschen Panzerwaffe; ein Anfang der 20er Jahre angestoßenes internationales Rüstungsprojekt für einen modernen Kampfpanzer war bis dato nicht in die Gänge gekommen.

Die Erde erbebte, als sich fünf Leopard-Panzer vor Bernau und seine Kameraden setzten, ein Kommandant winkte ihnen aus dem geöffneten Turmluk zu. Die Panzerfahrer hatten ein Räumschild vor ihren Wagen montiert, um damit die Leichenberge des Feindes beiseiteschieben zu können.

»Echo an alle«, wisperte Fabius. »Es geht los!«

Die fünf Panzer nahmen Aufstellung in einer Feuerlinie. Sie drehten sich auf der Stelle, bis sie den Soldaten der 5. ihr Heck präsentierten, ihre Ketten zerwühlten dabei den feuchten Untergrund.

Bernau blinzelte in die Finsternis hinein, in der schwach die Tarnlichter der Tanks schimmerten. Er fand »seinen« Panzer, ein großes Kreuz aus falben Klebestreifen prangte auf dessen Rückseite. Bernau zog sich den Handschuh von den Fingern und wies auf das entsprechende Kettenfahrzeug. Seine Soldaten verstanden. Das dumpfe Donnern landender Alienschiffe, das als ein anhaltendes, sich immer wieder erneuerndes Grollen mit dem Knattern der Panzermotoren um die Vorherrschaft im Schallraum kämpfte, verdeutlichte dem Stabsunteroffizier, dass ihnen die Zeit wie Sand durch die Finger rann. Er sprintete an das Heck des Tanks heran, dessen Richtschütze streckte seinen Oberleib aus dem Turm und fasste Bernau und seine Soldaten ins Auge. Rechter Hand fuhren Radpanzer der Polen auf, ihr Scherenschnitt walzte über den düsteren Acker.

Bernau traf hinter dem Tank auf Stelzer und dessen Untergebene. Eine höllische Hitze ging von dem Militärvehikel aus, gleichzeitig erzitterte der Stahl unter den 1500 Pferdestärken, die der im Leerlauf befindliche

Motor zu entfesseln imstande war. Giftige Abgase bliesen Bernau ins Gesicht.

»Jetzt wären unsere Wiesel nicht schlecht, was?«, brüllte Meier gegen den Krach der Motoren an. »Aber die haben die Kanaken uns ja leider weggenommen!«

»Türken!«, raunzte Bernau. »Mensch, Meier! Gewöhn dir doch mal an, wenigstens Grundzüge einer politisch korrekten Sprachkultur an den Tag zu legen!«

Der Leopard setzte sich in Bewegung. Die pure Gewalt der gewaltigen Kriegsmaschine übertrug sich auf das aufgeweichte Ackerland und somit auch auf die Soldaten, die Schutz hinter dem Tank suchten. Die Panzer rückten im Schritttempo vor, die Fußsoldaten hängten sich dran. Bernau hörte Stelzer neben sich keuchen, der Reservist war nicht unbedingt als Ausdauersportler bekannt, doch bewies er Biss. Seinem inneren Schweinehund hatte er schon zu Kriegsbeginn den Kopf abgebissen, seither tat er, was von ihm verlangt wurde, ohne je zu murren oder sich zu beschweren. Stelzer würde marschieren, rennen, kämpfen bis zur Bewusstlosigkeit.

»Echo, hier Papa-Sierra Alpha 3«, drang die Stimme eines Panzerzugführers aus dem Funkgerät. »Rücken vor auf Blauband, Feuer frei auf erkannten Feind. Halten Sie Abstand zu unseren Eisenschweinen, damit Sie nicht unter die Ketten geraten!«

»Echo verstanden«, antwortete Fabius.

Bernau klappte die an seinem Helm angebrachte Nachtsichtbrille herunter – ein Gerät namens »Lucie« – und schaltete sie ein. Sogleich tauchte sie die Welt in hellgrüne Farben vor tiefschwarzem Hintergrund. Die Dreidimensionalität der Realität ging im Sichtfenster der Lucie verloren, stattdessen wirkte es, als blickte man auf ein Bild, das aus verschiedenen, einander überlappenden Pappflächen bestand. Seine Kameraden zogen sich ebenfalls das Nachtsichtgerät vor die Augen respektive aktivierten den NSA80-Nachtsichtaufsatz auf ihrem Sturmgewehr. Es standen nicht genug Geräte zur Verfügung, um die gesamte Kompanie damit auszustatten, weshalb Bernau droben im Stellungssystem auf Leuchtmittel zurückgegriffen hatte, sein Angriffstrupp aber war vollständig nachtkampftauglich. Linker Hand begrenzte ein längs laufendes Waldstück das Schlachtfeld, Teile der 3. Kompanie rückten durch das Unterholz vor.

Die entfernten Bäume erschienen in der Lucie als Ansammlung grüner Gebilde, die an Plastikbäume aus einem Spielzeugset erinnerten.

»LOS! ATTACKE!«, brüllte Bernau Stelzer ins Ohr. Der nickte, würgte etwas Unverständliches hervor, drehte sich zu seiner Gruppe um und wies diese per Handzeichen an, rechts am Panzer vorbei in Stellung zu gehen. Waffen klackerten, Munitionsgurte rasselten, Soldaten prusteten angestrengt. Bernau wandte sich nach links, löste sich vom Heck des Panzers, weg von der heißen Abluft. Er arbeitete sich über eine Bodenwelle, neben ihm der Leopard 2. Er hob den Blick, sah vor sich, am Rand des Leistungsbereichs der Lucie, die nächste Phalanx der Aliens auflaufen. Von rechts nach links, so weit das Auge blickte, erstreckte sich ihre aus Schilden geformte Wand – lückenlos, schier undurchdringlich. Unter der Lucie schimmerte sie hellgrün, dahinter nichts als Schwärze, als hätte der Herrgott persönlich ein schwarzes Betttuch hinter den Außerirdischen aufgespannt.

»Arschlöcher auf 12 Uhr«, meldete der Panzermann. »Führen Feuerkampf.«

Die Kanone des Leopard spuckte Feuer, gleichzeitig tat es einen irren Knall, der auf Bernaus Trommelfell einhämmerte. Der Druck der Entladung überfuhr ihn einer unsichtbaren Lokomotive gleich und riss ihn von den Beinen. Er klatschte der Länge nach in den Schlamm, der Druck fegte gewaltvoll über ihn hinweg, zerrte an seinem Helm. Es fühlte sich an, als versuchte jemand, ihm den Kopf abzureißen. Eine Sekunde nur dauerte das an, eine Sekunde, in der er sich vorkam, als befände er sich im Auge eines Tornados. Die Druckwelle entfernte sich. Bernau hob den Schädel, sah, wie das glühende HE-Geschoss in die jüngst aufmarschierende Reihe der Aliens einschlug und eine haushohe Explosion heraufbeschwor. Flammenzungen schickten sich an, nach den Sternen zu greifen. Fußballgroße Partikel flogen, Kondensstreifen hinter sich herziehend, ins Gewölk hinauf. Die emporlodernde Detonation war von urgewaltiger Kraft und sie riss die Phalanx der Invasoren entzwei. Auch andernorts ballerten die Panzer, zerpflückte ihre Munition die Schildwand. Dunkle, klobige Leiber wirbelten umher und regneten im Umland auf die Erde hernieder. Nur wenige zehn Meter vor Bernau bohrte sich eines ihrer Schilde in den Grund des Ackers.

»FEUER!«, befahl er aus voller Lunge. »Knallt die Affen alle ab!«

»Außerirdische!«, schnappte Meier, warf sich neben dem Stuffz in den Schlick und klemmte sich hinter sein MG3. »Außerirdische, nicht Affen. Gewöhn dir doch mal eine politisch korrekte Sprachkultur an!«

»Fick dich!«

Die Bundeswehr hatte begriffen, dass vor allem Feuerkraft und Massen an Munition gefragt waren, um den Außerirdischen beizukommen, weshalb die Industrie nun mit Vorrang MG4, MG5 und sogar wieder MG3 fertigte. Mit einem G36 und ein paar Hundert Schuss war der Gegner nicht zu beeindrucken, dafür mussten die Soldaten schon mit Tausenden und Abertausenden Projektilen in seine Reihen hineinhacken, sobald diese einmal aufgesprengt waren. Und tatsächlich, die so zeitig und kompromisslos ergriffenen Maßnahmen des ehemaligen Verteidigungsministers Siegesmund zeigten bereits Wirkung; deutsche und ausländische Firmen, die unter Lizenz produzierten, hatten jäh das erste Los ausgeliefert. Gleichzeitig wurden sämtliche Lager geöffnet und um alles brauchbare Kriegsmaterial erleichtert. Bei Vlotho lag sogar eine RSU-Kompanie in Stellung, die mit alten sowjetischen Maschinengewehren der NVA ausgerüstet war.

Auch die 5. Kompanie verfügte mittlerweile über überproportional viele MG, allein in Bernaus Gruppe waren fünf Soldaten mit einer solchen Schnellfeuerwaffe ausgestattet. Und entsprechend entfesselten sie nun einen Feuerzauber, der seinesgleichen suchte. Sie lagen zwischen den Leopard-Panzern im Dreck und ließen die Waffen sprechen, drückten den Abzug durch, bis das Schloss klickte. Dazwischen schossen die Kampfpanzer, ein jeder Schuss trieb einen druckvollen Windstoß über die Soldaten hinweg. Gleichzeitig tackerten die rohrparallelen Maschinengewehre, manch ein Kommandant hielt zusätzlich mit dem Fliegerabwehr-MG drauf. In einiger Distanz belferten die 30-Millimeter-Geschütze der Österreicher. Es wirkte, als stünde das gesamte Feld auf einer langen Linie in Flammen. Das tausendfache Mündungsfeuer überforderte den Restlichtverstärker der Nachtsichtgeräte, Bernau kniff die Augen zusammen ob des grellen Lichts, das in seinem Sichtbereich strahlte. Er klappte das Gerät hoch, blinzelte, bis sich seine Augen an die veränderten Lichtverhältnisse gewöhnt hatten, und musste feststellen, dass das Dauerfeuer das Gefechtsfeld besser ausleuchtete als jede Signalmunition. Im Vorfeld loderten Brände, Lohen taten sich an zerstückelten Körpern gütlich. Das fettige Fell verpuffte in den höllenheißen Flammen. Links brannte der Forst lichterloh, Bäume knackten und kippten in das Flammenmeer. Keine geschlossene Phalanx stand den Menschen mehr gegenüber, sondern nur noch orange glimmende Inseln vor dem Hintergrund eines wahren Feuersturms. Dahinter, im dampfenden Flackerschein kaum zu erkennen, schraubten sich ovale Landungsschiffe in die Höhe. Der Gegner hatte wohl noch einmal Verstärkung abgesetzt, diese hastete an ihre Kameraden heran, doch vermochte sie keine lückenlose Phalanx mehr zu bilden. Die Panzer feuerten erneut ihre Hauptwaffe ab, auf einer Linie flog das Vorfeld in die Luft. Und mit ihm die Krieger der Invasoren. Bernau betrachtete das Schauspiel durch das Reflexvisier seiner Waffe. Der Anblick der auseinanderfliegenden Front des Gegners drängte das drückende Gefühl in seinem Darmtrakt zurück, baute gleichsam neuerliche Zuversicht in ihm auf, die seinen Blutdurst aufpeitschte.

»Volle Deckung!«, brüllte Eichner und zog den Kopf ein, im nächsten Augenblick regneten Dreckklumpen aller Größen auf die Soldaten der 5. hernieder. Bernau spürte einen Schlag gegen den Helm und vernahm ein dumpfes Geräusch, als unweit von ihm ein Brocken von der Größe eines Medizinballs in den Schlick klatschte. Seine Uniform sog die Nässe des Untergrunds auf, er war schweißdurchtränkt, fror um den Brustbereich herum, während sein Kopf gleichzeitig hochrot erhitzt war und Sturzbäche aus Schweiß produzierte, die ihm über Stirn und Wangen rannen. Die salzige Flüssigkeit floss ihm in die Augen, brannte dort. Er versuchte sie mit dem behandschuhten Finger zu entfernen, doch gab er ihr nur Dreck bei, sodass er kräftig blinzeln musste, um wieder klar sehen zu können. Der scharfe Gestank von Feuer und Rauch kroch in seine Atemwege. Eine Note von Diesel lag in der Luft, der Motor der Panzer brummte kernig, dazwischen das Schnarren der Gewehre, das Bollern der MG, das Knallen der Kanonen. All das vermengte sich zu einer undefinierbaren Geräuschmasse, die gemeinhin nur als ein dröhnender Lärm bezeichnet werden konnte, ein einziges, druckvolles Geräusch, das das menschliche Gehör betäubte.

Bernau schaute links von sich, in diesem Augenblick feuerte der Panzer in seinem direkten Umfeld ein weiteres Mal seine Kanone ab. Es fühlte sich an, als würde ein tonnenschwerer Betonblock über seinen Schädel hinwegdonnern und ihn dabei streifen. Bernau biss die Zähne aufeinander.

Er fokussierte Eichner, der von seiner Waffe abließ und etwas brüllte, das sich nicht durch den dichten Geräuschteppich zu kämpfen vermochte. So sah Bernau zwar, wie Eichner die Lippen bewegte, wie er den Mund aufriss, wie seine Augen, sein ganzes Gesicht, sich zu einem Ausdruck von Wut und Hass, Blutdurst und Mordlust verzerrten. Der Blutrausch hatte ihn gepackt und wie ein Blitz fuhr er auch in Bernau ein. Sein Blick verließ Eichner, schweifte abermals über das Vorfeld, wo mannigfaltige Explosionen die Invasoren durcheinanderwürfelten und das Feuer der Infanteristen die niedergeworfenen Krieger in Stücke hackte. Bernau wollte diesen Kampf, er wollte diesen Sieg. Er brauchte diesen Sieg, für sich, für seine Seele. Für die Hoffnung. Bernau wollte töten, wollte so viele von diesen Dingern töten wie möglich. Dieser Wunsch beherrschte ihn, setzte seinen Verstand außer Kraft, ließ ihn in abermals in blinde Wut verfallen. Er führte den Rotpunkt seines Visiers über einen taumelnden Alienkrieger, betätigte den Abzug und beobachtete, wie sich mehrere Kugeln in den Leib des Gegners bohrten. Der Außerirdische stürzte. Und Bernau pumpte den stürzenden Körper mit weiteren Projektilen voll – die Wut in seinem Bauch befahl es ihm.

»Papa-Sierra Alpha 3 für Echo, rücken weiter vor. Meine Absicht ist es, diesseitiges Ufer von Blauband zu nehmen und die Affen auf der anderen Seite zur Hölle zu jagen. Kommen!«

Fabius bestätigte zwar noch, Bernau aber wartete gar nicht mehr dessen Befehl ab, sondern stellte sich hin, riss mit Gewalt das Magazin aus seiner Waffe, stopfte ein neues hinein und brüllte seine Soldaten auf die Beine. »Vorwärts!«, schrie er seinen sehnlichsten Wunsch in die Welt hinaus. »Holen wir uns diese Hurensöhne! Schlachten wir sie ab! Schlachten wir sie alle ab!«

»Endlich spricht der Mann meine Sprache«, grunzte Meier, der nebenbei das Rohr seines Maschinengewehrs wechselte.

Die Panzer setzten sich in Bewegung, feuernd. Das Vorgelände zersprang unter den Einschlägen. Bernau und seine Kameraden begleiteten die schweren Militärvehikel und schossen dabei aus der Hüfte. Außerirdische, die sich mühsam auf wackelige Beine stellten, die verwundet und desorientiert, versuchten, zu so etwas wie einer geordneten Formation zurückzufinden, wurden gnadenlos niedergemetzelt. Körper rissen auf unter zahlreichen Treffern, Fleisch platzte aus ihnen heraus. Eichner zersägte mit seinem MG3 ein Alien in zwei Hälften. Die Soldaten taten Schritt um Schritt, feuerten, bis die Waffe keine Kugeln mehr ausspuckte, luden nach, wechselten das Rohr und schrien sich dabei den Frust von der Seele. Ihre Instinkte fielen in den Urzustand zurück, einzig das Töten stand noch auf ihrer Agenda ... töten, ehe sie selbst getötet wurden. Das grausige Spiel des Krieges brachte noch immer das Menschlichste im Menschen zum Vorschein. In weiter Ferne dröhnten die Kampfjets, die sich todesmutig zwischen die Diskusjäger und das Bramschebach-Nagelsbachtal setzten, um die feindliche Luftwaffe davon abzuhalten, in das Gefecht am Boden einzugreifen.

»Bringt sie alle um!«, geiferte Bernau. Die Aussicht auf den Sieg beflügelte ihn, ließ den Wunsch nach Vergeltung in ihm zur treibenden Kraft heranwachsen. Bis ans Ufer des Nagelsbach heran ... und möglicherweise gar weiter, bis zur Blockade der Straße und dann immer weiter vor, den Boden zurückholen, den sie an die Invasoren verloren hatten. Zurückschlagen!

»Papa-Sierra Alpha 3 nimmt und sperrt Straße, Feind rückt über diese vor«, meldete der Panzerzugführer. Einer der Leopard befuhr bereits die Straße, die über die Bäche hinwegführte. Ein zweiter Tank scherte aus, gesellte sich zu ihm.

Die vorrückenden Soldaten schossen die letzten außerweltlichen Kämpfer nieder. Mehrere Tausend Tote säumten allein den Verantwortungsbereich der 5. Kompanie, hinzu kamen Hunderte Verwundete, die sich noch immer regten, die über das Gefechtsfeld krochen und allgemach aus dem Leben schieden.

»Ja!«, freute sich Meier und erlangte Bernaus Aufmerksamkeit. »Wir machen die Wichser fertig! Wir schlagen zurück!«

Bernau zeigte die Zähne, sie glänzten in seinem dreckverschmierten Gesicht. Der Rausch des Triumphs hatte ihn erfasst, durchflutete ihn, ließ ihn ungeahnte Glücksgefühle erleben.

»Jetzt sind wir am Drücker!«, resümierte Meier und schlug seinem Nebenmann lachend gegen die Schulter. Und tatsächlich, sie hatten jede gegnerische Präsenz bis zum Ufer der Gewässer beseitigt und schossen bereits auf das orangefarbene Meer, das sich jenseits der Bäche auftat. Die Landungsschiffe hatten sich unlängst aus dem Staub gemacht.

»Dennis!«, rief Degel. Die gegurteten Patronen, die seinen Hals wie die Goldketten von Mr. T umschlangen, glänzten im Flammenschein. Der Deutschiraner wies in den Himmel, und Bernau folgte dem Fingerzeig. Er machte ein schimmerndes Objekt aus, das in einiger Höhe über ihnen schwebte. Er schaltete die Lucie zu, doch lag Degels Entdeckung deutlich außerhalb des Leistungsbereichs. Bernau klappte das Gerät wieder hoch, kniff die Augen zusammen, versuchte sich auf die Umrisse des klobigen Dings in der Düsternis zu konzentrieren, das überhaupt nur zu erahnen war, da es Teile des Sternenhimmels verdeckte. Dieser aber war durch die lückenhafte Wolkendecke sowieso nur teilweise auszumachen. Der Versuch, das Objekt aufzufassen, bereitete Bernau Kopfschmerzen, dessen Konturen verschwammen mit der Nacht. Immer mehr Soldaten hielten inne, reckten ihren Kopf, ihre Augen stocherten im finsteren Himmel. Bravo zückte seine Leuchtpistole, richtete sie steil in den Himmel hinauf und feuerte. Gebannt folgten x Augenpaare dem aufsteigenden Kunststern. Dieser stieg höher und höher hinauf, sein greller Schein erhellte dabei einen kleinen Ausschnitt des nächtlichen Himmelsdoms. Bernau stand der Mund offen. Die Leuchtkugel offenbarte nun eine ganze Armada von Landungsschiffen, die sich direkt auf ihn und seine Kameraden herniedersenkte. Es waren mehr Schiffe, als er auf Anhieb zählen konnte; der ganze Himmel war, so weit der Schein des Leichtmittels reichte, mit ihnen ausgefüllt. Und sie waren nah, würden binnen Sekunden in den freien Fall übergehen. Die Leuchtkugel prallte gegen eine Schiffshülle und erlosch, die herannahenden Schiffe verschwanden im Schwarz. Bernau starrte mit klopfendem Herzen gegen die stockfinstere Decke über seinem Kopf, die die Nacht über ihn spannte. Er war zu keiner Empfindung fähig und sein Verstand vermochte nicht einen klaren Gedanken zu fassen. Erst allmählich wurde ihm bewusst, dass es keine Wolken waren, die den Blick auf die Sterne verstellten. Und dann gerieten die Schiffe in den Flammenschein, der vom Schlachtfeld ausging, und Bernau erblickte die gewaltige Flotte von Landungsschiffen, die dicht an dicht dem Erdengrund entgegenstrebte.

»RÜCKZUG!«, platzte die Stimme des Panzerzugführers in einer Intensität aus den Lautsprechern, dass diese übersteuerten. »ZURÜCK ZU PAPA-SIERRA-BASE! MARSCH! MARSCH!«

Die Infanteristen des Jäger-Regiments fielen blanker Panik anheim, auch in Bernaus Brust vertauschte sich das Gefühl des Triumphes mit nackter Angst, die ihn packte, in den Würgegriff nahm und fortan sein Tun bestimmte.

»AUSWEICHEN!«, brüllte er in seiner Ohnmacht und machte auf dem Absatz kehrt. Niemand von ihnen wollte die Affen im Nahkampf stellen, wo Sprengmittel nicht mehr eingesetzt werden konnten, weil zu befürchten war, dass ihre Wirkung auch die eigenen Leute erfasste. Auch konnten die Panzer nicht wirken, wenn sie umringt waren von außerirdischen Kriegern.

Bernau tat gerade den ersten Schritt, als ihn ein urweltlicher Paukenschlag erreichte, welcher vom Acker zwischen ihm und dem Natursteinhandel ausging. Der aufgeweichte Untergrund erbebte. Bernau zog sich mit fahriger Bewegung die Lucie vor die Augen. Keine hundert Meter voraus ragte eines der außerweltlichen Schiffe aus dem Schlamm. Weitere dumpfe Töne erklangen, ein jeder war wie das Aufstampfen einer Urzeitechse. Die nächste Welle landete. Vor ihnen, hinter ihnen, mitten unter ihnen.

Bernau stürzte blindlings los, sie alle rannten um ihr Leben. Er sah vor sich eines der Landungsschiffe, zum ersten Mal wurde ihm dessen Opulenz bewusst – groß wie ein Mehrfamilienhaus und wuchtig wie ein Meteorit war es. Die wild umherkurvenden Leopard-Panzer erschienen wie Spielzeuge angesichts der gewaltigen Schiffe. Eines versperrte Bernau und seinen Kameraden den Weg. Er drehte nach rechts ab, lief querfeldein über den Acker, suchte die Lücke zwischen zwei Raumern. Deren orange schimmernde Oberfläche geriet in Bewegung, es sah aus, als zerflösse sie. Schon huschten Schilde der Aliens über das Feld, blitzartig fügten sie sich zu einer Phalanx zusammen. Ein Schrei brandete auf, der sogleich in ein unterdrücktes Gurgeln überging und dann abebbte, an seiner statt ließ sich nun ein vielfaches Knacken vernehmen. Eine Leopard-Kette hatte auf der kopflosen Flucht einen Bundeswehrsoldaten erfasst und zerfleischt.

Es blieb keine Zeit, den Verlust zu beklagen, geschweige denn, sich neu zu ordnen. Schon feuerten die gerade gelandeten Invasoren ihre Energiewaffen ab, während die Schiffe wieder abhoben und so schnell verschwanden, wie sie gekommen waren.

In Bernaus Rücken machte ein Panzerfahrer Tempo, sein Leopard beschleunigte unter röhrendem Motorgeräusch. Die Kettenbänder wühlten sich durch den aufgeweichten Ackerboden, gruben tiefe Furchen in diesen hinein. Bernau drehte sich um, versuchte in der Dunkelheit zu zählen, wie viele Soldaten ihm folgten, versuchte festzustellen, ob er seine Gruppe vollzählig beisammenhatte. Er biss sich auf die Unterlippe. Sein Blick folgte dem quer fahrenden Panzer, dessen Zwölfzylinder-Dieselmotor hochtourig blubberte. Ein rot glänzendes Energiegebilde fräste sich durch die Kettenschürze und zischelte auf Bernau und seine Kameraden zu.

»ACHTUNG!«, brüllte der Stuffz noch und landete bäuchlings im Schlick. Er spuckte feuchte Dreckklumpen, spürte, wie das kochend heiße Energiegebilde über ihn hinwegfegte und seinen Helmüberzug versengte. Kurz glaubte er, in Flammen zu stehen. Er schlug um sich, wand sich im Schlamm wie ein Fisch auf dem Trockenen, ehe er begriff, dass er Glück gehabt hatte, dass es nur die Hitzeabstrahlung des Geschosses gewesen war, die ihn in den Glauben versetzt hatte zu brennen. Ohne Umschweife raffte er sich auf, sein Blick fiel auf den getroffenen Panzer. Ein kopfgroßer Durchbruch, dessen Ränder glosten, klaffte in dem tonnenschweren Gefährt aus Eisen und Stahl. Das Energiegeschoss hatte den Tank problemlos durchschlagen, hatte dabei nicht einmal seine Flugbahn verändert. Der Motor gluckerte und erstarb, der Panzer verlor an Fahrt, rollte noch einige Meter über das Feld, ehe er liegen blieb und keine Bewegung mehr von ihm ausging. Weiter rechts ging ein österreichischer Ulan in die Binsen, eine Energielanze hatte sich ihren Weg zum Munitionslager gebahnt und dieses zur Detonation gebracht. 30-Millimeter-Projektile zündeten im Inneren, stanzten Löcher in die Panzerung, fetzten nach allen Seiten aus dem Gefährt. Es erschien, als würde der Ulan implodieren.

Atemlos wohnte Bernau der Vernichtung der Panzerwagen bei. Ein weiterer Leopard wurde getroffen, mehrere Energiegeschosse durchstießen den Panzer, als bestünde er aus Papier. Eine gewaltige Explosion ereignete sich, Flammen züngelten aus allen Luken, daraufhin hob der Turm ab und flog, sich um die eigene Achse drehend, hundert Meter in die Luft. In weitem Bogen wirbelte er davon und landete mit einem dumpfen Klatschgeräusch auf dem Acker. Panzerwracks, Leichen und Bäume brannten lichterloh, das Feuer hüllte das Schlachtfeld in einen flackernden, rostroten Schein, vor dem die außerweltlichen Krieger, die ihre Schilde zu einer lückenlosen Wand zusammengeschlossen hatten, auf den Natursteinhandel zusteuerten. Sie bewegten sich wie ein Organismus und gönnten den menschlichen Verteidigern keine Atempause.

Bernau verspürte ein übles Seitenstechen, es war, als würde ihm jemand wiederholt eine Klinge in die Seite rammen. Er stöhnte auf, atmete geräuschvoll aus und sprintete weiter, stolperte über Erdaushub, strauchelte und wäre beinahe gestürzt. Um ihn herum schien die Welt entzweizuspringen. Flirrende Energiegebilde sausten durch die Nacht und erhellten partiell das Schlachtfeld. Wo sie einschlugen, züngelten violette Stichflammen empor. Der Geruch von Verbranntem wurde allgegenwärtig, giftige Dämpfe drangen in seinen Mund und Nase ein. Seine Lunge machte peinvoll auf sich aufmerksam. Beim Natursteinhandel stiegen Leuchtkugeln auf, die hoch über dem Kopf der Soldaten zu grellen Lichtgebilden gereichten. Der gleißende Schein stach Bernau in den Augen, dass er diese zusammenkniff und einen Augenblick lang blind umhertaumelte. Er hörte seine Kameraden neben und hinter sich, auch sie galoppierten Hals über Kopf über den Acker. Jemand fiel der Länge nach in den Matsch, rappelte sich hoch, stieß einen Angstschrei aus und spurtete weiter. Der Dieselmotor der Leopard-Panzer heulte auf. Die Aliens schleuderten den fliehenden Menschen lodernde Energiegebilde hinterher. Bernau öffnete die Augen, sah vor sich den Natursteinhandel, sah lauter behelmte Köpfe, die aus den Stellungslöchern ragten. Die Kameraden droben waren dazu verdammt, dem schrecklichen Treiben auf dem Feld zuzuschauen. Griffen sie ein, liefen sie Gefahr, eigene Kräfte zu treffen.

Bernau rannte, wie er noch nie zuvor gerannt war. Sein Körper schüttete massenweise Adrenalin aus, jede Faser seines Körpers hatte auf den Fluchtmodus umgeschaltet. Es fühlte sich an, als flöge er über den Acker. Der Natursteinhandel wuchs vor ihm aus dem Boden, die Hallen erhoben sich über ihn, die Stellungen davor wirkten wie schwarze Löcher im mäßig ausgeleuchteten Grasstreifen. Bernau erreichte diesen, lief nach links, fand seine Stellung und hüpfte hinein. Er musste sich auf den Oberschenkeln abstützen, um nicht umzufallen, vermochte für einen Augenblick nichts anderes zu tun, als zu atmen, gierig Luft einzusaugen, um irgendwie das Seitenstechen zu bekämpfen. Beinahe hyperventilierte er. Sein Gesicht hatte sich in einen einzigen Ausdruck von Erschöpfung verwandelt. Er vernahm, wie seine Gruppenmitglieder ihre Stellung erreichten, wie Munitionsgurte und Verschlüsse klimperten.

»Sie kommen! Sie kommen!«, rief jemand außer Puste.

Bernau zwang sich, den Kopf zu heben. Keuchend wechselte er das Magazin. Er war am Ende, wusste im Augenblick nicht, wie er eine weitere Kampfstunde überstehen sollte. Er hatte das Gefühl, jeden Moment in Ohnmacht zu kippen, da feuerten die Kameraden schon die nächste Charge Leuchtkugeln ab, die den Vormarsch des Feindes ausleuchtete. Ein Konglomerat aus strahlenden Lichtquellen wanderte über das Firmament. Dumpfe Schläge, als würde der Herrgott persönlich mit riesigen Trommelsticks auf das Land eindreschen, kündigten die Anlandung der nächsten Welle an. Derweil schob sich eine Phalanx den menschlichen Verteidigern entgegen.

Bernaus Schneidezähne bohrten sich ins Fleisch seiner Unterlippe. In der Ferne fauchten und dröhnten die Raketen von NATO-Kampfjets, deren Piloten sich mit dem Mut der Verzweiflung auf herannahende Diskusse stürzten und diese unter enormen Opfern davon abhielten, in das Gefecht am Boden einzugreifen. Lichtblitze zuckten wie Silvesterfeuerwerk in den Wolken. Ein flammendes Objekt blinkte auf, verlor an Höhe, schraubte sich in die Tiefe. Es verschwand irgendwo hinter den Bäumen, kurz darauf rollte der Schall des Aufpralls über Bernau hinweg.

»Nachladen! Alle Waffen klar zum Gefecht!«, schnatterte Fabius' Stimme über das Schlachtfeld. Sie transportierte die Entkräftung des Oberleutnants. »Es ist noch nicht vorbei! Nicht nachgeben, Männer!«, versuchte Fabius der Kompanie neuen Mut einzutrichtern. »Bis hierhin und nicht weiter! Denkt daran! Bis hierhin und nicht weiter!« Die abgezehrte Aussprache führte die Forderung ad absurdum.

»Da kommen sie!«, schrie jemand.

Die orangefarbene Front näherte sich den Menschen, von drei Seiten arbeitete sie sich an den Natursteinhandel heran. Teile der Phalanx verschwanden hinter glimmenden Panzerwracks. Mühsam stiegen die Affen über Körper ihrer gefallenen Artgenossen, manch ein Alien wand sich verwundet und sterbend, ohne auch nur einen Mucks von sich zu geben. Ihre Raumschiffe derweil erhoben sich, indes erzitterte die Erde unter der Landung weiterer.

»Panzerfaust 1 und 2, Feuer!«, plärrte Bernau heiser. Auch an anderen Abschnitten des Stützpunktes erklangen die Kommandos der Unterführer – und daraufhin das Donnern der Panzerfäuste. Die Gefechtsköpfe

schossen brennenden Kanonenkugeln gleich auf die vorrückende Schildreihe zu und wüteten abermals fürchterlich unter den Angreifern. Schutzwaffen und Körper wurden zum Spielball in die Höhe schießender Lohen.
»Feuer! Feuer! FEUER! Bringt sie alle zur Strecke!«, brüllten Bernau, Bravo und andere durcheinander. Die MG und Sturmgewehre legten los. Mündungsfeuer loderten entlang des Natursteinhandels auf, es versetzte die Umgrenzung des Geländes in ein Blitzlichtgewitter. Leuchtspurgeschosse gingen von diesem aus, sie sprangen zu Hunderten, zu Tausenden auf die Aliens zu, klatschten gegen Schilde, wurden kreischend quer geleitet oder fetzten in die von Panzerfausteinschlägen gerissenen Lücken in der Front hinein. Kugeln drillten sich in den Leib von Affen und zerspellten Gewebe und Organe. Bernau visierte die auf ihn zuhaltende Formation über das optische Visier an und betätigte wiederholt den Abzug im Einzelfeuer. Mit jedem Schuss hämmerte die Schulterstütze gegen seinen Oberkörper, mit jedem Schuss schnalzte der Verschluss seiner Waffe, entließ der Lauf weißen Rauch in die kühle Nachtluft und platzte ein Projektil aus der Mündung heraus, das sich auf seine Hochgeschwindigkeitsreise begab und nur einen Wimpernschlag später droben in den Feind hineinfuhr. Bernau beobachtete im Flackerschein der Leuchtkugeln, wie seine Geschosse ein durch eine Explosion zurückgeworfenes Alien trafen. Dieses ließ Schild und Waffe fallen, zuckte vor, schüttelte sich und kippte um wie ein nasser Sack. Es landete auf dem aufgeweichten Acker, feuchte Klumpen hafteten sich an sein Fell, verklebten es. Es strampelte mit Armen und Beinen, verzweifelt – schier unkontrolliert –, wie ein Säugling, der der Hilfe der Eltern bedurfte. Fast konnte es einem leidtun. Bernau presste die Zähne aufeinander, ein Ausdruck seines Zorns und auch seiner Angst. Er drückte noch einmal ab, und noch einmal, und noch einmal, und pumpte das zappelnde Ding mit weiteren Projektilen voll – bis es zu zappeln aufhörte. Ein orangefarbener Schild überdeckte daraufhin den Körper des getöteten Außerirdischen und Bernau wurde bewusst, dass sich die nächste Phalanx im Anmarsch befand, dabei war die vorangegangene noch nicht einmal vollumfänglich vernichtet. Er stopfte eine weitere Patrone in seine Leuchtpistole, ließ diese in den Himmelsdom hinaufwandern. Sein Handgelenk sendete einen Schmerzimpuls aus. Im Glanz der Signalkugel sah er deutlich die geschlossene Reihe der herannahenden Affen, während davor noch immer vereinzelte

Krieger herumsprangen, die desperat versuchten, sich zu kleinen Phalangen zusammenzuschließen. Einschläge tanzten auf dem Acker, fällten Außerirdische, rissen sie regelrecht von den Beinen. Dahinter sprühten Funken über die nahende Schildwand, und Bernau meinte zu erkennen, dass sich rückseitig bereits eine dritte Reihe formierte. Eine umfassende Ermattung ergriff ihn, verwandelte seine Arme zu Bleiklumpen und seine Beine zu Gelee. Sie ließ ihn zweifeln an dem Sinn des Abwehrkampfes und brachte tiefschürfende Gefühle der Depression in ihm hervor, die ihn dazu drängten, das Gewehr fallen zu lassen und zu fliehen. Der Gegner beförderte seine Kräfte schneller als gedacht über die Bäche und war nicht davon abzuhalten, seine gefürchteten Phalangen zu bilden.

»Meldung an mich!«, trompetete Bernau, der in seiner Verzweiflung auf ein Routinekommando aus der Bundeswehrausbildung zurückgriff.

Die einzelnen Feuerstellungen gaben ihm ihre Munitionsstände durch, sie waren im Schnitt auf 80 Prozent runter.

»Noch 12 Patronen!«, meldete Emmerich, dessen Trupp umgeben war von rauchenden Panzerfaustrohren.

Aus der Vogelperspektive wurde das ganze Ausmaß der gegnerischen Überlegenheit ersichtlich. Jenseits der Bäche tummelten sich dunkle Gestalten mit orangefarbenen Schilden, besetzten sie jeden Quadratmeter, doch auch diesseits der Rinnsale sammelten sich immer größere Massen von ihnen, formierten sie Reihe um Reihe, die dicht an dicht auf die menschlichen Verteidiger zudrängte. Von drei Seiten näherten sie sich, es wirkte, als überzöge orangefarbene Knetmasse das Land und schöbe sich Stück für Stück an eine gedachte Linie heran, von der aus ein Feuerzauber sondergleichen ausging. Bereits jetzt hatte die feindliche Konzentration eine Dichte erreicht, die eine weitere Verteidigung des Stützpunktes fraglich erscheinen lassen musste. Die nächste Phalanx arbeitete sich auf 150 Meter an die Stellungen der 5. Kompanie heran, droben bei der 1. zischelten die Waffen der Außerirdischen und schrien Getroffene auf. Irgendwo knallte die Kanone eines Leopard. Bernau riss die Augen auf, vor seiner Stellung schoben sich die außerirdischen Schilde auseinander, die entstehenden Lücken wurden von dunklen Rohren ausgefüllt.

»Volle Deckung!«, schnappte er und warf sich bäuchlings auf die Munitionskisten, die den Grund seines Deckungslochs bedeckten. Flirrende

Energielanzen, deren heißer Atem zu Bernau herunterstrahlte und ihm die Schweißperlen aus allen Poren trieb, sausten über ihn hinweg und verschwanden im Mauerwerk einer Halle. Holz knackte, ein Baum neigte sich, die Krone senkte sich der Erde entgegen. Wie in Zeitlupe kippte er um. Bernau richtete sich auf und fand sich erneut einer geschlossenen Phalanx gegenüber. Und diese war im Vormarsch begriffen.

»Emmerich!«, japste er und wischte sich dabei die schweißnasse Stirn. »Emmerich!«

»Hier!«, kämpfte sich die Stimme des Hauptgefreiten unter dem Astwerk des niedergestürzten Baums hervor.

Bernaus militärischer Sachverstand spielte in Sekundenbruchteilen sämtliche Optionen durch. Er musste etwas unternehmen. Sie mussten die Affen zurückschlagen. Jetzt. Hier. Mit jeder gefällten Schildreihe aber vermochte die ihr nachfolgende es, ein Stück näher an die Menschen heranzurücken. Es war das alte Spiel ... es war aussichtslos. Die Absicht der Führung, nach der ersten Angriffswelle selbst in die Offensive überzugehen und den Feind in den Landezonen am Ufer zu stellen, hatte sich mit dessen massiertem Auftreten zerschlagen.

»Panzerfäuste fertig ...«

Fabius' Organ platzte in tosender Lautstärke aus dem Funkgerät, ließ Bernau abbrechen. »Echo an alle. Kopf einziehen, gleich klatscht es, aber keinen Beifall!«

Oder so ..., dachte sich Bernau, brüllte seine Soldaten in Deckung und tauchte daraufhin selbst in seinem Loch ab. Schon pfiffen die Granaten der schweren Mörser heran; göttlichen Faustschlägen gleich hagelten sie auf die Phalangen des Gegners hernieder, zertrommelten diese, rissen sie auseinander, zerstückelten und zerhackten Dutzende außerirdische Krieger. Der Beschuss endete so abrupt, wie er begonnen hatte. Bernau vernahm das dumpfe Aufschlagen herabregnender Erdbrocken. Er streckte den Kopf aus der Deckung, blickte auf das Massaker, das der Mörserbeschuss unter dem Feind angerichtet hatte. Die Körper der Getöteten häuften sich, türmten sich stellenweise, dahinter marschierten die nächsten Schildreihen auf. Ein einzelner Diskusjäger zuckte über den Natursteinhandel hinweg, rauschte gen Osten davon. Ein Jet hing an ihm dran, die Projektile aus seiner Schnellfeuerwaffe glitzerten am Nachthimmel.

Noch einmal ließen die Soldaten der 5. Kompanie ihre Waffen sprechen. Rot glühende Gewehrrohre leuchteten in der Finsternis, fluchend bewegten Soldaten den Verschluss ihrer Waffe vor und zurück, um Störungen zu beseitigen. Auch die MG streikten mit steigender Frequenz. Bernau feuerte auf taumelnde Invasoren und wechselte schließlich abermals das Magazin. Er warf Eichner einen Seitenblick zu, dessen Maschinengewehr spuckte unter auf- und abschwellendem Dröhnen Feuerstöße aus. Drei feuerrot leuchtende Wechselrohre säumten das Gras um die Stellung herum. Degel nestelte, im Blitzlicht des Schnellfeuers nur schemenhaft zu erkennen, an seinem Koppel herum.

Der Beschuss der Kompanie fällte die Krieger der von den Mörsern gesprengten Reihen, doch was machte das für einen Unterschied? Die nächste Phalanx marschierte dahinter auf und dahinter schimmerten die Schilde der übernächsten und die der überübernächsten. Der Anblick trieb Bernau die hellen Tränen der Wut in die Augen. Mörserabschüsse pufften, ihre Einschläge grollten auf der anderen Seite des Gewerbegeländes. Darunter mischten sich die Schreie von Soldaten, das Klopfen von Sturmgewehren, das Belfern der MG. Der Gegner war auf 100 Meter an die Stellungen der 5. herangekommen und erkaufte sich mit viel Blutzoll weitere Meter.

»Panzerfaust, Feuer!«

Vier Gefechtsköpfe rasten den Affen entgegen, zerlegten die nächste Phalanx. Die Bundeswehrsoldaten feuerten auf die desorientierten Alienkrieger, ihr wütendes Feuer vernichtete, was sich nicht hinter Schilden zu verstecken vermochte. Dahinter lief schon eine weitere Schlachtreihe auf, deren Krieger überkletterten die Körper der gefallenen oder verwundeten Aliens. 80 Meter. Bald waren sie in Handgranatenwurfreichweite. Bernau blinzelte ins Gewölk hinauf, die Nacht wich allmählich dem Tag.

»Meldung!«, quietschte er. Seine Stimme drohte zu versagen.

»Mun bei 40 Prozent«, rief Degel gehetzt. Die Gewehrschützen meldeten ähnliche Munitionsstände.

»Acht Patronen«, verkündete Emmerich. Bernau biss die Zähne derart fest aufeinander, dass ein Schmerz in seinem Kiefer aufblitzte.

»Echo, wir brauchen die Mörser! Jetzt! Können Stellung sonst nicht halten!«, schrie Bernau ins Mikrofon seines Funkgeräts. Links von ihm taten sich die Flammen an dem schmalen Waldstück gütlich, das bis an den Nagelsbach heranreichte.

»Negativ«, blökte Fabius, der ob des Schlachtlärms kaum zu verstehen war. »Wir kriegen die Mörser nicht mehr, die werden an der Westflanke gebraucht!«

»Panzerfaust schießt!«

Die durch die Nacht flitzenden Gefechtsköpfe erinnerten an Sternschnuppen. Sie prallten auf die Formation des Gegners auf und zerrütteten sie. Abermals entfesselten die Gewehr- und MG-Schützen einen wahren Feuersturm, der mit der Urgewalt einer Stampede den Gegner überrollte. Um Munition zu sparen, hatte Emmerich nur noch zwei Patronen abfeuern lassen, entsprechend war die ihnen entgegenmarschierende Phalanx noch zu Teilen intakt. Und sie kamen näher. 70 Meter.

»BIS HIERHIN UND NICHT WEITER!«, brüllte sich Bernau die Seele aus dem Leib, während rechts von ihm die Einschläge der Mörser ein dämonisches Getöse verursachten. Er kraxelte mühsam aus seinem Deckungsloch. Er hechelte, ächzte, prustete, stellte sich auf wackelige Beine, visierte und betätigte den Abzug des unter seiner Waffe angebrachten Abschussgeräts. Mit einem *Pflömp* verabschiedete sich die Granate, segelte den Invasoren entgegen und schlug vor ihren Schilden ein – zu kurz. Ein Blitz ereignete sich, die Entladung entfesselte einen Splitterteppich, der auf die Schutzwaffe der Außerirdischen einprasselte, ohne Schaden anzurichten. Völlig desillusioniert starrte Bernau auf die nach wie vor intakte Phalanx, schüttelte sich wie ein nasser Hund und zog sich in seine Stellung zurück, wo er eine weitere Granate aus seinem Chestrig pulte und in das Abschussgerät stopfte.

»PANZERFAUST SCHIEßT!« Emmerichs Organ hatte sich in ein einziges Krächzen verwandelt.

Bernau erhob sich aus seinem Loch, vernahm das mordsmäßige Knallen der Panzerabwehrhandwaffen, observierte, wie deren Gefechtsköpfe den Affen entgegenjagten – und trafen. Eine Feuerwalze stülpte sich über die Formation des Gegners und brach sie auf. Schilde und klobige Leiber erhoben sich durch den freigesetzten Druck in die Luft. In den entstandenen Lücken vermochte Bernau die nächste Schildwand zu erkennen. Und noch immer erklangen die Landungen weiterer Raumer als

Paukenschläge, die über das Schlachtfeld hinwegzogen. Der Gegner war drauf und dran, die menschlichen Verteidiger zu überrennen, sie unter der schieren Masse seiner Truppen zu ersticken. Eichner, Meier und die anderen eröffneten das Feuer zum gefühlten hundertsten Mal. Sie schossen auf alles, was sich rührte und nicht durch ein Schild geschützt wurde. Kugeln prasselten auf wankende Alienkrieger ein. Doch es reichte nicht. Die intakten Teile der Phalanx schritten weiter voran, teilten sich auf Höhe eines Panzerwracks und umgingen dieses rechts beziehungsweise links, sodass der glühende Metallschrott eine Zeit lang in ihre Schildwand integriert war. 50 Meter.

»Bis hierhin und nicht weiter!«, presste Bernau wutentbrannt hervor. Die Schilde schoben sich auseinander.

»Deckung!« Die Soldaten der Bundeswehr tauchten ab. Höllenheiße Energiewolken schlugen zwischen den Deckungslöchern der 5. ein. Brände knisterten, Bernau stieg ein giftiger Gestank in die Nase. Von der rechten Flanke wallten neben den Mörsereinschlägen nun auch wieder vermehrt das Krachen der Leopard-Kanonen und das Poltern der Maschinenwaffen anderer Militärvehikel herüber. Die gepanzerten Kräfte der NATO unternahmen den Versuch, jene Affen zurückzudrängen, die sich zwischen Natursteinhandel und Löhne-Falscheide zu Abertausenden tummelten. Der Vorstoß war so verzweifelt wie vergeblich. Diskusse schossen über das Gefechtsfeld hinweg, stürzten sich auf die Panzer hernieder und brachten diesen empfindliche Verluste bei. Im lodernden Schein der Flammen sichtbar, stiegen Rauchsäulen westlich des Natursteinhandels auf.

»Wir müssen sie aufhalten!«, schrie Bernau. »Emmerich, hau alles raus!« Würden sie die ihnen gegenüberstehende Phalanx nicht umgehend erledigen, würde diese sie überrennen.

»Panzerfaust schießt!« Abermals krachten die Panzerabwehrwaffen, abermals paschten ihre Geschosse die Außerirdischen durcheinander. Und die Bundeswehrsoldaten hielten drauf, feuerten aus allen Rohren.

»STÖRUNG!«, war Eichner zu hören. Bernau fasste das Deckungsloch des OSG ins Auge, sah zwei rötlich glimmende Rohre, die um ihn herum im Dreck lagen. Das dritte Rohr glühte gleichfalls in der Waffe. Eichner zog gewaltvoll am Spannschieber, führte ihn stöhnend vor und zurück, klemmte sich wieder hinter die Waffe, betätigte den Abzug. Ein Schuss löste sich, die Mündung spie weißen Schmauch, darauf klickte das MG erneut.

»Zum Teufel damit!«, sagte Eichner, ließ vom Maschinengewehr ab und nutzte stattdessen sein G36. Auch das Rohr der Sturmgewehre glühte allerorts, das erhitzte Metall gab die Stellungen der 5. Kompanie preis. Störungen häuften sich, immer öfter klickte bloß der Verschluss, statt dass die Patrone zündete. Unanständig schimpfend, werkelten die Soldaten an ihren Waffen herum, versuchten diese irgendwie gefechtsklar zu halten. Sie vermochten es noch einmal, die durchs Emmerichs Beschuss zerstreuten Krieger des Feindes zu erledigen, doch die nächste Phalanx marschierte dahinter bereits auf. Bernau spürte, wie ihm die Situation entglitt.

Bis hierhin und nicht weiter!, spulte er die zur leeren Hülse gewordenen Parole im Geiste ab. Wem machte er noch etwas vor? Sie würden auch den Natursteinhandel an den Gegner verlieren, das Bramschebach-Nagelsbachtal, Löhne, Vlotho ... und mit großer Wahrscheinlichkeit auch alles, was jenseits davon lag. Bernau drohte zusammenzubrechen. Ihn befiel starker Schwindel, der ihn vor und zurück wanken ließ. Er musste sich an der kalten Erdwand seines Loches abstützen, um nicht aus den Stiefeln zu kippen. Für einen Augenblick tanzten bunte Sterne in seinem Sichtfeld.

»ACHTUNG!«, raste Fabius' Stimme durch den Äther. »DIE FLAMMEN!«

Bernau bemerkte erst jetzt, dass er in seiner Stellung orangerot ausgeleuchtet war und dass eine große Hitze gegen seinen Körper strahlte und ihn unter den vielen Klamottenschichten ausufernd schwitzen ließ. Jene Hitze ging von dem lichterloh in Flammen stehenden Waldstreifen aus. Bernau musste die Augen zusammenkneifen ob des grellen Scheins, der von dort ausging. Niemand ließ mehr Leuchtkugeln aufsteigen; die Flammen, die überall wüteten, machten die Nacht zum Tage.

Vor dem Hintergrund der Feuersbrunst machten sich schattenhafte Gestalten auf und davon. Die Flammen griffen auf das Gelände über, eine Halle fing Feuer. Und die Reihen der menschlichen Verteidiger begannen sich aufzulösen.

»Nein!«, schnaufte Bernau. Jeder Muskel in seinem Körper krampfte. »NEIN!« Er wollte nicht wahrhaben, was längst zur Tatsache geworden war. Er nahm seine Waffe hoch, zielte, ballerte ohne Sinn und Verstand auf die geschlossene Front der Aliens, die ihre niedergestreckten Kameraden erreichte und überkletterte. Funken sprühten über die Schildwand. Bernau verschoss das komplette Magazin und hielt erst inne – schwer atmend –, als der Verschluss in der hinteren Stellung arretierte und den Blick auf das leere Patronenlager freigab.

»Dennis!«, rief Eichner mit belegter Stimme. »Dennis! Wir können die Stellung nicht halten!«

»Wir müssen ...!«

»Wir können ...« Eine Explosion unterbrach Eichner. »... die Stellung nicht halten! Wir müssen zurück, ehe sie uns überrennen!«

»BIS HIERHIN UND NICHT WEITER!«

»Dennis! Wir müssen ausweichen!«

»BIS HIERHIN UND ...«

Diskusjäger – sie kamen wie aus dem Nichts. Sie zuckelten über den Natursteinhandel hinweg. Schimmernde Energielanzen fuhren ins Zentrum des Geländes ein, erfassten die gelagerte Munition und leiteten dadurch ein Feuerwerk ein, das seinesgleichen suchte. Projektile aller Größen, Hand- und Mörsergranaten, Leuchtmittel und andere Sprengstoffe vergingen in einer vielstimmig knallenden Detonation. Es folgte ein Schauspiel epochalen Ausmaßes. Die Erde erbebte, als würden die Kontinentalplatten auseinanderdriften, als hätte sich ein Vulkan aus dem Gelände erhoben, der just in diesem Augenblick mit all seiner ungezügelten Macht ausbrach. Eine Halle wurde von der Druckwelle erfasst, klappte um wie ein Kartenhaus. Flammende Gebilde wurden hoch in die Luft geschleudert, sie zogen lange, rostrote Schweife hinter sich her, drifteten in vielen Hundert Metern Höhe auseinander und steuerten in weiten Bögen auf die Erde zurück.

Bernau duckte sich in seinem Loch zusammen, spürte die Gewalt der hundertfachen Explosionen, die ihn erfasste und an ihm zerrte. Er wünschte sich fort von hier, nur noch fort, fühlte sich, als würde ihn ein tonnenschwerer Betonblock in die feuchte Erde rammen wollen. Noch immer knallte und zerplatzte die gelagerte Munition, Projektile aller Kaliber sirrten über das Gelände.

Und die Soldaten der 5. Kompanie, die Soldaten des Jägerregiments 1, traten die Flucht an.

17

Berlin – Deutschland

Jeder Aufenthalt in der Einsatzzentrale im unterirdischen Regierungsbunker strengte Löhr an. Das helle, farbenfrohe Funkeln und Schillern der vielen Bildschirme und Beamer beanspruchte ihre Augen, dass diese tränten und ihr Make-up durcheinanderbrachten. Das Gemurmel der Operatoren, vermengt mit dem Rattern der Lüftungsanlage, dröhnte in ihren Ohren und hallte in ihrem Schädel nach. Mit jeder Stunde fiel es ihr schwerer, die schrille, lärmende Atmosphäre zu erdulden.

Löhr spannte ihre Oberarme an, ertrug, was sie kaum mehr ertragen konnte. Es war nicht die erste Besprechung hier unten im »Neonbunker« und es würde auch nicht die letzte sein. Es war allerdings die erste Besprechung, an der die neue Verteidigungsministerin teilnahm: Angela Colonna, eine italienischstämmige Bundestagsabgeordnete mittleren Alters, die seit Jahren Angehörige des Verteidigungsausschusses war und innerhalb der Fraktion als eine Frau vom Fach galt – auch deshalb, weil sie nach dem Urteil des Europäischen Gerichtshof im Jahr 2000 selbst vier Jahre als Mannschafterin gedient hatte. Außerhalb ihres Wahlkreises im hessischen Hanau war sie bisher allerdings kaum bekannt. Der Vorschlag für diese Personalie war auf Sigma zurückgegangen, was Löhr als weiteren Beweis für dessen Kehrtwende wertete. Er hätte problemlos fordern können, einen Kollegen aus seiner Altherrenriege auf den Posten zu hieven, stattdessen aber setzte er auf Colonna als fachkundige und über die Grenzen der Partei hinweg geschätzte Expertin.

Zugegeben, vollumfänglich war Löhr noch immer nicht vom geläuterten Sigma überzeugt und so erwischte sie sich dabei, wie sie die Augen nach Fallstricken und Intrigen offen hielt. Dass sie keine entdeckte, verwirrte ihren in Dekaden des politischen Katz-und-Maus-Spiels geschliffenen Instinkt. Nicht ohne Bauchschmerzen ließ sie sich auf Sigma ein.

Ihr Blick wanderte die Anwesenden ab. Neben Mitarbeitern der Ressorts, Staatssekretären und Stabsoffizieren, die hinter den Computerterminals saßen und darauf warteten, Anweisungen entgegenzunehmen, waren anwesend: Vizeadmiral Wöhler, der just zum Generalinspekteur der Bundeswehr aufgestiegen war, nachdem sein Vorgänger bei Münster in einen Diskusangriff geraten und dabei getötet worden war; Sabine Winter, Bundesministerin des Inneren und somit Herrin über den Bundesverfassungsschutz und die Bundespolizei. Ein drahtiger Kerl Ende 50 begleitete sie: Uwe Wegele, Leiter der GSG 9. Auch Sigma hatte sich in der Einsatzzentrale eingefunden, als Kanzleramtschef unterstand ihm der BND. Er verfügte noch immer über das Talent, Menschen von sich zu überzeugen, und hatte just dafür gesorgt, dass sich die Union wieder geschlossen hinter ihre Kanzlerin stellte. Misstrauisch wohnte Löhr diesem Schauspiel bei und suchte in jeder Unterstützungsbekundung akribisch nach versteckten Hinterhältigkeiten – doch fand sie keine. Sogar Söders Anrufe hatten aufgehört, wofür die Kanzlerin überaus dankbar war.

Weiter waren anwesend: SPD-Mann und Außenminister Görleder-Müller, Vize-Kanzler und Parteichef der Sozialdemokraten Heiko Maas, Finanzministerin Dağlaroğlu, die dem Zoll vorstand, sowie Rudolf Frohn, sächsischer Innenminister und gleichzeitig Vorsitzender der Innenministerkonferenz. Die anderen Ressorts hatten jeweils einen Staatssekretär geschickt, von der Bundeswehr waren überdies die beiden Generäle Köhler und Schober anwesend, die für die Koordination von Bundeswehr, NATO, EU-Verbündeten und den zivilen Stellen verantwortlich zeichneten.

»Habe mit Helmut Koppe gesprochen«, flüsterte Sigma dem GSG-9-Mann zu. »Ihre Idee stößt drüben wohl auf Interesse.« Wegele zeigte sich zufrieden und dankte dem Kanzleramtschef.

»Nicht dafür«, erklärte Sigma großspurig. Und schmatzte. Ehe Löhr sich darauf einen Reim hätte machen können, begann Wöhler mit seinem Lagevortrag. Einer von dessen Zuarbeitern, ein junger Oberleutnant mit glänzendem Scheitel, projizierte dazu eine Karte Nordrhein-Westfalens auf die große Leinwand. Die Kanzlerin erschrak beim Anblick der ausgedehnten roten Fläche, die einem Krebsgeschwür gleich vom Truppenübungsplatz Senne ausgehend bis nach Paderborn, Warendorf und Löhne heranreichte. Selbstredend kannte sie die Luftbilder, die von den vom Feind besetzten Gebieten angefertigt worden waren. Jeder Quadratmeter war mit seinen Kriegern bedeckt. Niemand, der zurückgeblieben war, der nicht rechtzeitig hatte evakuiert werden können, konnte dort irgendwo überlebt haben. Es war zudem bekannt, dass die Außerirdischen gar jedes Gebäude stürmten und sämtliche Etagen ausnahmslos besetzten. Sie waren wie eine Knetmasse, die, von der Senne ausgehend, mit Druck vorgeschoben wurde und sich somit in jeden Hohlraum presste, bis dieser vollständig ausgefüllt war.

Wöhlers Miene war finster, aus ihm sprach der Gefühlszustand eines Mannes, der große Hoffnungen in etwas gesetzt hatte und enttäuscht worden war. Tatsächlich hatte die NATO den Kampf am Bramschebach-Nagelsbach und der Werre zum Prototyp für eine neue Art der Kampfführung hochstilisiert, die dem Vormarsch des außerirdischen Feindes endlich Einhalt gebieten sollte. Sie hatte im Vorfeld die Aussicht auf einen Sieg derart befeuert, dass dieser sich im Kopf der Menschen zu einem unumstößlichen Faktum fortentwickelt hatte, noch ehe die ersten Aliens über den Flusslauf setzten. Und so hatte die NATO nun ein großes Problem, denn nicht nur waren ihre Soldaten abermals im Rückzug begriffen, sondern waren sie nun auch völlig desillusioniert. Es fehlte an Konzepten zur effektiven Verteidigung, es fehlte nach Wochen intensiver Kämpfe an Munition, an Material und Sprengmitteln. Es fehlte an Soldaten, an Flugzeugen; die Luftwaffen der NATO lagen rauchend und zerschlagen am Boden.

»Ich beginne meinen Bericht im Norden der Front und spreche darauf im Uhrzeigersinn alle relevanten Frontabschnitte an.« Wöhler atmete durch, es wurde spürbar, dass er eine kaum zu lösende Aufgabe vor der Brust hatte. »Der Feind hat den Bramschebach-Nagelsbach und die Obere Werre auf breiter Front überschritten und hält auf Vlotho beziehungsweise Löhne zu, wo sich unsere Streitkräfte und die Verbündeten zur abermaligen Verteidigung einrichten.« Wöhler klang ernüchtert, geradezu frustriert. Im Folgenden stellte er die Lageentwicklungen an allen Frontabschnitten dar, überall zeichnete er dasselbe Bild: Die Menschen waren im Rückzug begriffen, die Aliens unaufhaltsam auf dem Vormarsch. Zwar wurden die Verluste der Invasoren auf das Dreißigfache der menschlichen Verluste geschätzt, doch schien dies keinen Eindruck auf sie zu machen. Es war, als würde es sie schlichtweg nicht interessieren, ob sie 100, 1000 oder 100 000 Kämpfer verloren, um einen Geländeabschnitt zu erobern.

»Unsere Kräfte in diesem Frontabschnitt sind stark angeschlagen und verfügen kaum mehr über ausreichend Munition und Betriebsstoffe. Ein weiteres Ausweichen hinter die A 30 respektive A 2 erscheint uns daher als alternativlos, um unsere Kräfte nicht völlig aufzureiben.« Wöhlers Stimme zitterte. »Unsere Bundeswehr kämpft tapfer, doch ist sie allein dem Sturm nicht gewachsen. Auch die durch Siegesmund eingeleiteten, durchaus wichtigen Maßnahmen können ihre Kampfkraft kurzfristig nicht nennenswert steigern. Zwar hat sein schnelles Handeln dafür gesorgt, dass wir mittelfristig mit einem Zuwachs an Mensch und Material rechnen dürfen, doch müssen wir bis dahin erst einmal überleben. Mein Dank gebührt an dieser Stelle unseren internationalen Verbündeten, die in diesen schweren Stunden unverrückbar an unserer Seite stehen. Der Einsatz Polens und Österreichs rührt mich im Besonderen, befinden sich doch nahezu ihre gesamten Streitkräfte auf deutschem Boden im Einsatz.«

»Dem kann ich nur beipflichten«, erklärte Winter. »Beide Nationen verhalten sich auch in der Polizeizusammenarbeit vorbildlich. Polen hat uns bereits 1200 Polizisten für Ordnungsaufgaben abseits der Kämpfe zur Verfügung gestellt, Österreich ist mit 200 Kollegen der Spezialeinheit Kobra in Nordrhein-Westfalen im Einsatz.«

»Insgesamt dürfen wir in dieser schlimmen Krise zumindest mit Freude feststellen«, ergänzte Wöhler, »dass das Bündnis entgegen allen Unkenrufen funktioniert.«

»Hat es einen Durchbruch bei den Amerikanern gegeben?«, fragte Sigma und wandte sich damit an den Außenminister.

»Leider nein«, entgegnete Görleder-Müller. »Mein Stab befindet sich in ständigem Dialog mit der US-Seite. Horners Regierung scheint davon überzeugt, dass eine Invasion der USA kurz bevorstehe, und weigert sich daher, weitere Truppen nach Afrika, geschweige denn zu uns zu entsenden.«

»Wir dürfen uns nicht darauf verlassen, dass die Amerikaner zu unserer Rettung auflaufen werden«, schloss Wöhler. »Nein, Europa ist auf sich gestellt.«

»Wir können uns auf die Amerikaner nicht verlassen«, machte Löhr ihrem Ärger Luft. Sie hatte bereits mehrfach mit Horner und Palin telefoniert und wusste daher, dass beide auf rationale Argumente nicht ansprachen. Innerhalb der NATO eskalierte derweil der Streit unter den Mitgliedsstaaten: Während die europäischen Verbündeten zusammenstanden und gemeinsam den außerirdischen Feind bekämpften, isolierten sich nach der Türkei nun auch die USA und Kanada zunehmend. Allein Estland unterstützte die Politik der USA – noch immer erachtete das baltische Land Russland als eine größere Bedrohung als die außerirdischen Invasoren.

Dem mächtigsten Militärbündnis der Erde jedenfalls drohten zwei seiner wichtigsten Mitglieder wegzubrechen. Vor allem die militärische Macht der USA war durch nichts zu ersetzen. Der nukleare Angriff auf Russland aber hatte in Europa einen bleibenden Eindruck hinterlassen – und zwar keinen positiven. Die Partner auf dem alten Kontinent waren entsetzt über die eigenmächtige Attacke der USA, manche Staatsregierung hatte sich öffentlich an die Seite Russlands gestellt – so auch die deutsche. Der Angriff wurde weltweit auf das Heftigste verurteilt. Horner und Palin aber hielten unbeirrt an ihrem Anti-Russland-Kurs fest und provozierten einen Krieg zwischen Ost und West inmitten einer außerirdischen Invasion. Löhr konnte es nicht fassen.

Bezeichnend war, dass sich die Amerikaner lediglich dazu bereit erklärt hatten, ihre in Europa stationierten Bodentruppen an der Ostgrenze der EU zu massieren, um die Abschreckung gegenüber der russischen Föderation zu forcieren, sodass die europäischen Partner sich auf den Kampf gegen die außerweltlichen Invasoren konzentrieren konnten. Angesichts von Millionen von Alienkriegern in Deutschland und Frankreich, hatten sich die Verhältnisse in Europa allerdings ins Widerspiel zur Vorkriegssituation verkehrt. Polen, Litauen, Lettland und Rumänien verurteilten jenen kanadischen Piloten, der über dem Peipussee abgeschossen worden war, und forderten von Ottawa vehement, sich bei Russland zu entschuldigen, was die Kanadier wiederum strikt ablehnten. Polen hatte Russland sogar Unterstützung zugesagt im Kampf gegen die Invasoren und sich bereit erklärt, Rohstoffe und Waffen zur Verfügung zu stellen. Die Mehrheit der Europäer sah in Russland in Anbetracht der bei Selenograd und in der Ostmongolei – immerhin nahe der russischen Grenze – stehenden außerirdischen Heere neuerdings einen Waffenbruder und arbeitete teilweise aktiv auf eine Zusammenarbeit auf allen Ebenen hin. Allein die

Amerikaner, die Kanadier und die Estländer zeigten sich im alten Ost-West-Denken gefangen, daran änderte auch eine gewaltige außerirdische Streitmacht nichts, die weltweit auf dem Vormarsch war und ganze Landstriche verwüstete. Löhr beschlich das Gefühl, Horner und Palin wähnten sich am Hebel des Stärkeren und begriffen überhaupt nicht, dass sie durch ihren Hardlinerkurs ihrem eigenen Land den größten Schaden zufügten. In einer Nachkriegsweltordnung – sollte es für die Menschheit eine Nachkriegszeit geben – könnten die Vereinigten Staaten international isoliert dastehen, während Russland zur tonangebenden Weltmacht aufsteigen würden.

»Europa ist stark. Europa braucht die USA nicht. Wir können und wir werden die Invasoren aus eigener Kraft zurückschlagen«, erklärte Sigma entschlossen. In Wöhlers Antlitz rangen mannigfaltige Emotionen miteinander, der Vizeadmiral schien noch nicht entschieden zu haben, ob er sich dem Optimismus des Kanzleramtschefs anschließen wollte.

»Europa jedenfalls muss zusammenstehen und das tut es im Augenblick«, versuchte er Hoffnung zu streuen. »Sogar die Schweiz, Großbritannien und Belgien stehen fest an unserer Seite und unterstützen unseren Kampf.«

»Schingarjow scheint mir im Augenblick ein verlässlicherer Partner zu sein als Horner«, schloss Löhr und konnte selbst nicht glauben, dass sich die Dinge mittlerweile derart darstellten. Das Auswärtige Amt hatte auf einen Vorstoß der Russen und Löhrs Zustimmung hin eine Abordnung, bestehend aus zivilen und militärischen Experten, nach Woronesch entsandt, um ein gemeinsames Vorgehen gegen die Aliens auszuloten – unter scharfem Protest der Nordamerikaner und Esten.

»Alle Maßnahmen, die wir richtigerweise eingeleitet haben, all die Schritte, die zu einer raschen Vergrößerung unserer Streitkräfte, einer Umstellung unserer Industrie auf Kriegswirtschaft sowie einer effektiveren Zusammenarbeit mit unseren Partnern führen, bedürfen einer gewissen Zeit. Wir sprechen von Monaten«, überlegte Sigma.

»Zeit, die wir nicht haben«, seufzte Löhr. In ihrem leichenblassen Antlitz sorgte allein die aufgetragene Schminke für farbliche Akzente.

»Richtig«, pflichtete ihr der Kanzleramtschef bei. Es war ein seltsames Gefühl – eines, das sie noch nicht einzuordnen vermochte –, mit Sigma auf einer Linie zu sein. Der Krieg hatte möglicherweise auch ihn verändert, hatte seine Prioritäten verschoben. Oder verfolgte er eine Strategie, die sie noch nicht durchschaute?

»Frau Winter.« Sigma blinzelte Wegele an, in dessen Augen es blitzte. Der Behördenleiter hatte bis dato neben einer knappen Begrüßung noch kein einziges Wort gesagt. Löhr glaubte in ihm einen Mann zu erkennen, der lediglich dann sprach, wenn er etwas von Bedeutung beizutragen hatte.

»Ich denke, Sie haben Ihren Gast nicht umsonst mitgebracht?«, sagte Sigma hintergründig. Die Kanzlerin erfasste, dass er in irgendetwas eingeweiht war, von dem sie nichts wusste. Hinter ihrer Stirn schrillten sämtliche Alarmglocken, ihr Körper schüttete Stresshormone aus, stellte sich auf einen Kampf ein. Schweißtropfen bildeten sich auf ihrer Stirn.

»Ganz recht«, nahm Wegele den Ball dankend auf, den Sigma ihm zugespielt hatte. »Und ich danke Ihnen allen für Ihre Zeit. Ich habe einen Einsatzplan ausgearbeitet, mit dessen Hilfe wir das Heft des Handelns wieder in unsere Hand bringen können. Mein Plan ist risikoreich, gewiss, doch ist ohne Risiko kein Staat zu machen.«

Wegele bedachte die Anwesenden mit einem erwartungsschweren Blick. Löhr entging nicht, dass neben Sigma auch Wöhler, Winter und andere Zustimmung signalisierten. Ihr wurde bewusst, dass der GSG-9-Mann sie bereits in der Tasche hatte, dass die Entscheidung darüber, ob sein riskantes Vorhaben in die Tat umgesetzt werden sollte, längst gefallen war. Sollte Löhr Einwände erheben, sie hätte ihren gesamten Stab gegen sich. Sie presste Atemluft aus sich heraus, forderte Wegele mit einer Handbewegung auf, sich zu erklären. Der Kommandeur zupfte dunkle Mappen aus einer Aktentasche, die er ohne Umschweife verteilte. Löhr öffnete ihr Exemplar, zog vergrößerte Fotografien eines großen Raumschiffes heraus.

»Was schwebt Ihnen vor, Herr Wegele?«

»Eine *Joint Operation* von Bundespolizei, Bundeswehr und NATO.«

»Und natürlich haben Sie die schlagkräftigste Organisation zuerst genannt«, schmunzelte Sigma.

»Natürlich«, sagte Wegele, der Löhr mit jeder Silbe durchtriebener erschien. »Meine Damen und Herren, Sie haben vor sich Aufnahmen des Raumschiffes, das über Augustdorf schwebt und das zu jener Klasse übergroßer Raumer gehört, die gemeinhin als Superplates bezeichnet werden. Wie Ihnen bekannt ist, hält sich das Gros der Superplates außerhalb der Erdatmosphäre auf – und somit außerhalb unserer Reichweite. Abseits jeder Orbitalbrücke allerdings, über die die Angreifer ihren Nachschub abwickeln, hält sich zu jeder Zeit einer dieser riesigen Teller auf – dies trifft auf alle großen Landezonen der Invasoren zu: Vorderasien, die Mongolei, Brasilien, Niger, der Kreis Lippe. Wir vermuten, dass speziell diese Schiffe von großer Bedeutung für die Orbitalbrücken sind und dass der Feind auf die Präsenz eines Superplates pro Brücke nicht verzichten kann. Ansonsten würde er sie wie den Rest außerhalb der Erdatmosphäre halten, um sie nicht der Gefahr auszusetzen, durch weitere Angriffe mit Atomwaffen abgeschossen zu werden.« Wegele holte Luft, er präsentierte sich als guter Redner und als jemand, der nicht unvorbereitet auftrat.

»Wir wissen, dass die Aliens ihren großen Schiffen einen hohen Wert beimessen. Sie haben von luftgestützten auf bodengestützte Angriffe umgestellt, gleich nachdem sie erfahren mussten, dass wir durchaus in der Lage sind, ihre Raumschiffe zum Absturz zu bringen. Sie haben in der Folge fast alle Superplates unserem Zugriff entzogen – eben bis auf eines pro Orbitalbrücke.«

Löhr entging nicht, wie Wegele während seines Vortrags die Anwesenden taxierte, wie er die Wirkung seiner Worte exakt studierte. Er arbeitete mit seiner Stimme, mit Betonungen und Sprechpausen. Der Kommandeur der GSG 9 war jemand, der seine Zuhörer vereinnahmen konnte. Auch Löhr spürte den Bann, mit dem er sie einzuspannen versuchte.

»Beispiel Niger: Vor zehn Tagen haben die US-Amerikaner einen nuklearen Angriff gegen die Orbitalbrücke nahe Niamey vorgetragen, in dessen Zuge auch der dort befindliche Superplate abgestürzt ist. Wie auf nach dem Angriff angefertigten Luftbildern zu erkennen ist, haben die Invasoren das Raumschiff sofort ersetzt – mehr noch hat die Orbitalbrücke ihren Betrieb erst wieder aufgenommen, als der neue Riesenteller in die Atmosphäre eingedrungen ist. Allein in Russland und in Frankreich, wo es unserem Gegner einzig darum zu gehen scheint, seine abgestürzten Superplates zu sichern, und wo er dazu nur eine begrenzte Zahl an Bodentruppen anlandet, verzichtet er sowohl auf den Einsatz unentwegt arbeitender Orbitalbrücken als auch auf Superplates innerhalb der Planetenatmosphäre – dass er die SP-Wracks zu sichern versucht, ist übrigens ein weiteres Indiz für den hohen Wert, den er ihnen zuschreibt.«

»Gut, verstanden.« Sigma runzelte die Stirn und schmatzte. »Warum die GSG 9 – eine Polizeitruppe? Warum nicht das KSK?«

Wegele setzte ein Lächeln auf, das Löhr an einen Wolf erinnerte. »Es ist *mein* Plan. Also führen ihn *meine* Leute aus. Außerdem, so denke ich, ist das KSK durch seine zahlreichen Evakuierungseinsätze in Frontnähe ausgelastet.«

Der GSG-9-Kommandeur stellte eine eisenharte Fassade zur Schau, für Löhr war es unmöglich, darin zu lesen. Sie schenkte ihre Aufmerksamkeit abermals den Aufnahmen des Raumschiffs. Eine offene Plattform, groß wie der Parkplatz eines Einkaufszentrums, ragte auf der Unterseite an dünnen Streben aus dem Flugobjekt. Was sich darüber befand, verschwand im Schwarzwert der Fotografie, doch es sah so aus, als könnte man über der Plattform ins Schiff eindringen. Eine andere Aufnahme zeigte einzelne Krieger der Außerirdischen, die auf der Oberseite des Schiffes umherwanderten. Womöglich handelte es sich um Techniker, die Systeme warteten. Kabinen, die an einen Aufzug erinnerten, erhoben sich an mehreren Stellen aus der spiegelglatten Oberfläche, über diese waren die Affen wohl nach draußen gelangt. Ein Stich fuhr in Löhrs Herz ein, als sie begriff, was Wegele vorschwebte.

»Nein«, stammelte sie und wurde noch eine Nuance blasser um die Nase. »Das kann ich nicht erlauben.«

Wegele lächelte milde. Mit dem Selbstbewusstsein eines Mannes, der die Mehrheit hinter sich wusste, sagte er: »Ich habe Ihnen meinen Plan doch noch gar nicht auseinandergesetzt, verehrte Frau Bundeskanzlerin.«

»Ich ahne, worauf sie hinauswollen. Und meine Antwort lautet: Nein. Sie muss Nein lauten. Ich kann nicht zulassen, dass wir in der Stunde größter Not Hunderte gut ausgebildete Soldaten und kriegswichtiges Gerät einem derartigen Risiko aussetzen. Das kann ich nicht dulden.«

Innerlich schrie Löhr auf. Die Blicke, die ihr entgegenschlugen, verdeutlichten ihr, dass sie mit ihrer Meinung alleine stand, dass der GSG-9-Kommandeur wichtige Entscheider bereits um den Finger gewickelt hatte. Sie wusste nicht, ob sie dem ihr bevorstehenden neuerlichen Kampf noch gewachsen war. Und ein Blick in Wegeles dunkle Augen, in sein scharfkantiges Gesicht, das, falls er enttäuscht war, diese Enttäuschung nicht offenbarte, verriet ihr, dass ihr neben Sigma und Wöhler mit dem GSG-9-Mann ein weiterer starker Charakter gegenüberstand, jemand, der den Konflikt nicht scheute, der sein Ziel klar vor Augen hatte und nicht eher ruhen würde, ehe er dieses erreicht haben würde. Eine schwache Stimme im Hinterkopf der Kanzlerin legte ihr nahe nachzugeben, anstatt sich abermals auf eine zermürbende psychologische Schlacht einzulassen. Noch aber war sie die Bundeskanzlerin der Bundesrepublik Deutschland, noch durfte sie persönliche Befindlichkeiten nicht über das Wohl ihres Volkes stellen – dabei hatte sie das bereits einmal getan. Löhr fiel in sich zusammen, mit hängenden Schultern bedeutete sie Wegele fortzufahren. Und war ihm insgeheim dankbar dafür, dass er sich ein triumphales Grienen verkniff. Sosehr er ein Tiger war, so sehr war er auch ein Gentleman, der sich wohl vorstellen konnte, welche Last die Kanzlerin zu erdrücken versuchte, und dem daher nichts fernerlag, als seinen Sieg über sie unnötig auszuspielen.

»Wir stellen eine Taskforce aus den besten Soldaten der Bundeswehr und meinen Kollegen zusammen. Keine Wehrpflichtigen, nur kampferprobte und zu 100 Prozent einsatzfähige Männer und Frauen. Unterstützung werden diese durch den ESA-Astronauten Armin Hensch und ein Team von Spezialisten erfahren, das dieser zusammenstellt. Ziel ist es, in einem NATO-geführten Luftangriff eine Gruppe von Transporthubschraubern an den Superplate in Westfalen heranzuführen. Die Einheiten der Bundeswehr werden über die ausgefahrene Plattform eindringen, meine Kollegen landen im Automatiksprungverfahren auf der Oberseite des Schiffs, besetzen die Einstiegskabinen und dringen durch diese ins Innere ein. Meine Absicht ist es, dass Schiff von sämtlichen Feindkräften zu säubern und auf diese Weise in unsere Gewalt zu bringen.«

Löhr begriff nicht, was Wegele damit bezwecken wollte. Sie rieb sich die Schläfen. Die Haut, die ihre Finger umspannte, war trocken und rissig. Sie konfrontierte den Kommandeur der GSG 9 mit ihren Zweifeln.

»Nun«, sagte Wegele gepresst, »wir gehen wie gesagt davon aus, dass die Superplates von großer Bedeutung für diese Viecher sind, und erhoffen uns daher, das gekaperte Schiff als Faustpfand in möglichen Waffenstillstandsverhandlungen einsetzen zu können.«

Beinahe hätte Löhr laut aufgelacht.

»Sie wollen verhandeln? Mit diesen Dingern?« Sie amüsierte sich offen über den Vorschlag, hatte nicht mehr die Kraft, ihre Gefühlslage hinter einer Maske der Diplomatie zu verbergen.

Wegele blickte sie untätig an. »Ja, das möchte ich.«

»Sämtliche Annäherungsversuche unsererseits sind unbeantwortet geblieben. Wir haben es auf allen Kanälen versucht ... Funk, Leuchtzeichen, Lautsprecher und so weiter. Diese Dinger wollen nicht mit uns sprechen.«

»Nun, vielleicht ändern sie ihre Meinung, wenn wir einen ihrer Superplates in unserer Gewalt haben.«

»Vielleicht?« Löhr und Sigma wechselten einen Blick. Der Kanzleramtschef unterstützte diesen wahnwitzigen Vorschlag, das erkannte sie sogleich.

»Ein ›Vielleicht‹ ist reichlich schwach für ein derart gewagtes Unternehmen.«

»Haben Sie eine bessere Idee?«, fragte Wegele offen heraus. Es war, als ging ein stummes Raunen von den Anwesenden aus. Eine Friedhofsstille ergriff Besitz von der Einsatzzentrale.

»Wir werden uns gegen sie zur Wehr setzen«, entgegnete die Kanzlerin stur, nachdem sie sich gesammelt hatte.

»Dann sollten Sie sich schon einmal nach einem neuen Dienstsitz umschauen, denn in diesem hier werden sich in spätestens sechs Wochen die Aliens breitmachen.«

»Wir«, die Kanzlerin rang sich jede Silbe mühsam ab, »werden sie aufhalten! Werden zurückschlagen!«

»Entschuldigen Sie, ich werde den historischen Vergleich nicht aussprechen, der sich mir bei Ihren Worten zwangsweise aufdrängt. Verehrte Frau Bundeskanzlerin, das sind nichts als leere Parolen und das wissen Sie. Wir werden sie nicht schlagen. Wir können sie nicht besiegen. Sie sind uns jetzt schon zahlenmäßig überlegen, sind uns technisch überlegen.« Wegele schaute Löhr tief in die Augen. Sie ertrug seinen Blick nicht. »Sie sind uns einfach in allen Belangen überlegen. Sie kennen die Aufnahmen aus den von ihnen besetzten Gebieten? Jeder Quadratzentimeter ist bedeckt mit außerirdischen Soldaten, dicht an dicht drängen sie sich zusammen. Nicht einmal die Atombomben haben es vermocht, dauerhaft Löcher in ihre Formationen zu reißen. Die halbe NATO befindet sich in Deutschland im Einsatz und dennoch sind wir im Rückzug begriffen, überall, an allen Fronten. Noble Offensivversuche scheitern an der puren Masse der außerirdischen Soldaten. Wer, frage ich Sie, soll sie besiegen, wenn das mächtigste Militärbündnis dieses Planeten dazu außerstande ist?«

Die Männer und Frauen in Wegeles Rücken nickten, unter ihnen auch die Offiziere der Bundeswehr. Sie hatten die Durchhalteparolen der Kanzlerin heuer nicht zum ersten Mal gehört. Wer aber über militärischen Sachverstand verfügte, der wusste, dass dieser Krieg auf konventionelle Weise nicht zu gewinnen war. Selbst den Chinesen und Amerikanern hatte sich die Erkenntnis aufgedrängt, dass nicht einmal Atomwaffen eine formidable Antwort auf die Invasion der Außerirdischen darstellten. Man müsste die Landezonen schon mit derart vielen Atompilzen zupflastern, dass die Gefahr bestand, das gesamte planetare Ökosystem aus der Bahn zu werfen – und die Erde womöglich für alles Leben unbewohnbar zu machen. Wollte man einen passenden geschichtlichen Vergleich bemühen, bot sich wohl die Situation der deutschen kaiserlichen Streitkräfte im Sommer 1918 an. Zwar standen ihre Truppen nach wie vor zu Millionen im Felde und bildeten sie noch immer eine gewaltige Macht, doch hatte sich das Kräfteverhältnis derart zuungunsten der Mittelmächte verschoben, dass eine Fortsetzung des Krieges sinnlos erscheinen musste. Die Entente hätte die Deutschen Armeen unweigerlich zurückgedrängt, Meter um Meter, Kilometer um Kilometer, bis französische, britische, amerikanische Soldaten vor dem Brandenburger Tor gestanden hätten. Ergo war die einzig sinnige Option die Kapitulation gewesen. Was aber tun, wenn der Gegner keine Kapitulation akzeptierte?

»Sie sagten, Ihr Plan sei risikoreich. Das halte ich für eine blanke Untertreibung. Er ist ein Selbstmordkommando«, giftete Löhr in ihrer Verzweiflung. Sie wusste, dass sie auch diesen Kampf längst verloren hatte. Und doch befahl ihr der kümmerliche Rest ihres einstigen Egos, nicht nachzugeben.

»Niemand weiß, was sich im Schiff befindet ... wie es dort aussieht und was unsere Soldaten und Soldatinnen erwarten wird.«

»Das ist richtig. Wir können die Taskforce daher nur bestmöglich auf alle Eventualitäten vorbereiten. Ein Arbeitskreis unter Mithilfe von Hensch und einem Expertengremium, bestehend aus Wissenschaftlern verschiedenster Fachrichtungen, Science-Fiction-Autoren und Vertretern von Bundeswehr und Bundespolizei formuliert derzeit denkbare Szenarien, sodass wir unsere Jungs und Mädels gebührend vorbereiten können. Gewiss, absolute Sicherheiten kann ich nicht bieten. Aber noch mal: Haben Sie eine bessere Idee?«

»Das ist Wahnsinn«, hielt Löhr ihren vergeblichen Protest aufrecht.

»Sehen Sie, wenn die Geschichte uns eines lehrt, dann, dass etwas, das zuvor als ›Wahnsinn‹ abgetan worden ist, manches Mal zu einschlägigem Erfolg führt.«

»Und oft genug in einer Katastrophe mündet.«

»Das sind die Unwägbarkeiten im Kriege, verehrte Frau Bundeskanzlerin. Doch der Krieg ist uns aufgezwungen worden und wir können ihn nicht ohne Risiko gewinnen.« Wegele räusperte sich, ein Glänzen stieg in seine Augen. »Was sage ich? Gewinnen? Es geht ums Überleben, ums nackte Überleben! Es geht um den Fortbestand der Menschheit!«

»Tun wir für einen Moment so, als würden wir diesen verrückten Plan tatsächlich in Betracht ziehen«, sagte Löhr. Wegele verkniff sich ein Grinsen.

»Wie würde das Ganze ablaufen?«

18

Celle – Deutschland

Die Schlacht im Bramschebach-Nagelsbachtal lag eine gute Woche zurück. Der Vormarsch der Invasoren setzte sich fort, ohne dass die menschlichen Verteidiger groß etwas dagegen zu unternehmen vermochten. Das Jägerregiment 1 war zur Auffrischung aus der Front herausgezogen und nach Celle verlegt worden, wo die Soldaten in einer Schule einquartiert worden waren. In deren Turnhalle versammelt, lauschten sie seit einer knappen Stunde den Ausführungen ihres Kommandeurs. Sie konnten nicht glauben, was dieser ihnen weiszumachen versuchte, und rieben sich verdutzt die Augen. Das Regiment war als kampferprobteste Einheit der Bundeswehr nominiert worden, zusammen mit Kollegen vom GSG 9 sowie zivilen Spezialisten die wohl irrwitzigste Operation in der Geschichte der Bundeswehr durchzuführen.

»Endlich«, freute sich Meier über die Aussicht, abermals in die Offensive überzugehen. Bernau schluckte unvermittelt.

Der Plan für die Operation »Wolkenbruch« sah vor, sämtliche Wehrpflichtigen und außerdem diejenigen, die nicht voll einsatzbereit waren oder deren Ausbildungsstand den Anforderungen nicht genügte, aus den Reihen des Regiments auszusortieren, um mit dem danach übrig gebliebenen Stammpersonal – rund 280 Soldaten – im Luftverladeverfahren jenes Raumschiff des Feindes zu kapern, das über Augustdorf schwebte. Rund 60 Beamte vom GSG 9 würden sich an der Operation beteiligen. Warum das Kommando Spezialkräfte nicht mit einbezogen wurde, entzog sich Bernaus Kenntnis, doch hielt er die Bundespolizisten für nicht minder qualifiziert. Viel größer aber war die Überraschung aller darüber, dass sich die russische Luftwaffe im großen Stil an der Operation beteiligen würde. Europäische NATO-Jets und Kampfhubschrauber würden im Verbund mit den Russen den Luftraum abschirmen und die Transporthelikopter schützen. Die Amerikaner protestierten vehement gegen eine »Verbrüderung mit Schingarjow«, doch fand ihr Protest auf dem Alten Kontinent immer weniger Gehör. Die Dinge waren im Wandel begriffen. Kanzlerin Löhr hatte nach dem Applebaum-Vorfall den ehemaligen Verteidigungsminister Koppe als Verbindungsmann nach Moskau geschickt; es hieß außerdem, dass die Russen darüber nachdachten, Bodentruppen nach Deutschland zu entsenden. Angesichts der Tatsache, dass jeder Soldat und jede Waffe an der Front bitterlich benötigt wurden, verstummten jene Stimmen, die einen wachsenden russischen Einfluss für die Zeit nach dem Krieg gegen die Aliens anmahnten. Nun, zuerst einmal mussten die Europäer diese Zeit nach dem Krieg erreichen ...

Martens, der selbst wenig euphorisch ob der bevorstehenden Operation erschien, fasste nach der Einweisung durch den Regimentskommandeur das Wichtigste im Kreise seiner Kompanie zusammen und nominierte diejenigen Soldaten, die sich an dem Vorhaben beteiligen würden: Bernau war dabei, außerdem Fabius, Bravo, Eichner, Emmerich, Meier, Degel und Stelzer.

»Wie der Herr Oberstleutnant bereits erklärt hat, bleiben uns drei Tage, um hier in Celle zusammen mit den Heeresfliegern das Manöver zu üben«, sagte der Kompaniechef.

Die Bundeswehr hatte den alten Flugplatz reaktiviert, wo sich nun eine gewaltige Armada von Hubschraubern aus den Beständen von Heer, Marine und Bundespolizei versammelte. Es herrschte rege Betriebsamkeit, Drehflügler starteten und landeten im Minutentakt, das Dröhnen von Triebwerken und das Klopfen von Rotoren verursachte einen Mordslärm.

»Die Teileinheitsführer sorgen dafür, dass Munition und Vorräte auf 100 Prozent sind. Wir nehmen genug Material mit, sodass wir sieben Tage lang autark klarkommen könnten, und bereiten uns auf alle Unwägbarkeiten vor. ABC-Schutzausrüstung ist gemäß BAS4 mitzuführen.«

Martens stand vor den Soldaten wie ein Schluck Wasser in der Kurve. Er ließ jenen Esprit vermissen, dessen ein militärischer Führer so dringend bedurfte, um seine Soldaten mitzureißen – speziell wenn diesen eine mehr als waghalsige Mission mit ungewissem Ausgang bevorstand. Sie alle verstanden, dass der NATO die Alternativen ausgingen, dass sie nicht einfach weitermachen konnte wie bisher. Und doch glaubten sie zu ahnen, dass das Unternehmen »Wolkenbruch« mit hohen Verlusten verbunden sein würde, ganz gleich, ob sie es überhaupt an den Diskussen vorbei ins Schiff schaffen würden und ob es ihnen ferner gelingen würde, dieses zu kapern – ganz zu schweigen davon, ob dieser Hensch in der Lage sein würde, dessen Steuerung zu verstehen und es folglich zu bewegen. Da waren verflucht viele unbekannte Variablen im Spiel. Und Martens' Nervosität – ja, Angst –, die er ungefiltert ausstrahlte, trug nicht unbedingt dazu bei, die Zuversicht der Soldaten zu stärken. Vielmehr steigerten sich deren Zweifel. Auch in Bernaus Bauchregion breitete sich ein ungutes Gefühl aus. Er knirschte hörbar mit den Zähnen und konnte förmlich spüren, wie sich die Stimmung unter den Anwesenden verschlechterte. Fabius schnalzte plötzlich mit der Zunge, sprang auf die Beine und gesellte sich an Martens' Seite.

»Sie waren fertig, oder?«

»Öhem ...«

»Gut, ich habe nämlich noch ein paar warme Worte für die Männer.«

»Na gut.« Martens ließ die Schultern hängen, bedeutete Fabius unnötigerweise, dass dieser sprechen dürfe, und verkrümelte sich in den Hintergrund, wo er sich an seinem Hindenburg-Bart herumzupfte.

»Jetzt hört mir mal zu, ihr lahmen Knochen!«, keifte Fabius und erinnerte Bernau dabei an einen scharfen Jagdhund. »Wir verlieren diesen Krieg!«

Die Aussage traf den Stuffz wie ein Bajonettstoß in die Rippen.

»Und dieses Mal wird es keine Gebietsabtretungen, keine Reparationszahlungen, keinen Friedensvertrag geben. Es wird keine Niederlage für uns geben, sondern einzig die totale Vernichtung unserer gesamten fucking Spezies ... jeder Mann, jede Frau, jedes Kind. Diese Wichser werden nicht eher ruhen, bis ihre fettigen Körper jeden Millimeter Boden dieses Planeten besetzen. Es wird kein Entkommen geben, keine Alternative zum Kampf. Ich weiß, wie beschissen ihr euch fühlt! Ich weiß, dass einige sich mit dem Gedanken an Fahnenflucht anzufreunden beginnen ... ab nach Hause zur Familie, um dann aus Deutschland zu fliehen.«

Einige zeigten sich ertappt.

»Aber es wird keine Flucht geben – jedenfalls keine endgültige. Ein paar Monate noch, dann wird kein sicherer Ort mehr auf diesem Planeten existieren. Zuvor aber wird noch das Chaos ausbrechen, unsere

Zivilisationen werden aufhören zu funktionieren. Die Atommächte dieser Welt werden in ihrer Verzweiflung das Höllenfeuer lostreten und dann lautet die Preisfrage, ob es die Affen oder wir selbst sein werden, die das Ende unserer Art einläuten. Die Agonie der Menschheit jedenfalls wird qualvoll, grausam und kategorisch sein.«

Fabius' Blick wanderte die betroffene Miene der Soldaten ab. Bernau wich ihm aus. Martens derweil schien um einen ganzen Kopf geschrumpft zu sein.

»Es gibt kein Mittel gegen diese Viecher, keines jedenfalls, das etwas anderes als verbrannte Erde übrig lässt. Und was nutzt es uns, den Planeten zu behaupten, wenn wir danach nicht mehr auf ihm leben können?«

Fabius spuckte beim Reden, weißer Schaum bildete sich in seinen Mundwinkeln.

»Dieses Irrsinnsunternehmen wirkt wie der verzweifelte Griff nach dem letzten Strohhalm ... und genau das ist es auch. Es ist aber auch unsere Chance, den Affen beizukommen. Die Arschlöcher scheinen ihre Teller zu lieben und es ist nicht abwegig zu glauben, dass sie aufwachen und endlich raffen, mit wem sie es zu tun haben, wenn wir ihnen eines ihrer Babys wegnehmen. Denkt zudem an die Möglichkeiten, die uns ein funktionierendes Raumschiff an die Hand gibt: Zugriff auf die Systeme des Feindes. Wir werden schon etwas Brauchbares mit diesem Ding anfangen.«

Er atmete schwer.

»Damit uns diese Mission aber überhaupt gelingt, brauche ich von jedem von euch 1000 Prozent Einsatzbereitschaft und den unbedingten Willen, diesen Scheißkerlen in die Klöten zu treten. Wir können das packen! Morgen früh beginnt das gemeinsame Üben mit den Hubschraubern, sprich: Der Rest des Nachmittags ist frei. Ich schlage vor, ihr nutzt die Zeit, um euch selbst auf Vordermann zu bringen. Geht duschen, rasiert euch, wedelt euch einen von der Palme. Ich fahre jetzt los und organisiere was zu trinken. Zwei Pullen Bier pro Soldat. Wie hört sich das an?«

Fabius hatte den Soldaten tatsächlich ein Lächeln abringen können, auch Bernau fühlte, wie die Schwere der Situation ein Stück weit von ihm abfiel und wie ihn neuerlicher Mut ergriff. Zu seinen Zweifeln gesellte sich Hoffnung.

»Gut! Attacke, Männer! Um 1800 treffen wir uns hier wieder zur Getränkeausgabe!«

Martens' Blick verriet, dass die Aktion mit ihm nicht abgesprochen war.

19

Luftraum über Bad Salzuflen – Deutschland

Es handelte sich möglicherweise um die größte Flotte von Militärluftfahrzeugen, die seit Ende des Zweiten Weltkriegs den deutschen Luftraum durchstreift hatte. Mit Kurs Südsüdwest hielt sie auf die Orbitalbrücke der Außerirdischen zu, die sich in der Ferne wie eine orangefarbene Windhose astronomischen Ausmaßes vom Erdgrund bis hinauf in den Weltraum schraubte. Links davon, noch als kleiner Punkt über der Horizontlinie schwebend, ruhte in völliger Bewegungslosigkeit der Superplate.

Bernau und seine Kameraden kauerten einander gegenüber auf den Seitenbänken einer CH-53. Der Flug verlief ruhig, der Drehflügler lag gleichmäßig in der Luft. Die Soldaten im Inneren umklammerten ihre Waffe, manch einer versuchte zu schlafen, doch die allgemeine Anspannung hielt ihn davon ab. Das Donnern der Triebwerke verschluckte jedes andere Geräusch. Im Halbdunkel sah Bernau die Augen der ihm gegenübersitzenden Männer und Frauen, weißen Kugeln gleich stachen sie aus dem mit Tarnschminke abgedunkelten Gesicht hervor. Meier schob ein Kaugummi von der einen in die andere Mundseite. Fabius hatte seinen berüchtigten »Panzerzerstörblick« aufgesetzt. Degel kaute auf seinem Handschuh herum. Eichner hatte tatsächlich das Kunststück vollbracht einzuschlafen. Emmerich blickte ungeduldig zur Decke herauf. So flogen sie dahin und wussten, dass dies die Ruhe vor dem Sturm war. In wenigen Minuten würde nicht weniger als die Hölle über sie hereinbrechen. Niemand wusste, was sie erwartete. Niemand konnte sagen, ob sie es überhaupt ins Schiff schaffen würden oder ob der Feind rechtzeitig seine Plattform einfahren würde. Trotz aller Unwägbarkeiten, Berlin hatte sich dafür entschieden, das Wagnis einzugehen. Würden die hiesigen Wettbüros Tipps auf das Gelingen der Operation »Wolkenbruch« annehmen, ein Erfolg würde locker mit einer 10er-Quote versehen sein.

Bernau, im geschlossenen Hubschrauberkorpus von der Außenwelt abgeschnitten, bekam nicht mit, was sich außerhalb abspielte, welche mörderischen Luftkämpfe den Himmel zum Blitzen und Funkeln brachten. Ein Konglomerat aus Kampfjets unterschiedlichster Nationen flitzte durchs Gewölk, umkreiste die Hubschrauber und versuchte, diese vor Angriffen durch Diskusjäger zu schützen. Schingarjow hatte sich nicht lumpen lassen und 82 Kampfflugzeuge sowie 16 Kampfhubschrauber entsandt, die sich mit leichter Verspätung in dieser Minute im Luftraum anmeldeten und durch den Führer der NATO-Flieger, einen spanischen Piloten, freudig begrüßt wurden. Sogleich stürzten sich die Russen in den Kampf, lösten sich Raketen unter ihren Tragflächen und sausten dem Feind entgegen, der einmal mehr auf ein massiertes Vorgehen verzichtete, sondern vereinzelt und geradezu willkürlich angriff. Freilich, bei einem massierten Diskusangriff hätte die Operation sofort abgeblasen werden müssen, einer koordiniert agierenden Luftstreitmacht des Gegners hatte niemand etwas entgegenzusetzen.

Ebenso wenig bekam Bernau mit, wie allerorts getroffene Flugzeuge, brennenden Fackeln gleich, zur Erde herniederstürzten, wo sie zu gewaltigen Feuerbällen vergingen. Piloten baumelten an Rundkappenfallschirmen. Energielanzen der Diskusjäger brachten sämtliche Luftschichten zum Flimmern, jagten den menschlichen Flugzeugen nach.

Ferner konnte Bernau, eingepfercht im Transporthubschrauber, nicht sehen, wie die Welt darunter aussah. Eine einzige, orangefarbene Masse überzog das Land. Die Aliens besetzten ausnahmslos Straßen, Plätze, Wiesen, Wälder; sie bedeckten jeden Flecken mit ihrem plumpen Körper. Einzig Gebäude ragten wie Inseln aus dem orangen Gewusel heraus. Es war ein ganz und gar unwirtlicher Anblick, einer, der seinem Betrachter das Blut in den Adern gefrieren ließ.

Neben den CH-53 und NH-90-Transporthubschraubern des Heeres befanden sich Sea King, Sea Lion und Westland Lynx der Marine in der Luft, außerdem Schulungsmaschinen von Eurocopter, wieder in Dienst gestellte Bell UH1D, Kampfhubschrauber vom Typ Tiger und einige weitere Modelle. Die Bundeswehr hatte ihre gesamte Hubschrauberflotte zusammengekratzt. Nicht jeder Drehflügler war mit Soldaten bestückt, manche flogen allein aus dem Grund mit, um die Wahrscheinlichkeit zu senken, dass die für die Operation entscheidenden Hubschrauber bei Durchbrüchen von Diskusjägern abgeschossen würden.

Bernau schloss die Augen, atmete tief durch. Es war ein beängstigendes Gefühl, in einem dunklen Kasten zu sitzen, hilflos ausgeliefert dem Können des Piloten sowie dem Zufall, der ihrer CH-53 einen Treffer bescheren mochte oder nicht. Immer wieder wühlte sich das Krachen von Explosionen, das Zischen von Raketen, das Tosen von Jettriebwerken durch den Lärm, den der Transporthubschrauber produzierte. Bernau zitterte unter den Vibrationen und der Anspannung. Er riss die Augen auf, starrte in das unbewegte Gesicht Emmerichs. Der Hauptgefreite führte ein Sturmgewehr vom Typ G3, er nickte seinem Gruppenführer zu und Bernau nickte zurück. Sein Blick fiel auf die Dutzenden Panzerfaustpatronen und die Kisten, gefüllt mit Handgranaten, die in der Mitte zwischen den Soldaten lagerten. Sie führten so viele Sprengmittel mit sich, wie der Hubschrauber zu tragen vermochte. Bernau fragte sich, ob er in sechs Stunden noch leben würde.

* * *

Robert Becker konnte noch immer nicht fassen, wo er da hineingeraten war. Bis vor einer Woche war er noch nie in seinem Leben aus einem funktionstüchtigen Luftfahrzeug gesprungen und nun hatte er bereits sechs Fallschirmsprünge auf dem Kerbholz. Wegele hatte ihn einem SET zugeteilt, das der Luftlandeeinheit der GSG 9 unterstand. Und seine Kollegen verstanden es, bei ihm die richtigen Knöpfe zu drücken, um ihn dorthin zu bringen, wo sie ihn haben wollten. Bedenken ob seines weitgehend abgeheilten Fußes hatten sie fortgewischt und ihm gleichzeitig unmissverständlich klargemacht, dass es für Schlappschwänze und Dauerkranke keinen Platz in der Spezialeinheit gebe. Derartiges ließ Robert sich nicht gerne an den Kopf werfen und so hatte er sich dazu hinreißen lassen, im Blitzverfahren zum Fallschirmspringer ausgebildet zu werden. Zweifelsohne, er hatte bis dato durch Leistung und Einsatzbereitschaft überzeugt, was der Grund dafür war, dass seine Kollegen und Vorgesetzten an ihm festhielten.

Robert strich mit der behandschuhten Hand über den Kunststoffschaft seines G8, eines leichten Maschinengewehrs. Die an der Operation

»Wolkenbruch« beteiligten Beamten waren mit den größten Kalibern ausgerüstet, die die Waffenkammer hergab, denn mit Pistolen und MP waren die Außerirdischen kaum zu beeindrucken. Selbst die Kollegen von der Bundeswehr gerieten oftmals ins Hintertreffen. Das Kaliber 5,56 Millimeter ihres G36 hatte sich als nicht durchschlagkräftig genug erwiesen, um die außerirdischen Fleischbrocken umzuhauen, ohne ein ganzes Magazin in sie hineinzupumpen.

Robert presste seinen Hintern mit aller Macht in die harte Sitzschale, das Dröhnen des Hubschraubertriebwerks wummerte in seinen Ohren. Er blickte nach rechts, sah neben sich seine Kollegen sitzen, allesamt erfahrene, ausgebildete GSG-9-Recken aus der Prä-Kriegszeit. Wegele hatte nur die Besten nominiert, doch da auch die Spezialeinheit der Bundespolizei bereits hatte bluten müssen und da sie überdies vielerorts eingebunden war, war nun auch Robert nebst zwei weiteren »Neuen« jenem Einsatzteam zugeteilt, das die wahnsinnige Aufgabe vor der Brust hatte, aus 2500 Metern Höhe im Automatiksprung auf das Dach eines Raumschiffs einer außerirdischen Spezies zu springen. Er gehörte dem Vorkommando an, bestehend aus vier SET, die einen Perimeter zu sichern hatten, ehe die restlichen Kollegen das Raumschiffsdach im deutlich ungefährlicheren Abseilmanöver entern würden. Robert wollte lieber nicht daran denken, was ihm bevorstand. Als Wegele sie erstmals instruiert hatte, hatte er geglaubt, der Kommandeur scherze. Wegele aber scherzte nicht, Robert hatte das rasch begriffen. Und so hockte er nun in einem Transporthubschrauber der Bundespolizei und befand sich unlängst hinter den feindlichen Linien. Er zupfte sich am Helmriemen herum, prüfte zum tausendsten Mal das Trommelmagazin auf festen Sitz.

»Nervös, Becker?«, brüllte Arthur Mueller neben ihm, ein Deutschrusse, dessen Sprechart von einem starken Akzent geprägt war. Mueller gehörte den alten Hasen an, war ein warmherziger, gleichzeitig aber fordernder Kerl. Robert hatte ihn als zuverlässigen Kollegen kennengelernt.

»Ja«, gab er zu und musste ebenfalls gegen das Getöse der Triebwerke anschreien.

»Ich auch! Ich scheiße mir gleich in die Hose! Alter Verwalter, denk mal darüber nach, was wir hier tun!«

Robert nickte.

»Dafür habe ich nicht unterschrieben«, stellte Mueller nüchtern fest und lachte auf.

Robert rutschte auf der Plastiksitzschale hin und her, seine Pobacken strahlten Schmerzreize aus. Die Enge des Hubschrauberinnenraums bedingte es, dass er reichlich Körperkontakt mit Mueller hatte und überdies das MG unangenehm gegen sein Schienbein drückte.

»Hoffe, die Kameraden halten uns den Rücken frei!«, sagte Mueller und zeigte durch das Seitenfenster nach draußen.

Robert betrachtete die tief hängenden Schäfchenwolken. Das Schiff der Affen klebte darunter in der Atmosphäre fest, so erschien es. Selbst aus der Ferne wurden ihm dessen Ausmaße bewusst, es glich einer schwebenden Stadt. Es verfügte in etwa über die Form eines Tellers – daher der Name »Superplate« –, eines gigantischen Tellers mit einem Durchmesser von annähernd zwei Kilometern. Seine Oberseite war nahezu plan, nur an den Rändern rundete es sich ab.

Robert machte mehrere Kampfjets aus, die in einiger Distanz ihre Bahn zogen. Es blitzte im Gewölk, als wäre ein schlimmes Sommergewitter losgebrochen. Ein Jet sackte nun ab und zerspellte in Abermillionen von Fragmenten. Ein orangefarbenes Objekt zeigte sich im Dunstnebel, ehe es hinter einer Kumuluswolke verschwand.

»Das erinnert mich an Erbil 2019«, rief die Kollegin neben Mueller und wischte sich eine Strähne aus dem Gesicht.

»Ja?«, grunzte der Deutschrusse. »Da haben wir beide aber ziemlich unterschiedliche Erinnerungen an Erbil.«

Der Kopilot erschien im Durchgang zum Cockpit und gab den GSG-9-Beamten ein Handzeichen.

»Jetzt wird es heiß«, verkündete er dazu via Funk. »Angriff der Hubschrauber läuft an!«

»Angriff«, rezitierte Robert und fasste sich an die Stirn. »Fuck! Für so eine verfickte Scheiße bin ich nicht zur Polizei gegangen ...« Er wusste dennoch, wofür er an diesem Höllenritt von Himmelfahrtskommando teilnahm. Für wen. Vor dem Abflug hatte er letztmalig mit Lilly telefoniert, die bei seiner Schwester vorläufig in Sicherheit war. Er hatte ihr nicht erzählt, was er tun würde. Er versuchte, den Krieg, so gut es ging, von ihr fernzuhalten. Wegele aber hatte recht. Es gab kein Davonlaufen, würde bald keinen sicheren Ort mehr gehen – auf dem gesamten Erdenrund nicht. Und darum musste Robert seinen Teil dazu beitragen, die Invasoren zu schlagen. Seine Hoffnungen ruhten dabei darauf, dass das Kapern eines Superplates tatsächlich die Wende in diesem Krieg bringen würde. Wegele glaubte fest daran und Robert vertraute ihm. Er schürzte die Lippen, atmete stoßweise aus. Der turbulente Flug des Helikopters manifestierte sich als unerträglicher Druck in seinen Eingeweiden.

»Du kotzt mir jetzt aber nicht?«, frotzelte Mueller.

»Wie kannst du nur so ruhig bleiben?«

»Weiß nicht. Das liegt vielleicht an meinem ausgeglichenen Gemüt, vielleicht auch an meinem unerschütterlichen Glauben an einen guten Ausgang dieser Sache. Vielleicht liegt es aber auch an der halben Flasche Wodka, die ich intus habe.«

»Klischee erfüllt, was?«

»Da, Genosse.«

Durch das Seitenfenster sahen Robert und seine Kollegen nur einen kleinen Ausschnitt von dem, was sich im Luftraum abspielte. Die vereinigten europäischen Luftwaffen – die Streitkräfte von NATO, der EU, den Balkanstaaten, der Schweiz und Russland – stürzten sich auf jeden Diskus, der sich den Hubschraubern zu nähern versuchte. Deutsche Kampfhubschrauber vom Typ Tiger und russische Ka-52 Alligator lösten sich nun aus der Armada der Drehflügler. Sie stiegen in höhere Gefilde auf, stoben dem Superplate entgegen, der bereits so nah war, dass er das Sichtfeld der Piloten von rechts nach links ausfüllte. Die Kampfhubschrauber drangen in den Luftraum darüber ein. Es war, als befänden sie sich plötzlich auf einem fremden Planeten mit spiegelglatter Oberfläche. Die viele Hektar große Schale des Luftschiffes tat sich unter ihnen auf. Die Tiger und Alligator ließen die Waffen sprechen, mit Maschinenkanonen und Luft-Boden-Raketen putzten sie die wenigen Affen weg, die sich dort tummelten. Der Feind derweil schien begriffen zu haben, was Phase war. Diskusjäger sausten jetzt in größerer Zahl heran, sie wurden von den Kampfjets sofort in Luftkämpfe verwickelt. Die Menschen erlitten hohe Verluste. Allerorts schraubten sich getroffene, brennende Maschinen dem Erdengrund entgegen, andere zerfielen unter außerirdischem Beschuss in mehrere Teile. Energielanzen brannten Löcher in einen Schweizer Jet, der daraufhin, in wilden Kreiselbewegungen begriffen, in die Tiefe trudelte. Ein Russe erwischte indes einen Diskus mit seiner Rakete. Der Druck der

Detonationen schleuderte den orangefarbenen Jäger fort, dieser fing sich in einigen Hundert Metern über dem Boden wieder und gewann, wild zuckend und daher für das menschliche Auge kaum nachzuvollziehen, an Höhe.

Nun kapselten sich auch die Drehflügler der Bundespolizei vom Gros der Armada ab, sie folgten den Kampfhubschraubern nach, stiegen auf. Vor ihnen baute sich die Seitenwand des Raumschiffes, die gut 80 Meter in der Höhe betrug, als eine in der Luft schwebende Mauer auf. Selbst die größeren Hubschrauber wirkten wie Spielzeug im Vergleich zu dem exorbitanten Schiff. Der Rest der Hubschrauber drang unter den Superplate vor. Dunkel war es dort, kaum Sonnenlicht erreichte den Bereich unter dem Riesenteller.

Die aus der Unterseite des Schiffs herausragende Plattform setzte sich in Bewegung, sie hob sich langsam ins Schiff zurück. Wegele hatte damit gerechnet und die Aliens hatten auch schon zuvor hin und wieder die Plattform eingezogen und wieder ausgefahren. Die Bundeswehr hatte entsprechend Wegeles Bitte diesen Vorgang beobachtet und dabei festgestellt, dass er viel Zeit in Anspruch nahm. Etwas mehr als sieben Minuten verblieben den Hubschrauberpiloten, ehe der noch geöffnete Spalt zu schmal sein würde. Die Zeit dürfte ihnen kein Schnippchen schlagen. Dafür aber preschten nun von allen Seiten Diskusjäger in einer konzentrierten Masse heran, wie die Menschheit es nie zuvor gesehen hatte.

Immerhin bestätigte sich Wegeles Theorie: Die Invasoren maßen ihren Superplates einen großen Wert bei, anders war es nicht zu erklären, dass sie schier panikhaft sämtliche verfügbaren Luftstreitkräfte ins Operationsgebiet beorderten. Es dauerte nicht lange und die menschlichen Piloten waren ihren außerweltlichen Opponenten nicht nur technologisch, sondern auch zahlenmäßig unterlegen. Die Kampfjets fielen wie die Fliegen, überall regneten zerfetzte Flugzeuge aus den Wolken. Auf allen Frequenzen herrschte das Chaos, Piloten brüllten durcheinander. Der Himmel glomm orangefarben; Diskusse tummelten sich zu Hunderten, bald zu Tausenden. Binnen Minuten verloren die Menschen zwei Drittel ihrer Kampfflugzeuge. Gleichzeitig zogen die Hubschrauber der Bundespolizei, in deren Innerem die Beamten der GSG 9 nervös auf ihren Einsatz warteten, über den Rand des Superplates hinweg. Zerstückelte

Aliens säumten das Dach des Raumschiffes ... außerdem Wracks von Kampfhubschraubern und Jets. Rauchsäulen kräuselten sich empor. In der Ferne stürzte ein Jet ab, klatschte mit der Urgewalt eines Blitzeinschlags auf den Superplate auf und zerbarst.

Diskusjäger kippten sogleich aus den Wolken, flitzten den Hubschraubern der Bundespolizei entgegen. Nur ganz vereinzelt flirrten Energielanzen durch die Luft, als bangten die Piloten der Diskusse, ihr Raumschiff zu treffen.

Robert hielt sich mit aller Macht an seiner Waffe fest, die Turbulenzen hoben ihm den Magen aus. Durch das Seitenfenster wurde er Zeuge der Vernichtung eines Eurocopter EC135. Zwei Energielanzen fraßen sich durch dessen Korpus, stanzten Löcher in den strahlend blauen Lack. Das Material veränderte seinen Aggregatzustand, der Hubschrauber verwandelte sich in ein kochendes Konglomerat Flüssigmetall, in dem die Insassen verpufften. Ein komplettes SET der GSG 9, ausgelöscht binnen eines Wimpernschlages. Der blubbernde Metallklumpen verlor an Höhe, fiel einem Stein gleich zur Raumschiffsoberfläche hinab. Der Diskuspilot hatte sich hinter sein Ziel gesetzt, die Energiegeschosse flitzten nun parallel zum Superplate davon und liefen somit keine Gefahr, diesen zu treffen.

»Scheiße!«, versetzte Mueller, der seinen Rücken gegen die Lehne der Sitzschale presste. Robert ballte die Zehen. Er ließ vernehmlich Luft entweichen, verfiel in eine aufgeregte Stoßatmung.

Er wurde mehrerer Diskusse gewahr, die aus größerer Höhe auf die Hubschrauber herabstießen. Er suchte sein MG mit den Händen zu zerdrücken, seine Oberarme spannten sich wie Stahlseile.

Der Kopilot langte hektisch an Robert vorbei, riss die Tür auf, schrie: »Ihr müsst raus!«

»WAS?«, verliehen Robert und Mueller ihrer Bestürzung Ausdruck. »Wir sind doch noch am Rand!« Der Fahrtwind war wie ein unsichtbarer Starkregenschauer, der Robert waagerecht ins Gesicht prasselte. Er fauchte mörderisch, übertünchte alle anderen Geräusche.

In diesem Augenblick fing ein Helikopter Feuer. Diskusse sausten haarscharf durch die Hubschrauberformation hindurch, versuchten einzelne zu rammen. Die Piloten übten sich in wilden Ausweichmanövern, ihre Maschine wackelte hin und her. Der Kopilot musste sich an Roberts Gurt festklammern, um nicht durch die geöffnete Tür nach draußen geschleudert zu werden. Er vernachlässigte in diesem Augenblick ungezählte Sicherheitsvorschriften.

»RAUS JETZT! WIR SCHAFFEN ES NICHT WEITER!«

Robert gehorchte. Durch die Ausbildung der letzten Tage hatte er seine Furcht vor dem Springen so weit abgelegt, dass er sich problemlos dazu zwingen konnte, den Gurt zu lösen und sich an die geöffnete Tür zu stellen. Er blickte auf die orange changierende Spiegelfläche unter ihm. Er sichtete Bruchstücke eines Tiger-Hubschraubers, die allmählich gen Abgrund rollten, was darauf hindeutete, dass sie noch immer nicht jenen Bereich des Raumschiffsdachs erreicht hatten, der vollkommen eben war. Er spürte, wie Muellers Hände ihn abtasteten.

»OKAY!«, brüllte der Deutschrusse und klopfte Robert dreimal gegen den Oberschenkel. Der entdeckte Diskusjäger aus dem Augenwinkel. Sie bevölkerten das Firmament, versetzten es in ein oranges Leuchten. Kein Kampfjet war mehr zu sehen. Robert blickte auf die mit Wracks, Leichen und Fragmenten durchsetzte Fläche unter ihm. Schluckte. Betete.

Das ist Wahnsinn!

»Los jetzt!«, schrie sich der Kopilot die Seele aus dem Leib. »Wir können die Kiste nicht mehr ruhig halten!«

Robert sprang. Alles ging blitzschnell. Ein Ruck wie der Kopfstoß eines Stiers hämmerte gegen seinen Oberleib, als sich der Fallschirm öffnete. Dieser zerrte mit gewaltiger Kraft an ihm, als wollte er ihn hoch in die Luft schleudern. Er klammerte sich an seiner Waffe fest, die er nicht verlieren konnte. Über einen Karabiner war sie an seinem Funktionsanzug befestigt. Im nächsten Augenblick bereits schlug Robert hart auf der orangefarbenen Oberfläche auf. Er hatte die Füße automatisch zusammengenommen, war mit beiden gleichzeitig gelandet, wie er es gelernt hatte. Ein höllischer Stich fuhr durch seinen abgeheilten Fuß, auf den eine dumpfe, auf das Bein ausstrahlende Pein folgte. Robert stöhnte auf. Gleichzeitig drückte ihn die Energie der Landung nach vorn. Er stürzte, rollte sich ab, landete auf dem Rücken, sah nichts als die weiße Rundkappe, die sich auf ihn herniedersenkte wie eine schützende Decke. Für einen Augenblick spürte er nichts als Schmerz. Die ganze Woche über hatte ihn der Fuß in Ruhe gelassen, ausgerechnet nun meldete sich seine Verletzung zurück. Er zerdrückte einen Fluch auf den Lippen, rieb die

Backenzähne gegeneinander und stellte sich mühsam auf alle viere. Auf diese Weise kroch er unter dem Fallschirm hervor.

Für einen Moment verlor er sich in dem glänzenden Material, aus dem das Raumschiff bestand. Seine Beschaffenheit erinnerte ihn an Glas. Er vermochte keine sichtbaren Nahtstellen auszumachen, keine Nieten, keine Erker oder Aussparungen. Die Luft war dünn und eiskalt, er spürte die Kälte auf seinen Wangen, sie war wie Schmirgelpapier auf der Haut. Er tat einige exaltierte Atemzüge. Der Superplate hielt sich weniger als 1000 Meter unter jener Höhengrenze auf, ab der der Mensch auf eine Höhenanpassung angewiesen war.

Der Schall von Detonationen drang druckvoll in Roberts Gehörgänge ein. Er fuhr herum, sah den Hubschrauber über dem Rand des Raumschiffs schweben; Mueller stand an der geöffneten Tür, bereit zum Sprung. Zwei Energielanzen griffen nach dem Drehflügler. Der Pilot zerrte am Steuerknüppel, wich aus. Mueller sprang. Der Helikopter kreiselte auf den Abgrund zu und verschwand hinter der Kante, gefolgt von einem Diskus, der durch die Luft ruckelte, als würde er immer wieder kleine Strecken per Teleportation zurücklegen. Roberts Augen aber hefteten sich einzig auf Mueller. Dessen Fallschirm öffnete sich, zerrte an dem wie eine Gliederpuppe daran hängenden und den Urgewalten der Physik ausgesetzten Beamten. Er landete hart, nur Meter von der abgerundeten Kante entfernt. Sein Schirm aber wurde vom Abwind erfasst, über den Rand hinaus und in die Tiefe gezogen. Das Letzte, was Robert von seinem Kollegen sah, war dessen erschrockenes Gesicht, die weit aufgerissenen Augen, als die Erkenntnis in ihn einfuhr, dass er erledigt war. Mueller wurde über die Kante hinweg in die Tiefe gerissen, ehe er die Schnallen des Schirms hätte lösen können. Sein Schrei hing noch für volle zwei Sekunden in der Luft.

Diskusse gingen die Hubschrauber der Bundespolizei von allen Seiten an. Flitternde Geschosse brannten Tunnel in die Drehflügler. Rotorblätter rissen ab oder lösten sich auf, Maschinen bäumten sich unter Treffern auf, Metall und Fleisch zerflossen unter den siedend heißen Temperaturen. Zur Salzsäule erstarrt, wohnte Robert dem tödlichen Spektakel bei. Kein Jet der menschlichen Luftwaffen war in Sichtweite, im Gegenteil, das Gewölk wimmelte vor Diskusjägern, dass man meinen mochte, es habe sich orange eingefärbt. Als Nächstes wurde Robert bewusst, dass er selbst in höchster Gefahr schwebte. Zerschossene Hubschrauber regneten auf ihn hernieder, ein brennender Mann fiel aus einer geöffneten Seitentür und schlug ungebremst auf das Dach des Raumschiffs auf. Das dumpfe Geräusch des Aufpralls ließ vermuten, dass dabei sämtliche Knochen im Leib zertrümmert wurden.

Robert nahm die Beine in die Hand, rannte wie der Teufel, hielt auf das Zentrum des Schiffs zu. Sein Fuß schmerzte, funktionierte aber. Er ignorierte die Pein. Um ihn herum schlugen die Hubschrauberwracks ein, Splitter wirbelten umher, fetzten haarscharf an ihm vorbei. Robert vollführte einen Hechtsprung, landete auf seiner Waffe, was ihm die Luft aus der Lunge presste. Er jaulte schmerzerfüllt auf, drehte sich auf den Rücken, blinzelte in den wolkenverhangenen Himmel, sah die Diskusse, die zuckend über ihm kreisten. Die gesamte Luftflotte der Bundespolizei war ausgelöscht worden, er augenscheinlich der Einzige, der es lebendig auf das Dach des Raumschiffs geschafft hatte. Die Mission war gescheitert, ehe sie richtig begonnen hatte. Robert blieb einen Augenblick lang reglos liegen.

* * *

Die Hubschrauber der Bundeswehr steuerten die gigantische Plattform an, auf der sie allesamt locker nebeneinander passten. Die Soldaten im Inneren, die wie auf glühenden Kohlen sitzend ihren großen Auftritt erwarteten, waren in den dunklen, fensterarmen Drehflüglern weitgehend von der Außenwelt abgeschottet und konnten höchstens kleine Ausschnitte von dem erfassen, was sich im Luftraum unter dem Superplate abspielte. Kampfjets wurden von Energieprojektilen zersägt. Ihre Überreste hagelten auf die vielen Millionen Alienkrieger am Boden hernieder. Die Diskusjäger besetzten immer zahlreicher den Luftraum. Die Menschen waren hoffnungslos unterlegen. Und doch erzielten sie jäh einen Teilerfolg, indem sie ihre Hubschrauberarmada unbehelligt an die Plattform heranführten. Ein Alligator der Russen schoss mit seiner MK einzelne Aliens ab, die auf dieser wild umherwuselten und unter dem Feuer in Panik gerieten.

Bernau sah, wie Eichner die Augen öffnete, als das tiefe Belfern der Alligator-Waffen durch den Innenraum der CH-53 waberte. Der auf der

Heckrampe hinter dem schweren Maschinengewehr M3M stehende Bordsicherungssoldat, auch »Doorgunner« genannt, hielt sich für seinen Einsatz bereit, er war über eine Sicherungsleine angebunden. Draußen setzte als erste eine zivile Maschine auf der Plattform auf. Soldaten sprangen aus der Kabine, luden eiligst einen Generator und mehrere Flutlichter aus, die sie nach oben ausrichteten, ins düstere Innere des Raumschiffs hinein.

»Es geht los!«, bedeutete der Heckdoorgunner den Soldaten, doch seine Worte wurden vom herrschenden Triebwerkslärm überschattet. Die Rampe senkte sich gemächlich und gab den Blick auf die leuchtende Plattform preis. Die Strahlkraft der Flutlichter gereichte zu blitzenden Punkten in Bernaus Sicht, sodass er die Augen zu Schlitzen verengte. Der Pilot drehte die Maschine ein; alle Hubschrauber drehten sich, sodass die Cockpits zueinander und die Hecks in Richtung Plattformränder wiesen. Die Hubschrauber bildeten über der Plattform eine Art gigantischen Stern und stiegen in dieser Formation langsam und gleichmäßig auf. Das Manöver forderte den Piloten alles ab. Bernau wusste, dass aufgrund des bereits vor dem Krieg herrschenden Personalmangels einige zivile Piloten die Transporthubschrauber der Bundeswehr bedienten.

»Bereit machen zum Ausbooten!«, schnatterte er. Seine Soldaten fassten ihre Waffen, prüften Ausrüstung und Gurte und trugen Fertigmeldungen an ihn heran.

Die Flutlichter offenbarten einen gigantischen Hohlraum oberhalb der Plattform – der heimliche Wunsch der Planer schien sich zu erfüllen. Tatsächlich konnten die Piloten ihre Maschinen problemlos in den Bauch des Superplates hineinbewegen. Es herrschte derart viel Platz vor, dass die Strahlen der Scheinwerfer sich irgendwo in der Dunkelheit verloren. Die Hubschrauber der ersten Welle gewannen weiter an Höhe. Das Rohr der Doorgunner zeigte nach allen Seiten von den Drehflüglern weg.

»Jetzt gilt es!«, brüllte Bernau und klopfte sich gegen den Helm.

»Den Scheißspruch habe ich schon viel zu oft gehört!«, raunzte Meier.

»Schnauze!«, blökte Degel.

Stelzer grinste.

»Hier ist was los«, lachte Emmerich. Die gewaltige Anspannung, die jeden Einzelnen von ihnen gefangen hielt, entlud sich letztmalig in dummen

Sprüchen, ehe sie sich erneut in den Kampf und somit in Lebensgefahr stürzen würden.

Ihre CH-53 drang in diesem Moment in das feindliche Raumschiff ein. Der Doorgunner klappte das Nachtsichtgerät herunter. Es war stockdunkel im Inneren des Superplates.

»Affen!«, brüllte Meier und wies nach draußen. Die Flutscheinwerfer verwandelten die absolute Finsternis in schummriges Zwielicht, in dem zahlreiche, wild umherrennende Außerirdische zu erkennen waren. Bernau streckte den Kopf vor, verengte die Augen. Die Aliens schienen unbewaffnet und nicht mit Schilden ausgestattet zu sein. Bisher verlief alles wie am Schnürchen, nichtsdestotrotz spürte er seinen Puls in den Schneidezähnen.

Die Doorgunner nahmen die Affen aufs Korn und richteten ein regelrechtes Massaker unter ihnen an. Das Knattern der Bordwaffen war ohrenbetäubend. Rot glimmende Spurmunition sprang den Außerirdischen entgegen, Hülsen wurden vom Fahrtwind erfasst und aus dem Hubschrauber geschleudert. Die Maschinenwaffen sprühten, vom Hubschrauberpulk ausgehend, glühende Projektile ins Halbdunkel. In weniger als einer Minute waren sämtliche Außerirdischen im Sichtbereich erledigt, aufgeplatzte Leiber säumten den Bereich um die Öffnung für die Plattform herum. Die Piloten dividierten ihre Hubschrauber auseinander, ließen sie über die Kante hinwegschweben. Vereinzelt bellten noch die M3M, fällten Aliens, die in der Dunkelheit aufgescheuchten Hühnern gleich umhersprangen.

Ein Ruck ging durch die Maschine, ging auch durch Bernau, als die Reifen den Untergrund berührten. Der Bordmixer gesellte sich an die Seite des Doorgunners und gab den Insassen das ersehnte Zeichen. Bernau löste seinen Gurt, brüllte seine Soldaten auf die Beine. Noch immer dröhnten die Triebwerke. Die Soldaten eilten im Laufschritt aus dem Hubschrauber und nach links weg, um nicht in den Gefahrenbereich des Heckrotors zu geraten. Die erste Welle hatte das Raumschiff betreten und strömte sternförmig aus. G36 schnatterten, Projektile durchschnitten die Finsternis.

Bernau klappte das Nachtsichtgerät herunter, dieses verwandelte seine Welt in einen zweidimensionalen, grünstichigen Kosmos. Das Licht der Scheinwerfer reichte mit jedem Meter, die sich die Plattform weiter einzog, höher hinaus und berührte schließlich die Decke dieses Raums von gigantischen Ausmaßen, in dem die Bundeswehrsoldaten gelandet waren. Bernau konnte nur erahnen, was das für Konstruktionen waren, die von dort oben herunterhingen. Sie erinnerten ihn an übergroße Klammern. Er tat einige Schritte und erkannte einen Diskusjäger, der von einer solchen Klammervorrichtung festgehalten wurde.

»Kopf einziehen!«, riefen Fabius und andere Unterführer durcheinander.

Die Helikopter der zweiten Welle brausten über die gelandeten Drehflügler hinweg und landeten weiter vorne in der Dunkelheit. Der Abwind fegte Bernau machtvoll ins Gesicht. Die Doorgunner feuerten die Bordwaffe ab, lange Feuerstöße zogen in die Düsternis davon und holten fliehende Aliens von den Beinen. Die dritte Welle blieb gleich auf der Plattform, dicht an dicht landeten die Transporthubschrauber nebeneinander. Es glich einem Wunder, dass es dabei zu keinem Unfall kam. Waffenstarrende Soldaten strömten aus den Maschinen, besetzten die Ränder der Plattform und warteten darauf, dass diese vollständig eingefahren sein würde.

Bernaus Verstand wollte noch nicht recht akzeptieren, wo er sich befand. Wie in Trance wandelte er über den Untergrund, der glatt wie Glas war. Das Wummern verschiedenster Waffen vereinnahmte seine Hörwahrnehmung. Die Außerirdischen aber schossen nicht zurück, waren überhaupt allesamt unbewaffnet. Sie rannten umher, als hätte man ihnen das Gehirn herausgenommen, und ließen sich zu Dutzenden abschlachten. Die Plattform überwand derweil die letzten Meter, schob sich komplett zurück ins Raumschiff. Und plötzlich waren die zahlreichen Leuchten der Hubschrauber und die in die Höhe schneidenden Strahlen der Scheinwerfer die einzigen Lichtquellen. Bernau fand sich in einer Welt von albtraumhafter Unwirtlichkeit wieder. Außerhalb der Lichtquellen beherrschte perfekte Dunkelheit das Innere des Superplates, die immer wieder durchschnitten wurde von bunten Leuchtspurgeschossen. Nun, wo die Piloten die Triebwerke abschalteten und sich der Abwind zu legen begann, wurde Bernau des bestialischen Gestanks gewahr. Dieser Ort verbreitete einen derart üblen Geruch, dass er sich in einen Gülletank versetzt glaubte. Der Gestank zog durch die Nase förmlich direkt in sein Gehirn, wo er ihn auf eine Weise stach, die fürchterliche Kopfschmerzen auslöste. Seltsame Farbtupfen entsprangen vor seinem geistigen Auge. Er drehte sich zu seinen Soldaten um. Allesamt hatten sie mit ähnlichen Problemen zu kämpfen.

»Alter, was passiert mit mir?« Meier hämmerte sich die Faust gegen den Helm.

»Ich habe irgendwie Blitze vor den Augen«, klagte Degel, schob die Lucie hoch und rieb sich die Augen.

»BAS 4!«, kämpfte sich Fabius' Stimme durch das Lärmen der herunterfahrenden Triebwerke. »BAS 4, sofort!«

Die Soldaten ließen sich das nicht zweimal sagen, die Angst vor extraterrestrischen Krankheiten und giftigen Dämpfen ließ sie ihre Sicherungsbereiche vergessen. Mit hektischen Bewegungen machten sie sich an den mitgeführten Taschen zu schaffen. Eiligst zupften sie den gehassten ABC-Schutzanzug heraus und konnten es kaum erwarten, ihn überzustreifen und ihren Körper somit luftdicht von der möglicherweise toxischen Raumschiffsatmosphäre abzuschirmen.

Bernau stülpte sich die Maske über das Gesicht, Erinnerungen aus dem Iran überfielen ihn. Er nahm den Geruch des Kunststoffs und des Gummis in sich auf, jeder Atemzug klang blechern im Filter wider. Kurz überfiel ihn ein Zittern, doch er hatte sich rasch im Griff.

Soldaten schleppten Sandsäcke aus den Hubschraubern, bauten einen Verteidigungsring um die Plattform herum auf. Während es der Auftrag der 2., 3. und 5. Kompanie war, auszuströmen und das Schiff auf einen irgendwie gearteten Kontrollraum zu durchsuchen, würde sich der Rest vor Ort einrichten, um die Hubschrauber zu schützen.

Martens, Bravo und Bernau trafen ihre Absprachen. Die 5. Kompanie würde in Richtung Süden ausschwärmen. Bernaus Blick fiel auf den Astronauten, diesen Armin Hensch, der sich zusammen mit anderen Zivilisten zwischen den Drehflüglern einrichtete. Laptopbildschirme standen wie strahlende Rechtecke im Halbdunkel.

Degel schaltete das Tablet ein, das er mit sich führte und auf dem er eine Karte des Raumschiffs anfertigen sollte, während sie in dieses vordrangen. Es kommunizierte mit den Tablets anderer Gruppen, sodass nach und nach ein vollständiges Bild des Schiffes erstellt wurde.

Der Regimentskommandeur kontaktierte Wegele, welcher den Einsatz vom Landeskommando in Düsseldorf aus leitete. Er meldete die erfolgreiche Infiltration des Superplates und erkundigte sich nach den Kollegen vom GSG 9. Diese haben sich bis dato nicht gemeldet, erklärte Wegele mit einer schmerzlichen Note in der Stimme.

Es war zuvor getestet worden, ob Funkwellen das rätselhafte Material der Affen zu durchdringen vermochten, was sich glücklicherweise bestätigt hatte. Es schien allgemein von geringer Dichte zu sein, was den Fachleuten in Bezug auf dessen Widerstandskraft Kopfzerbrechen bescherte.

»Irgendetwas *muss* es hier doch geben«, trötete Martens durch seine Maske und sah sich um. »Mannschaftsräume, Maschinenräume, einen Kontrollraum ... das ganze Ding kann nicht nur aus einem Hangar bestehen.«

»Lasst uns keine Zeit verlieren«, forderte Fabius. »Legen wir los!«

»Könnte schließlich amazing werden«, trällerte Meier. Bernau klappte das Nachtsichtgerät über die Sichtfenster der Maske, er kam sich vor wie ein Cyborg. Fabius erging sich in Kommandos. Die sichtbar zusammengeschrumpfte Kompanie machte sich auf den Weg.

* * *

Robert eilte, das MG in Vorhalt, von Wrack zu Wrack, doch fand er nur getötete, zerrissene, in der Höllenhitze der Energietreffer in ihre Cockpits eingebackene Piloten vor. Robert wurde sich schmerzlich des Umstands bewusst, dass er der einzige Mensch auf dem Dach des Raumschiffs war. Er blickte ins Firmament hinauf, sah die Diskusse, die sich dort zu Tausenden tummelten. Keine menschliche Maschine bevölkerte mehr das Gewölk. In einiger Entfernung stand die Orbitalbrücke einem orangefarbenen Wirbelsturm gleich über dem Aschefeld, das einst der Truppenübungsplatz Senne gewesen war.

Für die Affen mochten die Raumschiffe eine Art heiligen Status besitzen, anders war es nicht zu erklären, dass sie derart reagierten. Wegele hatte zwar befürchtet, dass die Diskusse, wenn einer ihrer Superplates in Gefahr war, ein koordiniertes, massiertes Vorgehen an den Tag legen könnten, derartige Befürchtungen allerdings waren ob des bisherigen Verhaltens des Gegners und der Tatsache, dass koordinierte Diskusangriffe der Operation »Wolkenbruch« zum Desaster gereichen mussten, bei den Planungen nicht weiter berücksichtigt worden. Und nun war die gesamte Hubschrauberflotte der Bundespolizei aus den Wolken gepustet worden, ehe auch nur ein SET auf dem Dach hatte angelandet werden können.

Robert krümmte sich zusammen, hatte plötzlich das Gefühl, eine Ratte wühlte sich durch sein Gekröse. Er mochte der einzige Mensch sein, der es überhaupt geschafft hatte, denn wenn die Hubschrauber der Bundespolizei samt und sonders abgeschossen worden waren, hatte ihre Pendants der Bundeswehr sicherlich das gleiche Schicksal ereilt. Er konnte nicht einmal Verbindung mit den Soldaten aufnehmen, hatte einzig ein Funkgerät für die GSG-9-interne Kommunikation bei sich. Mueller war mit dem großen Funkgerät ausgerüstet gewesen, das Verbindung zu Wegele sowie den Einheiten der Bundeswehr herzustellen in der Lage war.

Diese Erkenntnis trieb ihm die Tränen in die Augen. Die Operation war gescheitert. Die vielleicht letzte Chance der Menschheit, die Wende in diesem Krieg herbeizuführen, war glorreich vertan worden. Und er würde hier oben sterben.

Lilly! Er würde nicht bei ihr sein können in den nächsten Monaten. In ihren letzten Monaten. Robert hatte das Gefühl, jemand trete ihm wiederholt in die Genitalien. Er richtete sich mühselig auf, streifte die schlimmen Gedanken ab, die Ängste. Er war niemand, der aufgab. Vielleicht hatten es die Jungs von der Bundeswehr geschafft, vielleicht räumten sie längst im Raumschiff auf. Nein, Robert hatte eine Mission! Und solange er noch atmete, würde er alles daransetzen, dieses Raumschiff unter menschliche Kontrolle zu bringen.

Er musste sich stetig auf seine Atmung konzentrieren, um nicht zu hyperventilieren. Er fror und schwitzte zeitgleich, ein ekelhaftes Gefühl. Er zupfte eine Karte aus seiner Beintasche, die eine Draufsicht auf das Raumschiff darstellte. Sämtliche aufgeklärten Kabinen, die ins Innere führten, waren darauf eingezeichnet, inklusive ihrer Entfernung zu den Rändern. Das Problem war, dass der Superplate ausnahmslos von symmetrischer Form war und über keinerlei markante Punkte verfügte, an denen Robert sich hätte orientieren können. Er blickte sich um, doch die Oberfläche stellte sich ihm als aalglatte Fläche ohne Aussparungen oder Nähte dar. Er machte nichts aus, was eine eingefasste Kabine andeuten könnte. Kurz hielt er inne, als er zwischen den Wracks einiger zerhackter

Leichen der Aliens gewahr wurde. Es war das erste Mal, dass er diese Dinger aus der Nähe sah.

Robert hastete an Hubschraubertrümmern vorbei zum Zentrum des Raumschiffs. Er sprang über Bruchstücke, zertrat Glasscherben und kickte Metallfragmente fort. Bedrohlich schwebten die Diskusse über seinem Kopf, ihm kam es so vor, als folgten sie ihm auf Schritt und Tritt, als zögen sie immer engere Kreise um ihn herum, Geiern gleich, auf Beute lauernd. Sie griffen allerdings nicht an. Robert schätzte, dass ihre Waffen durchaus in der Lage waren, das Raumschiff zu beschädigen, und dass sie dies unter allen Umständen vermeiden wollten. Er konnte nur hoffen, dass die Piloten in ihrem fliegenden Frisbee in Verbindung zu ihren Kollegen im Inneren des Raumschiffs standen und dass sie rasch eine Patrouille aufs Dach beordern würden, um sich Roberts anzunehmen. Er hatte nämlich keinen Schimmer, wie er ohne fremde Hilfe eine der Kabinen in Gang setzen konnte. Er fand sie ja nicht einmal!

Wie aufs Stichwort schob sich vor ihm eine zylinderförmige Zelle aus dem Orange. Sie war gerade breit genug, dass ein einzelner Außerirdischer hineinpasste, dessen Schultern die Seitenwände berührten. Das Alien hielt eine Art Rohr in seinen wulstigen Händen. Es sprang aus der Kabine, die unvermittelt wieder im Boden verschwand. Roberts Herz begab sich auf eine Achterbahnfahrt, als er das haarige, kopflose, muskelbepackte Wesen taxierte, dessen Erscheinung die extraterrestrische Herkunft anzusehen war. So etwas gab es nicht auf der Erde, gab es höchstens in Computerspielen und Hollywoodschinken. Und nun stand es ihm leibhaftig gegenüber – bestehend aus Fleisch und Blut, statt von CGI-Fachleuten für die Kinoleinwand zum Leben erweckt. Roberts Geist versuchte zu verleumden, was die Augen aufzeichneten. Er vertrödelte eine volle Sekunde an seine Ungläubigkeit.

Das Alien, das trotz fehlendem Kopf Robert sofort zu orten vermochte, richtete das Rohr auf ihn aus. Der Beamte aber, dessen Reflexe in ungezählten Drillausbildungen automatisiert worden waren, erwies sich als schneller. Er jagte seinem Gegenüber einen langen Feuerstoß in die Brust, der diesen umkippen ließ wie einen gefällten Baum. Mit einem dumpfen Geräusch knallte er auf den Grund und regte sich nicht mehr, schien ausgeschaltet. Robert sprintete dorthin, wo die Kabine aus dem Grund gefahren war. Er warf sich auf die Knie, suchte die plane Oberfläche ab.

Nichts!
Er registrierte nicht einmal eine Naht oder eine Linie. Er fuhr mit den Fingern über den blanken Untergrund, dieser war wie aus einem Guss. Robert verstand die Welt nicht mehr, hatte keinen Schimmer, wie er es ins Raumschiff schaffen sollte. Just in dieser Sekunde vernahm er ein Geräusch in seinem Rücken. Er fuhr herum, wurde Zeuge einer weiteren Kabine, die sich aus dem Grund erhob, nur wenige Meter von ihm entfernt. Das Alien zwängte sich aus der Zelle.

Robert reagierte instinktiv. Er löste sein MG vom Trageriemen und schleuderte es – am Außerirdischen vorbei – der Kabine entgegen. Drohend baute sich der fellbesetzte Brocken vor ihm auf, visierte ihn mit seinem seltsamen Rohr an. Dahinter zog sich die Kabine in den Boden zurück, das MG ragte halb in diese hinein. Und verkantete sich zwischen ihr und der Oberfläche, sodass sie nicht vollständig zu schließen vermochte. Ein schrilles, knarzendes Geräusch ertönte, schmerzte in Roberts Ohren. Dem blieb keine Zeit, seinen Triumph zu feiern. Er warf sich auf den Bauch, die Rohrmündung des Aliens folgte seiner Bewegung, doch zögerte es, drückte es nicht ab. Robert verstand. Das Energiegeschoss würde seinen Körper mühelos durchschlagen und die Hülle des Raumschiffs schädigen. Der fliegende Suppenteller musste tatsächlich von heiliger Bedeutung für diese Viecher sein.

Das Alien fasste seine Waffe neu, schwang sie wie einen Knüppel und schlug damit nach Robert. Der entging dem Hieb durch eine Seitwärtsrolle und hatte schon eine Hand am Pistolenholster. Er sprang auf die Füße, da traf ihn die Pranke des Außerirdischen mit voller Härte. Robert war, als würde er von einer Dampfwalze überrollt werden. Die Energie des Treffers warf ihn mehrere Meter zurück, er landete hart auf dem Rücken. Für eine Sekunde war ihm schwarz vor Augen, bunte Sterne tanzten in seiner Sicht. Der Untergrund übertrug die schweren Fußtritte des Aliens auf ihn, es stapfte auf ihn zu. Robert versuchte die Desorientierung abzuschütteln, da packte es ihn am Arm und lüftete ihn so mühelos in die Höhe, wie ein Kind eine Puppe aufhob. Die fetten Wurstfinger übten einen heftigen Druck auf seinen Arm aus, dass er spürte, wie Gewebezellen platzten und sich Blutergüsse bildeten. Er stieß einen gutturalen Laut aus, schnappte nach Sauerstoff, strampelte hilflos in der Luft, blickte auf seinen Gegner, diesen mit fettigem Fell überzogenen Fleischklops.

Es irritierte ihn, dass das Alien über keinen Kopf verfügte, über kein Gesicht, in das er hätte blicken können. Ohne Umschweife richtete es seine Rohrwaffe auf Roberts Brust aus, der, am langen Arm hängend, seine Pistole zückte, auf den waffentragenden Arm zielte und mehrfach abdrückte. Die Kugeln durchschlugen die baumstammdicke Extremität. Das Alien ließ Robert los und der patschte zurück auf den Untergrund. Der Aufprall presste ihm die Luft aus der Lunge. Robert riss seine Waffe hoch, feuerte weiter, entleerte das gesamte Magazin in das Alien. Und lud blitzschnell nach, da es noch immer stand, zwar strauchelnd, darum kämpfend, nicht umzukippen, doch noch stand es. Robert würde dies ändern. Er schoss, jagte weitere fünfzehn Projektile in den außerweltlichen Körper hinein. Eine dunkle Flüssigkeit tropfte auf den orangefarbenen Grund, das Alien klappte zusammen wie ein Kartenhaus in einem Windstoß und lag strampelnd in einer größer werdenden Lache seines eigenen Blutes.

Robert stellte sich auf die Füße, schnappte nach Luft. Seine Knie zitterten, doch unterdrückte er die Ängste, die auf sein Nervenkleid einprasselten. Gewiss, er hatte sich schon früher in Gefahr begeben, doch nie zuvor hatte er um sein nacktes Leben gekämpft. Er las die Rohrwaffe auf, musterte den übergroßen mechanischen Knopf, der sie auslösen musste, und torkelte dann – die Nachwirkungen des Hiebes setzten ihm noch immer zu – der fixierten Kabine entgegen. Er griff in die Öffnung hinein, die dank des eingeklemmten Maschinengewehrs bestand, und stellte erleichtert fest, dass sie sich kinderleicht anheben ließ. Er wollte nur noch runter vom Dach, rein ins Raumschiff. Der Himmel über ihm glitzerte orangefarben. Die Diskusse zogen engere Kreise, einige schwebten keine 100 Meter über seinem Kopf, doch wagten sie es nicht einzugreifen.

* * *

Die G36 schnatterten, die Soldaten der 5. Kompanie durchkämmten im Schützenrudel den riesenhaften Hangar. Noch hatten sie dessen Begrenzungswände nicht entdeckt. Bernaus Atmung ging rasselnd unter der Maske, die ihn kaum mit ausreichend Sauerstoff zu versorgen vermochte. Im Nachtsichtgerät sah er die Klammern für die Diskusjäger über ihm schweben, bedrohlich erschienen sie ihm, wie die Scheren astronomischer Krabben, die jeden Augenblick nach ihm schnappen mochten. Die wenigen Affen, die wie Kraut und Rüben durch den Hangar flitzten, wurden von den Soldaten der Kompanie gnadenlos niedergemacht. Blitzende Leuchtspurgeschosse flitzten durch die Dunkelheit, immer wieder huschten die fellbesetzten Fleischberge vor Bernaus Waffe umher. Er riss abermals das G36 hoch, hielt auf ein davonhumpelndes Alien an, betätigte den Abzug und beschoss es mit einer Dublette. Sein Ziel stolperte und versuchte davonzukriechen. Bernau setzte ihm mit einer weiteren Garbe ein Ende. Die Geschosse durchschlugen den Leib, prallten vom unzerstörbaren Untergrund ab und sprangen zu den Klammern hoch.

»Vorsicht vor Querschlägern!«, rief Martens, der seiner Kompanie einmal mehr hinterherrannte. Fabius stürmte vorweg, feuerte seine Waffe aus der Hüfte ab und hatte längst wieder das Kommando an sich gerissen.

»LOS!«, machte er den Soldaten Beine. »Keine Müdigkeit vorschützen!«

Bernau vernahm Emmerichs Keuchen neben sich, der Hauptgefreite machte einen erschöpften Eindruck. Bernau hatte sich im Vorfeld dagegen ausgesprochen, ihn mitzunehmen, Fabius und Bravo aber hatten ihn überstimmt, hatten an seine hervorragenden Leistungen im Zuge der zurückliegenden Kämpfe erinnert.

»Fresst Scheiße, ihr Amöben!«, brüllte Meier und ließ sein MG sprechen. Er mähte die davonspritzenden Aliens reihenweise nieder. Überall knallten die Waffen der 5. Kompanie und in der Ferne dröhnten die der anderen ausschwärmenden Einheiten. Die menschlichen Soldaten hinterließen ein Leichenfeld – und der Gegner leistete keinerlei Gegenwehr. Lichtkegel von Taschenlampen und an den Sturmgewehren angebrachten Laser-Licht-Modulen schnitten durch die Düsternis. Es war mit fortwährendem Vorstoß in die Tiefen des Raumschiffs nötig geworden, zusätzliche Lichtquellen zuzuschalten. Die Nachtsichtgeräte verstärkten Restlicht, benötigten dazu aber ebenjenes Restlicht. Dieses existierte im Superplate abseits menschlicher Leuchtmittel nicht. Die Außerirdischen lebten in diesem Ding in absoluter Finsternis und großer Kälte, die mit eisigen Fingern über Bernaus Uniform strich und problemlos durch den Stoff drang. Es waren allerdings nicht nur die niedrigen Temperaturen, die ihm laufend Schauer über den Rücken laufen ließen.

»Wir haben das Ende der Halle erreicht«, meldete der Chef der 2. über Funk. »Hier ist nichts! Keine Durchbrüche, keine Türen. Nur eine nackte Wand!«

Bernau sprang an Degels Seite, betrachtete das Bild des Tablets. Die virtuelle Karte stellte die Eintragungen sämtlicher Einheiten dar. Der Hangar jedenfalls erschien riesig, in entgegengesetzter Laufrichtung zur 5. maß er von der Plattform bis zur Seitenbegrenzung 800 Meter. Nun meldete auch die 3. Kompanie, eine Begrenzung erreicht zu haben, 700 Meter von den Hubschraubern entfernt.

»Hier ist eine Wand!«, jagte die Stimme vom Funker der 2. durch den Äther. »Entsenden Trupps in beide Richtungen, aber hier ist nichts. Keine Tür, kein gar nichts.«

Bernau und Degel verfolgten auf dem Tablet die Lauflinien der anderen Kompanien. Das Bild des Hangars nahm mehr und mehr Form an, es musste sich um einen riesigen, rechteckigen Raum handeln, der einen großen Teil des Superplates vereinnahmte. Irgendwo aber musste sich ein Kontrollraum befinden, etwas, über das man das Schiff steuerte.

»Hier ist was!«, brüllte Bravo. Er und Stelzer näherten sich einer ebenmäßigen Wand, die bis hoch zu den Klammern reichte und ihnen den Weg versperrte. Sie reflektierte das Licht der LLM. Bravo trat an das Gebilde heran, tastete es mit den behandschuhten Händen ab.

»Nichts!«, rief er aus. »Keine Nahtstellen, nichts!«

Abermals blickten Bernau und Degel auf das Tablet. An der linken Flanke der Kompanie fielen Schüsse, die Soldaten dort töteten weitere Aliens, die in den Leistungsbereich ihrer Lucie geraten waren. Auf der digitalen Skizze war gut zu erkennen, wie sich ein Trupp der 2. und einer der 3. bei ihrem Vorhaben, die Wände abzuzirkeln, einander näherten. Immer deutlicher kristallisierten sich die Umrisse des Hangars heraus. Bernau biss sich auf die Unterlippe. Es konnte nicht sein, dass sie in einem rechteckigen Raum gefangen waren. Irgendwo musste es eine Tür, einen Durchgang, irgendetwas geben ... zumindest nach menschlichen Maßstäben. Er hoffte, die GSG 9 habe mehr Glück.

Fabius stellte zwei Trupps zusammen, die ebenfalls nach links und nach rechts der Wand folgen sollten, als plötzlich ein Zischen ertönte, als würde Luft aus einem bis zum Bersten aufgepusteten Ballon entweichen.

Bernau und seine Kameraden blickten auf die Erscheinungen zweier Aliens, die nebeneinander in einem Durchbruch in der Wand standen, der eben noch nicht dort gewesen war.

»KNALLT SIE AB!«, wütete Fabius. Viel zu viele Rohrmündungen richteten sich auf die beiden Aliens, die gerade im Begriff waren, einen Schritt auf die Menschen zuzutun, als sie ein bleierner Taifun traf und überrollte. Projektile aller Kaliber fetzten durch ihren Leib. Die Energie der Treffer zerstörte ihren Körper, riss schwarze Gewebelappen aus ihnen heraus, die die Wände des hinter ihnen liegenden Gangs beschmierten. In der grünstichigen Nachtsicht nahm die Szene beklemmende Züge an. Bernau glaubte, die Dämonen aus seinem schlimmsten Nachtmahr niederzuschießen. Beide Aliens kippten hintenüber.

»Stopfen!«, schrien Fabius und Martens durcheinander, da einige Soldaten die Leichen noch immer mit Kugeln vollpumpten, welche gleichsam abprallten und kreuz und quer durch den Gang sprangen. Magazine fielen zu Boden, Soldaten luden ihre Waffe nach. Bernau erfasste den Spannhebel seines G36 und lud durch. Unter dem Overgarment von der Außenwelt isoliert, badete er in seinem eigenen Schweiß und kochte in seiner erhöhten Körpertemperatur. Absurderweise brachte die herrschende Kälte ihn zur gleichen Zeit stellenweise zum Frieren.

»Rest in Pieces!«, verlieh Meier dem Triumph über die beiden Kreaturen Ausdruck.

»Ha! Expendables 2!«, artikulierte Bravo und boxte Meier gegen die Schulter.

»Guter Mann«, presste der hervor.

Ehe Bernau sich versah, senkte sich eine Art Tür aus der Decke, um den Gang zu verriegeln. Da die getöteten Affen allerdings den Durchgang blockierten, vermochte sich das Türblatt nicht ganz zu schließen, sondern stoppte, als es auf deren Leib traf. Bernau trat an den Durchgang heran, starrte staunend auf den nahtlosen Übergang zwischen Wand und Türblatt. Er klappte die Lucie hoch, suchte und fand im Spiel aus Lichtkegeln und Finsternis das Augenpaar von Fabius. Der Oberleutnant und der Stabsunteroffizier tauschten wortlos ihre Gedanken aus, sie beide plagte in diesem Augenblick dieselbe Sorge: Überall in diesem Schiff mochten sich versteckte Durchgänge befinden, folglich könnten Krieger des Feindes urplötzlich und überall auftauchen. Sie wunderten sich zudem, dass sie bis dato keinen Kämpfern begegnet waren, sondern ausschließlich unbewaffneten Exemplaren.

»Packt mal mit an!«, versetzte Bravo. Zwei Soldaten eilten herbei, drückten das Türblatt nach oben. Bernaus Gruppe übernahm die Spitze, entsprechend huschten der Stuffz und seine Soldaten als Erste durch den Durchgang. Sie fanden sich in einem langen Gang wieder, nackte, orangefarbene Wände rechts und links. Meier zupfte sich den Handschuh von den Fingern, klopfte an verschiedenen Stellen die Seitenwand ab. Mal ertönte ein dumpfes Geräusch, mal verriet der Klang einen dahinterliegenden Hohlraum. Der Stabsgefreite nickte Bernau zu.

»Haltet die Augen offen!«, forderte der. »Die Arschlöcher können sich hier überall verstecken!«

Mit vorgehaltener Waffe schoben sich die Soldaten durch den engen Gang. Bernau, Eichner und Meier, Schulter an Schulter, bildeten die Spitze der Kompanie. Degel folgte ihnen auf dem Fuße und zeichnete fleißig weiter an der Karte. Der Gang jedenfalls strebte erst fort vom Hangar, vollzog dann aber einen weiten Bogen nach rechts und stieg gleichzeitig sachte an.

»Was siehst du?«, fragte Fabius über Funk.

»Nichts! Wände ... und es geht ewig weiter! Keine Terminals, keine Einrichtungsgegenstände, nichts! Das ist wie ein Level aus Halo 1.«

»Habe ich nie gespielt. Kenne nur Halo 6.«

»Bitte verlasse meine Kompanie.«

»Deine Kompanie ... ich lach mich neukrank.« Unter der Maske waren die Aussprüche kaum zu verstehen, umso lauter tönte dafür Bernaus Atmung. Ihm wurde zunehmend heiß und er musste gegen den Drang ankämpfen, sich die Schutzkleidung vom Leib zu reißen.

Ein Alien tauchte im Leistungsbereich der Nachtsichtgeräte auf.

»Affe!«

Eichners MG5 spie Feuer, das Alien strauchelte und stürzte.

»Affe tot!«

So arbeiteten sie sich weiter den langen Gang entlang, der sich, auf dem Tablet gut nachvollziehbar, langsam, aber sicher wieder dem Hangar entgegenneigte.

»Das ist doch Bullshit!«, moserte Degel. »Was soll das für ein Gang sein? Der muss doch irgendeine Funktion haben!«

»Weiter!«, hetzte Bernau. Würden sie die Schutzmaske nicht tragen, sie würden der intensiven Gerüche gewahr werden, die hier vorherrschten.

Eichner klopfte beim Vorrücken die Wände ab. »Achtet auf eure Flanken! Hier sind überall Hohlräume.«

»Die Bastarde sollen sich ruhig zeigen!«, knirschte Meier.

Sie erreichten das Ende des Ganges, dieser mündete unspektakulär in einer Sackgasse.

»Das kann doch nicht wahr sein!«, machte sich Bernau Luft und suchte mit dem Lichtkegel des an seiner Waffe angebrachten Laser-Licht-Moduls die Wände ab. Derweil meldete die 2. Kompanie, fast den gesamten Hangar vermessen zu haben. Ausgänge? Fehlanzeige.

»Da sind hundertpro weitere Türen«, sagte Meier, »aber wir müssen warten, bis die Affen diese öffnen.«

»Und wenn sie das nicht tun …?«, überlegte Degel laut und brach ab. Was die Konsequenz daraus war, musste er nicht aussprechen.

»Hier muss irgendwas sein«, insistierte Bernau. Er, Eichner und Meier traten näher an die Wand der Sackgasse heran. Ein Zischen erklang, es vermengte sich mit den hohlen Atemstößen, die aus den Masken drangen. Bernau verspürte ein Gefühl im Magen, als setzte sich der Grund, auf dem er stand, in Bewegung. Er schwankte. Es war Meier, der einen spitzen Schrei ausstieß und in helle Aufregung verfiel.

»Wo sind die anderen?«, trompetete er unter seiner Maske, nachdem er sich umgedreht hatte. Bernau tat es ihm gleich und erschrak. Der Gang mit den Kameraden war verschwunden, stattdessen befanden er, Meier und Eichner sich in einer zu allen Seiten geschlossenen Kabine.

»Alter! ALTER! LASST MICH HIER RAUS!«, kreischte Meier und prügelte mit Faust und Schulterstütze auf die Wand ein.

»Tim, reiß dich zusammen!« Eichner packte Meier, hielt ihn fest. Der kämpfte wie ein wild gewordener Stier, kämpfte gegen den Griff seines Kameraden an. Er schrie, schlug um sich, fiel vollends der Panik anheim in diesem engen Raum.

»Wir bewegen uns doch! Scheiße, wo fahren wir hin?«

Bernaus LLM und die an Eichners Chestrig befestigte Taschenlampe leuchteten die enge Kabine taghell aus, die glatten Oberflächen reflektierten das Licht.

»Ich will hier raus!«, brüllte Meier aus voller Lunge. »LASST MICH RAUS! LASST MICH RAUS!«

»Verfluchte Scheiße, TIM! Bleib cool!« Meier drohte sich aus Eichners Griff zu befreien. Bernau stürzte sich zusätzlich auf den Stabsgefreiten, der in seiner Furcht Kräfte entwickelte, die nicht zu bändigen waren.

»ICH MUSS HIER RAUS!«, schrie er und trat und schlug aus.

Die drei erstarrten augenblicklich zur Salzsäule, als sich vor ihnen die Wand auflöste und den Blick auf einen großen, düsteren Raum preisgab. Mehrere geschäftige Aliens bevölkerten diesen, in ihrer Mitte thronte eines auf einem Podest, das eine orangefarbene Ganzkörperrüstung trug. Die Außerirdischen erschienen ebenso überrascht wie die drei Bundeswehrsoldaten, auch sie hielten inne, und konnten sie wegen der fehlenden Augen auch nicht starren, so ließ ihre Körpersprache doch einzig den Schluss zu, dass sie die Anwesenheit der Bundeswehrsoldaten bemerkten.

Bernaus Blick saugte sich an der Kreatur in der Rüstung fest. »Was zum …?«, stieß er aus und vermochte es nicht, sich aus der Schockstarre zu lösen.

»Ich glaube, wir haben den König gefunden …«, flüsterte Meier von Angst erfüllt.

»Wo seid ihr?«, platzte Fabius' Stimme aus dem Lautsprecher der Funkgeräte.

»Knallt sie alle ab!«, bellte Bernau, nachdem er zu sich zurückgefunden hatte. Die drei rissen ihre Waffe hoch, betätigten den Abzug, mähten die unbewaffneten Aliens gnadenlos nieder. Diese rannten im Feuer planlos umher, ehe sie von Kugeln erwischt und gefällt wurden. Meier beendete mit einem langen Feuerstoß das Leben mehrerer Verwundeter, Eichner und Bernau schwenkten auf den Rüstungsträger um und hielten drauf. Ihre Geschosse prasselten auf dessen Rüstung ein, prallten ab, schlugen quer, sirrten durch den ganzen Raum.

»Feuer einstellen!«, befahl Bernau. Ein Zischen in seinem Rücken ließ ihn mit erhobener Waffe herumfahren. Er blickte in das Gesicht von Fabius und Degel.

»Das ist ein Aufzug«, erklärte der Oberleutnant, stolz über seine Entdeckung. »Man muss nur hineintreten und dann …«

»Später!«, fuhr ihm Bernau über den Mund.

»Leute!«, schrie Meier. »LEUTE! Der König ist sehr ungehalten!«

Das Alien in seiner Rüstung sprang vom Podest und sprintete auf die Bundeswehrsoldaten zu. Es nahm Fahrt auf wie ein tollwütiges Rhinozeros, preschte mit donnernden Schritten auf die Soldaten zu. Meier gab vor lauter Panik eine Garbe auf den herannahenden Gegner ab. Die Geschosse sprangen Funken schlagend ab, fetzten Bernau um die Ohren, dass er sich zusammenduckte.

»Hast du den Arsch offen?«, fuhr er Meier an. Dann sprangen sie zu beiden Seiten weg. Das Alien hatte Mühe, seinen Lauf rechtzeitig zu bremsen, um nicht gegen die Wand zu knallen. Es hieb nach den Menschen, diese aber tauchten unter den Prankenschlägen weg, hechteten zur Seite. Bernau schlug sich das Knie an, ließ ein Ächzen entweichen, rappelte sich hoch.

»Was machen wir jetzt?«, polterte Meier.

»Wir brauchen hier oben asap Unterstützung!«, raunzte Fabius ins Funkgerät.

Einem Berserker gleich ging das orange glänzende Alien auf die Menschen los, boxte nach ihnen, spurtete und sprang ihnen hinterher. Die Szene erschien Bernau ob der ausbleibenden Laute des Außerirdischen geradezu grotesk. Jedes höher entwickelte Wesen der Erde produzierte Geräusche, vor allem in einer Kampfsituation. Dieses Wesen aber setzte seinen menschlichen Widersachern vollkommen stumm nach, allein das Quietschen der Rüstungssohlen auf dem Untergrund war zu vernehmen und die Rufe und das Stöhnen der den Schlägen ausweichenden Menschen. Das Alien erwischte Fabius am Oberschenkel, die Gewalt des Treffers hob den Oberleutnant an und schleuderte ihn quer durch den Raum. Der Lichtkegel des Laser-Licht-Moduls zeichnete wüst umherhüpfend grelles Licht an Wände, Boden und Decke. Er schlug auf, rang um Luft, kämpfte sich zurück auf die Beine, da raste das Alien einer außer Kontrolle geratenen Baumaschine schon wieder auf ihn zu. Im Hintergrund löste sich abermals die Wand zum Lift auf, Stelzer, Emmerich und Bravo sprangen mit erhobener Waffe in den Raum. Sie machten große Augen ob des aberwitzigen Handgemenges, das sich ihnen bot. Das Alien in der glitzernden Rüstung drehte sich im Kreis wie ein Wirbelwind, langte und trat nach den Menschen, die sich zu retten versuchten. Das alles geschah in vollkommener Finsternis, einzig die Lichtkegel der menschlichen Lampen schnitten scharf durch das Schwarz.

In der Optik der Lucie gereichte der Rüstungsträger zu einer überstrahlenden Gestalt.

»Scheiße, Scheiße!«, ächzte Meier blechern unter seiner Maske, da er einem Prankenhieb um Zentimeter entgangen war.

Bernau hechtete über das Podest, ging dahinter in Deckung. Er fasste Fabius ins Auge, sah nicht, dass sich unter dessen Maske Blut sammelte, denn dieser hatte sich auf die Zunge gebissen. Stelzer rannte mit einem Mal los, astete dem Alien entgegen, ließ sich fallen, schlitterte ihm genau vor die Füße. Er riss sein G36 hoch, die Mündung zeigte auf den Unterleib des Gegners. Er drückte ab. Das Projektil platzte aus der Waffe, prallte von der Rüstung zurück wie ein Tennisball und durchschlug sauber Stelzers Stirn. Nichts als ein kleines Loch prangte auf ihr, der Reservist fiel in sich zusammen und war augenblicklich tot. Das Alien verfiel in immer wildere Raserei. Es stampfte auf, trampelte auf Stelzers Leichnam herum und kickte ihn fort, wie ein Footballspieler den Ball beim Kick-off davonstieß.

Bernaus Herz vollführte einen Überschlag beim Anblick des getöteten Kameraden.

»Geht auf die Beine!«, versetzte Fabius' mit belegter Stimme. »Auf die Beine!«

Bernau packte der Zorn, das Verlangen nach Vergeltung. Er schleuderte sich die Waffe auf den Rücken, sprang abermals über das Podest und dem Alien entgegen. Von allen Seiten gingen die Menschen den Rüstungsträger an, indes betraten über den Lift weitere Soldaten den Raum. Sie tauchten unter den Hieben des Aliens ab, verkrallten sich in dessen baumstammartigen Beinen. Schnaufend, stöhnend, schreiend rangen sie die um sich schlagende Kreatur nieder. Mit dem ganzen Gewicht ihres Körpers und der Ausrüstung fixierten sie Arme und Beine unter sich, und spürten die urgewaltige Kraft, die von dem Außerirdischen ausging. Mehr als zehn Menschen waren nötig, um ein muskelbepacktes, mehr als 200 Kilogramm auf die Waage bringendes Alien zu überwältigen.

»Was machen wir mit ihm?«, keuchte Bernau, der die Finger des Aliens unter sich spürte. Diese schabten an seinem Leib entlang, versuchten ihn zu fassen zu bekommen.

»Wir müssen den Wichser irgendwie kaltmachen!«

Fabius kramte in seinem Rucksack, brachte mehrere dicke Rollen Panzertape zum Vorschein und warf sie einigen der Soldaten zu.

»Eintüten!«

Sie benötigten 20 Minuten und verbrauchten drei komplette Rollen des Bw-Klebebandes. Oberfeldwebel Brandtner hatte dessen außerordentliche Eigenschaft zu haften einst demonstriert, indem er allein mit Tape einen Anhänger an einen Unimog geklebt und danach ein paar Runden damit durchs Gelände gedreht hatte.

Die Soldaten klebten das Alien am Boden fest, ließen es unter Schichten aus Tape verschwinden, bis es sich in einen olivfarbenen Knubbel verwandelt hatte. Es rührte sich nicht mehr – konnte sich nicht mehr rühren. An keiner einzigen Stelle schimmerte mehr die Rüstung durch.

Bernau schwitzte ganz erbärmlich unter seiner Maske und dem Anzug. Seine Atmung ging schnell, sein Puls trommelte. Er stützte sich auf den Oberschenkeln ab, um nicht zu hyperventilieren.

Er und Fabius kamen zusammen, im Hintergrund nahmen sich Degel und Eichner Stelzers an. Sie konnten nur noch den Tod des tapferen Reservisten feststellen.

Erst jetzt war Bernau die Zeit vergönnt, sich im Raum umzugucken. Die Wände waren auch hier nackt – kein Kontrollterminal, keine Steuerungseinheit –, doch musste dieser Ort ob des Podestes und des Rüstungsträgers eine besondere Bedeutung besitzen. Zudem mangelte es ihnen an Alternativen, hatte das Regiment doch keine weiteren Gänge oder Abteils aufgespürt. Der Hangar war längst vollständig erkundet. Eine böse Vorahnung beschlich Bernau, die er mit erzwungener Zuversicht zu bekämpfen suchte.

»Holt mir Hensch her!«, befahl Fabius.

* * *

Soldaten häuften die Leichen der Aliens vor einer Wand auf, derweil ruckte der dickliche Klebebandknubbel abseits des Podests immer wieder, wenn der darunter gefangene Außerirdische einen neuerlichen Versuch unternahm, aus seinem Gefängnis auszubrechen. Teile der 5. Kompanie hielten den Raum besetzt, der Regimentskommandeur hatte die anderen Einheiten zurück zu den Hubschraubern beordert.

Bernau und Degel standen zusammen. Das Rattern eines Stromgenerators erfüllte die Luft, Strahler produzierten gleißendes Licht. Hensch und sein Team klappten ihre Notebooks auf und begannen damit, jeden Quadratzentimeter zu studieren. Martens saß mit hängenden Schultern auf dem Podest, ließ die Beine baumeln und wirkte noch mehr neben sich als üblich.

»Ich will mir die Schnüffeltüte am liebsten vom Gesicht reißen«, moserte Degel und fasste sich an die Maske. Er hielt die Luft an und wechselte rasch den Filter.

»Ich weiß«, antwortete Bernau beiläufig. »Lass es lieber ... du weißt nicht, was hier in der Luft ist.«

»Das ist nicht die Möglichkeit!«, schimpfte Hensch. Der Astronaut fuhr sich über die Schutzmaske, blickte noch einmal auf den Bildschirm seines Laptops und dann gegen die blanke Wand.

»Was ist?«, erkundigte sich Fabius.

»Wenn das hier der Kontrollraum ist, fresse ich einen Besen!«

»Hier muss es sein«, warf Fabius ein. »Es gibt hier sonst nichts. Dieser komische Boss-Affe war auch hier.« Er wies auf den Berg aus Klebeband. »Haben Sie sich das Podest genauer angeschaut?«

»Hier gibt es nichts, was man sich näher anschauen kann!«, entgegnete Hensch verärgert. »Nackte Wände, glatte Böden und ein blankes Podest – wie soll man damit ein Raumschiff steuern?«

»Es muss hier etwas geben. Das Podest ist doch nicht umsonst hier.«

Hensch wandte sich abermals dem Podest zu, kratzte sich am Kopf.

»Hier ist nichts«, bekräftigte er seinen Standpunkt.

»Suchen Sie weiter!«

»Sagen Sie mir nicht, was ich zu tun habe!«

»Na, erlauben Sie mal! Ich gebe hier die Befehle!«

»Mir ganz sicher nicht!«

»Das ist eine Operation der Bundeswehr! Hier haben wir das Sagen!«

»Ich hätte niemals mitkommen sollen. Die ganze Nummer ist doch eine Schwachsinnsidee sondergleichen!«

»Jetzt machen Sie mal einen Punkt!«

Die beiden Streithähne knallten mit den Maskenfiltern gegeneinander. Die verzweifelte Lage spannte die Gemüter aufs Äußerste an, Kleinigkeiten mochten dafür sorgen, dass die beteiligten Frauen und Männer explodierten wie ein Vulkan. Die Schutzmasken derweil mischten den Stimmen der Streithähne eine nasale Note bei.

»Wir werden hier alle draufgehen!« Hensch warf empört die Arme in die Luft.

»Werden wir nicht! Wir finden einen Weg, diese Mühle zu bewegen, und dann nutzen wir sie als Faustpfand!«

»Pah! Glauben Sie immer noch an die Märchengeschichten von Wegele? Der Mann hat uns alle geradewegs ins Verderben geführt!«

»Finden Sie einen Weg, die Kontrolle über dieses Ding zu übernehmen!«

»Was glauben Sie, was ich hier mache?«

»Sie quatschten dumm herum! Verschwenden unsere Zeit! Machen Sie Ihren Job, verfluchte Kacke!«

»Wegele hat uns alle auf dem Gewissen!« Hensch schüttelte sich, sein unter der Maske nur zu erahnendes Gesicht erweckte den Eindruck, als begriffe er erst in diesem Augenblick vollends die bittere Konsequenz seiner Teilnahme an dieser Operation.

»Was, wenn die Affen diese Plattform nicht wieder herabsenken! Die sperren uns hier drin ein und wir verhungern elendig!«

»Dann gibt es immer noch die Kabinen, über die die GSG 9 eindringt.«

»Ja, GSG 9! GSG 9! Haben Sie von den Flitzpiepen mittlerweile mal etwas gehört?«

Schweigen. Sämtliche Augenpaare im Raum richteten sich auf Hensch. Der sackte nach seinem Ausfall zusammen, vergrub die Maske in den unter Gummihandschuhen steckenden Händen.

»Oh Gott!«, trötete er durch den Filter. »Das war's!«

»Stellen Sie das Herumheulen ab und machen Sie endlich Ihren Job!«

»Sie geben mir keine Befehle, Leutnant«, wimmerte Hensch.

»Oberleutnant …« Fabius sah aus, als würde jeden Augenblick seine Schädeldecke abspringen.

»Was macht das für einen Unterschied?«

Fabius schluckte sichtlich den Wunsch herunter, den Astronauten zu verprügeln, sagte stattdessen: »Kommen Sie, wir sind auf Ihre Expertise angewiesen!«

Henschs Maske kam unter den Handschuhen zum Vorschein. Die im künstlichen Licht blitzenden Sichtfenster fokussierten Fabius.

»Keiner versteht mehr von solchen Dingen als Sie und Ihre Leute«, gab der Oberleutnant zu.

»Ja … ja … wenn es um menschliche Systeme geht. Wir hatten erwartet, dass auch die Affen eine Art Computer … irgendeine Form von Eingabesystem nutzen müssen … aber hier ist nichts! Wie sollen wir dieses Schiff fliegen ohne Steuerung? Es tut mir leid, was soll ich Ihnen vormachen?«

Fabius blickte sich ratlos um.

»Vielleicht ist das doch nicht der Kontrollraum«, sagte Bravo ernüchtert.

Bernau musterte Martens, der sich aus allem heraushielt. Er sah, wie dieser seine Pistole P8 zückte, am Schlitten zog, sich die Maske vom Gesicht riss und sogleich die Pistolenmündung in den Mund stopfte. Er drückte ab. Ein Schwall von Gehirnfetzen platzte ihm aus dem Hinterkopf. Martens kippte vom Podest und blieb reglos liegen.

Alle im Raum fuhren erschrocken auf. Ihr Blick heftete sich auf den Leichnam.

»Alter, der Hindenburg …!«, wisperte Meier entgeistert.

»Wir sind verloren«, stieß Hensch mutlos aus. »Wir werden hier alle draufgehen!«

Fabius, den Martens durch seinen Suizid just zum Kompaniechef befördert hatte, rief den Kommandeur an, bat um dessen Unterstützung. Dieser versprach, sich in Kürze auf den Weg zu machen. Fabius derweil solle Verbindung zu Wegele herstellen, da das Hochleistungsfunkgerät des Kommandeurs ausgefallen war.

»Bernau!« Mit wie im Fieber flatternder Hand wies Fabius auf das Hochleistungsfunkgerät, das unweit des Podests aufgebaut wurde. »Verbindung zu Wegele herstellen! SOFORT!« Seine Stimme vibrierte. »Und ihr da, schafft Martens weg! Los, macht schon! Schafft ihn weg!«

»Ich … wir werden noch mal alles überprüfen. Vielleicht finden wir in den Wänden irgendeine Art von haptischer Steuerung oder man muss über das Podest wischen. Wir gehen alles noch mal durch«, versprach Hensch.

»Ja, bitte!«, flehte Fabius, dankbar über das Einlenken des Astronauten. »Tun Sie das bitte.«

* * *

Der große Besprechungssaal war leer geräumt und mit Computerarbeitsplätzen zugestellt worden. Große Bildschirme wiesen relevante Daten aus und in der Mitte der blinkenden, leuchtenden Schirme saßen die Entscheider der Operation »Wolkenbruch« zusammen und diskutierten die Lage. Mehrere geleerte Kaffeetassen standen vor Wegele auf dem Tisch. Umringt wurde er von Generalen, Admiralen und Stabsoffizieren der Bundeswehr, an deren Uniform der Geruch von Tabak haftete. Über eine Videoverbindung stand er in ständigem Kontakt mit der Kanzlerin und ihrem Stab.

Wegele erhob sich, seine Hüfte knackte. Mit schwerfälligem Schritt näherte er sich dem Offizier, der das Funkgerät besetzt hielt.

»Etwas Neues?«, fragte er bekümmert, dabei würde er mitbekommen, wenn ein Funkspruch einging. Der Angesprochene schüttelte den Kopf.

»Kö-Schanze, hier spricht Donner, kommen!«, platzte wie aufs Stichwort die Stimme eines jungen Mannes aus dem Funkgerät. Wegele nahm dem Offizier das Sendeempfängergerät ab und antwortete selbst: »Hier Kö-Schanze.« Der GSG-9-Kommandeur hatte für den Decknamen einige Kritik aus Löhrs Stab einstecken müssen. Die »Kö-Schanze« erinnerte manchen wohl etwas zu deutlich an Hitlers »Wolfsschanze«. Wegele aber interessierten derartige Befindlichkeiten nicht. Wie er so hörte, war Sigma darum bemüht, den Decknamen nicht an die Öffentlichkeit dringen zu lassen.

»Es spricht Uwe Wegele.« Der GSG-9-Kommandeur war den Bundeswehrsoldaten nicht einmal weisungsbefugt, doch hatte er durch eine Mischung aus Charme und forschen Forderungen das Kunststück vollbracht, sich im Kopf aller Beteiligten zum inoffiziellen Leiter der Operation zu mausern.

»Angenehm. Stabsunteroffizier Bernau am Apparat.« Die Stimme wurde klar und deutlich übertragen.

»Wie ist die Lage da oben, mein Sohn?«

Einer von Winters Mitarbeitern drückte Wegele ein Papier in die Hand, während dieser von Bernau verlangte: »Sprechen Sie offen.«

»Beschissen, um ehrlich zu sein«, antwortete der.

Wegele überflog das Papier, ihm stand die Verwunderung ins Gesicht geschrieben. Seine Augen durchsuchten den Raum nach demjenigen, der ihm die Meldung übergeben hatte.

»Ist das bestätigt?«, fragte er. Der Angesprochene nickte, erläuterte: »Drei Quellen melden es übereinstimmend.«

Wegele hatte das Funkgespräch für den Augenblick vergessen. Sein Verstand verarbeitete die Meldung: Die Orbitalbrücke in der Mongolei begann sich aufzulösen. Keine weiteren Schiffe strebten mehr dem Erdengrund entgegen, stattdessen stiegen sie auf, kehrten in die Erdumlaufbahn zurück. Das war ungewöhnlich. Mehr als ungewöhnlich.

* * *

»Was haben Sie getan?«, donnerte Fabius. Seine funkelnden, unter der Maske liegenden Augen erfassten Hensch. Das blanke Grausen lag in ihnen ob der Vibrationen und des dumpfen Brummens, das plötzlich vom Raumschiff ausging.

»Gar nichts!«, verteidigte sich der Astronaut. Sein Team wechselte Blicke der Verzweiflung und wich von dem Podest zurück, an dem es sich gerade zu schaffen gemacht hatte.

»Machen Sie was!«

»Was soll ich denn machen? Hier ist nichts! Nicht mal eine Buchse, über die ich mir Zugang zum System verschaffen könnte. Hier ist absolut nichts!«

»Tun Sie irgendwas!«, fauchte Fabius aufgekratzt. »Sie haben doch gerade dieses Podest berührt!«

»Haben Sie schon mal darüber nachgedacht, dass das hier eine Drohne ist, Sie Kriegsheld?«, spottete Hensch, über den in diesem Augenblick der ganze Wahnsinn dieser Mission als unerquickliche, da zu späte Erkenntnis hereinbrach. Er lachte verstörend auf. »Vielleicht wird das Schiff ferngesteuert. Und wir hocken in einer verfluchten Drohne!«

»Reden Sie keinen Blödsinn!«, setzte Fabius dem entgegen. Ihm war anzuhören, dass die Zweifel, die Hensch säte, sein Selbstverständnis anbohrten.

Bernau derweil klemmte noch immer hinterm Funkgerät. Er spürte die hilflosen Blicke seiner Soldaten, die ihn suchten und Lösungen von ihm verlangten. Die Dinge liefen aus dem Ruder. Der Superplate hatte sich definitiv in Bewegung gesetzt, es war nicht zu verleugnen. Bernau musste eine Rettungsmission anfordern.

Irgendjemand musste sie hier herausholen!
»Wegele?«, gab er gehetzt ins Funkgerät. »Hören Sie mich?«

* * *

In der Einsatzzentrale im Landeskommando Düsseldorf war eifrige Aktivität, ja geradewegs Panik ausgebrochen. Mehr und mehr uniformierte wie zivile Zuarbeiter versammelten sich um Wegele, schriftliche Meldungen und Tablets in Händen haltend. Der GSG-9-Kommandeur hatte Mühe hinterherzukommen. Menschen riefen aufgeregt durcheinander. Bernaus Stimme knackte aus dem Lautsprecher des Funkgeräts, der Fernmeldeoffizier hatte das Gespräch übernommen.

»Brasilia meldet die vollständige Auflösung der Luftbrücke!«

»Die NATO bestätigt soeben: Feindliche Schiffe haben den französischen Luftraum verlassen, das Gros der Bodentruppen ist wie vom Erdboden verschluckt.«

»Aus Russland ist zu vernehmen, dass die Aliens unerwartet abziehen. Sie verladen ihre Bodentruppen in ihre Schiffe, die mit großer Geschwindigkeit an Höhe gewinnen.«

»Französische Panzerkräfte unternehmen in diesen Minuten einen Vorstoß auf den abgestürzten Superplate und treffen bisher auf keinen nennenswerten Widerstand.«

»Peking und Moskau melden übereinstimmend die plötzliche Auflösung der gegnerischen Präsenz in der Mongolei.«

»Die Exilregierung von Burkina Faso hat auf Anfrage bestätigt, dass es Hinweise auf einen Abzug der Außerirdischen aus dem nördlichen Teil ihres Landes gibt.«

Wegele hielt den Ausdruck der Meldung aus Afrika in der Hand, zerknüllte ihn. Der kalte Schweiß stand auf seiner Stirn. Aus einem Impuls heraus befreite er sich aus dem Reigen der ihn umringenden Mitarbeiter, stürmte zur Tür und stieß diese auf. Er raste die Treppe hinauf und weiter ins Freie. Erst auf der Rasenfläche vor dem Gebäude blieb er schnaufend stehen, der Wind strich ihm mit kühler Luft über die Wangen. Er reckte den Kopf in den Himmel, kniff ob der Sonne die Augen zusammen und taxierte das Gebilde aus außerirdischen Raumschiffen, das die Erde wie ein Planetenringsystem umgab und das er ob der guten Wetterlage mit bloßem Auge erkennen konnte. Der »Ring« war in Fragmente zerbrochen, die an den Rändern aufriffelten, so erschien es. Die Raumer, aus denen er bestand, stoben auseinander ...

»Uwe?«

Im Rücken Wegeles erschien Vizeadmiral Wöhler. Der GSG-9-Kommandeur wies stumm in den Himmel, dann fuhr er herum und kehrte im Laufschritt in die Einsatzzentrale zurück. Wöhler blieb verdutzt zurück und beobachtete mit offenem Mund das Treiben in der Planetenatmosphäre.

Für einen Moment hatte er sie völlig vergessen. Nun hetzte Wegele zurück zum Funkgerät und verscheuchte den Fernmeldeoffizier. Seine Worte flogen wie aus einem Maschinengewehr abgefeuert in den Äther: »Bernau! Bernau! Hier ist Wegele. Wie ist die Lage?«

»Wegele, endlich!«

Ein Hauptmann hielt Wegele ein Tablet unter die Nase und ließ ein Video starten, das mit Bildaussetzern zu kämpfen hatte.

»Das ist live«, bemerkte er mit vor Aufregung erzitternder Stimme. Wegeles Augen weiteten sich.

Bernau derweil plapperte aufgeregt: »Hören Sie, das Raumschiff befindet sich in Bewegung und Hensch findet keine Möglichkeit, die Kontrolle zu übernehmen. Wir sind uns nicht sicher, ob wir schon das gesamte Schiff gesehen haben, aber wir wissen nicht, wie man die verfluchten Zugänge öffnet. Hier können überall Türen sein, aber keine Ahnung, man findet sie einfach nicht ... Herr Wegele, wir brauchen hier Unterstützung ... wir brauchen jemanden, der uns heraus holt!«

Starkes technisches Rauschen überlagerte Bernaus Stimme, sie brach immer wieder ab. Wegele vermochte sich nicht von dem Livestream auf dem Tablet zu lösen. Ihm wich jede Farbe aus dem Gesicht, er sackte in seinem Stuhl zusammen.

»Herr Bernau?«, wisperte er.

»Kö-Schanze? Ich kann sie kaum verstehen ... die Verbindung wird schlechter ...«

Wegele folgte dem Video mit pulsierenden Pupillen, sah, wie der Superplate von Westfalen durch die Wolkendecke brach und aus dem Sichtbereich der Kamera verschwand.

»Herr ... We...le ...ör... S...ch?«

»Es tut mir leid, Junge«, flüsterte der GSG-9-Kommandeur. »Ich habe euch enttäuscht. Ich ... es ist allein meine Schuld.« Augenblicklich war es mucksmäuschenstill im Raum, die Aufmerksamkeit aller richtete sich auf Wegele, der einem Nervenzusammenbruch nahe war.

* * *

Stefan Wilhelm, langjähriger und erfahrener Mannschaftssoldat, führte einen Spähtrupp von sechs Soldaten an, der zusammen mit vielen anderen Trupps die Begrenzungswände des Hangars abzirkelte, um für das im Zentrum der Halle liegende Regiment als Frühwarnsystem zu fungieren. Die Karte, die sie angefertigt hatten, ließ die Vermutung zu, dass große Teile des Raumschiffs noch immer nicht erkundet waren ... und im schlimmsten Fall vollgestopft mit außerirdischen Kriegern, die nur auf ihre Gelegenheit lauerten.

Wilhelm aber hatte im Augenblick keinen Kopf für das Strategische. Der Schmacht auf eine Zigarette trieb ihn um. Er pfiff gerne auf Regeln der Vorgesetzten, hätte sich daher auch über das Rauchverbot hinweggesetzt, wäre da nicht die Angst vor den giftigen Dämpfen, die die Atmosphäre in dieser vermaledeiten Büchse vergiften mochten. Wilhelm jedenfalls wagte es nicht, seine Maske abzusetzen.

»Ist ein Riesending ...«, versetzte seine Kameradin Talia Schrader staunend und blickte an der Wand bis zur Decke hoch, aus der exorbitante Klammern ragten.

»Jo.«

Ihre Schritte hallten auf dem spiegelblanken Untergrund, ihre Ausrüstung klapperte im Takt. Die Waffen in Vorhalt, folgte der Trupp dem Verlauf der Wand. Voraus, gerade noch im Leistungsbereich der Nachtsichtgeräte, war bereits der nächste Spähtrupp zu erkennen, weshalb die Soldaten im Fall der Fälle würden aufpassen müssen, wohin sie schossen.

Wilhelm drehte sich zu seinen Soldaten um, sah die Panzerfaustgefechtsköpfe, die über sie hinausragten. Zusätzlich war jeder von ihnen mit Dutzenden Handgranaten bestückt. Anders war den Affen nicht beizukommen.

»Hoffe, dieser Astronaut lässt sich nicht zu viel Zeit ...«, murmelte Schrader. »Ich will aus diesem Scheißding raus.«

Wilhelm würde es vor einer Frau nicht zugeben, doch die absolute Finsternis ängstigte ihn. Daran änderten auch die Taschenlampen und Nachtsichtgeräte nichts. Er fühlte sich an den Film *Blair Witch Project* erinnert – Trauma seiner Kindheit, seitdem er ihn heimlich nachts im Fernsehen angeschaut hatte.

Wie aufs Stichwort wurden die Soldaten von einer tiefen, gleichmäßigen Vibration erfasst. Ein gedämpftes Brummen drang aus den Tiefen des Raumschiffs. Spürbar setzte es sich in Bewegung.

»Na endlich!«, freute sich Schrader.

Ein Zischen war zu vernehmen, das an den Warnlaut einer Giftschlange erinnerte. Wilhelm schaute nach rechts, schaute dorthin, wo gerade noch die Begrenzungsmauer des Hangars gewesen war. Er starrte gegen eine Phalanx der Aliens – Schild an Schild stand der Feind keine zehn Meter von ihm entfernt. Dutzende Reihen von Schutzwaffen schimmerten hintereinander in der Düsternis. Er sah sich Tausenden der außerirdischen Krieger gegenüber, ihre Aufstellung reichte über die gesamte Breite des Hangars. Wilhelm rutschte das Herz in die Hose. Er kam nicht mehr dazu, seine Waffe hochzureißen, geschweige denn Befehle zu erteilen oder eine Meldung abzusetzen. Die vorderste Schildreihe sprang auf seinen Spähtrupp zu, so wie auch auf die anderen Trupps – und prügelte mit ihren Schilden und baumstammartigen Armen die menschlichen Soldaten augenblicklich nieder. Die Energiewaffen schwiegen. Die Schreie der Überfallenen rissen rasch ab, ihr Leib wurde unter dem schweren Körper der Aliens zertreten.

* * *

»Wegele!« Bernau fixierte mit trüben Augen das Senderempfängergerät in seinen Gummihandschuhen. »KÖ-SCHANZE! ANTWORTEN SIE!«

Die Vibrationen verstärkten sich, das Raumschiff nahm spürbar an Fahrt auf. Fabius und Hensch ließen voneinander ab, wandten Bernau den Kopf zu. Der ließ mutlos das Senderempfängergerät sinken.

»Was sagt Kö-Schanze?«, verlangte Fabius zu erfahren. Die umstehenden Soldaten und auch Henschs Leute rührten sich nicht. Ein jeder bangte, betete, hoffte auf eine erlösende Antwort Bernaus, auf ein »Hilfe ist unterwegs«. Die Erlösung aber blieb aus. Dafür ruckten nun intensive Stöße durch das Raumschiff, die die Soldaten erfassten und in ihren Eingeweiden erschütterten. Bernau verspürte ein Drücken im Darm. Er vermochte nicht einmal zu erahnen, welche Technologie am Werke war ... eine Technologie, deren Gerätschaften Räume bogen, um Strecken binnen Minuten zurückzulegen, für die der Mensch mit seinen Raketentriebwerken Jahrhunderte und unermessliche Mengen an Betriebsstoffen benötigen würde.

»Was sagt Kö-Schanze?«, wiederholte Fabius seine Frage und war der absoluten Verzweiflung nahe.

»Die Leitung ist tot«, flüsterte Bernau in einer Lautstärke, dass seine Worte kaum durch das Material der Maske drangen. Es war, als senkten sich in dieser Sekunde Ambosse auf alle Anwesenden herab.

Bernau erhob sich, tat einen wackeligen Schritt auf das Podest zu. Die Knie wollten sein Gewicht nicht länger zu tragen. Er ahnte, dass sein Todesurteil bereits gesprochen worden war, dass er lediglich auf dessen Vollstreckung zu warten hatte.

Es war aus.

Die Mission gescheitert.

Und sie alle würden, gefangen in diesem Schiff, jämmerlich verrecken.

In den Tiefen des Superplates erklang ein Grollen, daraufhin legten unten im Hangar – im Kontrollraum gedämpft zu vernehmen – die Waffen des Regiments los. MG belferten, Granaten und Panzerfaustgefechtsköpfe zerplatzten unter infernalem Lärm, Sturmgewehre und Pistolen polterten. Die Soldaten unter Fabius blickten einander an, warteten ab. Ein jeder hoffte darauf, dass es das Regiment nur mit einem Spähtrupp des Gegners zu tun hatte, den sie binnen Minuten erledigt haben würden. Als sich die Geräusche des Kampfes immer weiter steigerten, als sämtliche Maschinenwaffen des Regiments durcheinanderschnatterten und Sprengmittel in rauen Massen zum Einsatz kamen, wurde ihnen schmerzlich bewusst, dass sich die Kameraden im Hangar in arger Bedrängnis befanden.

Fabius funkte hastig den Gefechtsstand des Kommandeurs an. Die Soldatin am anderen Ende der Leitung war im Gefechtslärm kaum zu verstehen, doch nach einer Minute, in der sie in hysterischen Schreianfällen ein Lagebild zu vermitteln versucht hatte, wurde deutlich, was sich zutrug: Affen. Tausende, Zehntausende, Hunderttausende rannten aus allen Himmelsrichtungen gegen die Stellungen des Regiments an. Sie setzten keinerlei Energiewaffen ein, sondern erschlugen diejenigen, die sie zu fassen bekamen. Stumpf warfen sie sich ins Feuer, geschützt allein durch ihren Schild. Das Regiment löschte Phalanx um Phalanx aus, doch es rückte stets eine nach und mit jeder Reihe arbeiteten sich die Außerirdischen ein Stück näher an die Stellungen der Bundeswehrsoldaten heran. Es waren viele. Es waren zu viele. Mehr Affen, als die Menschen Munition hatten.

Fabius stellte eiligst einen Rettungstrupp auf die Beine, wohl wissend, dass dieser nichts am Untergang des Jägerregiment 1 würde ändern können.

»Waffen überprüfen!«, blökte Bravo, Führer des Trupps. »Was sich bewegt und nicht wie ein Mensch aussieht, wird ohne Wenn und Aber aus dem Leben gepustet! Wir gehen runter, knallen diese Viecher ab und stellen die Fühlung zu unseren Kameraden wieder her und so weiter. Das ist alles! Verstanden? Gut. Dann Marsch, Marsch!«

Die Geräusche im Hangar veränderten sich. Das MG-Feuer wurde unsteter, mehr und mehr markerschütternde Schreie zogen den Gang herauf, drangen durch die dünnen Wände des Liftschachts und fielen in den Kontrollraum ein. Die fürchterlichen Laute berührten Bernau auf unerträgliche Weise. Er schüttelte sich. Die unter seinem Anzug herrschende Hitze stand kurz davor, ihn schachmatt zu setzen. Er sank vor dem Podest auf die Knie, seine Hände zitterten derart stark, dass es unter den dicken Gummihandschuhen zu sehen war. Sein G36 fiel zu Boden, er vermochte es nicht länger zu halten.

Noch einmal erklang die Kameradin am Funkgerät. Sie brüllte Unverständliches, ehe sie gewaltsam vom Gerät fortgezogen wurde. Fortan herrschte Schweigen im Funkkreis. Die letzten MG verstummten, nur noch vereinzelt knallten Pistolen und Gewehre.

»LOS, JETZT!«, fuhr Bravo die Soldaten seines Trupps an, die noch an ihren Waffen herumnestelten. Fabius trat an den Oberfeldwebel heran, legte ihm stumm die Hand auf die Schulter und schüttelte den Kopf. Bravo wollte etwas entgegnen, doch aus seinem Mund drang nichts als ein abgehackter Laut, den die Maske zu einem maschinenhaften Ton verzerrte. Emmerich hielt sich im Hintergrund, beobachtete die Szene abwartend.

»Sehen wir zu, dass wir uns zur Verteidigung einrichten«, sagte Fabius mit schwacher Stimme. »Bewaffnet Hensch und sein Team.«

»Was?«, protestierte der Astronaut. »Nein! NEIN! Ich habe ein Kind!«

»Dann nehmen Sie so viele von diesen Bastarden mit wie möglich«, riet Fabius. »Das ist das Beste, was Sie noch für Ihr Kind tun können.«

Jemand drückte Hensch eine Pistole in die Hand. Ungläubig beäugte der Astronaut die Waffe, er hielt sie mit spitzen Fingern fest, als wäre sie mit Erregern einer unheilbaren Krankheit kontaminiert. Tränen stiegen in seine Augen.

Die Geräusche im Hangar verstummten vollends.

»Sie werden bald hier sein«, rief Fabius und zeigte sich bereit, zum letzten Gefecht anzutreten. »Der Aufzug kanalisiert sie. Mit etwas Glück verstopfen ihre Leichen den Lift, was uns Zeit verschafft.«

»Zeit wofür?«, fragte Bravo gedrückt. Seine Frage blieb unbeantwortet im Raum stehen.

Die aussichtslose Lage übermannte Bernau, der Defätismus zog wie ein Dämon in ihn ein und raubte ihm jede Energie. Er meinte, keine Luft mehr zu bekommen. Er würgte, hustete, ging auf alle viere und schnappte nach Luft.

»Dennis!«, rief Eichner besorgt und war mit einem Satz neben dem Stuffz.

Die höllenheiße Hitze in Bernaus Anzug drangsalierte ihn auf eine Weise, die nicht mehr auszuhalten war. Er hatte dem Verlangen nach frischer Luft, nach einer Befreiung von Maske und Overgarment nichts mehr entgegenzusetzen.

Etwas traf das Raumschiff. Kurzzeitig geriet es in spürbare Schwingungen, ein lang gezogenes Brummen dröhnte.

Bernau wankte ob der Schwingungen. Er fasste sich an den Filter.

»Nicht!«, sagte Eichner noch. Bernau aber zog sich die Maske vom Gesicht, ließ sie fallen. Zuerst war da ein frostiger Luftschwall, der die Schweißperlen auf Stirn und Wangen kühlte. Das Gefühl war himmlisch, ließ die Glückshormone in ihm sprudeln. Erst im zweiten Moment drang dieser heftige Gestank in seine Nase ein. Es war, als würde der Geruch eine direkte Verbindung zu seinem Gehirn herstellen. Sinneswahrnehmungen in einer Masse und Intensität, dass er sie kaum zu bewältigen vermochte, bombardierten seinen Geist. Sämtliche Farben des Farbkreises blinkten vor seinem inneren Auge auf. Es fühlte sich an, als stünde sein Nervenzentrum in Flammen, als schlügen Starkstromblitze im Millisekundentakt in sein Gehirn ein. Bernau stieß einen gedehnten Schrei aus. Er bäumte sich auf, fasste sich an den Schädel, der jede Sekunde aufplatzten mochte wie eine überreife Tomate.

Eichner, Degel und Meier umringten ihren Gruppenführer, der aber entwickelte ungeahnte Körperkräfte. Mit einer Handbewegung packte er Degel und schleuderte ihn um mehrere Meter zurück. Er stellte sich auf wackelige Beine, tat einen Schritt, schrie noch einmal herzergreifend auf. Seine Augen, sein Gehör ... all seine Sinne hatten ihre Arbeit eingestellt. Taub und blind torkelte er am Podest entlang, rutschte auf Martens Blut aus und stürzte beinahe. Gewaltige Schmerzen betäubten ihn. In seinem Kopf manifestierten sich fremdartige Eindrücke, die er deutlich zuordnen konnte. Bilder entstanden, so klar, als würde er einen Film in Ultra-HD anschauen. Er sah im Geiste, was sich außerhalb des Superplates abspielte. Der intensive Geruch übertrug alle nötigen Informationen. Und was er sah, löste Abermillionen von Fragen in ihm aus, die zusätzlich auf seinen Verstand einprasselten.

Ein orange strahlender Planet abseits eines großen Sterns bildete die Kulisse für ein Spektakel, auf das sich Bernau keinen Reim machen konnte. Raumschiffe der Affen, mehr, als Bernau jemals in der Lage wäre zu zählen, bevölkerten das Sonnensystem und lieferten sich eine Raumschlacht apokalyptischen Ausmaßes. Energielanzen surrten geräuschlos durchs Vakuum, trafen Schiffe und fraßen sich durch deren Hülle. Ein Superplate lag unter Feuer von mehreren Kontrahenten. Waidwund geschossen, suchte er sein Heil in der Flucht, dunkle Löcher klafften in seiner Oberfläche. Die Gegner setzten ihm nach, weitere Geschosse durchschlugen das Schiff. Es brach auf wie eine Piñata, gewaltige Bruchstücke zerstoben schwerelos im All.

Bernau verstand nicht, was er sah, verstand nicht, welche Fraktionen dort im Kampf standen. Die aufeinander schießenden Raumer waren äußerlich nicht zu unterscheiden. Was er allerdings verstand, war, dass das Schiff, in dem er sich aufhielt, mit hohem Tempo der Schlacht entgegenstrebte.

Jemand packte ihn am Arm. Es fühlte sich an, als befände sich sein Körper weit entfernt von seinem Geist, als fühlte er die Berührung durch eine dicke Wolldecke hindurch. Die fremde Hand machte sich an seinem Gesicht zu schaffen, kaltes Gummi drückte gegen seine Haut. Auch das nahm er nur unbestimmt wahr. Die Bilder der Raumschlacht verblassten, die Geräusche seiner Atmung drängten sich in den Vordergrund. Der Maskenfilter verwandelte sie in eine blecherne Tonfolge. Vor seinen Augen manifestierten Farbflächen, aus denen sich das Antlitz Degels formte.

»Dennis!«, brüllte der Deutschiraner aufgeregt. Bernau klimperte mit den Lidern und fand sich von Kameraden umzingelt wieder.

»Dennis ...«, schnappte Degel erleichtert.

»Ist er okay?«, fragte Fabius.

»Ja.«

»Gut.« An Bernau gewandt: »Du Vollidiot!«

Fabius musterte ihn argwöhnisch. Eine Erschütterung erfasste das Schiff. Der Flug nahm unruhige Züge an, deutlich spürten die Soldaten nun ein stetes Beben. Hensch schob sich zwischen die anderen Soldaten und Bernau. »Was hast du gesehen?«, wollte er wissen, die wissenschaftliche Neugier hatte ihn gepackt.

»Ich ... ich ...« Bernau schüttelte sich, danach sah er die Dinge vollkommen klar. Er sagte: »Wir befinden uns mitten in einer Raumschlacht. Da sind ... Emmerich?«

Der Hauptgefreite nahm seine Waffe hoch und betätigte den Abzug des Granatwerfers. Das Sprenggeschoss sprang Bravos Stoßtrupp entgegen, der noch immer beisammenstand, und detonierte in seiner Mitte. Ein Blitz entsprang, Feuer und Splitter töteten Bravo und einige Kameraden. Gleichzeitig löste Emmerich mehrere Handgranaten von seinem Koppel, zog jeweils den Splint und verteilte sie per Schleuderwurf im Raum, ehe er hinter das Podest in Deckung eilte. Eine der Granaten rollte vor Bernaus Füßen herum. Seine Instinkte übernahmen. Er vollführte einen Hechtsprung, und hörte, wie es in seinem Rücken rumste. Er spürte einen Schlag gegen den Rücken, so heftig, als würde er von einer Straßenbahn angefahren werden. Winzige Kugeln bahnten sich ihren Weg durch seinen Oberleib, noch ehe er hart auf dem Boden aufschlug. Auf ihrer Reise durchschlugen sie seinen rechten Lungenflügel, zerstörten Muskulatur und Gewebe, traten wieder aus seinem Körper aus und fetzten dem Untergrund entgegen, von dem sie wegsprangen wie Pingpongbälle. Splitter wirbelten durch den Raum. Hensch und sein Team starben im

Feuer einer Granatenexplosion. Eine Druckwelle riss Degel das Bein ab, aus der offen liegenden Arterie sprudelte dickes Blut. Er wurde bewusstlos und würde in zwei Minuten verblutet sein. Fabius und Meier brachen blutüberströmt im Hagel feiner Fragmente zusammen.

Bernau trat halb weg. In seinem Kopf setzte ein seine Sinne überlappendes Pochen ein. Er stieß einen Schwall Atemluft aus, was einen gewaltigen Stich in seiner Brust auslöste.

Das fühlte sich nicht gut an. Das fühlte sich absolut nicht gut an.

Todesangst packte ihn, lähmte ihn. Er lag flach auf dem Boden und hörte, wie das Knallen eines G36 erklang, ein jeder Schuss wurde begleitet von einem hohl unter der Maske klingenden Aufstöhnen des Getroffenen, der vernehmlich zu Boden sank ... Emmerich richtete diejenigen, die die Explosionen überlebt hatten. Bernau aber lag reglos auf dem Bauch, an ihm ging dieser Kelch vorüber. Halb im Delirium begriffen, erfasste er die Situation nicht, in der er sich befand.

So sah er auch nicht, wie Emmerich den AG40-Granatwerfer lud, bevor er sich auf das Podest stellte und die Schutzmaske abnahm. Etwas durchzuckte ihn, doch im Gegensatz zu Bernaus Anfall schien Emmerich zu kontrollieren, was mit ihm geschah. Er bewegte mechanisch die Arme und sogleich zog eine neuerliche Vibration durch das Schiff. Ein Grollen verdeutlichte, dass dessen Waffensysteme zu feuern begannen. Im Kontrollraum hallte das Wummern der Energiekanonen als gewitterartiges Donnern wider.

Emmerich hielt inne, ging in die Hocke, riss sein Gewehr hoch und zielte auf die Wand hinter sich. Dort entstand wie aus dem Nichts ein Durchbruch, dem zwei Alienkrieger samt Schutzschild entstiegen. Emmerich betätigte den Abzug des AG40, den Affen sauste die Granate entgegen, zersprang an deren Schild. Eine Feuerwalze stülpte sich über sie und schaltete sie aus. Der HG stopfte eine weitere Granate in seinen Granatwerfer. Daraufhin ließ er das Sturmgewehr am Gurt baumeln und führte mit den Armen seltsam anmutende Bewegungen aus. Noch einmal belferten die Energiekanonen des Schiffes. Daneben ratterte der Generator, der sämtliche Explosionen überstanden hatte. Manch Scheinwerfer war ausgefallen, die übrigen erzeugten zusammen mit über den Boden kullernden Taschenlampen und Laserlichtmodulen ein schauriges Halbdunkel.

Bernaus Mundraum füllte sich mit Blut, das über die geöffneten Lippen abfloss und sich unter der Maske sammelte. Er hustete, spuckte, regte sich aufstöhnend. Allmählich brach die Realität über ihn herein. Unter mörderischen Schmerzen wälzte er sich auf den Rücken und wandte den Kopf zur Seite. Er blickte gegen Eichner, dessen erstarrtes Gesicht unter der Schutzmaske verborgen lag. Diese war durch zwei fingergroße Splitter aufgerissen worden. Eichner war tot. Sie alle waren tot. Einmal noch packte Bernau die kalte Wut – jene Wut, die er bereits im Iran, in Bielefeld, im Bramschebach-Nagelsbachtal verspürt und die sich im Eifer des Gefechts, im Reigen des Adrenalins zum Blutrausch gesteigert hatte. Jener Rausch befahl ihm, die getöteten Kameraden zu rächen. Anzugreifen. Zurückzuschlagen. Zu töten. Die Hormone stählten seine Muskulatur, aktivierten alle noch funktionierenden Körperregionen. Bernau nahm den Schmerz in seiner Brust, der jeden Atemzug begleitete, nicht mehr wahr. Er ballte die Hände zur Faust. Seine Arme waren zu schwach, ein G36 zu heben. Die Pistole aber ... es musste gehen.

Am anderen Ende des Raums öffnete sich ein weiterer Durchgang, der zuvor nicht dort gewesen war. Zwei Affen fielen in den Kontrollraum ein. Gleichzeitig verabschiedete sich der Lift, sicherlich würde er weitere Aliens herbringen. Emmerich warf sich hin, bedachte die Eindringlinge mit Granaten und Projektilen. Das Knallen der Waffen waberte dumpf durch Bernaus Schädel. Mit zitternden Armen hob er die Pistole an, zielte, was ihm kaum möglich war, schoss. Funken sprühten über das Podest. Emmerich – er hatte die Affen gerade erledigt – fuhr herum, das Rohr seines G36 dampfte im Halbdunkel.

Bernaus Kugeln flogen dem HG um die Ohren. Die Pistole flatterte derart unkontrolliert in den Händen des Stabsunteroffiziers, dass das Treffen zur Glückssache gereichte. Emmerich und dessen Umgebung verschwammen in seiner Sinneswahrnehmung zu ineinandergreifenden Farbflächen. Er hielt einfach grob drauf – und blickte unvermittelt in Emmerichs Gewehrmündung. Der HG drückte ab, doch nichts als ein helles Klicken entsprang seiner Waffe. *Störung!* Ausgerechnet in diesem Augenblick ... die zuverlässigste aller Waffen, auf 10 000 Schuss in der Regel nicht eine Störung! Es mochte Schicksal sein. Emmerich jedenfalls fasste an den Verschluss des Gewehrs, zog diesen zurück, ließ ihn vorschnellen. Die Patrone wirbelte aus der Hülsenauswurföffnung, klimperte zu Boden. Der abtrünnige Hauptgefreite richtete das Sturmgewehr erneut auf Bernau aus. Und der landete mit der vorletzten Patrone tatsächlich einen Treffer. Das Geschoss penetrierte und zerfetzte Emmerichs Hohlorgan. Der HG hörte augenblicklich auf zu atmen und sackte in sich zusammen wie ein Klappstuhl.

Bernau blieb liegen, atmete schwer. Ein jeder Atemzug wurde begleitet von stechendem Schmerz, der die Todesangst in ihm weiter befeuerte. Die herrschende Kälte kroch allmählich unter seinen Anzug, kühlte ihn aus. Er zitterte, seine Lippen waren farblos geworden. Blut leuchtete dunkelrot in seinem aschfahlen Gesicht, verborgen unter der Maske. Das Atmen wurde zur fürchterlichen Qual. Mehrfach wurde ihm schwarz vor Augen.

Außerirdische strömten in den Kontrollraum, machten sich an den menschlichen Leichnamen zu schaffen, schlugen diese in offensichtlichen Wutanfällen zu Brei. Schwerfällig stapften sie auch auf Bernau zu. Ihm kam das wie ein böser Traum vor. Fellbesetzte Fleischbrocken schoben sich in sein pulsierendes Sichtfeld. Sie hoben ihre muskelbepackten Pranken, um Bernaus Körper unter ihnen zu zerschmettern. Der Stabsunteroffizier streckte ihnen die wild schlotternde Hand entgegen, als könnte die allein ihn schützen. Die Affen erstarrten. Bernau blinzelte, doch vermochte sein Verstand die Eindrücke nicht mehr zu verarbeiten, die in diesen einfielen.

»Ganz genau«, hörte er eine männliche Stimme sagen. Er träumte, musste träumen. »Niemand von euch Hässlons rührt sich vom Fleck!«

Er sah einen Mann in dunklem Funktionsanzug, der über einen Zugang den Raum betrat und auf Abstand zu den Außerirdischen blieb. In den Händen hielt er eine ihrer Energierohrwaffen, die im Grunde zu groß für einen Menschen war. Den Auslöseknopf musste er mit der gesamten rechten Hand umschließen. Der Mann sah sich im Raum um, seine Atmung klang rasselnd unter der Schutzmaske, die er trug. Er konnte nicht echt sein, doch Bernau – der sich in den letzten Augenblicken seines Lebens wähnte – freute sich über die Gegenwart anderer Angehöriger seiner Spezies – waren diese nun echt oder erdichtet. Er blinzelte, röchelte, besprühte das Innere seiner Maske mit feinen Blutsprenkeln.

»Ganz richtig«, sagte der Fremde ruhig. Die Aliens hielten still, und obwohl sie keinen Kopf besaßen, war ihnen anzumerken, dass sich ihre

Aufmerksamkeit auf den Eindringling vereinigte. »Ihr hässlichen Wichser habt vielleicht keine Augen, aber ihr könnt mich sehen, richtig? Ihr wisst, was ich in Händen halte, nicht?« Langsam schritt der Kerl auf Bernau zu. Die Affen wichen im gleichen Maße zurück. Dabei bedrohte er sie nicht einmal direkt mit der Energiewaffe, sondern richtete deren Mündung auf das Podest aus.

»Sehr schön«, stieß der Fremde aus. »Ihr habt ganz genau erfasst, dass ich Löcher in euren heiligen Teller brenne, wenn ihr eine falsche Bewegung macht, was?«

Er erreichte Bernau, doch blieb sein bohrender Blick auf die Außerirdischen gerichtet.

»Ich habe keine Schimmer, ob ihr mich verstehen könnt, aber wenn ihr uns nicht zurück auf die Erde bringt, probiere ich diese Waffe aus!« Der Kerl schwang die Rohrwaffe hin und her, die Aliens wichen weiter zurück. Die Aussicht auf Beschädigungen ihres Raumschiffs schien sie zu lähmen.

Sie bildeten einen Gang, der zur Wand führte. Dort öffnete sich ein Durchbruch wie aus dem Nichts. Der Mann verstand und nickte anerkennend. Er packte Bernau am Koppel und schleifte ihn hinter sich her, an den Affen entlang, die versteinerten Kreaturen gleich diesem Ereignis beiwohnten. Bernau sah die Blutspur, die er auf dem Boden hinterließ. Er sah weiter die Leichen der Kameraden, die er zurückließ. Er wollte das nicht, wollte bei ihnen bleiben, doch war er ohne Kraft, außerstande, sich seinem Schicksal zu erwehren. Etwas schnürte ihm die Kehle zu, als sich die Tür hinter ihm und seinem mysteriösen Retter schloss und den Blick auf die getöteten Kameraden versperrte. Noch ehe er einschlief, drängte sich ihm eine letzte, bemerkenswert klare Frage auf: »Hatten die Affen verstanden, was der Fremde von ihnen verlangte? Oder hatten sie sie gar in eine Falle gelockt? In irgendeiner Besenkammer eingesperrt?« Er wischte die Frage hinfort. Sie war unbedeutend, der Mann sowieso nicht mehr als ein Hirngespinst seines im Sterben begriffenen Verstandes. Jeden Augenblick mussten die Pranken der Affen auf ihn herniederschlagen.

20

Südlich von Sergelen – Mongolei

Hu Mengbo, Soldat der Volksbefreiungsarmee, rutschte auf der harten Sitzbank hin und her. Die Fahrt auf der Ladefläche des Militärlastwagens erwies sich als holprig, denn die ostmongolische Dornod-Provinz war nicht unbedingt mit einem ausgebauten Straßennetz gesegnet. Mengbo blickte in die angespannte Miene seiner Kameraden, die zusammen mit ihm im Lastwagen fuhren. Sie hielten ihr Sturmgewehr fest umklammert und stellten sich abermals darauf ein, in den Kampf gegen die haarigen Teufel zu treten.

Der Krieg war noch nicht vorbei. Zwar war der Feind plötzlich und überstürzt abgezogen, hatten seine Schiffe nachweislich das Sonnensystem verlassen, und zwar in einer Geschwindigkeit, wie es die Menschheit nicht für möglich gehalten hätte, doch hatte er dabei Millionen seiner Kämpfer einfach zurückgelassen. Deren Linien begannen sich aufzulösen, schier planlos geisterten sie zu Tausenden durch die von ihnen besetzten Gebiete – und wurden gnadenlos von der Volksbefreiungsarmee niedergemetzelt. Auch jetzt rumorten die Geschütze in der Ferne, krachten die schweren Kanonen der Panzer und ein jeder Abschuss war Musik in Mengbos Ohren, bedeutete er doch den Tod Dutzender Aliens. Es sei nun nur noch eine Frage der Zeit, hatte das Ministerium in Peking verkündet. Das war, bevor urplötzlich Alarm geschlagen worden war.

Sie kamen zurück, schickten sich an, erneut in der östlichen Mongolei zu landen, hinter der Front, nahe Sergelen, das nicht mehr existierte.

Mengbos Finger drückten gegen den Stahl des Gewehrs. Er hatte wirklich geglaubt, es sei vorüber, die Menschheit noch einmal mit dem Schrecken davongekommen. Dieses Auf und Ab zwischen Hoffnung und Untergangsstimmung machte ihn fertig.

Der Lastwagen brauste durch ein Gebiet, das die Außerirdischen in ein einziges Aschefeld verwandelt hatten. Die Reifen wirbelten schwarzen

Staub auf, der sich zu einer durchlässigen Mauer aufbauschte. Mit einem Ruck stoppte der Lkw, sogleich erklang die Stimme des Offiziers, der aus dem Führerhäuschen sprang.

»Los, raus! Bewegt euch! Bewegung!«

Die Männer erhoben sich, kletterten einer nach dem anderen von der Ladefläche. Waffen und Ausrüstung klapperten. Mengbo stieg der Gestank von Schweiß in die Nase. Seine Stiefel berührten den schwarzen Untergrund und verschwanden in aufstäubenden Wolken aus Asche. Er blinzelte. So weit das Auge blickte, war die Welt schwarz. Kein Haus stand mehr, kein Bauernhof; allein aus den Brandrückständen ragende Grundmauern, kaum höher als ein Stiefel, verrieten, dass hier einst Gebäude gestanden hatten. Type-99-Kampfpanzer rollten mit quietschenden Laufwerken an den Fußsoldaten von Mengbos Kompanie vorbei. Die Kettenbänder wühlten Furchen in das schwarze Land, die Panzer zogen Türme aus Aschestaub hinter sich her. Mengbo überfiel ein unerträglicher Hustenreiz. Feine Partikel krochen in seine Lunge.

»Weiter, ihr Hunde!«, brüllte der Offizier. »Den 99ern nach!«

Sie rannten über das plane Feld, jeder Schritt hieb feine Aschewölkchen aus dem Grund. Nach wenigen Minuten Laufschritt erreichten sie ihren Bestimmungsort. Soldaten und Panzer bildeten dort zwei Schanzen, die schräg zueinander lagen, sodass sie den Gegner ins Kreuzfeuer zu nehmen vermochten. Die Panzer reihten sich zu langen Feuerlinien auf, zwischen ihnen gingen die Fußsoldaten in Stellung. Mengbo warf sich in die Asche, würgte schwarzen Schleim hervor. Dieselgestank stach in seinen Atemwegen. Kanoniere brachten lautstark Geschütze in Stellung. Über Mengbos Kopf knallten die Triebwerke von Kampfjets, die die Schallmauer durchbrachen.

»Laden!«, brüllte sich der Offizier die Seele aus dem Leib.

Mengbo stopfte ein Magazin in seine modulare CS/LR17 und ließ den Verschluss schnellen. Dann blickte er ins wolkenverhangene Firmament auf und sah es. Er atmete erleichtert auf. Ein einzelnes der ovalen, mit einer Wulst umschlossenen Landungsschiffe trat den Weg zur Erdoberfläche an. Gemächlich schwebte es hernieder, schwebte direkt vor die Rohre der in Stellung gegangenen Chinesen. Nach einer weiteren Invasionsstreitmacht – wie im Vorfeld behauptet worden war – sah das jedenfalls nicht aus.

Es überwand die letzten 15 Meter im freien Fall, ein dumpfer Schlag ertönte. Beim Aufprall wurde eine gewaltige Aschestaubwolke in die Höhe geschleudert, die sich auf das Landungsschiff setzte und gleichzeitig, einer wild gewordenen Büffelherde gleich, auf die in Stellung liegenden Soldaten zuraste. Sie hüllte auch sie ein, Mengbo sah kaum mehr die Hand vor Augen.

»Achtung!«, brüllte der Offizier. »Feuer nur auf meinen Befehl!«

Der Vorhang aus Aschepartikeln lichtete sich. Immer deutlicher schälten sich die Umrisse des Schiffes heraus. Von diesem ging keinerlei Bewegung aus, außerirdische Krieger waren nicht zu sehen. Eine Seitenwand öffnete sich, gab den Blick auf das schmucklose Innere frei. Mengbo konnte aus der Entfernung aber nichts von Bedeutung erkennen.

»Nicht feuern!«, versetzte der Offizier, der das Landungsschiff durchs Fernglas beobachtete.

Ein Mann – ein Mensch – in dunkler Funktionskleidung torkelte benommen aus dem Schiff und blieb erschrocken stehen, als ihm gewahr wurde, dass die Waffen einer halben Division auf ihn gerichtet waren. In Mengbos Sichtfeld war er nicht mehr als ein schwarzer Punkt vor dem orangefarbenen Raumschiff. Er konnte darum auch nicht sehen, dass der Fremde nicht von asiatischer, sondern vielmehr von kaukasischer Erscheinung war. Ferner sah er nicht, dass sich ein zweiter Mann im Schiff befand. Reglos lag er da, zugedeckt mit einer glitzernden Rettungsdecke.

Der Kerl in schwarzem Anzug überwand seine Verblüffung. Er schleifte den anderen Mann aus dem Schiff, legte ihn auf dem Aschefeld ab, daraufhin rannte er auf Mengbos Schanze zu.

»Do not shoot!«, rief er auf Englisch. »Please! We need a medic!«

Hinter ihm verschloss sich die Öffnung des Schiffs, bevor es geräuschlos abhob.

21

Nahe Saint-Pierre-de-Chartreuse – Frankreich

Nicolas Rameau war vor seiner Zeit als Korrespondent für TF1 ein paar Jahre bei der Armee gewesen. Als Gebirgsjäger hatte er erlebt, was es bedeutet, an seine körperlichen Grenzen zu gelangen.

Nachdem ihn französische Soldaten aus dem Griff der iranischen Armee befreit und mehr oder minder heil zurück in die Heimat gebracht hatten, hatte er nicht lange gezögert und sich freiwillig zu den Streitkräften gemeldet. Der Verteidigungsminister hatte ob des Krieges gegen die Affen 71 000 neue Stellen geschaffen und weitere 18 000 in Aussicht gestellt, wenn erst jeder Dienstposten mit einem Freiwilligen besetzt war. Und Rameau, der nachts schweißgebadet aufwachte und sich in seine iranische Folterkammer versetzt fühlte, der sich für den Tod seines besten Freundes verantwortlich fühlte, der dessen Witwe nicht unter die Augen treten konnte und daher sogar Antoines Beerdigung ferngeblieben war, wähnte sich in der Schuld seines Landes stehend. Frankreich hatte keine Kosten und Mühen gescheut, um ihn zu befreien.

Nach einem verkürzten Auffrischungskurs war Rameau schließlich an die Front gekommen. Der Militärdienst half ihm immerhin beim Verdrängen der seelischen Schäden ... für den Augenblick.

Der Krieg derweil war gewonnen und Rameaus Einheit, das 7e bataillon de chasseurs alpins, ein durch 180 Freiwillige verstärkter Gebirgsjägerverband, jagte die letzten Affen, welche einfach zurückgelassen worden waren und seither in den französischen Alpen umherirrten.

»Vorwärts! Bewegt eure müden Knochen!«, brüllte der Sergent, Rameaus Gruppenführer. Es handelte sich bei ihm um einen dunkelhäutigen Hünen, der für die mehr schlecht als recht ausgebildeten Freiwilligen nicht viel übrig hatte und sie daher in einer Tour anschrie. Er trieb seine Untergebenen lautstark einen Hang hinauf, auf dem junge Linden sprossen. Sie befanden sich auf der submontanen Stufe der Alpen, knapp unterhalb der 1000-Meter-Grenze. Die Luft war bereits sehr dünn, jeder Schritt gleich doppelt anstrengend, die vielen Höhenmeter und das ungewohnte Gepäck auf dem Rücken ließen den alpinen Kampf zur Tortur gereichen. Nun, Rameau war mittlerweile leidgeprüft und so akzeptierte er den Schmerz in seinen Gebeinen, das penetrante Beißen der Muskulatur, das Scheuern wunder Stellen in den steifen, nagelneuen Stiefeln. Er hatte sich die Fersen blutig gelaufen, doch ignorierte er gekonnt, dass sich seine Socken mit dem roten Lebenssaft vollsogen. Die Iraner hatten seinem inneren Schweinehund den Schädel eingeschlagen und irgendwie brauchte Rameau den Schmerz sogar, verlangte er geradezu nach ihm. Er sah in ihm eine gerechte Strafe für das, was er getan hatte. Einige seiner Kameraden und Kameradinnen waren auf dem Marsch ins Zielgebiet, durch das einem Bericht zufolge 200 bis 300 Affen irrlichterten, zusammengebrochen und hatten abtransportiert werden müssen. Es hieß, eine 19-Jährige sei auf dem Rückweg zum Verfügungsraum der Brigade verstorben. Der Sergent brüllte auf diejenigen, die zusammenklappten, so lange ein, bis sie sich wieder zurück auf die Füße rappelten und den Marsch fortsetzten oder bis ihm dämmerte, dass sie tatsächlich am Ende waren.

Tiger-Kampfhubschrauber drehten in einiger Entfernung ihre Runden, irgendwo echoten Explosionen. Schüsse hallten über die weiß gepuderten Gipfel, welche Saint-Pierre-de-Chartreuse umschlossen. Kampfflugzeuge umschwirrten sie wie Fliegen einen Kothaufen.

»Bewegt euch!«, tobte der Sergent, der es hasste, einen Kampf zu verpassen. »Jeder von euch faulen Säcken schuldet mir zehn hässliche Affenköpfe!«

Rameau schnaufte und umklammerte sein Sturmgewehr, das FAMAS, während er seinem untrainierten Leib jeden Schritt mühsam abringen musste. Er prustete, der Schweiß rann ihm in langen Bahnen über das Gesicht.

Die französische Armee hatte das FAMAS bereits vor Jahren durch das deutsche HK416 ersetzt, nun aber, wo Tausende von Freiwilligen ausgerüstet werden mussten, entstaubte die Armee die alten, zum Weiterverkauf eingelagerten Waffen wieder.

»Lass dein Clairon nicht fallen!«, grinste der Kamerad neben ihm, ein junger Kerl aus Calais, der auf Rameau den Eindruck erweckte, als befände er sich auf einem Sonntagnachmittagsspaziergang, derart leichtfüßig spazierte er den Hang hinauf.

»Ich passe schon auf«, japste Rameau mürrisch und musste nach jeder Silbe um Luft ringen.

»Sollen wir für dich vielleicht einen Treppenlift installieren, damit du den Hang hochkommst?«, spottete ein anderer Jungspund. Rameau galt mit seinen 43 Jahren unter den zumeist jungen Freiwilligen als »Opa«.

»Hey, Hérold, du weißt doch ...«, keuchte Rameau. Sein Puls raste, klopfte ihm in der Kehle. »Du weißt doch«, begann er noch einmal, »wäre damals der Hund nicht schneller gewesen, wäre ich jetzt dein Vater.«

»Spart euch den Atem!«, zischelte der Sergent und bedeutete seinen Untergebenen mit bitterbösen Blicken, dass er über Leichen gehen würde, um unter ihnen für Ruhe zu sorgen.

Die Soldaten des Bataillons stürmten den Hang auf breiter Front, sie wirkten mit den anderen Einheiten der Brigade zusammen und versuchten, die Alienkrieger von zwei Seiten in die Zange zu nehmen. Ihr Auftrag lautete, ein paar der feindlichen Kämpfer nach Möglichkeit lebendig zu fangen. Die Regierung benötigte Forschungsobjekte, um Erkenntnisse über den außerweltlichen Feind zu sammeln. Bereits in der Nacht war es zwischen Teilen der Brigade und dem Alientrupp, den diese jagte, zu Scharmützeln gekommen, einige Affen waren dabei verwundet worden und versuchten seither, sich in höhere Gefilde des Gebirges abzusetzen. Von Zeit zu Zeit glänzte dunkles Blut im Gras, allerorts war der Bodenbewuchs niedergetrampelt worden – Hinweise darauf, dass der Gegner hier entlanggekommen war.

Der Sergent schaute zum Kompaniechef hinüber, der seiner Einheit vorwegrannte und nun die Spitze des Hangs erreichte. Er hob die Hand, die Kompanie reagierte wie ein Organismus und stoppte. Rameau musste sich auf den Oberschenkeln abstützen, um zu Atem zu kommen. Die Anstrengung setzte ihm zu, dass er eine Zeit lang vergaß, auf seine Umgebung zu achten, und sich stattdessen darauf konzentrierte, nicht bewusstlos zu werden.

Der Kompaniechef eilte weiter vor und spähte in das jenseits des Hangs liegende Tal, daraufhin ergingen seine Befehle via Funk. Der Sergent setzte ein zufriedenes Grinsen auf.

»Wir haben sie!«, proklamierte er. Die Kompanie geriet abermals in

Bewegung, arbeitete sich im Verbund mit dem gesamten Bataillon die letzten Meter bis zur Spitze des Hangs hinauf. Rameau rannte, die Waffe in seinen Armen wurde ihm schwer, seine Muskeln sendeten Stiche aus, sein Puls beschleunigte weiter, was er kaum mehr für möglich gehalten hätte. Japsend stürzte er seinen Kameraden nach. Kurze Zeit später erklomm er die Kuppe des Hangs und vermochte, ins Tal hinabzublicken. Dunkle, klobige Gestalten stromerten dort unten streunenden Hunden gleich umher, Schutzschilde glänzten orange. Die Außerirdischen erinnerten Rameau an Arbeiterinnen eines Ameisenvolks, die den Kontakt zum Bau verloren hatten und nun nicht mehr wussten, wohin mit sich.

»FEUER!«, geiferte der Sergent in Eintracht mit dem Kompaniechef und den anderen Unterführern. Rameau ließ sich ins Gras fallen, Halme piekten ihn am Hals. Links brach ein ohrenbetäubender Lärm los, als das »Cinquante-Deux« der Gruppe zu sprechen begann. Der MG-Schütze ließ sich von seiner Wut über die Außerirdischen leiten, jene Wut manifestierte sich in langen Feuerstößen, die er ins Tal hinabsandte. Allerorts knallten gleichsam die Gewehre los, glühende Leuchtspurmunition flog den Affen entgegen, die aufschreckten und in ihrer Verzweiflung kopflos durcheinanderrannten. Die ersten von ihnen sanken nieder im Kugelhagel. Rameau nahm seine Waffe hoch, klappte das Zweibein aus und drückte sich den Schaft gegen die Schulter. Er fühlte sich trotz des Crashkurses noch immer unsicher mit der Waffe. Er legte an, verstellte die Visiereinrichtung, wurde sich dann der Tatsache gewahr, dass sich die Affen weiter als 200 Meter entfernt befanden und er daher sowieso die feststehende Kimme nutzen musste. Er legte auf einen wild durch das Tal rennenden Affen an, hielt entsprechend vor. Seine Kameraden hatten bereits allesamt ein halbes Magazin verschossen, ehe Rameau zum ersten Schuss kam. Endlich betätigte er den Abzug. Die Patrone zündete, sie pufftte samt weißem Rauch aus der Mündung, die Waffe hämmerte gegen Rameaus Schulter. Er sah, wie zu Füßen seines Ziels Gras aus der Wiese platzte. Rameau korrigierte seinen Haltepunkt, schoss erneut. Und noch einmal. Und noch einmal. Seine Projektile schlugen um den Affen herum ein, es war schwierig, bewegliche Ziele zu treffen. Leuchtende Kugeln einer MG-Garbe gerieten in sein Sichtfeld, trieben seinem Ziel entgegen. Die Geschosse verschwanden in dessen dunklem Fellkörper, der Außerirdische geriet ins Straucheln und stürzte bäuchlings hin.

Rameau blendete die Umgebung völlig aus, die Rufe der Kameraden, den Lärm der Waffen, der druckvoll in seine Gehörgänge eindrang und ihm Schmerzen bereitete. Er entschied, dass er ein zu schlechter Schütze war, um es mit einzelnen, sich bewegenden Zielen aufzunehmen, also suchte er sich nun einen Pulk von Aliens aus und hielt einfach drauf. Ob er etwas traf, vermochte er in dem Chaos nicht zu sagen. Die Affen stoben auseinander, manch einer blieb strampelnd am Boden zurück. Der Gegner war chancenlos, Schlachtvieh gleich wurde er von den französischen Gebirgsjägern dahingerafft. Rameau schoss, zielte immer weniger, entleerte das Magazin einfach ins Tal. Es war befreiend, den Abzug durchzudrücken, zu sehen, wie die Kugeln auf die Reise gingen, zu sehen, wie unten im Tal der letzte Rest der Invasoren vom Antlitz des französischen Mutterlands getilgt wurde. Er empfand es als eine Wohltat – eine Wohltat für die Seele, wenngleich diese Wohltat im Töten von Lebewesen bestand. Die Tierschutzorganisation PETA hatte unlängst ihre Liebe für die Außerirdischen entdeckt, hatte diese als Tiere eingestuft und forderte in öffentlichkeitswirksamer Manier, die zurückgebliebenen Kämpfer zu entwaffnen und in geeigneten Habitaten auszuwildern, statt sie zu jagen und zu töten. Die Tierschützer hatten darüber hinaus bei der IUCN die Aufnahme der Außerirdischen, für die sich in Fachkreisen der Name »homo non terrestris« zu etablieren begann, auf die Rote Liste gefährdeter Arten gefordert, was deren Präsident empört zurückgewiesen hatte mit dem Verweis, die Aliens seien höchstens als invasive Arten einzustufen, die nirgendwo auf dem Planeten etwas zu suchen haben. Rameau wurde rasend beim Gedanken an das Gebaren von PETA. Die Affen hatten Millionen getötet ... ermordet. Sie hatten 100 Millionen in die Obdachlosigkeit und Heimatlosigkeit getrieben, hatten ganze Landstriche verwüstet und weltweites Chaos ausgelöst. Wie konnte ernsthaft ein bei gesundem Verstand befindlicher Mensch den Schutz dieser Kreaturen fordern? Nun, PETA hatte diesen Vorstoß wohl vor allem vorgebracht, um einmal mehr Aufmerksamkeit zu generieren, an einer Integration aggressiver Außerirdischer in die irdischen Ökosysteme konnte auch den Tierschützern nicht ernsthaft gelegen sein. Aufmerksamkeit zu kreieren, war ihnen jedenfalls gelungen, Rameaus Kameraden kannten in Gefechtspausen kaum ein anderes Thema mehr, wutschnaubend arbeiteten sie sich an der Forderung der Tierschützer ab.

Der Zorn stieg auch Rameau zu Kopfe, vermenge sich dort mit mannigfaltigen Emotionen, die ihn in einen wahren Rausch versetzten. Sein Körper schüttete massenhaft Adrenalin aus, das seine Venen flutete und wie Heroin wirkte. Es drängte alle negativen Sinnesempfindungen in den Hintergrund, ersetzte sie durch ein Gefühl der Erhabenheit, garniert mit dem unbedingten Wunsch nach Vergeltung. Und so gab sich Rameau diesem Rausch hin, wie es auch seine Kameraden taten. Ohne Unterlass feuerten sie in das Tal hinab, auf die durcheinanderspringenden Aliens, und brachten über 100 von ihnen zu Fall. Überlebende ergriffen die Flucht, sprangen über ihre niedergestreckten Artgenossen. Verwundete krochen über die Wiese, sie hinterließen blutige Spuren im Gras. Der Gegner war zu jeglicher Gegenwehr oder gar der Errichtung einer seiner berüchtigten Phalangen außerstande, ja viele seiner Kämpfer ließen gar ihre Waffen und Schutzschilde fallen. Nichts war mehr übrig von ihren perfekt abgestimmten Formationen, von ihrer brutalen Disziplin, die sie bis dato stumpf in jedes Feindfeuer hatte hineinrennen lassen. Es erschien Rameau, als seien die Aliens aus einem bösen Traum erwacht und erinnerten sich nunmehr daran, dass sie sterblich waren und dass das Leben zu wertvoll war, um nicht daran zu hängen. Nun, für diese Erkenntnis war es beileibe zu spät und so hielt auch Rameau weiter drauf, entleerte sein zweites Magazin ins Tal, biss dabei die Zähne aufeinander und spürte einen stumpfen Schmerz, der sich allmählich in seiner Schulter ausbreitete. Der Hormoncocktail in seinen Adern aber drängte die Pein erfolgreich in den Hintergrund, verkürzte seine Sinneswahrnehmungen auf jene Eindrücke, die er benötigte, um die Aliens im Vorfeld umzubringen. Seine Sicht geriet zum pulsierenden Tunnel, sein Gehör filterte das plumpe Aufklatschen getroffener Außerirdischer aus dem Crescendo der Schlacht heraus. Er feuerte, feuerte, bis seine Waffe klickte, wechselte dann mit mechanischen Bewegungen das Magazin und feuerte weiter. Kugeln zahlreicher Kaliber flitzten hinab ins Tal, verwundeten und töteten weitere Außerirdische. Und diese konnten nirgendwohin mehr fliehen, auch auf der gegenüberliegenden Seite des Tals lagen französische Soldaten in Stellung und feuerten aus allen Rohren. Der Schall ihrer Kriegswaffen fegte als stetes Donnern über die Landschaft hinweg. Während die Soldaten schossen, was die Waffen hergaben, sprachen die Offiziere das weitere Vorgehen ab.

»Feuer einstellen!«, verlangte der Sergent, nachdem sich das Tal in ein mit dem Blut der Außerirdischen getränktes Totenfeld verwandelt hatte. Rameau sah noch einzelne Gegner zwischen den Leichen und im Todeskampf Zuckenden umherspringen, doch nahm er den Finger vom Abzug, auch wenn ihm die tobende Stimme in seinem Kopf etwas anderes befahl. Er erinnerte sich an den Auftrag seiner Einheit und spürte, wie der Rausch stufenweise abklang. Er schüttelte sich, schämte sich plötzlich dafür, wie ihn die Gefühle übermannt hatten, wie sie seinem Verstand das Kommando entrissen hatten. Das durfte einem professionellen Soldaten eigentlich nicht passieren, nie zuvor hatte er eine derartige Erfahrung gemacht. Er blickte nach rechts und nach links, warf seinen Kameraden argwöhnische Blicke zu – und glaubte zu erkennen, dass diese seinen Rausch nicht bemerkt hatten. Er konnte nicht wissen, dass es ihnen ähnlich ergangen war, selbst zahlreichen Veteranen.

»Feuer einstellen!«, wiederholte der Sergent zornig, daraufhin verstummten die Waffen seiner Gruppe vollends. Er erhob sich, baute sich vor den Rohrmündungen seiner Soldaten auf – ob der vielen Unerfahrenen war das womöglich ein sehr wagemutiges Unterfangen – und verkündete mit vor Stolz geschwellter Brust: »Unsere Kompanie ist nominiert!« Er ließ seinen Blick über die Untergebenen schweifen, seine auf ein Widerwort lauernden Augen streiften auch Rameau. Dem Sergent schlug Entschlossenheit entgegen, die ihn zufrieden stimmte.

»Wir rücken gemeinsam mit der 2. unter Flankenschutz unserer Schwesterkompanien vor. Überprüft alle Körper! Wer von diesen stinkenden Primaten noch lebt, wird ohne Gnade über den Jordan befördert! Wir treiben die letzten von ihnen dann zusammen und nehmen sie hops. Wer schon einmal Vieh auf einer Weide zusammengetrieben hat, weiß, wovon ich spreche!« Der Sergent zeigte die Zähne. »Die Marschordnung bleibt bestehen, Feuer frei auf alles, was am Boden kreucht. Feuer auf stehende Ziele nur auf meinen ausdrücklichen Befehl hin!«

Rameau fasste sein Sturmgewehr nach. Gerade begann der Schweiß auf seiner Haut abzukühlen; er fror, nun, wo das Adrenalin nicht mehr seine Sinne vernebelte. Die Aussicht auf Bewegung stimmte ihn positiv, die Angst, die ihn bis dato in den Gefechtspausen gepackt hatte, war nicht wiedergekehrt, denn von den Affen schien endgültig keine Gefahr mehr auszugehen. Rameau kam sich vor wie auf der Fuchsjagd.

»Da ihr Vollidioten sowieso keine ganzen Sätze formulieren könnt, nehme ich an, es gibt keine Fragen?«, seiberte der Unterführer.

»Oui, Sergent!«, erklang die Antwort wie aus einer Kehle.

»Vorwärts, Marsch! Für die Grandeur unserer Nation!«

Die Männer und Frauen der Kompanie sprangen auf die Beine, die Gurte der MG klackerten. Sie stürmten ins Tal hinunter, preschten auf die die Wiese bedeckenden Körper der Aliens zu; viele rührten sich noch. Die Anstrengung versetzte Rameau Seitenstechen. Er und seine Kameraden näherten sich den Affen. Sie rannten erst, verlangsamten aber sukzessive ihr Tempo, schritten dem Gegner bald als geschlossene Reihe entgegen. Oben auf den Höhenrücken knatterten die Handwaffen der anderen Einheiten, sie versuchten durch gezieltes Feuer die letzten bewegungsfähigen Außerirdischen davon abzuhalten, aus dem Tal auszubrechen. Rameau sah, wie auf der gegenüberliegenden Seite der Ebene einzelne Außerirdische zurückschreckten, während MG-Salven zu ihren Füßen den Untergrund aufrissen.

»Vorwärts!«, befahl der Sergent spuckend. »Oder wollt ihr ewig leben?«

Rameaus Finger krampften sich um das Griffstück der FAMAS. Er erreichte die vordersten Alienkörper. Viele waren tot, andere im Sterben begriffen. Vollkommen stumm schienen sie sich ihrem Schicksal zu ergeben, einzig die Gliedmaßen probten noch den Aufstand gegen den Sensenmann. Sie streckten sich den Wolken entgegen oder schabten die Wiese auf. Manch einer zog sich mit zitternden Pranken über den Erdengrund voran, versuchte desperat, vor den Menschen zu fliehen. Doch vor den Menschen gab es kein Entkommen.

Der Sergent legte an, feuerte eine Dublette auf einen Davonkreuchenden ab, dessen Fell an mehreren Stellen bereits dunkel glänzte. Die Kugeln tauchten in den Rücken des Aliens ein, ein Schlag fuhr durch dessen Leib, ließ alle vier Gliedmaßen in die Luft wirbeln, ehe es in sich zusammensackte und reglos liegen blieb.

Rameau stockte der Atem, nie zuvor hatte er die Kreaturen aus nächster Nähe erlebt. Erst jetzt wurde ihm gewahr, von welch riesenhafter Statur sie waren. Ihre kopflose Erscheinung, dazu die säulenartigen Glieder und das schwartige Fell machten auf ihn einen abscheulichen Eindruck, der es ihm eiskalt den Rücken hinunterlaufen ließ. Die Aliens erinnerten ihn an einen Gorilla ... an einen Gorilla, dem man den Kopf abgeschlagen und den man in Schmierfett getunkt hatte. Um ihn herum ertönte die Waffe seiner Kameraden. Sturmgewehre krachten, dass der Schall der Abschüsse über seinen Schädel hinwegfetzte. Getroffene Körper hoben und senkten sich. Die Franzosen entleerten ihr Magazin in die Kreaturen zu ihren Füßen und überstiegen die Leichname. Manch einer bedachte Tote und Sterbende mit Fußtritten. Orangefarbene Schilde brillierten zwischen schwarzen, aufgerissenen Leibern. Rameau zögerte erst, haderte damit, auf wehrlose Wesen zu feuern, obgleich es sich um aggressive Invasoren handelte.

»Auf welcher Seite steht ihr?«, fragte der Sergent ihn und andere, die sich an dem Massaker nicht beteiligten. »Schlachtet sie ab!«

Der bohrende Blick des Unterführers veranlasste Rameau dazu, sich sein FAMAS gegen die Schulter zu drücken, den Finger auf den Abzug zu legen und ein wie ein Fisch auf dem Trockenen zappelndes Alien anzuvisieren. Rameau schoss. Das Projektil fuhr unter weißem Schmauch aus dem Rohr und penetrierte den Leib seines Ziels. Dieses bäumte sich jäh auf, seine Gliedmaßen gerieten in wilde Bewegung.

»Scheißding!«, knirschte Rameau. Da war er wieder, der Rausch. Er drängte seine Gedanken, seine Ängste, seine Zweifel in den Hintergrund. Instinkte und Gelüste übernahmen das Kommando. Rameaus Zeigefinger stellte ganz automatisch auf Dauerfeuer um, dann hämmerte er einen langen Feuerstoß in das Wesen hinein. Das war Munitionsverschwendung, doch der Anblick des unter den Einschlägen und dem aufplatzenden, schwarzen Fleisch zugrunde gehenden Außerirdischen befriedigte ihn. Schwer atmend betrachtete er sein Werk, betrachtete er den zerstörten Alienkörper. Der Knoten war geplatzt. Rameau schritt weiter voran, Seite an Seite mit den Kameraden, und pumpte jedem Niedergestreckten, der sich noch regte, eine Salve in den Rumpf. Der Rausch befahl es ihm, ließ keine anderen Handlungen mehr zu. Erst sehr viel später würde sich der ausgebildete Journalist fragen, was damals nahe Saint-Pierre-de-Chartreuse in ihn gefahren war, welche Dämonen ihn geritten hatten. Die Szene von ihm und seinen Kameraden, die durch das Tal schritten und hilflosen Außerirdischen den Gnadenschuss verpassten, sollte dank allgegenwärtiger Handykameras bald für alle Zeit im Internet abrufbar sein. Rameau würde es sich zeit seines Lebens noch Hunderte Male anschauen – und sich schmerzlich an Bilder aus dem Zweiten Weltkrieg erinnert fühlen, an Bilder von Deutschen, die durch die Reihen niedergeschossener Gefangener streiften auf der Suche nach Überlebenden des Massakers, um auch sie dem Tod zuzuführen. Zeit seines Lebens würde er mit sich hadern, würde er sich fürchterlich schämen. Nicht aber im Augenblick – im Augenblick gab es kein Schwanken, keine Selbstzweifel, keine Scham. Im Augenblick traten seine Urinstinkte hervor, die ansonsten verborgen lagen hinter der Fassade zivilisierter Erziehung und gutbürgerlicher Werte, und diese Urinstinkte versetzten ihn in den ungezügelten Kampfmodus. Rameau tötete ein Alien nach dem anderen. Er und seine Kameraden schritten Verwundeten entgegen und hinterließen nichts als Tote.

»Nicht schießen!«, erklang allfällig das scharfe Kommando des Chefs. Die vorrückenden Franzosen sprachen sich per Handzeichen ab, die militärischen Führer verschoben Teile ihrer Einheit. Sie zogen die Schlinge um die letzten bewegungsfähigen Alienkrieger herum zu, es handelte sich um acht Exemplare, die das Blutbad unbeschadet überstanden hatten. Sie galoppierten ruhelos im Kreis, sie waren umzingelt von menschlichen Soldaten. Rameau musste gegen den Drang ankämpfen, seine Waffe zu heben und sie abzuknallen.

Der Kompaniechef bestimmte zwei Gruppen als Greiftrupps, Rameaus Gruppe war darunter. Der Sergent befahl, die Waffe auf den Rücken zu schwingen, um die Hände frei zu haben. Die Greiftrupps lösten sich aus den Reihen französischer Soldaten und näherten sich den panisch umherrennden Außerirdischen. Weiterhin wallte Gewehrfeuer durch das Tal, noch immer erledigten französische Soldaten Verwundete.

Rameaus Trupp umstellte eines der Aliens. Dieses drehte sich kunterbunt im Kreis. Die Tatsache, dass es nicht einen Laut von sich gab, nicht einmal ein Knurren oder ein Grunzen, verwirrte den ehemaligen Journalisten. Allein das Aufstampfen der Klumpfüße war zu vernehmen, das Rascheln im Gras, während der Außerirdische einem Desorientierten gleich umherwankte. Mit offen stehendem Mund blickte Rameau an dem riesenhaften Wesen hoch, diesem dunklen, mit fettigem Fell überzogenen und kopflosen Geschöpf aus den Tiefen des Universums. Würde er es nicht besser wissen, er würde dieses Ding, dessen unmissverständlich auf eine außerweltliche Herkunft hindeutender Habitus so gar nicht in das idyllische Bild der französischen Alpen passen wollte, für eine Computeranimation aus dem Hause Disney halten. Doch es war echt, sein muffiger, nach abgestandenem Wasser und feuchter Wäsche stinkender Odem stieg ihm in die Nase und bereitete ihm leichte Kopfschmerzen.

Das Alien langte mit den klobigen Armen nach den ihn angehenden Soldaten, diese aber wichen gekonnt aus, die Prankenhiebe verliefen ins Leere.

»Holt ihn euch!«, verlangte der Sergent und war sich nicht zu schade dafür, den Anfang zu machen. Er stürzte sich dem Unterleib des pferdehohen Außerirdischen entgegen. Trotz Fehlen eines Kopfes und sichtbarer Sinnesorgane wusste dieses sofort, dass es attackiert wurde. Seine Arme, dick wie Baumstämme, schlugen nach dem Unterführer, der aber tauchte unter den Schlägen hindurch, warf sich mit seinem ganzen Körpergewicht gegen das Alien und brachte es ins Taumeln. Seine Soldaten folgten dem Beispiel, fielen von allen Seiten über es her, so wie ein Rudel Wölfe ein viel größeres Beutetier anfiel.

Rameau sprang auf den Außerirdischen zu, fasste mit beiden Händen an dessen Hüfte und klammerte sich daran fest. Das dicke Fell glich einem mit Rohöl beschmiertem Teppich, augenblicklich übertrug sich die glitschige Schmiere auf seine Finger und besudelte die Ärmel seiner Uniform. Das FAMAS schlug ihm gegen den Rücken. Der Gestank intensivierte sich, Rameaus Kopfschmerzen ebenfalls. Er spürte die Körperwärme seines Gegners, ihm lagen gleichzeitig die Rufe der Kameraden in den Ohren. Die mit fingerähnlichen Gebilden besetzten Gliedmaßen versuchten verzweifelt, die Franzosen abzuwehren. Einer Dampfwalze gleich ballerte eines von ihnen gegen die Brust eines jungen Caporals. Der Mann sah schwarz, klappte zusammen. Gegen die Übermacht der französischen Soldaten aber vermochte das Wesen nichts auszurichten. Sie rangen es zu Boden, wo es durch das Körpergewicht der auf ihm lastenden Menschen fixiert wurde. Rameau fand sich längs auf der Kreatur wieder. Jede Körperstelle des kopflosen Wesens war mit menschlichen Leibern bedeckt. Stöhnend, prustend, fluchend drückten sie es gemeinsam nieder.

Rameau ekelte sich vor dem Fell, streckte das Gesicht so weit weg, wie es ihm möglich war. Die fettigen Haarbüschel übertrugen einen feinen Film auf seine Haut. Eine Kameradin übergab sich, Bröckchen ihrer letzten Mahlzeit verfingen sich im schwarzen Haar.

»Dieser widerliche Bastard muss dringend mal zum Friseur!«, lachte der Sergent.

22

Boltenhagen – Deutschland

»Ich schwöre, dass ich meine Kraft dem Wohle des Deutschen Volkes widmen, seinen Nutzen mehren, Schaden von ihm wenden, das Grundgesetz und die Gesetze des Bundes wahren und verteidigen, meine Pflichten gewissenhaft erfüllen und Gerechtigkeit gegen jedermann üben werde. So wahr mir Gott helfe«, trötete die Stimme des neuen Bundeskanzlers, Gabriel Sigma, aus dem Lautsprecher des gekrümmten Fernsehgeräts. Er schmatzte zum Abschluss seiner Vereidigung, sein grau meliertes und mit allerhand Gel an den Schädel geklatschtes Haar glänzte unter den Strahlern im Bundestag. Applaus brandete auf, Sigma wandte sich den Abgeordneten zu.

Löhr hatte nach dem Krieg in Absprache mit den Regierungsparteien die Vertrauensfrage gestellt und verloren, die danach anberaumten Neuwahlen hatten zu einem skurrilen Ergebnis geführt und die Karten vollkommen neu gemischt. Die SPD war auf 12 Prozent abgerutscht, die Linke auf 18 Prozent geklettert, sie hatten 189 Sitze ergattert. Die NPD feierte ihren Wiedereinzug ins Bundesparlament, die MLPD zog zum ersten Mal ein. Sigma hatte sich vom schwierigen Ergebnis nicht beirren lassen, er wollte die Kanzlerschaft um jeden Preis, und hatte aus diesem Grund ein Bündnis aus seiner CDU, der CSU und der AfD geschmiedet. 2000 Parteimitglieder waren seither aus der CDU ausgetreten, in allen Landesverbänden tobte ein erbitterter Streit zwischen jenem Lager, das den Erhalt der Regierungsverantwortung priorisierte, und jenem, welches eine Zusammenarbeit mit den Rechtspopulisten kategorisch ablehnte – also mit den Rechtspopulisten von der AfD, nicht denen aus Bayern.

Sigma jedenfalls lächelte breit, er war am Ziel eines langen Weges angelangt, hatte erreicht, wovon er immer geträumt hatte.

Der spitze Schrei eines Säuglings erklang oben im Kinderzimmer des luxuriösen Ferienhauses. Auf dem Bildschirm trat AfD-Vize Poggenburg an Sigma heran und gratulierte zur Wahl. Eine knorrige, dürre Hand ergriff die Fernbedienung, der zitternde Zeigefinger presste den roten Knopf. Das Bild auf dem Schirm erlosch, das Geschrei des Säuglings waberte durch die gemütlich eingerichteten Räumlichkeiten. Es kostete Löhr Kraft, sich aus ihrem Sessel zu erheben. Seit ihrem Herzinfarkt Anfang des Jahres war sie schwach, anfällig und zerbrechlich. Ihr Leben bestand fast ausschließlich aus Arztbesuchen, doch das war in Ordnung so. Sie kam zur Ruhe, nur das zählte. Sie war seit ihrem Rücktritt nicht mehr öffentlich in Erscheinung getreten, lehnte alle Anfragen von Partei und Presse rigoros ab. Als durchgestochen worden war, dass Sigma mit der AfD zu koalieren gedachte, hatte sie kurz darüber nachgedacht, aus der Partei auszutreten, doch sie fürchtete, dies würde zu einem Politikum aufgebauscht und sie daraufhin abermals ins Rampenlicht der Öffentlichkeit gezerrt werden. So nahm sie Abstand von dieser Idee. Politik und Gesellschaft mussten nun ohne sie zurechtkommen.

Schritte ertönten oben im ersten Stock.

»Ist ja gut ... shhh ... Mama ist da«, hörte sie ihre Schwiegertochter in spe auf den herzergreifend weinenden Säugling einreden. Das Kinderbett knackte, als sie ihn hochhob. Das Schreien des Babys wandelte sich in ein Schluchzen um.

Löhr vernahm, wie ihre Schwiegertochter die Treppe herunterkam. Sie reckte mühsam den Kopf, ihr Nacken spannte, und fasste die Verlobte ihres Sohns ins Auge; das winzige Menschlein, das diese auf dem Arm trug und das sich in die weite Bluse der Mutter einkuschelte.

»Er ist wach geworden«, sagte ihre Schwiegertochter mit melodischer Stimme. »Nimmst du ihn kurz? Ich mache eben ein Fläschchen.«

Ihr Körper vermochte keine Muttermilch auf natürliche Weise zu produzieren, was sich als großes Problem herausstellte. Wegen der Nachwirkungen des Krieges und der zunehmenden internationalen Überwerfungen mangelte es an zahlreichen Gütern. China beispielsweise sperrte zurzeit den Zugang zu seltenen Erden in Afrika und Asien. Für Löhrs Familie hingegen gereichte der Umstand zur Katastrophe, dass Milchpulver für Säuglinge kaum zu bekommen war. Sie streckte die wenige Milch bereits, was dazu führte, dass sich die Schlafphasen des Kleinen deutlich verkürzten und ihn häufiger der Hunger plagte. Das Antlitz von Löhrs Schwiegertochter zeichnete entsprechend dunkle Augenringe.

Löhr wollte sich erheben, doch ihr Gegenüber wiegelte ab und hielt ihr den Säugling entgegen. Dessen Gesicht leuchtete rot, er saugte zur Beruhigung an seiner Hand.

»Ist ja gut«, sagte Löhr und betrachtete das winzige Menschlein in ihren Armen. Sie spürte seinen rasenden Herzschlag gegen ihren Körper. Die winzigen, schrumpeligen Finger verkrallten sich im Stoff ihres Pullovers.

Eines hatte sie mit Sigma gemeinsam: Auch sie war am Ziel eines langen Weges angekommen.

23

Außerhalb von Paris – Frankreich

Der Aufzug fuhr in die Tiefe, der Seilmotor dröhnte gedämpft. Staatspräsidentin Marine Le Pen zupfte sich ihre Bluse zurecht, auf der eine »drapeau tricolore« in den Farben Frankreichs glänzte. Général de division Hémon stand einer Statue gleich neben ihr, er rührte sich und sprach nur, wenn es sein musste.

Der überstürzte Abzug der Außerirdischen lag bereits Monate zurück, der Asche des Krieges aber waren neue Konflikte entsprungen. In der Türkei herrschte Bürgerkrieg, in dem sowohl die USA als auch Russland kräftig herumrührten. Die beiden Weltmächte lieferten sich einen Stellvertreterkrieg und übertrafen einander öffentlich mit immer drastischeren Drohungen. Die Weltwirtschaft befand sich indes in einer gefährlichen Abwärtsspirale, sämtliche wichtigen Aktienindizes hatten seit Beginn der Alieninvasion massiv an Wert eingebüßt.

»Es war richtig, dass der Front National Ihnen gleich nach meinem Amtsantritt das Budget gestärkt hat, was?«, bemühte Präsidentin Le Pen ein Gespräch mit dem schweigsamen General. Hémon, der bekanntermaßen kein Fan von ihr war, nickte knapp und presste ein »Oui« hervor.

Le Pen setzte ein Lächeln auf, das so falsch wie siegesgewiss war. Sie würde schon noch einen Weg finden, den widerspenstigen General abzusägen. Der Front National war seit Regierungsübernahme darum bemüht, Staatsdienst und Armee Stück für Stück nach seinem Gusto umzubauen und wichtige Positionen mit loyalen Mitstreitern zu besetzen. Die Partei ging dabei weit behutsamer vor, als dies beispielsweise der ehemalige türkische Präsident Erdoğan seinerzeit getan hatte, und wirbelte entsprechend weniger Staub auf.

Mit einem Ruck hielt der Lift, die Türen schoben sich in die Seitenwände ein und gaben den Blick auf eine Gruppe von Menschen preis, die die Präsidentin erwartete. Hémon trat als Erster aus der Aufzugkabine, die

Uniformierten unter den Wartenden salutierten. Einer der Zivilisten trat aus der Gruppe hervor, er war ein untersetzter Mann, der eine randlose Brille auf der Nase trug. Nicolas war sein Name.

»Madame la présidente«, sagte er unterwürfigst, gab ihr die Hand und senkte dabei sein Haupt, als hätte er den Sonnenkönig höchstpersönlich vor sich. »Es ist uns allen eine große Ehre, dass Sie unsere Einrichtung mit Ihrer Anwesenheit beehren.«

Le Pen nickte beifällig, es goutierte ihr, dass sie als Präsidentin wie ein höhergestelltes Wesen behandelt wurde. Zeit ihres Lebens hatte sie von diesem Amt geträumt, fast 60 Jahre lang hatte sie darauf warten, dafür kämpfen müssen. Nun war sie am Drücker – seit zwei Jahren schon – und errichtete ein neues Frankreich. Ein französisches, weißes Frankreich. Das unsägliche Gestöhne der Linken, Pazifisten und Grünen war ob des Krieges gegen die Außerirdischen ein wenig leiser geworden und der Krieg hatte ihr die Möglichkeit verschafft, Streitkräfte und Behörden weiter zugunsten des FN umzustrukturieren.

»Ja, eine große Ehre ist es für uns alle«, sagte Nicolas noch einmal. Hémon rollte unverblümt mit den Augen.

»Mon général, auch Sie begrüße ich herzlich.«

»Danke, Monsieur Nicolas.«

»Nun denn.« Le Pen klatschte in die Hände. »Führen Sie uns herum.«

Der unterirdische Komplex war merklich darauf ausgelegt, dass nichts und niemand sich unzulässigerweise Zutritt verschaffen oder ihn verlassen konnte. Kameras behielten jeden Winkel im Blick, bewaffnete Soldaten, martialisch ausgestattet mit Granaten, Sturmgewehr und Helm, waren allgegenwärtig. Eine ganze Kompanie zeichnete für die Bewachung des unterirdischen Komplexes verantwortlich, an der Oberfläche hatten weitere Sicherheitskräfte einen schier undurchdringlichen Perimeter um das Gelände herum hochgezogen. Kein Wunder, beherbergte die Anlage schließlich einen der wertvollsten Besitze der Französischen Republik. Die Amerikaner und zahlreiche andere Nationen waren erpicht darauf, Zugang dazu zu erhalten, doch bis dato zeigte sich Le Pen nicht bereit zu teilen. Und warum auch? Zeit ihrer Wahlkämpfe und ihrer Präsidentschaft hatte die ausländische Presse sie unverhältnismäßig kritisch begleitet, hatte sie sich in jedem angeblichen Fauxpas von ihr gesuhlt und diesen in weitschweifigen Leitartikeln ausgebreitet, hatte sie und ihre

Wähler zu schlechten Menschen zu verklären versucht. Dies nun war Le Pens Rache. Die Oberlehrer und Besserwisser aus Deutschland, den USA und von anderswo würden niemals zu Gesicht bekommen, was Frankreich besaß. Würden niemals teilhaben an dem Wissen, das Frankreich aus seinem Besitz abzuleiten vermochte. NATO hin oder her. Soweit bekannt, verfügte neben der Republik einzig die türkische Regierung – oder was von dieser noch übrig war – über ein Exemplar und dieses sollte laut DGSE schwer krank und dem Tode nahe sein. Jener Nachrichtendienst rühmte sich damit, den Aufenthaltsort des Exemplars herausgefunden zu haben, die Luftwaffe hatte entsprechend einen Schlag vorbereitet und würde diesen auf Le Pens Befehl hin ausführen, sollten die Russen, die Iraner oder die Kurden sich dem Exemplar der Türken nähern.

Le Pen war eine Macherin – keine verweichlichte Demokratin, die die Dinge durchdiskutierten bis zum Sankt-Nimmerleins-Tag. Sie hatte den nuklearen Angriff auf das Raumschiff der Aliens befohlen, allen Unkenrufen zum Trotz. Sie hatte es zu Fall gebracht. Und sie war nun ebenso erfolgreich darin, die großflächige Verstrahlung der Region zu vertuschen. Es lief für Präsidentin Marine Le Pen.

Nicolas, Hémon und Le Pen erreichten ein dickwandiges Stahltor, das zwei Mitarbeiter aus der Entourage per Schlüsselkarten und Fingerabdruckscanner entriegelten. Unter einem Knarzen teilte sich das Tor und gab den Blick auf einen weiteren, bunkerartigen Abschnitt des unterirdischen Komplexes preis. Die Einrichtung war von funktioneller Natur, die Wände nackt und grau, das Licht aus Leuchtstoffröhren stach in den Augen. Eine Lüftungsanlage bollerte.

»Als Ihre Regierung das Budget und den Ausbau genehmigt hat, haben wir noch an die Verwahrung von Gefährdern und Terroristen gedacht«, erklärte Nicolas mit einer Selbstverständlichkeit, als spräche er über die Lagerung von Rohstoffen statt über das Wegsperren von Menschen. Le Pens Regierung hatte scharfe Gesetze diesbezüglich beschlossen, weshalb Frankreich Strafmaßnahmen vonseiten der EU drohten. Le Pen wusste, dass es bei leeren Drohungen bleiben würde. Zu angeschlagen war die Union, die noch immer am Austritt Belgiens zu knabbern hatte und sich daher schwer darin tat, ihr zweitgrößtes Mitglied zu verprellen. Der Krieg gegen die Außerirdischen mochte die Europäer nach Dekaden der Entfremdung wieder näher zusammenrücken lassen, Italiens

Ministerpräsident hatte gar Abstand von der Idee eines Austritts seines Landes aus der EU genommen. Le Pens kritische Haltung gegenüber der supranationalen Organisation aber hatte sich nie geändert. Sie hatte ihr Wahlversprechen, aus der EU auszutreten, bisher allein deshalb nicht eingelöst, weil sie wusste, dass dies Frankreich in den Ruin treiben würde, gerade jetzt, wo sich alle Wirtschaftsdaten im freien Fall befanden. Ihre Wähler verziehen es ihr, sie zeigten sich milde gestimmt, solange sie im Fernsehen täglich Bilder von Polizisten, die auf illegale Flüchtlinge einknüppelten, bewundern durften und die Nettomigrationsrate der Republik einen negativen Wert auswies.

»Aber die Einrichtung eignet sich hervorragend für ihren neuen Zweck«, freute sich Nicolas. »Die meisten nominierten Wissenschaftler haben bereits ihre Quartiere bezogen und die Arbeit aufgenommen. Schon jetzt können wir Resultate vorweisen – und wir stehen noch ganz am Anfang.«

»Ich kenne Ihre Berichte.«

»Natürlich, Madame la présidente.«

Sie passierten Zellen, die nicht mehr waren als rechteckige, nackte Räume, umgeben von Stahlbetonwänden. Über eine Panzerglasscheibe konnten Le Pen und ihre Begleiter vom Flur aus in sie hineinschauen – und sie sehen. In jedem Raum befand sich ein außerirdisches Wesen, fixiert auf einem Tisch. Als Le Pen das erste Mal hier war, waren die Außerirdischen erst seit wenigen Tagen vor Ort gewesen und hatten noch erbittert gegen ihre Fesseln angekämpft. Sie schienen mittlerweile begriffen zu haben, dass sie ihren menschlichen Herren hilflos ausgeliefert waren. Ruhig ruhten die haarigen, kopflosen Riesen auf dem Tisch. Die Geräte, an die sie angeschlossen waren, wiesen lebhafte Vitalfunktionen aus. Und die Forscher achteten tunlichst auf den Gesundheitszustand ihrer sieben Forschungsobjekte. Jedes von ihnen war wertvoller als der Goldvorrat der Banque de France. Kahl rasierte Stellen bei einigen der Gefangenen wiesen darauf hin, dass die medizinischen Versuche bereits aufgenommen worden waren.

Möglicherweise verfügten auch die Chinesen über einige Exemplare, überlegte Le Pen. Wie üblich schwieg sich das Reich der Mitte aus.

»Und Sie gehen davon aus, dass Angst der treibende Faktor dieser Dinger ist?«, fragte die Präsidentin den leitenden Wissenschaftler. Hémon hob eine Augenbraue, der General schien erstaunt darüber, dass Le Pen die Berichte tatsächlich las.

»Jawohl, Madame la présidente. Der Homo non terrestris ist eine ganz und gar von Furcht getriebene Spezies. Er hat uns eher zufällig entdeckt und seine an Paranoia grenzende Angst hat ihm umgehend befohlen, uns präventiv zu vernichten, ehe wir eines Tages in der Lage sein werden, über seine Heimatwelt herzufallen. Allein drei Planeten soll der Homo non terrestris in den letzten 200 000 Jahren vollständig entvölkert haben. Er glaubt, in jeder fremden Spezies eine potenzielle Gefahr für sich zu erkennen, weshalb er sie auszulöschen versucht, sobald er sie entdeckt.«

Die Wissenschaftler hatten überdies erste Hinweise dafür gefunden, dass das wichtigste Sinnesorgan der Aliens der Geruchssinn war. Eine Theorie besagte, die Diskusjäger seien mit Gerätschaften ausgestattet, die Gerüche verstärken und dem Piloten zuführen, ganz so, wie menschliche Flugzeuge das wichtigste Sinnesorgan des Menschen technisch aufbesserten: das Auge.

»Unvorstellbar«, entwich es Le Pen. »Sie haben uns angegriffen, weil sie befürchten, dass wir in 200 Jahren oder so sie angreifen könnten?«

»Jawohl, Madame la présidente.«

»Und das wissen Sie alles von ihr?«

»Jawohl, Madame la présidente.« Nicolas' Augendienerei ließ Hémon mit dem Kopf schütteln.

»Ich will sie sehen.«

* * *

Eine dicke Panzerglasscheibe trennte die französische Staatspräsidentin von ihr. Sie war ein unscheinbares Mädchen von 19 Jahren. Sie hatte haselnussbraune Haut, schwarzes, zu einem Zopf zusammengenommenes Haar und dunkle Augen, die glanzlos dreinblickten. Sie saß starr wie eine Puppe auf ihrem Stuhl; außer ihrer Brust, die sich ob der Atmung hob und senkte, bewegte sie sich nicht.

Vor Le Pen lag ein Dokument mit den Personaldaten der Gefangenen. Leila Hejazi, iranische Staatsbürgerin, war von Spezialkräften der französischen Streitkräfte im Zuge des Iranfeldzuges aus dem türkischiranischen Grenzgebiet extrahiert und nach Frankreich verbracht worden. Sie war die erste Gefangene, die diese Einrichtung aufgenommen hatte.

»Mit wem spreche ich?«, fragte Le Pen, wohl wissend, dass Leila Hejazi nicht mehr existierte.

»Ich bin ein Körper des Kollektivs«, antwortete das Mädchen. Ihr Mund bewegte sich zwar, doch ihre Gesichtszüge erschienen versteinert. Sie wirkte entmenschlicht. »Und ich danke für das Asyl, das Sie mir gewähren.« Sie sprach astreines, akzentfreies Französisch. Die Agenten des DGSE hatten recherchiert, Hejazi dürfte allerhöchstens über rudimentäre Grundkenntnisse aus der Schule verfügen.

Le Pen nickte.

»Ihr Französisch ist sehr gut. Wo haben Sie das gelernt?«

»Saya boleh bercakap semua bahasa«, entgegnete sie in fließendem Malaysisch und fügte sogleich die Übersetzung an: »Ich vermag alle Sprachen zu sprechen. Ich richte mich nach meinem Gegenüber.«

»Wer ist das Kollektiv?«

»Das Kollektiv ist hier. Es ist überall. Und doch nirgendwo. Es ist der gedankliche Zusammenschluss meiner Spezies. Ihrer Sprache fehlen die adäquaten Worte, um eine zutreffende Beschreibung zu erstellen.« Sie verzog keine Miene, erschien Le Pen wie ein Roboter. Die Wissenschaftler hatten in ihren Berichten darauf hingewiesen, dass sich Hejazi beizeiten sämtlicher menschlicher Sprachen bediente, um ihnen zutreffend Rede und Antwort stehen zu können – je nachdem, welche Sprache gerade das passende Wort parat hielt. Von den gängigen Weltsprachen bis hin zu vom Aussterben bedrohten lokalen Dialekten vermochte das Mädchen aus dem Iran auf einen üppigen Sprachfundus zurückzugreifen.

Le Pen jedenfalls brauchte nicht nachzubohren, was sie sich unter dem Kollektiv vorstellen sollte. Die Eierköpfe um Nicolas taten seit Wochen nichts anderes. Leila Hejazi stand ihnen offen Rede und Antwort, und so arbeiteten sie daran, ein umfängliches Profil zu erstellen. Und Le Pen hatte sich sämtliche Zwischenberichte einverleibt. Sie hatte ein großes Interesse an den außerirdischen Rassen; zusammen mit ihren Vertrauten und Beratern prüfte sie, wie Frankreich aus diesem einzigartigen Wissen Kapital schlagen konnte.

Laut der Zusammenfassung der Wissenschaftler handelte es sich beim Kollektiv um eine Spezies, deren auf der Erde gestrandete Bestandteile am ehesten wohl als einzellige Organismen – genauer als einzelne Nervenzellen – zu verstehen waren. Doch obgleich jede Nervenzelle autark überlebensfähig war und auch autark operierte, hingen sämtliche Zellen doch auf eine immaterielle, für den Menschen nicht begreifbare Weise zusammen und bildeten somit ebenjenes Kollektiv. Dieses Kollektiv war mitnichten ein Rechenzentrum und auch kein Gehirn, das von irgendwo aus seine Zellen steuerte. Vielmehr musste die Summe aller Nervenzellen als Kollektiv verstanden werden und umgekehrt. Würde man das Kollektiv auslöschen wollen, so müsste man jede einzelne Nervenzelle eliminieren, so viel hatten die Wissenschaftler bereits herausgefunden. Und das war ein für den Menschen ganz und gar unmögliches Unterfangen, denn das Kollektiv befand sich über zahlreiche Galaxien verteilt und doch waren sämtliche Bestandteile über unsichtbare Verbindungen, die Hejazi als »Gedankenstränge« bezeichnete, miteinander verknüpft. Das Kollektiv handelte wie *ein* Organismus. Bemerkenswert war vor allem der Wissenstransfer zwischen den einzelnen Nervenzellen: Sie verteilten sich über viele Galaxien und sammelten zeit ihrer Existenz Erkenntnisse, die, über jene Gedankenstränge verbreitet, augenblicklich dem gesamten Kollektiv zur Verfügung standen. Die Übertragung funktionierte über Lichtjahre hinweg ohne Verzögerung. Dies empfand Le Pen als beängstigend: die Vorstellung, Späher in Form von nahezu unauffindbaren Einzellern könnten Informationen auf der Erde sammeln, die daraufhin sofort in entfernten Teilen des Universums zur Verfügung standen.

Weiter ängstigte die Staatspräsidentin von Frankreich, wozu das Kollektiv zusätzlich in der Lage war. Seine Nervenzellen vermochten bei Bedarf über wahnsinnig schnelles Wachstum, sprich Zellteilung zu streuen. Sie vermehrten sich dann in einer Geschwindigkeit und Intensität, dass eine einzelne Zelle in der Lage war, sich binnen Stunden als Biomasse über einen Quadratkilometer auszubreiten. Und dieses Wachstum war exponentieller Natur! Die Wissenschaftler hatten hochgerechnet, dass das Kollektiv imstande war, mit seiner Biomasse binnen weniger als zwei Wochen ganz Europa zu bedecken. Interessant allerdings war auch die Tatsache, dass das Kollektiv dies nicht getan, sondern sich bedeckt gehalten hatte – ein Hinweis darauf, dass es überlegt handelte und taktierte?

Was Le Pen das größte Kopfzerbrechen bereitete, war die Tatsache, dass die Zellen des Kollektivs dazu in der Lage waren, in andere Organismen einzudringen und diese zu »übernehmen«. Dabei gingen sofort alle Kenntnisse und Erfahrungen des Betroffenen im Wissensfundus des Kollektivs auf. Allein die Vorstellung raubte Le Pen den Atem.

Aus diesem Grund war es Hejazi möglich, sich in Tausenden von Sprachen zu verständigen, sie war über die Gedankenstränge mit der gesamten Wissensdatenbank des Kollektivs verknüpft. Diese Erkenntnis barg mannigfaltige Gefahren, und die französische Regierung und das Militär wussten noch nicht recht, wie sie damit umzugehen hatten. Das Kollektiv hatte weltweit Tausende befallen, darunter Militärangehörige zahlreicher Streitkräfte. So verfügte es nicht nur über die Fähigkeit, mannigfaltige menschliche Sprachen zu beherrschen, sondern auch über allerhand andere Kenntnisse von möglicherweise gefährlichem Wert ...

Noch waren die Menschen erst im Begriff, ihre Wunden zu lecken, die Trümmer zu beseitigen und sich einen Überblick über die Hinterlassenschaften des Krieges zu verschaffen. Niemand mochte sagen, ob höhere Offiziere durch das Kollektiv befallen worden waren, ob die außerweltliche Spezies möglicherweise gar Kenntnisse über Atomcodes erlangt hatte. Die Möglichkeiten des Kollektivs erschienen nahezu grenzenlos, niemals konnte ausgeschlossen werden, dass sich Zellen von ihm noch dort draußen aufhielten. Es war schlicht nicht möglich, den gesamten Planeten auf Einzeller abzusuchen. Zwar stand Hejazi bereitwillig Rede und Antwort, doch konnte ebenfalls niemand mit Gewissheit feststellen, ob sie wirklich so vollumfänglich und ehrlich das Wissen und die Absicht des Kollektivs mitteilte, wie sie dies vorgab, oder ob das Kollektiv auch hier eine eigene Agenda verfolgte.

Zudem war bekannt, dass das Kollektiv nicht nur den Menschen zu befallen vermochte, sondern gleichsam alle anderen Wesen. Dies barg weitere Gefahren. Wer konnte noch ausschließen, dass die Krähe, die eine Einrichtung der französischen Atomstreitmacht überflog, in Wahrheit ein Späher des Kollektivs war? Mäuse und noch kleinere Tiere vermochten die Zellen des Kollektivs schnell und unentdeckt über weite Strecken zu transportieren, längst könnten sich seine Nervenzellen überall auf dem Planeten eingenistet haben. Die Optionen des Kollektivs erschienen endlos, die Abwehrstrategien des Menschen im Gegensatz dazu unzureichend und geradezu lächerlich. Die Wunden, die beim Eindringen in einen fremden Körper entstanden – den Wissenschaftlern war es bis dato ein Rätsel, wie mikroskopisch kleine Einzeller sichtbare Verwundungen verursachen konnten –, heilten nach einiger Zeit wieder und dann gab es keine Möglichkeit mehr, einen »Befallenen« zu identifizieren, solange dieser sich nicht selbst als Körper des Kollektivs offenbarte.

Auch musste über Schläfer nachgedacht werden, die es sowohl unter Tieren als auch unter den Menschen geben konnte. Der von der deutschen Bundesregierung veröffentlichte Bericht über die Ereignisse im Superplate des Homo non terrestris legten den Schluss nahe, dass die deutschen Soldaten über Wochen hinweg einen Schläfer in ihren Reihen gehabt hatten, ohne dies zu merken. Hejazi hatte dies bestätigt. Zwar waren Nervenzellen des Kollektivs bereits zu einem frühen Zeitpunkt in den Soldaten mit Namen Emmerich eingedrungen, doch hatten sie bewusst auf einen geeigneten Moment gewartet, um in Aktion zu treten.

Hejazi versprach, dass es keine weiteren Schläfer gebe und dass sich das Kollektiv einzig in Zellform in vom Menschen entlegene Orte zurückgezogen habe. Ein Zucken umspielte Le Pens Mundwinkel, innerlich war sie aufgewühlt. Was waren Hejazis Versprechen wert?

Kombinierte man jedenfalls all diese Fähigkeiten des Kollektivs, musste jedem denkenden Wesen bewusst werden, dass von ihm die weit größere Gefahr ausging als vom Homo non terrestris. Das Kollektiv, so schätzte es das Militär ein, war imstande, die gesamte Menschheit binnen kürzester Zeit auszulöschen. Eine Fruchtfliege, bestückt mit einer einzelnen Nervenzelle, würde langen, würde sie das Oval Office ansteuern. Das Kollektiv würde augenblicklich über mehr als 6000 Atomwaffen verfügen.

Le Pen wusste, dass ihr im Augenblick nicht viel anderes übrig blieb, als auf die Gutmütigkeit des Kollektivs zu setzen, die Hejazi stets hervorhob. Das Kollektiv sei ein friedfertiger Organismus, der ohne Zwist fortbestehen wolle, versicherte das iranische Mädchen gebetsmühlenartig.

Es gab ferner weitere Fragen, die sich Le Pen aufdrängten. »Warum ist das Kollektiv hier?«, fragte sie mit bebender Stimme.

»Das Kollektiv befindet sich auf der Flucht und bittet die Bewohner dieses Planeten um Asyl.«

Asyl – Le Pens Lieblingsthema.

»Vor wem flüchtet das Kollektiv?«

»Vor demjenigen, den ihr Homo non terrestris nennt.«

»Wie kommt es, dass ihr fliehen müsst? Das Kollektiv erscheint mir durchaus als ein wehrhafter Organismus.«

»Das Kollektiv ist vor allem ein friedliebender Organismus. Nichts liegt ihm ferner, als sich im Kampf mit anderen Wesen zu messen.«

»Das Kollektiv hat meiner Art bereits eine Kostprobe seiner Friedfertigkeit gegeben. Im Iran, in Afrika, in der Mongolei und in Deutschland hat es Tausende Menschen übernommen und sich schrecklicher Verbrechen schuldig gemacht.«

»Das Kollektiv bedauert seine Handlungen, die auf den ersten Blick als feindseliger Akt gegen den Menschen verstanden werden können.«

»Auf den ersten Blick?«

»Nun, die zurückliegenden Ereignisse werden sich aufgrund der nachhaltigen Zerstörungen niemals auf für den Menschen verständliche Weise rekonstruieren lassen, doch will das Kollektiv versichern, dass es einzig aus Notwehr gehandelt hat.«

»Nun, den meisten Menschen wird es schwerfallen, dem Kollektiv Asyl zu gewähren vor dem Hintergrund seiner Taten.«

»Das ist bedauerlich.«

»Erklären Sie die Sicht des Kollektivs auf die Dinge.«

»Der Homo non terrestris ist mit unerhörter Zerstörungswut gegen die von uns bevölkerten Planeten vorgegangen und hat sie samt und sonders in für das Kollektiv unbewohnbare Himmelskörper verwandelt. Seither befindet sich das Kollektiv auf der Flucht. Kaum findet es ein neues Habitat, wird dieses vom Homo non terrestris angegriffen und vernichtet. Wir fanden schließlich die Erde und ließen uns dort nieder in der Hoffnung, unser Feind habe unsere Spur verloren.«

»Was nicht der Fall war.«

»Leider.«

»Wie bewegt sich das Kollektiv durchs Weltall? Verfügt es über Raumschiffe?«

»Nein. In Ihren Worten lässt sich der Prozess wohl am ehesten mit dem Begriff ›Panspermie‹ beschreiben.«

Le Pen verbarg, dass sie nicht wusste, was das war. Sie sagte: »Verstehe. Wieso hat das Kollektiv uns Menschen attackiert?«

»Das Kollektiv versichert, dass es einzig aus Notwehr heraus gehandelt hat. Es hatte sich schon einmal auf einem bereits bevölkerten Himmelskörper niedergelassen und vermochte friedlich mit dessen Einwohnern zu koexistieren. Das Kollektiv erhoffte sich von der Erde eine ähnliche Erfahrung. Der Plan lautete, eng begrenzte Habitate zu errichten. Leider ist das Kollektiv sogleich von verschiedenen Spezies dieser Welt angegangen worden und hat sich aus diesem Grund verteidigen müssen. Allen voran ist der Mensch uns gegenüber aggressiv aufgetreten, sodass sich das Kollektiv gezwungen gesehen hat, Maßnahmen zu ergreifen, die sein Überleben sicherstellen. Es bedauert ausdrücklich die dabei verursachten Schäden und wünscht sich für die Zukunft ein gutes Verhältnis zu den Spezies dieses Planeten.«

»Das Kollektiv befindet sich derzeit also alleinig auf der Erde und sonst nirgendwo?«

»Nein, bei Weitem nicht. Dem Kollektiv würde die Ausrottung drohen ob seines Feindes, würde es seine Biomasse nicht über viele Galaxien verteilen.«

»Und der Homo non terrestris?«

»Das Kollektiv hat sich jüngst dazu entschlossen, aktiv in den Krieg gegen diese aggressive Spezies einzutreten, trotz aller damit einhergehenden Risiken. Dies ist bedauerlich ... sehr traurig ... das Kollektiv goutiert es nicht, eine andere Spezies bekämpfen zu müssen.«

»Wie läuft der Krieg?«

»Das Kollektiv hat einen Angriff gegen die Heimatwelt des Homo non terrestris gestartet. Das Eindringen deutscher Soldaten in eines ihrer Raumschiffe war uns dabei ein hilfreiches Ablenkungsmanöver, dessen Momentum wir gerne genutzt haben, hat es den Homo non terrestris doch in nachhaltige Panik versetzt. Leider sind seine Krieger zahlreich und zerstörungswütig.«

»Das haben wir mitbekommen.«

»Das Kollektiv versichert, dass Sie sich keine Vorstellung über die Größe seiner Population machen. Absolute Zahlen liegen nicht einmal dem Kollektiv vor, da sich der Homo non terrestris selbst keinen Volkszählungen unterzieht, doch ist bekannt, dass er seine Streitkräfte in Hundertstel aufteilt, die vollkommen autark voneinander agieren und jeweils in der Lage sind, fernab ihrer Heimat für viele Hundert Jahre zu überleben und selbstständig Kriege zu führen.«

»Sie wollen sagen, die Millionen von Soldaten, die gegen unseren Planeten Erde in den Krieg gezogen sind, stellen gerade einmal ein Hundertstel ihrer gesamten Streitkräfte dar?«

Le Pen blieb die Luft weg. Hejazi zeigte sich weiterhin erstarrt.

»Das ist nicht korrekt. Der Homo non terrestris hat die Erde nur mit einem sehr kleinen Teil des Hundertstels angegriffen, das Gros seiner Streitkräfte hat er benützt, um die Milchstraße zu isolieren im Bestreben, den Ausbruch von einem unserer Spezies aus der Galaxie zu verhindern.«

Le Pen spürte, wie diese Erkenntnis sie zu erdrücken versuchte, wie ihr die Spucke wegblieb und ihr Mundraum austrocknete. Alle Diskussionen über Vorbereitungen gegen eine Rückkehr der Außerirdischen erübrigten sich ob dieser Information. Sollten sich die Affen dazu entscheiden, ihren Vernichtungsfeldzug gegen die Menschheit wieder aufzunehmen, wäre diese dem Untergang geweiht.

Hejazi sagte: »In diesem speziellen Fall hat der Umstand, dass der Heimatplanet des Homo non terrestris sich nahe der Erde befindet, die Menschheit vorläufig gerettet, denn alle anderen Hundertstel halten sich sehr viel weiter entfernt auf und würden deutlich länger für die Rückkehr ins Heimatsystem benötigen.«

»Wie nahe?«, fragte Le Pen und vermochte ihre Furcht nicht länger zu verbergen. Ihre Pupillen erzitterten.

»Mit der Technologie des Homo non terrestris lässt sich die Strecke in sieben Minuten, 24 Sekunden und 13 Millisekunden überbrücken.«

»Über wie viele Soldaten verfügt der Homo non terrestris?« Le Pens Stimme war brüchig, sie krächzte. Die Präsidentin versuchte verzweifelt, Mundraum und Lippen mit der Zunge zu befeuchten.

»Ich könnte Ihnen eine Zahl nennen, die auf den Schätzungen des Kollektivs respektive denen des Homo non terrestris selbst beruht, doch befürchte ich, dass ihr Verstand nicht in der Lage ist, diese Zahl zu erfassen. Ein Großteil seiner Art jedenfalls lebt in Raumschiffen, da der Heimatplaneten gnadenlos übervölkert ist.«

»Werden Sie den Krieg gegen unseren gemeinsamen Feind gewinnen?«

»Nein.«

»Warum kämpfen Sie dann?«

»Um Zeit zu gewinnen. Jeder Augenblick, in dem der Fortbestand des Kollektivs gesichert ist, ist kostbar.«

Le Pen brach der kalte Angstschweiß aus. Mit fahrigen Bewegungen nestelte sie an ihrer Bluse herum, versuchte, die Fassade der souveränen Staatslenkerin aufrechtzuerhalten. Hejazi ergänzte nüchtern: »Unseren beiden Spezies – und zudem allen Spezies, die diese Welt bevölkern – ist die Ausrottung durch den Homo non terrestris vorbestimmt.«

24

Hannover – Deutschland

Monate waren ins Land gezogen, Bernaus Heilungsprozess war noch immer nicht abgeschlossen. Nach der Landung in der Mongolei war er in ein chinesisches Lazarett und dann weiter in ein Krankenhaus nach Hulun Buir gebracht worden, wo er zweimal hatte notoperiert werden müssen. Als ihn die Ärzte nach zwei Wochen endlich als transportfähig eingestuften hatten, hatte ihn eine Abordnung des Auswärtigen Amts mit einem Lazarett-Airbus der Bundeswehr heimgeholt.

Bernau hatte einen Lungenflügel verloren, klagte über stechende Schmerzen im Schulterblatt, was auf einen gesplitterten und erst langsam verheilenden Knochen zurückzuführen war. Kein Tag verging ohne qualvolle Pein, kein Tag war erträglich ohne Schmerzmittel. Robert Becker hatte er zum letzten Mal in China gesehen, der Polizist war bei der ersten Gelegenheit aufgebrochen, um seine Tochter in die Arme zu schließen.

Bernau hatte Wochen im Delirium zugebracht, hatte während dieser Zeit kaum etwas mitbekommen von den Begebnissen, die sich seit dem Verschwinden der Außerirdischen regelrecht überschlugen. Die Invasoren hatten absolutes Chaos hinterlassen.

In Lateinamerika hatte ein Superplate 35 000 Quadratkilometer Regenwald vernichtet, daraufhin löschten die Affen auf ihrem Vormarsch Pflanzen und Tiere gleichermaßen aus und hinterließen nichts als verbrannte Erde. Aufgrund des unwegsamen Geländes war ein bodengestützter Abwehrkampf kaum möglich gewesen, die Nationen Amerikas hatten daher versucht, die Außerirdischen durch Luftangriffe zu stoppen, und hatten dabei ebenfalls beträchtliche Kollateralschäden angerichtet. Derzeit formierte sich eine internationale Forschungsgruppe unter dem Dach von Greenpeace, um eine Expedition in das betroffene Gebiet zu unternehmen und die Schäden an Flora und Fauna zu dokumentieren.

In Westafrika war durch die Ausschaltung der nigrischen Regierung und die Schwächung der Militärs der Nachbarstaaten ein Machtvakuum entstanden, das zahlreiche Gruppierungen für sich zu nutzen versuchten. Die Region drohte einmal mehr in Gewalt zu versinken.

In Selenograd und den französischen Alpen waren die Aufräumarbeiten in vollem Gange, die vergleichsweise kleinen, örtlich begrenzten Kämpfe hatten dennoch enorme Verwüstungen angerichtet.

Zur gleichen Zeit weigerten sich Großbritannien und die USA, die durch China eingesetzte und durch Russland unterstützte neue mongolische Regierung anzuerkennen. 5000 Kilometer westlich davon, in der Türkei und dem Iran, lief die Situation aus dem Ruder. Die iranische Atombombe auf Ankara hatte die halbe türkische Staats- und Militärführung ausgelöscht und das Land ins Unheil gestürzt. Diverse Gruppen rangen erbittert um die Macht, Präsident Gökçek hetzte der Opposition Polizei und Armee auf den Hals und setzte gleichzeitig seinen Feldzug im Iran fort. Türkische Truppen standen vor Teheran, derweil flammten in der Osttürkei Kämpfe zwischen Türken und Kurden auf. Bewaffnete Oppositionelle hatten Kars und Erzurum unter ihre Kontrolle gebracht. Russland intervenierte, versuchte durch luft- und seegestützte Schläge wichtige Punktziele der Rebellen auszuschalten, um die Regierung Gökçek zu stützen. Die NATO hingegen drohte an der Türkeifrage zu zerbrechen; die USA und Kanada unterstützten Kurden und Rebellen und forderten das sofortige Ende der militärischen Zusammenarbeit der Türkei mit Russland, was Gökçek, der sich vom Westen hintergangen fühlte, lautstark ablehnte.

Auch in der Ukraine und an der sonstigen Ostgrenze der Europäischen Union lagen sich westliche und östliche Soldaten lauernd gegenüber. Die Toten des Krieges gegen die Außerirdischen waren kaum beerdigt, da trachtete der Mensch schon wieder danach, seinesgleichen abzuschlachten. Sowohl die USA als auch Frankreich und Russland hatten öffentlich über mögliche Schläge mit Nuklearwaffen gesprochen – und in Deutschland brachte die SPD dieser Tage den Austritt der Bundesrepublik aus der NATO ins Spiel. Auch Bundeskanzler Sigma suchte die Nähe zu Schingarjow, dieser Tage befand er sich auf Antrittsbesuch in Moskau und besichtigte gemeinsam mit dem russischen Präsidenten die Absturzstelle des Superplates.

Und in Deutschland selbst hatten die Affen ein Gebiet größer als das Saarland in eine Trümmerwüste und ein Massengrab verwandelt. Nahezu eine Million Deutsche waren getötet worden, zwölf Millionen Menschen hatten ihre Heimat verlassen müssen und hausten nun in gigantischen Zeltstädten.

Zudem entpuppten sich neben den menschlichen Leichnamen die vielen Millionen Körper der Außerirdischen als großes Problem. Die Weltgesundheitsorganisation schätze ihre Zahl weltweit auf mehr als 600 Millionen Leichen – und diese begannen zu verwesen.

Bundesregierung und Bundeswehr hatten sich nach Bernaus Rückkehr gut um ihn gekümmert und ihn erfolgreich von den Medien abgeschirmt. Für seine geleisteten Dienste hatten sie ihn zum Berufssoldaten gemacht, ihn in den Offiziersrang befördert und ihm einen Bürojob im Amt für Heeresentwicklung verschafft. Das war in Ordnung so. Bernau hätte nicht in den Truppendienst zurückkehren wollen und war gesundheitlich sowieso nicht in der Lage dazu.

Leutnant Dennis Bernau hielt sich in seiner kleinen Wohnung im ersten Stock eines Mehrfamilienhauses in der Innenstadt Kölns auf. Er saß am Küchentisch, ein Tablet ruhte auf der Tischplatte, die Seite eines Nachrichtenportals war geöffnet. Bernau litt unter einem Tinnitus, keine Therapie schlug an. So begleitete ihn allzeit ein penetrantes Fiepen, weshalb das Programm von Disneys Streamingdienst im Wohnzimmer vor sich hin dudelte. Bernau brauchte stets Geräusche im Hintergrund, die das Fiepen übertünchten, ansonsten würde es ihn verrückt werden lassen.

Er stieß einen Seufzer aus. Im Amt für Heeresentwicklung ging es schon gar nicht mehr darum, wirksame Verteidigungskonzepte gegen den Homo non terrestris zu entwickeln, von dem niemand wusste, warum er seine Invasion so plötzlich abgebrochen hatte und ob er wiederkehren würde. Im Fokus standen längst wieder die irdischen, die intermenschlichen Konflikte. Die Türkei galt als der Brandherd dieser Tage, nicht wenige fürchteten, der blutige Bürger- und Stellvertreterkrieg könnte sich zu einem globalen Konflikt ausweiten. Die Bundeswehr spielte Szenarien eines konventionellen Krieges gegen Russland durch, gleichzeitig ging Bundeskanzler Sigma öffentlichkeitswirksam auf Abstand zu den Nordamerikanern. Erst kürzlich hatte er den von den USA ausgeführten nuklearen Angriff auf Russland während des Krieges gegen die Außerirdischen außerordentlich scharf verurteilt.

Bernau seufzte erneut. Die Nationen dieser Erde zeigten großes Interesse an seiner Person. Russland und China hatten ihm durch zwielichtige V-Leute schier unglaubliche Angebote unterbreitet, würde er sich in den Dienst dieser Nationen begeben. Washington hatte gar offiziell die Übergabe Bernaus an die US-Behörden verlangt, Präsident Horner sagte, das amerikanische Volk habe ein Recht darauf, den einzigen Überlebenden zu verhören, der eines der Raumschiffe von innen gesehen habe. Die Bundesrepublik nahm alle Mühen auf sich, ihn abzuschirmen und zu schützen. Kanzler Sigma erkundigte sich gelegentlich persönlich nach seinem Wohl und Beamte der Polizei hielten sich stets in der Nähe seiner Wohnung auf und folgten ihm auf Schritt und Tritt. In München war vor einer Woche ein Vietnamese festgenommen worden, von dem die Presse behauptete, er plane die Verschleppung Bernaus nach Indonesien, angeblich angeordnet von der indonesischen Regierung. Bisher schwiegen die Behörden zu dem Fall, die Presse derweil verlor sich in immer abstruseren Thesen.

Zum dritten Mal ließ Bernau einen Seufzer entweichen. Viele Minuten schon hockte er unbeweglich auf dem Holzstuhl und starrte auf die Hauptseite des Nachrichtenportals, ohne wirklich etwas zu lesen. Er hatte sich von Ayse getrennt, hatte sie nach dem Krieg nicht einmal mehr getroffen, sondern ihr seine Entscheidung am Telefon mitgeteilt. Sie war ihm weder überrascht noch traurig darüber erschienen. Und Bernau war es auch nicht. Er konnte Derartiges im Augenblick einfach nicht. Stattdessen verbrachte er viel Zeit mit seinen Eltern, die sich rührend um ihn kümmerten, die alle Hebel in Bewegung gesetzt hatten, um seinen Umzug nach Köln abzuwickeln, und die nahezu jedes Wochenende den weiten Weg von Hannover an den Niederrhein antraten.

Bernau döste vor sich hin. Artikel und Bilder auf dem Tablet verschwammen zu einem bunten Farbgewirr. Aufnahmen von Rauchsäulen in der vorderasiatischen Steppe, die für abgeschossene Flugzeuge standen, von Panzern und schwer bewaffneten Soldaten buhlten um seine Aufmerksamkeit. Es schien, als habe die Menschheit bereits vergessen, dass sie drauf und dran gewesen war, von einer anderen Spezies ausgerottet zu werden. Kanadagänse zogen quakend über die Dächer Kölns hinweg.

Das Schellen der Türklingel riss Bernau aus seinem Halbschlaf. Er blickte verwundert auf, erwartete er doch niemanden – und wollte er eigentlich auch niemanden sehen. Mühselig erhob er sich, ein stechender Schmerz zog durch seinen Oberleib und ließ ihn einen Augenblick lang innehalten. Er schlurfte zur Tür, betätigte die Lautsprecheranlage. Er war froh um den Umstand, dass seinen Bewachern aufgetragen worden war, Pressevertreter, Repräsentanten von Regierungen und Organisationen sowie andere an Bernaus Erfahrungen Interessierte direkt abzuweisen. Wer an ihn heranwollte, hatte einen Antrag über die Bundeswehr zu stellen – der pauschal abgelehnt wurde. Ihm war gleichwohl bewusst, dass die ihn rund um die Uhr begleitenden Polizeibeamten nicht nur zu seinem Schutz, sondern auch zum Schutz *vor ihm* abgestellt worden waren. Becker erging es ähnlich, wie er gehört hatte. Manche beäugten die beiden Rückkehrer mit Skepsis, befürchteten, sie seien auf ihrer Reise durchs All ebenfalls zu Schläfern umfunktioniert worden. Bernau musste zugeben, dass er das selbst nicht einmal ausschließen konnte. Auch Emmerich dürfte bis zu seiner »Aktivierung« nichts davon gewusst haben.

»Herr Bernau«, meldete sich der ihm wohlbekannte Polizeibeamte über die Sprechanlage, ein bulliger Riese, der in Zivil unten vor der Tür Wache schob. »Hier ist privater Besuch für Sie ... ein Ehepaar ... Klaas und Isabell Heines. Kennen Sie sie?«

Bernau zuckte unmerklich zusammen. Sein Herz begann heftig zu flattern.

»Ja. Lassen Sie sie hoch.«

»Natürlich.«

Bernau öffnete die Tür und stellte sich in den Rahmen. Er blickte den Treppenflur hinab, hörte die Schritte seiner Besucher, die sich ihm unweigerlich näherten. Er wurde nervös, rieb sich die feuchten Hände. Seine Besucher erreichten jenen Teil des Treppenhauses, den er einzusehen vermochte. Mann und Frau waren gleichgroß, beide blass um die Nase, ihre Körpersprache ließ auf eine devote Natur schließen. Sie waren zweifelsohne Heines' Eltern, er begriff dessen Antlitz nun als Kombination ihrer Gesichtszüge. Sie trugen dunkle, stilsichere Kleidung: sie eine Bluse und eine Stoffhose, darüber einen schweren Mantel, er einen dunkelblauen Trenchcoat und einen Hut mit großer Krempe.

Sie traten vor ihn, senkten kollektiv den Blick. Ihm wurde bewusst, dass diesem Besuch ein schwerer, emotionaler Kampf vorangegangen war, der Spuren in ihrem Gesicht hinterlassen hatte.

»Leutnant Bernau«, begann Herr Heines mit zitternder Stimme und scheiterte darin, Bernau in die Augen zu schauen, »mein Name ist Klaas Heines. Das ist meine Frau Isabell.« Sie nickte schwach.

»Es tut uns leid, Sie derart zu überfallen. Wir wissen natürlich, was Sie durchgemacht haben.«

»Es ist okay.«

»Wir hatten gehofft, Sie könnten uns erzählen, wie unser Sohn zu Tode gekommen ist.« Klaas Heines fasste sich ein Herz, schaute Bernau direkt an, forschte in dessen Gesicht. »Es tut uns wirklich leid, Sie damit zu behelligen«, erklärte er peinlich berührt. »Es ist so, dass die Bundeswehr blockiert. Seine Leiche ist bis heute nicht identifiziert worden, er ist noch immer nicht offiziell für tot erklärt worden. Wir geben uns keinerlei Illusionen hin und haben schon erfahren, dass es Augenzeugen seines Todes gibt. Allerdings will niemand mit uns sprechen, die Bundeswehr blockt wie gesagt ab, was sehr unbefriedigend für uns ist.« Seine Augen röteten sich. »Ich denke doch, wir haben ein Recht zu erfahren, was mit ihm geschehen ist. Daher erhoffen wir uns von diesem Besuch, Gewissheit zu erhalten. Nochmals entschuldige ich mich für den Überfall. Sehen Sie, wir haben alles verloren: unser Haus, unser Vermögen, unser Kind.« Heines brach ab, atmete durch, sammelte sich. Seine Frau drückte seine Hand. »Wir wollen wenigstens wissen, wie es zu seinem Tod gekommen ist.«

Bernau hielt inne, schloss die Augen. Nicht nur Heines ... so viele waren tot. Und selbst die Überlebenden würden ihr Leben lang mit den Konsequenzen zu leben haben. Er musste an Tobias Kross denken. Querschnittsgelähmt vom Kopf abwärts! Bernau scheute den Kontakt.

»Darf ich Ihnen einen Kaffee anbieten?«

* * *

Sie saßen zusammen am Küchentisch. Bernau atmete schwer aus, es schmerzte, doch daran war er gewöhnt. Zwei Augenpaare lasteten auf ihm. Er fürchtete, sie geben ihm eine Mitschuld am Tod des Gefreiten

Heines. Er schaute in ihr Gesicht und fand nichts als eine stumme Bitte darin. Es war von zersetzenden, seelischen Kämpfen gezeichnet. Keiner der drei rührte seinen dampfenden Kaffee an.

Bernau hatte sich als Unterführer der Bundeswehr verpflichtet, Verantwortung für andere Menschen zu übernehmen. Zwar war er nicht gleich als junger Spund, frisch von der Schule, zur Armee gegangen, sondern hatte er zuerst im Zivilen Berufserfahrung gesammelt, doch war auch ihm erst, als er unter gegnerischem Feuer gelegen hatte, vollends bewusst geworden, welche Bedeutung von seiner Unterschrift unter die Verpflichtungserklärung ausging. Er war verantwortlich gewesen für das Leben junger Männer und Frauen. Er hatte zu entscheiden, zu befehlen, in lebensgefährlichen Situationen. Seine Befehle hatten für einige Kameraden den Tod bedeutet, für andere lebenslängliches Leid. Es war dies die Bürde der soldatischen Führungskraft.

Bernau kaute auf seiner Unterlippe herum. Was sollte er ihnen erzählen? Sollte er ihnen eine Heldengeschichte auftischen, um den Tod des Gefreiten Heines nicht ganz so sinnlos – nicht ganz so selbst verantwortet – dastehen zu lassen? Sollte er lügen? Ihnen erzählen, welch ausgezeichnete Soldatenqualitäten in dem Gefreiten Heines gesteckt hatten, der in Wirklichkeit nicht mehr als ein durchschnittlicher Landser gewesen war, zwar motiviert und mit dem Herz am rechten Fleck, aber auch ängstlich, den sportlichen Anforderungen kaum gewachsen und bisweilen emotional instabil? Bernau entschied, dass er nicht das Recht hatte, ihnen ein Märchen aufzutischen.

So berichtete er vom Gefreiten Heines. Er berichtete von dem Gefreiten Heines, der beim Lauftraining oft zurückgefallen war, der an sich gezweifelt, stets gehadert und den große Ängste umgetrieben hatten, als klar geworden war, dass die Kompanie in den Iran verlegen würde. Er berichtete von dem Gefreiten Heines, der, obgleich er in einer Kampfkompanie gedient hatte, eigentlich nicht hatte kämpfen wollen. Er berichtete von dem Gefreiten Heines, der sich oftmals genau an jenen Tagen krankgemeldet hatte, an denen Geländedienst oder Military Fitness auf dem Dienstplan gestanden hatte. Der bisweilen zum Ziel von Spötteleien der Kameraden geworden war und den manch Vorgesetzter nicht ganz für voll genommen hatte. Der im Iran in seiner Stellung gekauert hatte, gelähmt durch seine Furcht, nicht in der Lage, auf den Feind zu feuern.

Der schließlich, als Bernaus Gruppe Gefahr gelaufen war, ausgelöscht zu werden, seine gesamte Munition verschossen hatte, der gekämpft hatte, wie sie alle gekämpft hatten. Er berichtete von dem Gefreiten Heines, der sich abends auf der Stube oft mit seinem Laptop beschäftigt hatte und manchmal, wenn die Dienstrechner der Kompanie Ärger bereiteten, vom Spieß um Hilfe gebeten worden war. Er berichtete von dem Gefreiten Heines, der mehrmals die Woche Pizza bestellt und sich nach der Ausbildung manchmal bei Bernau die Waffenvorschriften geliehen hatte, um sein Wissen zu vertiefen. Er berichtete auch von dem Gefreiten Heines, den die Zerstörungen seiner Heimatstadt sehr wütend gemacht hatten und der letztlich in einem emotionalen Ausbruch vorgestürmt war, mutig und allein dem Feind entgegen, wild entschlossen, Vergeltung zu üben. Er berichtete von dem Gefreiten Heines, der auf so tragische Weise die Wirkung des Rückstrahls der Panzerfaust vergessen hatte und an diesem zugrunde gegangen war. Er berichtete von dessen Schrei, der im gesamten Wald zu hören gewesen war. Und er berichtete davon, wie dieser Schrei verstummt war. Er ließ kein Detail aus.

Er glaubte, Dankbarkeit in der Miene der Eltern zu erkennen, ehrliche, tief empfundene Dankbarkeit für seinen Freimut. Vorwürfe, Bernau sei für den Tod ihres Sohnes verantwortlich, suchte er vergebens, was ihn verwirrte. Er selbst gab sich die Schuld an dessen Tod. Er hätte ihn, obwohl er damals einer anderen Gruppe angehört hatte, besser im Auge behalten müssen. Er gab sich die Schuld an so vielem.

»Wissen Sie«, sagte Klaas Heines, »mein Sohn hatte mir von Ihnen erzählt. Er mochte Sie.«

Bernau presste die Lippen zu einem dünnen Strich zusammen. Seine Gäste verabschiedeten sich. Isabell Heines sagte kein Wort, Tränen verunstalteten ihr Make-up. Das Ehepaar verließ die Wohnung, ohne dass ein weiteres Wort gesprochen wurde.

Bernau jedoch wandte sich dem Fenster zu und schaute hinaus in den Himmel. Seine Brust sendete leichte Stiche aus. Sein Blick trübte ein, seine Augen verloren den Fokus.

NACHWORT

Mit V-Fall 3 – der Gegenschlag endet die V-Fall-Trilogie. Vielen Dank, dass Sie mich auf dieser Reise begleitet haben!

Liebe Grüße
 Tom Zola

Kontakt

Wer mir schreiben möchte, nur zu! Ich freue mich über jede Rückmeldung aus der Leserschaft. Folgende Möglichkeiten stehen Ihnen zur Verfügung:

- per E-Mail: tomzola.autor@gmail.com

- per Brief über die Adresse des Verlages: Atlantis Verlag, Guido Latz, Bergstraße 34, 52222 Stolberg

- oder per Internet-Rezension: Ich suche online regelmäßig nach Rezensionen zu meinen Büchern und lese jeden Text sehr aufmerksam. Wenn Sie Ihre Gedanken zu meinen Büchern im Internet veröffentlichen, können Sie sich sicher sein, dass ich früher oder später darauf stoßen werde.

Martin Kay: DAS VIGILANTE-PRINZIP
Erhältlich als Hardcover direkt beim Verlag und überall im Handel als Paperback und eBook.

www.atlantis-verlag.de